Colecție coo

MAGDALENA M

SELECȚIA TITLURILOR CRIME / THRILLER / MYSTERY:
Virginia Lupulescu

Karin Smirnoff

Fata din ghearele vulturului

Millennium 7

Continuarea seriei
Millennium
de **Stieg Larsson**

Traducere din limba suedeză și note de
Carmen Vioreanu

3
TREI

Editori:
Silviu Dragomir
Vasile Dem. Zamfirescu

Director editorial:
Magdalena Mărculescu

Redactare:
Alexandra Fusoi

Design și ilustrație copertă:
Andrei Gamarț

Director producție:
Cristian Claudiu Coban

Dtp:
Mirela Voicu

Corectură:
Sabina Lungu
Oana Apostolescu

Descrierea CIP a Bibliotecii Naționale a României
SMIRNOFF, KARIN
Fata din ghearele vulturului / Karin Smirnoff ; trad. din lb. suedeză şi note de Carmen Vioreanu. - Bucureşti : Editura Trei, 2023
ISBN 978-606-40-2051-2

I. Vioreanu, Carmen (trad. ; note)

821.113.6

Titlul original: Havsörnens skrik
Autor: Karin Smirnoff

O.P. 16, Ghișeul 1, C.P. 0490, București
Tel.: +4 021 300 60 90 ; Fax: +4 0372 25 20 20
e-mail: comenzi@edituratrei.ro
www.edituratrei.ro

ISBN 978-606-40-2051-2

Vede ieșind
pentru a doua oară
pământul din mare,
verde din nou;
cascade curg,
vulturul planează,
pe piscuri
prinde pește.

Profețiile valei
Edda[1]

---

1 Strofa 59 din *Vǫluspá* (*Profețiile valei*), inclusă în *Codex regius* (Edda în versuri), o colecție de cânturi cu motive din mitologia nord-germanică, compuse cel mai probabil între secolele IX–XI în vestul Norvegiei și Islanda. O *vǫlva* (în islandeza veche) este o femeie șaman. În limba suedeză se numește și *vala*. Termenul *vala* a fost păstrat aici din considerente legate de numele personajului principal Svala.

1

Îngrijitorul se uită la ceas. Din momentul în care a pus bucățile de carne în hrănitoare trec 41 de secunde până când aterizează primul vultur, o femelă.

De unde vine exact, nu știe. Poate era deja într-un copac din apropiere. Sau plana la 2 000 de metri deasupra. Cu văzul său de 200 de ori mai ascuțit decât al oamenilor repereză prada aflată la mai mulți kilometri distanță. Îngrijitorul stă cam la 50 de metri de momeală, bine camuflat într-o ascunzătoare, și o urmărește prin binoclu cum mănâncă.

Tandrețea pe care o simte pentru păsări nu e dragoste paternă. Ce știe el despre asta? Totuși, nu se poate abține să le vadă ca pe copiii lui.

Se gândește la ele înainte de a adormi. Imediat ce se trezește. Când își vede de treburi, când taie lemne, gătește sau face focul, se gândește la ele. S-au împerecheat? Vor supraviețui puii? Oare găsesc suficientă hrană? Vor trece cu bine peste iarnă? Sigur că da. Cu ajutorul lui și cu un an cu o populație decentă de șoareci de câmp, vor trece cu bine peste iarnă.

Își duce mâinile la ochi. Soarele este mai sus acum și îi încălzește spatele. Poate pentru ultima oară în această toamnă. Nu contează. Are casa lui într-un colț uitat de lume. „Casă" e poate prea mult spus. O cabană din bușteni, nelocuită de când au dispărut ultimii tăietori de lemne, la începutul anilor 1960, iar zona a fost clasificată ca rezervație.

Terenul este accidentat, cu o structură neregulată de păduri seculare, iazuri, mlaștini și munți. Ca să ajungi aici nu ai niciun drum în adevăratul sens al cuvântului. În afară de potecile făcute de animale, se zăresc doar urme vagi ale unui vechi drum forestier pe care natura îl recucerește. Singura modalitate de a ajunge acolo este pe jos sau cu un ATV, dar trebuie să ai simțul orientării.

De la cea mai apropiată șosea sunt puțin peste zece kilometri, dar el se deplasează pe o rază de maximum doi kilometri în jurul cabanei. Încă de la început a marcat direcțiile cu crenguțe, ca să nu se rătăcească. Așa ajunge la un pârâu în care pescuiește, la adăposturile în care depozitează lemne pentru foc și la niște luminișuri numai bune pentru a urmări păsările și vânatul mic.

Cabana este refugiul lui. Modest modernizată, cu un generator electric diesel pe care-l folosește pentru a-și încărca telefonul mobil. Aici, el este nimeni. Un om fără nume, trecut sau viitor. Este și atât. Ia fiecare zi așa cum e. Se culcă devreme. Se trezește în zori. Face ceea ce trebuie să facă fără să se gândească dacă e bine sau rău.

Pe pereții din scânduri sunt scrijeliți ani. Și nume. Mesaje de la alți bărbați singuri, către viitor. Olof Persson 1881. Lars Persson 1890. Sven-Erik Eskola 1910. Și așa mai departe. Dar ce e singurătatea, dacă nu ceva relativ? Pot trece luni de zile fără să vorbească cu altcineva în afară de el însuși, de păsări, copaci sau chiar pietre. Cu toate astea, se simte mai puțin singur ca niciodată. E ca și cum l-a ajuns din urmă copilăria. Zi de zi, se apropie tot mai mult de băiatul care își găsea refugiul în pădure. Cel care învăța cum e alcătuită lumea, stând nemișcat și privind jocul nupțial al cocoșului-de-mesteacăn primăvara. Urmărind grija pe care o are femela de vulpe pentru puii ei care cresc, urmărind deplasarea furnicilor în mușuroi sau drumul gândacului-de-scoarță prin brad.

Băiatul are un tată. Un drac solid, cu brațe care ajung peste tot. Băiatul are o mamă. Nimeni nu ține seama de ea. Băiatul are un frate. „Fugi", zice fratele când tatăl vine acasă. Iar băiatul fuge în pădure.

Prinde o șopârlă. Când își leapădă coada, băiatul o prinde din nou. Scoate cuțitul din teacă, îi taie capul și se lasă liniștea. El e liniștea.

Băiatul pune șopârla pe o piatră. Se sprijină de trunchiul unui copac și își șterge lama de pantaloni. O răzuiește cu unghia. De-a lungul tăișului se află libertatea. Nu i-o poate lua nimeni.

Se apropie încă un vultur. E un mascul tânăr. N-are încă nici ciocul galben, nici penele albe de pe burtă ale masculilor maturi. Un pui de un an, probabil. Cel mult doi ani, notează el într-un caiet. E ceva rar, dar se întâmplă din când în când, mai scrie el, ca puii de vultur să rămână în locul în care s-au născut, în loc să migreze spre sud. Posibil defect sau boală. Semnul întrebării. Ține-l sub observație. Semnul exclamării.

Femela este atât de ocupată, încât nu se obosește să ridice privirea când puiul de vultur se aventurează în jos, după ce întâi a dat ocol în zbor pe deasupra cărnii. Acum au rămas mai mult bucăți de oase, iar ea îl lasă să facă ce vrea. Amândoi sfâșie și trag până când ligamentele se desprind și tendoanele alunecă pe gâtlej ca niște spaghete.

În câteva minute, punctul culminant al zilei s-a încheiat. Îngrijitorul pune în rucsac caietul și termosul. Își trage cureaua puștii peste umăr și se strecoară pe burtă afară din ascunzătoare. Ca de obicei, piciorul drept nu vrea să coopereze și trebuie să îl întoarcă în direcția spre casă. Drumul până acolo e o cărare bătătorită de animale, unde mestecenii, arinii și sălciile căprești au rămas deja fără frunze. Bagă mâna într-un tufiș și culege un pumn de merișoare, dar se strâmbă la gustul dulce-amărui. Dulce-amărui e și mirosul resturilor de carne care zac într-un butoi de plastic cu capac. Bine camuflat sub un brad, dar chiar și așa. Ar fi trebuit să le arunce imediat pe toate în hrănitoare, dar nu poate. Momentul cu vulturii înseamnă totul. Pentru ei respiră, mănâncă, doarme, se cacă. Mâine o să vină din nou. Când sună telefonul. O singură persoană are numărul lui. Iar el sună o singură persoană.

— Da, spune el. Da. Mâine dimineață. OK.

E o dimineață mai rece decât de obicei. Mai pune pe foc câteva lemne și își încălzește mâinile în jurul unei cești de cafea. Dacă vrea să ajungă la timp pe autostradă, trebuie să pornească în curând, pentru că pe drum se pot întâmpla multe. Se poate defecta ATV-ul. Solul poate fi prea mocirlos.

Merge pe jos primii kilometri până unde ține ascuns ATV-ul. E ascuns pur și simplu din motive de siguranță. Dacă, prin absurd, ar găsi cineva vehiculul, nu ar avea cum să facă vreo legătură cu cabana sau cu el.

Pe drum, iscodește cu privirea după vulturi-de-mare. Unul dintre cuiburi se află în direcția asta, dar nu se zărește nicio pasăre. Păcat. I-ar fi dat o rază de speranță. Nu neapărat că i-ar fi teamă, dar oricum. Un vultur de mare e un semn. Și încă unul bun.

Odată ajuns acolo, îndepărtează crengile de brad de pe vehicul, pune rucsacul în cutia din față și se îndreaptă spre punctul de întâlnire.

Solul e uscat, totul decurge conform planului. Ajunge cu zece minute mai devreme și așteaptă, bine ascuns de șosea, după care se apropie de barieră și întoarce ATV-ul.

Mașina e deja acolo. Livrarea o face întotdeauna aceeași persoană. Îngrijitorul îl știe drept „livratorul". Livratorul îl știe pe el drept „îngrijitorul". Nu se cunosc între ei și schimbă doar câteva vorbe.

— De la cine primești ordine? întreabă el.

Răspunsul îl liniștește. Cu cât lanțul e mai scurt, cu atât mai puține verigi.

De data asta a cerut câteva articole de primă necesitate. O sticlă de whisky și câteva alimente proaspete. Și ca de obicei, ziare. Le înghesuie și pe acestea în cutie și se întoarce la mașină.

Livratorul scoate corpul de pe bancheta din spate.

O femeie, asta e neobișnuit. Are mâinile legate la spate și capul acoperit cu o glugă, sub care el știe că are și o bandă adezivă în jurul gurii.

— Fă ce vrei cu ea, spune livratorul. Ai mână liberă.

Ce vrea, cât timp își face treaba.

Oamenii cu care se intersectează și-au meritat soarta. Până una-alta, el are conștiința curată. Nu ucide din plăcere și nici psihopat nu e, chiar dacă lumea probabil l-ar considera drept o persoană care ucide din impuls.

Au o înțelegere. Atâta timp cât își respectă partea lor de înțelegere, la fel face și el.

— Ce a făcut? întreabă el, ceea ce e ceva neobișnuit.

Poate pentru că e vorba despre o femeie. Poate pentru că livratorul e prima persoană cu care vorbește după mult timp.

— Ca de obicei, răspunde livratorul. Mai mult nu știu.

Iar îngrijitorul îl crede. Faptul că știe atât de multe îl uimește și nu numai, îl îngrozește.

Se urcă pe ATV și primește ajutor când pune corpul în fața lui. „Corp" sună mai bine decât „femeie".

— Pune și centura, zice el. Nu-i așa, scumpico? Nu vrem să cazi.

Ridică mâna în semn de salut și pornește spre cabană.

Cât camuflează vehiculul, corpul e legat de un copac. Nu e complet tăcut. Scâncește ușor, ca o pisică bolnavă. Pisicile bolnave ar trebui eutanasiate. În continuare, niciun vultur de mare la orizont.

— Hai să mergem, spune el și împinge corpul în fața lui.

Constată că nu are condiție fizică la fel de bună ca a lui. Pe ultima bucățică de drum îi dă cu șutul în pulpe ca să se miște.

De obicei, nu bagă corpuri în cabană, dar acum face o excepție. Îmbrâncește corpul ca să cadă pe pat, iar el se așază pe un scaun.

— Întâi distracția, apoi munca, e bine așa? Și poate să mai facem un pic de foc, ce zici, nu ți se pare frig aici? întreabă el.

Pisica scoate niște scâncete. Lui i se întărește. O femeie e totuși o femeie.

Dă jos pantalonii și chiloții de pe corp. Mereu la fel de interesant să vezi ce se ascunde sub chiloți. E un corp destul de tânăr: 25 de ani, poate; 40, cel mult. Vârsta nu contează.

La început, se gândește să o ia mai ușor, să se bucure de priveliște, ca să zicem așa, dar e prea excitat să mai aibă răbdare. Smulge o bucată de folie alimentară, naiba știe ce rahaturi are pe ea, înfășoară plasticul de câteva ori în jurul erecției și îndreaptă corpul astfel încât să fie în poziția perfectă de penetrare.

— Poți să stai aici câteva zile, să ne distrăm, spune el, bâjbâind ca un virgin în tabăra de confirmare.

Nici măcar nu reușește să intre, că a și ejaculat.

După ce respirația și dorința se domolesc, vede că femeia a făcut pipi.

A făcut pipi în patul lui și asta e decisiv.

— Gata cu drăgălășeniile, anunță el, se încheie la pantaloni și pregătește corpul pentru plecare.

Corpul aproape că nu poate merge. E cât pe ce să leșine, așa că îngrijitorul nu ajunge cât de departe avusese de gând. Leagă corpul de un copac pentru a doua oară și dezleagă cordonul sacului de pânză în care ține arma.

Se uită la flecușteţul ăsta frumos. Înșurubează amortizorul și ține pistolul între mâini, ca o sfințire a faptei iminente.

Miau. Acum pisicuța nu mai trebuie să sufere.

2

Stau de mai bine de o oră într-o mașină neîncălzită, așteptând semnalul că nu e nimeni în casă.

Mașina e parcată pe un drum lateral care duce spre fluviu. Din casă nu se vede, e ascunsă de un hambar. În același timp, au o imagine de ansamblu bună asupra celor care intră și ies cu mașina. Mai întâi a trecut femeia cu copilul pe bancheta din spate, iar acum trece și el.

Nu e prima dată când stau aici.

De câte ori se întorc în oraș fără să fi rezolvat treaba, Svala răsuflă ușurată, chiar dacă o lasă departe de Gasskas și trebuie să meargă pe jos acasă. Acasă, la Mama-Märta. Acasă, la Mama-Märta cea dispărută, pe Tjädervägen, unde s-a mutat mai nou bunica.

Nu e nimic în neregulă cu ea. Face genul de lucruri pe care Mama-Märta nu le face niciodată. Gătește, face curățenie și umple casa cu sporovăială. E o rutină. Mama-Märta dispare uneori și se întoarce după câteva zile fără să spună pe unde a umblat. Însă de data asta e diferit. În curând se împlinește o lună de când și-a pus poșeta pe umăr, a pupat-o pe Svala pe cap și a spus: *Mă întorc imediat, mă duc să cumpăr țigări.*

Svala a rugat-o pe bunica să nu se atingă de nimic din camera ei. Să nu se apuce de curățenie și să nu-i adune hainele murdare când e ea la școală. Camera aceea e singurul loc neatins. Când se întinde pe cuvertura cu dungi de zebră, Mama-Märta e din nou acolo. Stă pe scaunul de la biroul Svalei, făcându-se că îi corectează o temă. O mângâie pe păr și îi spune: *Când primesc banii, o să facem ceva frumos.*

Frumos ar putea fi să meargă la Arjeplog și să stea la un hostel.

Frumos înseamnă de obicei o pizza la Buongiorno. Au acolo un pizzer adus din Napoli. Mama-Märta pune pariu că e din Siria.

— Nu contează, zice Svala, iau o Vegetariana.

Brânza e fierbinte și arde pe cerul gurii. Svala mai primește o cola; Mama-Märta, încă un pahar de vin. E în cea mai bună formă după primul pahar și câteva înghițituri din al doilea. Glumește pe seama celor din jur. Povestește lucruri care s-au întâmplat cu mult timp în urmă. Despre laponul care intră într-un restaurant și comandă potârniche polară. Își bagă degetul arătător în fundul păsării și pretinde că poate să spună unde a fost împușcată pasărea. Poate în Arvidsjaur. Nu-și amintește foarte bine. Dar când Svala completează povestea, Mama-Märta se enervează. Ochii i se îngustează mai rău ca de obicei când o apucă de mână și o strânge tare: *Și tu ești sami. Nu laponă, ce dracu'. Să nu uiți. Ar trebui să fii mândră de originea ta.*

Care e ce anume? O mamă dispărută, un tată mort. O bunică suferind de angină pectorală. Niciun frate, nicio soră, nicio rudă apropiată. Cel puțin nimeni care să vrea să știe despre ea.

— Cu excepția lui Lisbeth, spune bunica.

— Și cine naiba mai e și Lisbeth?

— Lisbeth Salander. Sora vitregă a tatălui tău.

— Nimeni n-a mai pomenit-o până acum.

— Mama ta n-a vrut să aibă nimic de-a face cu neamul Niedermann, îi explică bunica. E de înțeles.

— De ce? întreabă Svala, dar nu primește niciun răspuns exact.

— E poveste veche, s-a întâmplat demult, nimic de discutat, răspunde bunica, semnalând că discuția s-a încheiat. Trece cu degetul de-a lungul liniilor din palma Svalei.

— O să ai o viață lungă. Cel puțin trei copii. Undeva există o întrerupere. După aceea, totul va fi bine.

Svala are un sentiment că întreruperea a început deja. Toamna a luat foc, iar ea vrea să picteze flăcările. Un ochi poate percepe peste zece milioane de nuanțe, iar ea vrea să le așeze pe toate ca niște tușe de pensulă în jurul unei frunze.

Nu știe cum îi cheamă pe bărbații de pe scaunele din față ale mașinii. Dar bănuiește cine se află în spatele acestei afaceri: Plastic-Peder. Mizerabilul ei „vitreg". Nu ar folosi niciodată cuvântul „tată" înainte de „vitreg".

Deși nu mai locuiește cu ele de câțiva ani, pândește ca o știucă flămândă în stufărișuri. Mai ales în ultima vreme, după ce a dispărut Mama-Märta.

Baba de la Asistență socială i-a spus Svalei să fie pregătită pentru posibilitatea ca mama ei să fi murit.

— De la ce? întreabă Svala.

— Păi, avea problemele ei.

— Mama mea n-a dispărut de bunăvoie.

— Uneori, nu știm totul despre părinții noștri.
— Poate că nu știi tu.

Ușa din față se trântește, ușa din spate se deschide. Are companie.

— Ți-e frică? întreabă el.

— Nu, răspunde ea.

— Te doare? se interesează el, răsucindu-i brațul.

— Nu.

Se apropie de ea, îi cuprinde spatele cu brațul și o trage spre el.

— Păcat că ne presează timpul, am impresia că ești bună la una-alta. Poate puțin cam slabă, observă el, strângându-i umărul, dar chiar drăgălașă.

Cu cealaltă mână îi prinde bărbia și îi întoarce fața spre el. Ea face tot posibilul să nu-i întâlnească privirea.

— Acum știi ce se întâmplă dacă o dai în bară, spune el, făcând gestul decapitării.

Ea își ține răsuflarea, ca să nu simtă mirosul din gura lui. La fel ca Peder și toate scârbele lui de tovarăși din aceste ținuturi polare, pute a un amestec de dinți nespălați, amoniac și fum.

Inima bate. E un lucru bun. Nu va muri nedemn, ca Mama-Märta. În orice caz, nu fără a opune rezistență.

O fi neputincioasă, dar are două avantaje. Al doilea cel mai bun lucru este că nu o doare nimic. O pot lovi sau arde cum vor. Îi pot rupe o mână sau fractura un picior, iar ea n-o să schițeze niciun gest.

Cel mai bun lucru nu poate fi explicat, există pur și simplu acolo. Ca și cum ar ști răspunsul înainte să fie pusă întrebarea.

— N-ai primit ochii ca să vezi, spune Mama-Märta. I-ai primit pentru că vezi.

Nu toate zilele la Buongiorno au fost cu sucuri duble. A muncit la fel de mult pentru marginile de pizza precum lapona înaltă[2] la bâlciuri.

Ia uite, Christina are deja 2,18 metri și încă mai crește.

Ia uite, bate-o pe Svala la cubul Rubik și câștigă 1 000 de coroane.

Svala nu pierde niciodată, dar cel mai bun show are cu totul alt subiect.

Pizzeria nu arată ca pizzeriile normale, cu arcade tencuite și frigidere bâzâitoare pline cu sucuri. Tema de la Buongiorno este lumea mafiei americane. Pe pereți sunt tablouri înrămate cu Al Capone, Johnny Torrio, Lucky Luciano, Joe Masseria și alți gangsteri, precum și fotografii din filme, haine și arme vechi.

Într-un colț se află un seif, dar în loc de bani și diamante, e folosit pentru farfurii și tacâmuri.

Plastic-Peder e cel care clocește ideea. Singurul cadou pe care i l-a făcut vreodată Svalei e un seif. Nu e mare, dar e greu. Mai presus de toate, e încuiat.

— Nu știu ce conține, dar dacă reușești să spargi codul, poți păstra ce e înăuntru.

Ea are zece ani și știe că o minte, dar nu se poate abține să încerce. E ceva cu degetele ei și e ceva cu creierul ei. Cifrele pâlpâie ca niște bile la o tombolă. Așa le vede ea.

2 Christina Chatarina Larsdotter (1819–1854), cunoscută în Suedia și în lume ca „lapona înaltă" sau „uriașa din Laponia" a fost considerată o ciudățenie a vremurilor sale, din pricina înălțimii — 2,18 m. La vârsta de 18 ani a fost convinsă de un impresar să meargă într-un turneu prin Suedia și Europa, pentru ca lumea să o vadă pe cea mai înaltă femeie din lume. Christina (sau Stina, așa cum îi spuneau oamenii) a acceptat pentru a-și putea ajuta familia foarte săracă.

Sau le simte. E nevoie de câteva încercări să ordoneze informațiile. Plastic-Peder se ridică nerăbdător și bate din picior lângă ea.

Când simte că a potrivit codul, Svala se îndreaptă către Plastic-Peder și spune că nu, nu se poate sparge. Că nu știe cum să facă.

Acum se poate întâmpla orice. El se poate enerva și poate țipa la ea, asta fiind cea mai frecventă reacție. O poate lovi. Mai nou, acest lucru se întâmplă mai rar. Sau poate trânti ușa după el, moment în care lustra din hol se lovește de tavan.

Stă nemișcată și ascultă. După ce s-a asigurat că a ieșit din casă, întredeschide ușa seifului.

Seiful conține bani. Mai mulți bani decât a văzut ea vreodată. Dar chiar când numără bancnotele de 500, apare brusc și el.

Până acum a înțeles că violența fizică nu ține cu Svala. Nu doare suficient. Pe Mama-Märta însă o doare cu atât mai mult.

— Înțelegi că trebuie să te pedepsesc, nu? întreabă el. N-are rost să-ți acoperi urechile.

Ideea amuzantă cu seiful la pizzerie îi vine după vreo doi ani.

Clienții trebuie să aleagă un cod, iar Svala îl sparge. Uneori primește ceva bani doar pentru ea. Sau bacșiș care scapă de ochiul lacom al lui Plastic-Peder. Banii îi păstrează în maimuța cu blană ciufulită de pe pat. Desface cusătura, scoate niște biluțe de polistiren și o coase la loc.

3

Da, la ce dracu' se așteptase el? La al treilea anunț că trenul spre Sundsvall, Umeå, Luleå și Kiruna, cu plecare la ora 18:11, are întârziere și că se estimează că noua oră de plecare este 19:34, Mikael Blomkvist se așază la Luzette și comandă o bere.

În mod normal, câteva minute în Gara Centrală ar fi fost relaxante. Să stea în propria bulă. Să privească oamenii trecând pe lângă el. Dar nu și în seara asta. E prea obosit ca să-l mai intereseze lumea din jurul său. Obosit dintr-o mulțime de motive, dintre care cele mai multe sunt bine cunoscute. Prea multă muncă. Prea multe discuții aiurea la serviciu. Nopți când se culcă târziu, prea puțin somn și un termen-limită care e chiar la limită.

Mereu e *Millennium*. Doamna tuturor doamnelor. Cea care iese mereu învingătoare în fața familiei, a prietenilor și a iubitelor. Acum că ea a murit, trebuie să se întrebe dacă a meritat. Da. Un „da" rostit fără ezitare. *Millennium* e aerul pe care îl respiră. Sângele care-i curge prin vene. Nu putem fi cu toții soți și tați perfecți. Unii, printre care se numără și el, trebuie să le spună soților și taților perfecți cum stau cu adevărat lucrurile dincolo de aleea greblată care duce la ușa vilei.

Tocmai de aceea este atât de greu de înțeles că totul s-a terminat. Răul, nedreptatea, da, tot rahatul domnește în continuare asupra societății, dar nimănui nu-i pasă. Omul se întoarce acasă după o zi la birou, își toarnă un whisky, își verifică e-mailurile, ia cina, joacă padel și se duce la culcare. În bula asta nenorocită trăiește majoritatea oamenilor pe care îi cunoaște. Sunt stresați de viața lor. Nu au vlagă să le pese decât de cei mai apropiați, și asta în cele mai fericite cazuri. E pur și simplu demodat să fii slujitorul dreptății.

Caută în lista de apeluri. Încă niciun semn de la Erika Berger. Și nici de la altcineva din redacție.

Mikael Blomkvist nu este singur. Dar se simte singur. E ceva nou.

După ce termină berea, se îndreaptă spre Pressbyrån, unde își cumpără o cafea și un *Morning Star*. Îl prinde un articol despre încercarea unei companii miniere britanice de a se stabili în Norrbotten. Îi ia o clipă să reacționeze la voce.

— Mikael, alo, Mikael!

Își ridică ochii din ziar. Sora lui. Annika.

— Ce faci aici, nu ești în Åre?

— Am fost, dar s-a întâmplat ceva la serviciu și a trebuit să iau trenul înapoi. Abia am ajuns. Dar tu, aștepți pe cineva?

— Trenul are întârziere. M-am gândit să plec în nord puțin mai devreme. Veniți la nuntă, nu?

— Vine oricum toată *la famiglia*. Eu vin mai târziu. Nici măcar nu l-am cunoscut pe logodnicul Pernillei.

— Păi, nimeni nu l-a cunoscut. S-a întâmplat ceva?

— Nu, răspunde ea. Sau ba da. Dar nu pot să discut.

— Ei, hai! Poți să spui tu ceva.

— Ei, doar un politician care a dat-o în bară.

Mikael așteaptă o continuare care nu vine. Și, cunoscându-și sora, știe că nimic nu o poate face să vorbească dacă s-a hotărât să tacă.

— Ai fi bună de spioană.

— Serios? Și de ce tocmai spioană? râde ea.

— Dacă ai fi torturată, ți-ai ține gura.

Îl privesc în tăcere pe bărbatul care trece pe lângă ei cu lucrurile puse într-un cărucior de cumpărături. Are o problemă la spate, iar căruciorul de cumpărături îi servește și drept cadru de umblat.

— Știai că în fiecare noapte, timp de o oră, paznicii îi dau afară pe toți cei care dorm pe bănci, atunci când se face curățenie? întreabă Annika. Imaginează-ți cât de lungă trebuie să fie ora aia. Apropo, e nasol ca dracu' că societatea nu poate oferi locuințe pentru cei fără adăpost. Unii oameni sunt aici doar pentru că au cazier judiciar. În timp ce alții, desigur ...

— Despre ce politician e vorba? o întrerupe Mikael.

— Încetează, ripostează ea și îl îmbrățișează. Probabil o să afli din presă. Salut-o pe Pernilla din partea mea.

După care pleacă în grabă.

Trenul mai are doar câteva minute până la plecare când Mikael se înghesuie în compartiment și regretă imediat că nu și-a permis luxul de a-și cumpăra bilet la clasa întâi sau măcar într-o cușetă de trei persoane. În haosul în care șase bărbați își aranjează cearșafurile, el își aruncă bagajul pe patul din mijloc, își ia geanta de umăr și pornește prin vagoanele care se leagănă până la vagonul-restaurant. Cumpără o bere și un sandvici și pune ochii pe un loc care se ocupă chiar în acel moment.

— Ce ghinionu' dracu'! exclamă cu voce tare și simte o mână care îl trage de mâneca sacoului.

— Ai loc aici. Stăm în același compartiment, spune bărbatul pe care îl recunoaște din haosul din cușetă.

Cel care i-a oferit de băut. Iar Mikael a refuzat. Un pic cam nejustificat de brusc, ca să păstreze distanța.

— IB, spune bărbatul și întinde mâna.

— MB, răspunde Mikael, desfăcând plasticul de pe sandvici și întrebând dacă IB merge departe, în speranța că va coborî până la Gävle.

— Boden, zice el și ridică paharul. Tu unde mergi?

Al dracu' loc, greu de ținut minte. Rälsbyn, Finnbyn, Storbyn — *Älvsbyn.*

— Älvsbyn. Fiica mea se căsătorește. A cunoscut un băiat din Gasskas. Un bărbat din Gasskas, se corectează el.

Henry Salo nu arată a băiat.

— Dacă mergi la Gasskas, ar trebui să cobori și tu la Boden, spune IB. E cel mai apropiat drum. Autobuzul pleacă imediat din gară.

— Mă ia cineva cu mașina din Älvsbyn, îl asigură Mikael, prefăcându-se ocupat cu telefonul mobil.

S-a scris mult despre viitorul lui ginere, Henry Salo. Șeful administrației locale din Gasskas. Relativ nou în funcție. Zâmbește în toate pozele și pare popular. Da, da, e alegerea ei. Sigur e OK tipul. Arată bine. Puțin prea bine, poate. Nu că Pernilla n-ar fi frumoasă, dimpotrivă, și nu fața lui Salo în sine îl deranjează, ci privirea, sau mai degrabă limbajul corpului. Felul în care iese în față în fiecare poză, fie că felicită un tânăr pentru obținerea unei burse, fie că inaugurează un parc.

Se înțelege bine cu Lukas. Asta îi spune de fiecare dată când vorbesc la telefon. La fel cum el îi răspunde întotdeauna *Te cred.* Dar când închid, simte că e invers. Băiatul. Nepotul său. De când s-a născut, Mikael nu l-a văzut mai deloc. Până în vara asta.

La început, spune nu, n-am timp să am grijă de un copil, dar Pernilla rămâne pe poziții.

— Nu ți-am cerut aproape niciodată nimic.

E adevărat. N-a fost niciodată foarte implicat în relația cu fiica sa. Întotdeauna intervine câte ceva. Aproape întotdeauna *Millennium*. Așa că, atunci când Pernilla îl roagă să aibă grijă de băiat două săptămâni, cât ea e la un curs în Skåne, iar Salo, la o conferință în Helsinki, el refuză imediat. Nu se poate. N-are timp. Deadline joia viitoare. Nu e obișnuit cu copiii.

Cu toate astea, Lukas e lăsat în Sandhamn, iar Pernilla ia vaporul care se întoarce în oraș.

Două săptămâni mai târziu, Mikael îmbrățișează un băiețel care ar prefera să rămână la bunicul. Sau poate că el vrea să-l păstreze. Va fi pustiu fără el; și-a ocupat locul. A alungat melancolia tenace care persistase ca o gripă în trupul lui în ultimele luni. Doar fiind un copil mânat de nevoile lui imediate de a se trezi devreme, pentru o nouă zi plină de posibilități. *Poftă de viață, Micke Blomkvist. Ți-ar prinde bine să ai parte de ceva mai multă.*

— O să ne revedem curând, îi spune puștiului. Stai puțin!

Scoate de la gât lanțul primit acum multă vreme de la bunicul lui și pe care îl poartă de atunci; o cruce, o ancoră și o inimă pe o verigă simplă de argint atârnă acum la gâtul lui Lukas.

— Acum e al tău, o să te apere de cele mai multe lucruri.

Încă are în minte răspunsul băiatului:

— Dar nu de toate.

Mikael răsfoiește fluxul de știri al ziarului *Gaskassen*. E și ăsta un nume de ziar, își zice el și zâmbește când vede titlurile. *Grădinița Elanul vinde plăcuțe cu mărgele lucrate manual. Donează banii pentru Ucraina. Înfrângere a echipei Björklöven. Portarul, eliminat.* Un Salo înverșunat în tribuna

VIP, cu alți bărbați înverșunați în jurul său. „Pompa" comunală. Tot așa se numesc? Oameni foarte importanți pentru binele localității și al lor.

Apoi îi atrage atenția un titlu pe care tocmai l-a citit. Deși nu în *Gaskassen*, ci în cealaltă publicație: *MIMER MINING, LA UN PAS DE A PRIMI AUTORIZAȚIA DE EXPLOATARE.*

În poza mai mică, mutra fericită a lui Salo. Într-o poză mai mare, protestatari cu pancarte.

— Ai auzit de chestia asta? întreabă Mikael, arătându-i lui IB fotografia.

— Bineînțeles. Taică-meu a lucrat în mină, la fel ca majoritatea bărbaților din Gasskas. Muntele urma să devină un nou Kirunavaara[3], dar minereul s-a epuizat încă din anii 1970, iar mina a fost umplută cu apă. Nici măcar nu s-au sinchisit să salveze utilajele.

— Atunci de ce vor să o redeschidă?

— Nu e vorba să redeschidă vechea mină. Englezii fac prospecțiuni într-o zonă aflată la câțiva kilometri distanță, unde vor să deschidă o exploatare la suprafață. Până acum, prefectura a refuzat, ceea ce e de înțeles. Lacurile vor fi distruse, apa potabilă din fluviul Gasskas va fi pusă în pericol, iar proprietarii de reni vor fi puși ca de obicei în fața faptului împlinit. Dar ca întotdeauna când sunt în joc bani mulți, nu se acceptă un refuz. Acum se zice că au schimbat personalul la prefectură, iar Mimer a primit o hotărâre prealabilă pozitivă.

— Ce simplu!

— Gasskas e un adevărat cuib de gangsteri, dacă nu știai, comentează IB. Mă rog, municipalitatea.

---

3 Munte situat în apropiere de orașul Kiruna din nordul Suediei, unul din cele mai bogate în minereu de fier din lume.

Ia câteva înghițituri, își șterge spuma de pe barbă și bea din nou.

— O hazna al dracu' de bună pentru aventurieri, adaugă el, după care râgâie de câteva ori, dă pe gât ce a mai rămas în sticlă și o deschide pe următoarea. Municipalitatea spune „da" și „amin" la aproape orice, iar mina nu este singurul lucru de pe ordinea de zi. Următorul proiect e cel mai mare parc eolian din Europa; cum naiba o să facă și cu ăsta, nu știu. E vorba de un perimetru de zeci de kilometri care va fi transformat mai mult sau mai puțin în terenuri industriale.

Mikael Blomkvist zâmbește. Malmö e o hazna. La fel și Stockholm. Însă prin comparație, Gasskas, cu cei 20 000 și ceva de locuitori ai săi, e mai degrabă ca țarcul cu miei din paradis.

— De ce tocmai Gasskas?

— Alimentare cu energie electrică de calitate, răspunde IB. Comunele cu energie electrică stabilă și ieftină controlează piața mondială, în caz că nu știai. E o listă lungă cu companii străine care vor să-și facă intrarea și să-și consolideze poziția în zonă.

— Da, păi da, dar tot trebuie să fie bine pentru Norrland că oamenii au locuri de muncă.

— Aud după vorbă că ești din sud. Încă trăiești cu mitul că omul din nord trebuie să se mute în sud ca să-și găsească serviciu. Avem destule locuri de muncă aici. În unele părți sunt mai multe locuri de muncă vacante decât forță de muncă. În plus, nu localnicii sunt cei favorizați dacă se deschide mina Gasskas, ci forța de muncă subplătită din est și stockholmezii care fac naveta săptămânal și care nu se înscriu niciodată în registrul parohial al comunei, bombăne IB, mutându-și privirea spre fereastră și peisajul care se derulează în viteză pe lângă ei.

Mikael profită de ocazie să-și scoată MacBook-ul și îl deschide, ca un paravan suficient de înalt între ei.

Tocmai a apărut cel mai recent număr al revistei *Millennium* și nu doar cel mai recent, ci și ultimul. Deschide pdf-ul și se holbează la pagina de titlu alb-negru, care nu are nici poze, nici reclame. Ca o pagină de titlu din 1939, asta fiind și ideea. Puțin text și un singur titlu: O EPOCĂ S-A ÎNCHEIAT, ÎNSĂ RĂZBOIUL CONTINUĂ.

Oare 20 de ani pot fi numiți o epocă? Probabil, dar până la urmă nu a funcționat. Chiar și Mikael Blomkvist a trebuit să realizeze acest lucru.

O revistă pe hârtie se duce în mormânt și reînvie sub formă de podcast. Un podcast! Nu poți rosti acest cuvânt fără să șuieri. S-a dus vremea cuvântului scris. Acum toată lumea trebuie să vorbească peste toată lumea, chiar și el. Pare ușor, dar te epuizează fizic și mintal.

Ai îmbătrânit, Mikael, parcă așa s-a exprimat Erika Berger. *Ești bătrân și morocănos ca un țap. Rostul nu e să facem doar podcast. Facem și blog, și vlog.*

Și el ce-a răspuns? Ei bine, că ea, ca o oaie bătrână ce e, ar trebui să înțeleagă că social media nu poate înlocui niciodată jurnalismul adevărat. *Ce gândirea dracu' mai e și asta? Nu-ți dai seama cât de patetică ești? Puștii fac podcast. Narcisiștii de 20 de ani care vorbesc despre make-up și tulburări de alimentație.*

De atunci nu și-au mai vorbit. N-o s-o caute el primul, să-i fie foarte clar asta.

— Poftim, spune IB.

A adus două beri și îi întinde una lui Mikael.

— Bea cum trebuie, ca să dormi mai bine.

— A dracu' conexiune, înjură Mikael, împungând tastatura cu degetul.

— Scuză-mă, dar te afli în trenul de Norrland, spune IB. Nu există Wi-Fi.

Mikael bagă laptopul în geantă și tocmai dă să se ridice, când bărbatul deschide din nou gura.

— Se întâmplă chestii ciudate în Gasskas. Dispar oameni. Bărbații ies să ia ziarul și nu se mai întorc acasă niciodată. Băieții se duc la școală și...

Nu-și termină fraza.

— Nu este chiar neobișnuit. Se spune că 95 la sută din dispariții sunt voluntare.

— Poate că da, dar cum rămâne cu celelalte cinci procente?

Se uită unul la altul peste sticlele de bere.

— Nu știu, răspunde în cele din urmă Mikael. Tu ce crezi?

— Bani. E vorba despre bani. Cum faci rost de ei. Cum scapi de ei. Cum îi înmulțești. Cum îi ascunzi. Ajungi dator. Te faci de râs. Te îndatorezi și mai mult. Dispari.

— Vorbești despre droguri?

— Nu doar, deși Gasskas începe să semene cu Järfälla. Copiii se omoară cu droguri, iar poliția e neputincioasă.

— Trist, spune Mikael, înghițind ultimele picături din berea căldută.

— Va fi din ce în ce mai rău, crede-mă. Când capitalul se va muta în nord, îl vor urma și afacerile dubioase. Ne-am pricopsit deja cu o gașcă MC, importată direct din Stockholm.

— Hells Angels? întreabă Mikael.

— Nu, îi cheamă altfel, tot ceva biblic. Abbadon, Gehenna, Hades...

— Svavelsjö[4]?

— Exact, așa îi cheamă.

Mikael începe să-și dea seama că bărbatul poate că are dreptate în legătură cu Gasskas. Svavelsjö MC? E nasol ca

---

4 Lacul de foc și pucioasă.

naiba. Ar fi trebuit să fie de mult eradicați de pe fața pământului. Verifică rapid numele pe mobil. Cea mai recentă știre este din vara asta: *PE MOTOCICLETĂ PENTRU FONDUL DE AJUTORARE A COPIILOR BOLNAVI DE CANCER.*

— Ticăloși inteligenți, comentează IB. Au defilat în convoi prin oraș. Cine a vrut să facă o tură cu ei pe motor, a plătit. Comuna a dat o sumă dublă. Au strâns 140 000 de euro în beneficiul copiilor bolnavi de cancer. Drăguț, nu?

— Chiar așa, răspunde Mikael, încercând să le mărească fețele. Tu cu ce te ocupi?

— Nimic, sunt pensionar de vreo doi ani.

— Și înainte?

— Psiholog. Ultimii 20 de ani la Säpo[5].

— Ce face un psiholog acolo?

— Un pic din toate, răspunde el evaziv. În mare, profiluri de infractori.

Mikael știe ce limbariță au de obicei Serviciile de informații. Adică deloc, iar IB nu face excepție, deși profită de ocazie să mai sape puțin. Fără niciun rost.

— După pensionare am cunoscut o femeie în Uppsala. Avem o relație la distanță, ca să zic așa.

După care nu-și mai spun nimic mai mult decât „Noapte bună", „Mă bucur că ne-am cunoscut" și „Mulțumesc pentru bere".

A fost o zi lungă. Vor urma zile și mai lungi. Mikael rămâne îmbrăcat, stinge lumina imediat și închide ochii. Nu că ar crede că va putea să adoarmă. Totuși, e posibil să fi ațipit când IB de la Säpo trage ușa compartimentului și se urcă în patul de deasupra lui.

— Ești treaz? îl întreabă.

Mikael nu știe dacă să răspundă. În cele din urmă, zice:

---

5 Serviciul suedez de informații.

— Mhm, se pare că da.

— Am o fiică. Obișnuim să mergem la pescuit vara și la vânătoare de potârnichi arctice iarna. Întotdeauna a fost fata tatei. Îi place să facem tot felul de lucruri împreună. Avea doar 15 ani când și-a luat un job peste vară, la atelierul de mobilă.

— Aha, sună bine, comentează Mikael pe un ton neutru, în speranța de a reduce la tăcere narcisismul de familie.

— Da, și nici fratele ei nu e mai prejos, dar ea, Malin, are ceva special. E, ce pot să spun, bună la suflet. Probabil că a intrat în ceva necurat, doar ca să fie drăguță. Se schimba de la o zi la alta. Nu-i mai păsa de școală, deși mai avea doar un semestru până la absolvire. Nu se mai vedea cu prietenii. N-a vrut să spună ce e nici măcar fratelui ei. Se ducea la Luleå sau Kalix. Ne suna uneori să venim să o aducem cu mașina acasă. Am încercat să-i răspund cu aceeași monedă. Să vină acasă cum poate, că eu nu mă mai duc s-o iau. Când nu venea acasă, stăteam treaz nopți întregi. O sunam, o dădeam dispărută, o căutam pe unde puteam. Am recuperat-o câteva zile până să dispară din nou. După două săptămâni, a venit o carte poștală de la Stockholm. Scria: *Numai bine! Mă întorc când o să fiu pregătită.* Apoi n-am mai vorbit mult timp, până când a reapărut brusc în Gasskas. S-a înscris la Komvux să termine liceul, s-a apucat de hochei și a redevenit ea însăși.

Bărbatul rămâne tăcut. Chiar și sforăiturile din jurul lor încetează. Săgeata de Laponia mugește în noapte ca un animal sălbatic, iar Mikael întreabă într-un final:

— Ce s-a întâmplat pe urmă?

— A dispărut. Asta a fost acum doi ani. Nu s-a mai auzit nimic de atunci. Nicio urmă, până ieri, când a sunat poliția. Un vânător a găsit rămășițe omenești și se crede că ar putea fi Malin. Mă duc acolo să îmi recolteze probe ADN.

4

SMS-ul vine dimineața. *La cimitir 15:30. Vino acolo. Altfel...*

Altfel ce? Nu știe.

A început la scurt timp după dispariția Mamei-Märta. Svala deschide ușa și doi tipi dau buzna înăuntru. Cam de un an, au adăugat la uniforma lor veste de piele, cu Svavelsjö MC pe spate. Vara umblă pe motociclete americane, dar acum e iarnă. Pe stradă, un Dodge Ram toarce la ralanti.

Tu nu pricepi ce onoare e să faci parte din Svavelsjö. E un club cu clasă. Complet independent de cluburile HD. Sunt pe cont propriu. Pentru ei, motoarele sunt totul.

Și lucrează ca îndrumători de cluburi școlare, spune Svala.

Exact, răspunde Plastic-Peder. Oameni obișnuiți, muncitori și onorabili.

Svala ordonează alfabetic cunoștințele lui Plastic-Peder. Nu după numele lor reale, ci mai degrabă o listă cronologică cu litere, în funcție de momentul în care au intrat în viața ei.

Cu acuratețea unei secretare, le notează într-un caiet. Aceste două splendide exemplare de rahat sunt vechi cunoștințe, cu literele E și F.

Carnetul datează de cel puțin șapte ani, dar s-a schimbat de-a lungul timpului. La început, putea să scrie lucruri precum „E și cu mine am fost la Frasses" sau „F este drăguț când suntem singuri". Acum, se limitează strict la litere, la numele reale, dacă le știe, și la semnele distinctive. De exemplu, F are o aluniță violet pe tâmpla stângă. E nu are pilozitate naturală și e exagerat de gras.

E o împinge pe canapea, se așază lângă ea și își pune brațul, inclusiv subsuoara transpirată, în jurul ei.

— Și ce mai face Micuța? întreabă el.

— Bine, răspunde ea, ținându-și răsuflarea până când se trage cu greu din strânsoarea lui.

— Înțelegi tu, avem o problemă comună. Märta. Fiindcă tu ești o fată ageră, credem că știi unde e.

— Nu știu, zice ea, ceea ce este absolut adevărat.

Seara, merge din loc în loc. Începe la Buongiorno și termină la Statt, dar nimeni n-a văzut-o pe Mama-Märta.

În ultima vreme, a extins zona. Imediat după școală, se duce în centru. Se plimbă în zigzag printre magazine, prin Åhléns, mai departe până la Systembolaget via bibliotecă și până la OK.

Uneori are impresia că o vede. Simte cum o cuprinde ușurarea, la fel ca disperarea când își dă seama că s-a înșelat.

— Märta ne datorează bani. Foarte mulți bani.

— Și ce legătură are asta cu mine?

E o trage iar spre el.

— Îți amintești când am fost pe pârtia de săniuș din Kåbdalis?

Tu dă-te un pic cu sania, eu am de rezolvat niște chestii. Vin să te iau mai târziu.

— Îmi placi, Micuțo, știi bine, dar datoria e datorie. Nu doar veniturile se moștenesc. Dacă mama ta a dispărut, tu trebuie să plătești. Înțelegi, nu?

Hai, nu mai urla atât, ai primit chiar și un O'boy gratis.

— N-am niciun ban, ripostează Svala. Și nu mă cheamă Micuțo.

— Nu, nu, bineînțeles că nu. Ești o domnișorică de acum, spune el, ciupindu-i obrazul. O altă chestie cu domnișoricile e că sunt bune de muncă. Vei prelua jobul mamei tale, pur și simplu. Până va scăpa de datorii.

— Nu se poate, spune Svala. Mă duc la școală.

— Exact. Am auzit că ești al dracu' de bună la cifre și avem o treabă pentru tine. Când termini, considerăm datoria plătită.

Acum așteaptă în mașină. Potrivit lui F, casa nu are alarmă.

— Ce să caut? întreabă ea.

— Păi, ce țin oamenii în seifuri, Micuțo? Lucruri de valoare, poate. Ia tot ce găsești. O să-ți verificăm fiecare milimetru din corp, deci nu încerca să faci pe deșteapta. Bani, bijuterii, orice.

Svala închide portiera din spate făcând cât de puțin zgomot poate și se îndreaptă cu prudență spre casă. Doi corbi o urmăresc din copac în copac, ceea ce e bine, pentru că o vor avertiza dacă apare brusc vreo mașină sau vreun om.

Nu știe cine locuiește aici, dar casa și tot ceea ce o înconjoară pare scump. Nu precum o casă obișnuită de Gasskas, cu șindrilă roșie, muchii albe și garduri vii de scoruș.

Mai jos de casă, fluviul trece peste stânci negre și apa cade liberă. Grădina seamănă mai mult cu un parc și, deși e deja octombrie și o toamnă târzie, mai sunt câțiva trandafiri înfloriți.

Mângâie capul rece al unui leu, urcă scara lată și sună la sonerie. Acesta este planul. Să sune la ușă. Să se asigure că nu e nimeni acasă. Să spună că vinde lozuri la hochei dacă se întâmplă totuși să fie cineva acolo. Să intre prin efracție și să urmeze harta desenată de mână pe care a primit-o de la D.

Nu răspunde nimeni, iar Svala pipăie ușa. Încuiată. Dă o tură în jurul casei și încearcă ușa de la terasă. Încuiat și acolo. Merge mai departe spre capătul dinspre vest al casei, unde e ușa spre pivniță. Tot încuiată. Își trece mâna peste nișa în care se află scările exterioare.

O fac pentru tine, Mama-Märta. Ajută-mă să reușesc să intru.

Ușa are mai multe gemulețe pătrate. Suficient de mari încât să încapă prin ele un braț de fată. Își trage mâneca jachetei peste pumn și sparge geamul. Cioburile pătrund în țesătură când bâjbâie după clanța de pe cealaltă parte a ușii. Căptușeala jachetei se îmbibă de sânge și se lipește de ea. Găsește pe pipăite cheia, o răsucește și intră.

Ochii i se obișnuiesc cu întunericul, iar Svala urcă încet. Rămâne mult timp în fața ușii care dă în casă, după care pășește în holul inundat de lumină puternică, unde razele soarelui formează pete de lumină care joacă pe podeaua de marmură. Se descalță și scoate harta simplă pe care i-au dat-o, câteva linii pe spatele unei scrisori nedeschise de la executorul judecătoresc.

Camera este la etaj și parcă e decupată dintr-un reportaj „Acasă la Jan Guillou". Animale împăiate înșirate dichisit, cele mai multe de-a lungul pereților, altele în picioare pe podea sau pe rafturi; o urmăresc toate cu priviri goale. Pentru a doua oară în aceeași zi, mângâie un leu pe cap.

Seiful este într-un șifonier. Împinge costumele la o parte și se așază în genunchi.

Cu excepția culorii, seamănă cu cel de la pizzerie. Nicio funcție digitală de spart. Doar cifre și litere.

Își trece mâna peste butoane. Închide ochii și își imaginează că se află în mijlocul unui labirint. De sus, ar putea fi văzut ca o circumvoluțiune a creierului, cu încăperi și cămăruțe. Cele mai multe coridoare se înfundă sau se învârt în cerc, și foarte puține te lasă să avansezi.

Treptat, i se deconectează toate simțurile: mirosul, auzul, senzația tactilă și acea parte a văzului care privește în exterior. Inima bate mai încet, pulsul scade la minimum.

Dacă ar întreba-o cineva, ar spune că e logic. În loc ca energia să fie distribuită uniform pentru toate simțurile și organele, ea se concentrează într-un singur loc: capacitatea ochiului de a privi în interior.

Aceeași persoană i-ar pune probabil sub semnul întrebării teoria și ar respinge-o ca pe o fantezie vie, dar adevărul este că funcționează. Privirea interioară nu are nevoie de chei. Nici de vreo dovadă empirică sau echipă de cercetători. E independentă de tot ce e lumesc și e ghidată doar de animalul-gazdă al ochiului. În cazul de față, Svala.

Ușa seifului se deschide cu un clic.

Rămâne nemișcată și ascultă. În casă e tot liniște. Dacă vine cineva, asta e. La urma urmei, ea e doar o fată de 13 ani, în turneu de intrări prin efracție în case. Cel mai rău lucru care se poate întâmpla e să fie trimisă undeva. Ceea ce s-ar putea să nu fie un lucru chiar atât de rău.

În aproximativ un minut, a deschis ușa.

Seiful e gol.

Nici urmă de teancuri de bancnote, coliere de diamante, diademe de proveniență regală sau lingouri de aur. Pentru orice eventualitate, trece cu mâna peste pereții seifului. Pustiu ca o cutie de bere goală.

Închide ușa seifului, aranjează costumele la loc și caută prin buzunarele sacourilor. Tot ce găsește sunt câteva monede, un bilet cu un număr de telefon din străinătate și o tabacheră. Pune obiectele găsite în buzunarul jachetei și se îndreaptă spre birou. Același lucru. Nimic de valoare.

N-o s-o creadă. Dimpotrivă, o să pretindă că a ascuns banii în pădure sau cine știe ce altă chestie josnică.

E și F aparțin cercului de prieteni de afaceri ai lui Plastic-Peder, așa cum îi numește el în mod ridicol. Împreună cu alți ratați, formează un nivel în ierarhia care începe cu bărbați fără nume și se termină cu... Ei bine, nu prea știe. Cei ca ea, poate, sau mici traficanți cu cașul la gură.

I-a tot văzut de când se știe. Făcea tot posibilul să stea deoparte atunci când canapelele erau ocupate până la refuz de bețivi și drogați sau doar de Plastic-Peder cu o cutie de bere, o țigară și ochi mici, răi și pătrunzători. Calea de ieșire a fost întotdeauna cea de intrare. Capacitatea de a închide sunetele și vocile. Și, bineînțeles, Mama-Märta. Ca un zid între ei și ea. Cel puțin uneori.

Pentru tine fac toate astea. Când se termină totul, plecăm de aici. Te las pe tine să hotărăști unde o să stăm. Dar nu uita, Svala. Pentru tine fac toate astea.

Svala nu e dușmănoasă, e doar corectă. Un copil nu trebuie subestimat niciodată. Adună cuvinte. Le notează. Face coloane pentru date, evenimente, nume și locuri și coase carnețelul în fundul unei maimuțe de pluș.

Într-o zi, va găsi o modalitate să le vină de hac. Să-i vină de hac lui Peder Sandberg. A urî e un cuvânt încărcat inutil cu valoare, un cuvânt care îi face pe oameni slabi.

Se spune că tatăl adevărat al Svalei este mult mai rău decât toți. O legendă, care e adusă în discuție doar atunci când trebuie descris ceva cu adevărat ticălos. Cu fiecare poveste, el devine mai înalt și mai mare. Dar Svalei îi e greu să creadă că ar putea exista ceva mai rău decât Plastic-Peder.

Nu acum. Dar în curând o să-ți vină rândul. Gândul o liniștește.

Svala tocmai iese din cameră când aude un zgomot. Se oprește și ascultă. La naiba. Pași care urcă pe scări.

Se grăbește înapoi spre grădina zoologică. Trage ușa șifonierului în urma ei, se strecoară în spatele costumelor și respiră cu gura și nasul lipite de o mânecă de sacou, până i se liniștește pulsul.

Pașii se aud clar acum. Pași rapizi și hotărâți, îndreptându-se, la dracii dracilor, chiar spre șifonier. Se trage înăuntru, cât de adânc poate.

Mama-Märta, te rog, ajută-mă pentru ultima oară. Pe urmă o să te las în pace, oriunde te-ai afla.

Printre costume, întrezărește o persoană, un bărbat. Acolo, în șifonier, o lovește o amintire. S-au mai întâlnit înainte, cu atât de mult timp în urmă, încât n-ar trebui să-și amintească.

Svala stă pe umerii lui, iar Mama-Märta e veselă. Se duc cu toții la locul de scăldat, iar ea primește o înghețată. Cineva strigă, iar ea recunoaște vocea. Vocea este furioasă. O trage pe Svala la pământ și ea se lovește cu capul de o piatră. O mână o apucă, o poartă ca pe un covor bătut și se îndreaptă spre o mașină. Ea țipă. Mama-Märta aleargă. O mașină pornește.

Închide ochii până ce amintirea dispare.

Degetele bat codul seifului și ușa se deschide. Apoi se închide, iar pașii se îndepărtează.

Trebuie să iasă din casă acum. Acum, indiferent ce se întâmplă cu tipii din mașină. Se strecoară cu greu afară, prin jungla de costume. Se îndreaptă spre scară, făcând câte un pas prudent. Se oprește. Ascultă. Casa e goală, e aproape sigură. Atât de goală și tăcută încât...

N-o face. Trebuie să te întorci la mașină. O să te omoare în bătaie.

Da, și dacă ei o omoară în bătaie, cine o va găsi pe Mama-Märta a ei?

Se întoarce la șifonier. Tastează codul și se roagă să găsească o pradă acolo. În continuare, niciun teanc de bancnote. Doar un plic stingher. Un plic stingher închis, cu ceva tare în el și cu numele ei ca destinatar: PENTRU SVALA HIRAK. Rupe plicul și îl deschide. O cheie.

Nu se poate întoarce cu mâna goală. Cu toate astea, își dă jos pantalonii și împinge cheia cât de mult poate. Își asumă un risc. Nu există nicio garanție că nu se vor uita acolo.

Abia când a ajuns în hol își amintește de pantofi. Sneakerșii ei lăsați frumos la intrare, care nu au ce căuta în acea casă. Probabil că i-a văzut și el. *Bărbaților le lipsește simțul pentru detalii. Nu cere niciodată unui bărbat să caute ceva. Sunt praf la așa ceva.*

În ochii Mamei-Märta, bărbații sunt praf la majoritatea lucrurilor, și cu toate astea, e dependentă, îi vrea în preajma ei.

Dacă îl dai afară pe Plastic-Peder, ești scutită de toți nervii, spune Svala.

Ești prea mică să înțelegi, răspunde Mama-Märta, și nu-i mai spune Plastic-Peder. Cel puțin nu când te aude.

Ultima bucată de drum până la mașină o parcurge în fugă. Încetinește când ajunge la hambar, ca să-și tragă răsuflarea și să-și adune gândurile.

Nu există alternative. Poate doar să spună adevărul, că seiful era gol. Acum, fie ce-o fi, e pregătită.

5

Mașina a înaintat puțin și încă n-o văd. E coboară geamul și își aprinde o țigară.

— De acord. Puștoaica știe deja prea multe.

Nu aude ce răspunde F.

— Da, da, dar chiar și așa, zice E. Poți să-ți asumi meritele, dar nu aici. Ne ducem spre Vaukaliden, nu?

Pentru cei din Gasskas, Vaukaliden înseamnă ceea ce pentru cei din Stockholm este „un loc în picioare în Nybroviken"[6]. Svala se lipește de peretele hambarului, îndepărtându-se pas cu pas de mașină. Cu câțiva metri înainte să ajungă într-un loc ferit de ochii lor, ei pornesc brusc mașina și o iau spre ea, cu faza lungă pornită.

Primul impuls este să își protejeze ochii de lumina puternică. Al doilea este să fugă. Iepurele are o nemeritată reputație de a fi fricos. În schimb, e foarte bun la fugă.

---

6 „Un loc în picioare în Nybroviken" este numele dat unei metode prin care victima ucisă este aruncată în apa golfului Nybro (Nybroviken, situat în centrul orașului Stockholm), cu labele picioarelor în ciment sau beton.

Iepurele se întoarce și sare peste un șanț, se împiedică de o creangă, se ridică din nou și o tulește mai departe prin pădure, spre munte.

Se aude închizându-se o portieră de mașină. Pași repezi pe drumul cu pietriș. Svala se oprește; dacă se mișcă, va fi văzută. Dacă nu se mișcă, o va prinde din urmă.

Iepurele fuge. Un glonț îi trece peste umăr. Încă unul îi ratează la mustață piciorul drept.

Există o scurtătură prin pădure. O potecă. O legătură între sate. Un drum spre școală pentru o bunică speriată de întuneric, înainte să existe șosele. Odolean, sunătoare, rozmarin sălbatic, mușețel. Asta a fost acum mult timp. Poate într-o altă viață.

Întunericul protejează, sunetele dau de gol. Se apropie. Trosnesc niște crengi. Plămânii ei luptă pentru aer. Pipăie pe jos. O creangă și o piatră. *Ultima ta șansă, iepurilă. Pe urmă, ești mort.* F încetinește. Ascultă. Ea așteaptă.

Bărbatul face câțiva pași. Ascultă din nou. În curând. În curând. Se hotărăște asupra crengii. Pune piatra lângă picior. Se ridică încet și prinde creanga cu ambele mâini. E grea. Mai grea decât a crezut.

Strigătul de luptă răsună ca urletul unui lup în noapte când creanga îl lovește în cap cu forța unei mâini de războinic. O dată, de mai multe ori.

— Mori, nenorocitule, mori! țipă ea.

Și dacă nu moare? Iepurele fuge. Luna trece peste vârfurile copacilor. Are impresia că zărește în depărtare silueta vârfului Björkberget. Alege să o ia spre munte, aleargă, cade, se ridică. Ramurile brazilor îi biciuiesc fața. Ar trebui să dea imediat de potecă. Fugi, iepurilă, dacă vrei să trăiești. Vrea să trăiască? Aleargă. Mușchiul se transformă în mlaștină și lipăie prin apă și noroi. Se scufundă. În mlaștina fără fund trăiesc spiritele. Coada-calului, țăpoșică, Saxifraga hirculus, Myrica gale. Apa îi ajunge până la genunchi. E sleită de puteri. Ajutându-se de un mesteacăn tânăr, se ridică din apa mlăștinoasă. Sare peste un ultim șanț și iese pe cărare.

Se strecoară în spatele unui pin. Își permite luxul de a-și trage sufletul câteva secunde. Trage cu urechea la pași, dar în pădure e liniște. Picăturile de ploaie cad pe frunze și pe tufișuri, iar luna plutește pe bolta albastră a nopții.

Ține-ți creierul ocupat ca să nu te rătăcești. Răzuiește niște rășină și fă-ți gumă de mestecat.

E prea întuneric pentru a căuta rășină. Trage de câteva ramuri de brad și schimbă mirosul de sânge cu cel amar de conifere. Merge mai departe.

Ar trebui să fie o casă pe-aici, pe undeva.

Biata Marianne n-a avut viață ușoară, spune bunica.

De ce? întreabă Svala.

Și-a pierdut copiii.

E lumină la parter.

— Cine e acolo?

— Svala, răspunde ea. Am vrut s-o iau pe o scurtătură spre casă.

— Prin pădure, noaptea, când plouă cu găleata? Ți-ai pierdut mințile? Treci înăuntru!

Femeia îi ia geaca și o atârnă pe un scaun lângă șemineu. Bagă hârtie de ziar în pantofi și îi așază alături.

— Scoate-ți hainele, o îndeamnă ea. Și pantalonii.

Intră legănat în camera mică și se întoarce cu o pereche de blugi tociți și decolorați, mărime pentru copii, și un pulover de lână cu petice de piele pe coate.

— Cred că îți vin. Nu sunt chiar ultima modă, dar o să te usuci și o să-ți țină de cald.

Îi apare o licărire în ochi și trage brațul Svalei spre ea.

— Îți curge sânge, observă femeia, și acum vede și Svala că mâneca nu este udă doar de la ploaie.

Cu ochii minții, s-a întors la casa aceea și la fereastra spartă a pivniței. Trebuie să fi lăsat pete în urma ei. La naiba! Ar trebui să se întoarcă și să le șteargă, dar mâinile femeii sunt uscate și calde. Miroase a pâine, iar casa e frumoasă.

— Nu doare? întreabă femeia cercetând rana, care arată ca o bucată de carne filetată.

— Nu, răspunde Svala. Poate ai un plasture?

— Ar trebui cusută, observă femeia, scotocind printre lucrurile dintr-un dulap din bucătărie.

Se întoarce cu spirt și bandaj.

— O să usture, o avertizează și toarnă dezinfectantul pe rană.

Svala nu știe ce înseamnă usturimea, dar nu spune nimic. Fără să scoată un sunet, se lasă pur și simplu bandajată cu leucoplast și un pansament deasupra, probabil complet inutil. E plăcut, ca într-o casă de om. A trecut mult timp de când nu a mai mâncat, dar ar prefera să doarmă.

— Locuiești prin părțile astea? întreabă femeia. Poate ar trebui să suni acasă.

— Nu e nevoie.

— Aha, serios? Al cui copil ești?

— A Märtei Hirak.

— Märta, spune ea, amestecând ceva într-o oală. Venea des aici când era mică. Pe urmă nu știu ce s-a întâmplat. În fine, asta a fost cu mult timp în urmă, adaugă ea și îi pune în față o farfurie cu supă, fără s-o privească.

După aceea, înfig brânză în furculițe și le scufundă în cafea suficient de mult să se înmoaie.

— Stai singură aici? întreabă Svala.

— Da, chiar m-am născut aici.

— Ai o bucătărie foarte plăcută, observă Svala și cască.

— Întinde-te puțin pe canapea, îi propune femeia.

Svala nu refuză. Și nu observă pătura întinsă peste ea. Nici că femeia dă un telefon și după câteva clipe bate cineva la ușă.

O trezesc niște voci. Femeia, Marianne, și o altă femeie stau în fotolii, cu niște hârtii în față și ochelari de citit pe nas.

— Dar, Marianne, nu te pot obliga, protestează femeia mai tânără, pe care se pare că o cheamă Anna-Maja.

— „Stăpânii" pot face mult mai mult decât bănuiești, răspunde Marianne.

— Da, dar nu orice. Dacă nu vrei să vinzi, nu vrei și gata.

— Voi locui aici până voi muri. Să mă împuște, dacă le trebuie terenul până atunci.

Când observă că Svala s-a trezit, amuțesc. Strâng hârtiile și duc ceștile de cafea la chiuvetă.

— Vorbiți despre parcul eolian? întreabă Svala, ridicându-se în fund.

— E fata Märtei Hirak, o prezintă Marianne, dând din cap spre ea.

— I-auzi! Nu te-am mai văzut de când te-ai născut. Și da, vorbeam despre energia eoliană. Nu că am avea ceva împotriva ei. Cel puțin nu în cantități moderate. Dar oamenii n-ar trebui să fie forțați să-și cedeze pământul. Nu-i așa, Marianne?

— Dar, dacă toată lumea refuză, atunci ce se întâmplă? întreabă Svala. Oricum, energia eoliană trebuie să fie mai bună decât cea nucleară.

— Da, sigur că da, răspunde Marianne, dar pădurea e mare. Ei construiesc acolo de unde câștigă cei mai mulți bani, nu unde e cel mai potrivit. Eu am rămas aici pentru liniște și pentru pădure, bineînțeles. O să construiască oricum, indiferent ce spun eu, dar asupra terenului meu eu decid, și nu altcineva. Punct.

— Ca „amin" la biserică, încheie Anna-Maja. Fata poate să meargă acasă cu mine, dacă vrea.

Merg tăcute aproape tot drumul spre oraș, înainte ca Svala să îndrăznească să întrebe:

— O cunoști pe mama mea?

— Nu chiar. E cu vreo doi ani mai mare ca mine, dar știu cine este. Am auzit că a dispărut, sau s-a întors?

— Ceea ce nu e furat se întoarce.

Gândurile o duc la cheia care i se freacă între picioare. O cheie care poate să ducă aproape oriunde. Dar nimeni nu ține o cheie în seif dacă nu e importantă. O va coase imediat în maimuță, propriul ei seif.

— Ai grijă de tine, spune femeia când Svala sare din mașină unde i-a cerut să oprească, mai jos de Tjädervägen.

— Salut-o pe Marianne din partea mea. Am impresia că nu i-am spus mulțumesc.

E trecut de miezul nopții când răsucește cheia în ușa apartamentului. La început, nu reușește să deschidă și trebuie să se strecoare prin deschizătură.

Corpul este întins pe o parte și fusta s-a ridicat în sus, peste varice. Nu pare nici rănită, nici speriată. Svala o întoarce pe spate și sună la 112. Poate că doar a leșinat.

Dacă are puls. Nu știe. Dacă respiră. Nu. Buzele sunt vinetii. Pielea, cenușie.

— Bunico, o strigă ea, scuturându-i ușor umărul.

Dar bunica deja culege margarete pe o potecă bătătorită din pădure.

Mă iubește, nu mă iubește.

— Cred că e moartă. Sau sunt sigură. Bunica mea nu mai există în corpul ei. Ați putea veni să o luați.

— La 15 minute distanță, o anunță operatorul de urgență.

15 minute, un sfert de oră.

În dreptul oglinzii din hol își ridică privirea. Monstera de pe comoda televizorului unde nu se mai află niciun televizor s-a răsturnat. Svala o udă și o îngrijește. O replantează primăvara și îi pune îngrășământ. *Te pricepi la plante,* spune bunica. Nici nu-i prea greu când au o singură plantă în ghiveci.

A fost cineva aici. Verifică fiecare încăpere, pe rând. Haine sfâșiate. Uși de șifonier larg deschise. Majoritatea lucrurilor lăsate te miri pe unde zac acum în mormane pe jos.

Maimuța stă în siguranță în colțul ei. Svala se liniștește. Restul este haos, dar poate fi curățat. Au căutat ceva, și acum bunica zace moartă pe podeaua holului.

Mătură resturile plantei de pe jos. Împinge sub canapea DVD-urile și cărțile împrăștiate pe podeaua din sufragerie. Închide ușile dormitoarelor și verifică unghiul dinspre hol.

Dezordinea i-ar putea determina să contacteze poliția. Iar poliția este ultimul lucru pe care și-l dorește aici. O vor duce undeva. Este un copil, până la urmă.

Nu sunt copil. Nu-i așa, bunico? Mângâie buclele albe și negre de pe fruntea ei și îi aranjează hainele.

Știe foarte puține despre bunica ei. Și chiar și mai puține despre restul familiei.

— Dă-i naibii, zice Mama-Märta când o întreabă Svala. Ei le au pe ale lor și noi le avem pe ale noastre.

— Ar trebui s-o înveți limba, o îndeamnă bunica.

— La ce folos?

— Ca să poată alege singură.

Dar între ce și ce ar trebui să aleagă, Svala nu înțelege. Așa că nu mai întreabă.

— Să sunăm pe cineva? întreabă ambulanțierul.

— Nu e nevoie, răspunde Svala, mătușa mea din partea tatălui e pe drum.

Singurătatea este un cuvânt ciudat. Atât de urât și totodată atât de frumos. Se încuie în camera ei și trage comoda în fața ușii. Etajul doi. În cel mai rău caz, va trebui să sară.

Noaptea trece fără evenimente. Când se ivesc zorii, se îmbracă gros, încuie ușa și se îndreaptă spre Björkberget.

Ascunsă de pădure, trece pe lângă casa Mariannei Lekatt și merge mai departe până în capătul potecii.

Un cocoș-de-mesteacăn zboară din ascunzătoarea lui, iar ferigile apăsate de înghețul nopții par să dea din cap. În dreptul șanțului, cercetează cu privirea mlaștina. Sare printre smocurile cele mai uscate, unde mestecenii pleșuvi se agață de pământul solid, și înaintează în pădure.

Merge din instinct, cu muntele în spate și cu soarele spre răsărit. Primul lucru pe care-l vede e un toc de cizmă.

Îți amintești când am fost pe pârtia de săniuș în Kåbdalis?

Este întins pe spate, iar capul e un amestec de sânge și așchii de os. Încă are în mână pistolul. Întâi vine corbul. Apoi, vulpea, jderul, șobolanii și păsările de pradă. Ultimul vine viermele. Îi trage cu greu pistolul din mână, se întoarce și pleacă spre casă.

În continuare, nici urmă de avortoni genetici în cizme de cowboy și veste de piele. Face un ceai și pregătește două sandviciuri. După aceea scoate carnețelul din fundul maimuței și face o nouă coloană sub F.

Decedat.

6

Fiindcă trenul a avut întârziere, aproape s-a luminat de ziuă când Mikael Blomkvist coboară în Älvsbyn. Se îndreaptă spre clădirea gării și o caută cu privirea pe Pernilla.

Știe că are o mașină roșie, dar nu știe marca. Însă nu zărește nicio mașină roșie.

O mașină care seamănă cu un jeep intră în parcare și frânează aproape de el.

— Ei, salutare, tată-socrule, strigă șoferul dinăuntru. Hai, urcă odată, ce naiba!

Mikael își pune geanta pe bancheta din spate. Nici urmă de Lukas. Doar Henry Salo.

— Oricum aveam de luat niște chestii din Älvsbyn, spune Salo. Iar Pillan a uitat de programarea la dentist a băiatului. Îți transmite salutări. O vreme al naibii de frumoasă, deși suntem în octombrie. Cum a fost călătoria? Ai luat micul-dejun?

— Îi spui Pillan?

— Da, chiar așa, ca schioarea aia de slalom. Nu ți se pare că seamănă?

— Nu chiar, răspunde Mikael, e mai degrabă...

Mai multe nu apucă să spună. Salo pornește un tur de *sightseeing* care durează până la Gasskas și acoperă totul, de la tipuri de pini, piste de control tehnic pentru automobile, zone militare, foste iubite și pârtii de schi, până la ape de pescuit și mlaștini cu fructe de pădure.

Se opresc să bea o cafea la cascada Storforsen. Când se întorc în mașină, Salo menționează în treacăt că aici va avea loc nunta.

— Capela e clădirea pe care ai văzut-o în josul apei, deși noi probabil ne vom căsători în aer liber, la cascadă. Cel puțin, dacă e după mine. Iar petrecerea va avea loc la barul Raimos. Știi, unde au filmat *Vânătorii*. Am închiriat tot locul. Pillan ar prefera la hotel, dar Raimos e mai mult, da, e ce trebuie, ca să zic așa. La nunta mea vom mânca, vom bea și vom dansa. Apropo, vrei să conduci tu? Doar ce-am ridicat-o. Un Merțan nou-nouț, nu o nenorocită de-aia de mașină electrică. Cu rahaturi de-alea n-ai ce să faci aici, în nord. Mă rog, poate doar s-o ții ca mașină de serviciu, acolo n-ai de ales, dacă nu vrei să te hărțuiască păcălicii ăia de ecologiști.

— Nu, condu tu, știi mai bine drumurile, răspunde Mikael.

Salo trage cu coada ochiului la el.

— Ai permis, nu? Da, iartă-mă că te întreb. Băiat de Stockholm, știi tu.

Și apoi Salo râde din nou.

Chiar înainte de Gasskas, încetinește din cauza renilor de pe șosea. Într-o parcare, puțin mai departe, se văd mai multe veste reflectorizante.

— *Missing People*, observă Mikael. Ce caută?

— Naiba știe, probabil vreun puști drogat care s-a rătăcit în pădure.

— Sunt așa multe droguri aici, în nord?

— Mănânci calule, ovăz? Măcar am fost scutiți de focuri de arme între bande. E ca dracu' că poliția nu poate să prindă niște copii cu barbă[7] și să-i trimită înapoi în țara talibanilor.

— Nu cumva amesteci lucrurile acum?

— Nu, deloc. Și să nu vii să-mi susții mie că sunt suedezi tinerii care umblă pe aici cu arme încărcate.

— Cei mai mulți dintre ei s-au născut în Suedia, încearcă Mikael, dar Salo continuă să vorbească despre musulmani, femei cu burka și tați absenți.

— E ca o epidemie nenorocită. Iar polițiștii stau ca proștii și nu pricep nimic. Ce dracu', trebuie doar să-i închidă și să arunce cheia. Condamnare pe viață, asta ar trebui să primească.

Cum Mikael nu are putere să răspundă, Salo schimbă din nou subiectul.

— Permite-mi să-ți urez bun-venit în Gasskas. Orașul mic cu viziuni mari.

— E sloganul orașului vostru?

— Nu, dar are un sâmbure de adevăr. E clar că ne trebuie un slogan. Un concurs, poate, cu premii deosebite. Bilete gratuite la hochei sau cină la Statt.

— Orașul mic cu marele șef local, sugerează Mikael, deja sătul de Henry Salo.

— Nu e rău deloc, chicotește Salo. Aici e noua baie comunală; am inaugurat-o acum o săptămână. Iar în stânga ai tot ce e mai sfânt.

— Biserica.

---

7 Expresie cu sens peiorativ sau folosită în glumă la adresa tinerilor adulți din Orientul Mijlociu și Africa de Nord, care susțin că sunt mai tineri decât în realitate pentru a beneficia de sistemul suedez de Asistență socială.

— Sediul administrației locale. Aici începe totul. Inima comunei.

— Casa Salo, vrei să spui.

— Tocmai mi-ai dat o idee, mulțumesc! În weekend se inaugurează hala pieței[8]. Încă nu are un nume, așa că ce părere ai?

— *Hala Salo*, spune Mikael.

— Exact, fără mine nu s-ar fi construit niciodată.

După care adaugă:

— Eh, am glumit. Sunt o mulțime de oameni implicați în proiectele noastre, nu doar eu.

— Cum ar fi la mină? întreabă Mikael, iar Salo se luminează tot.

— Exact, exact. Ai citit, presupun. Un proiect foarte frumos, care ar fi cu adevărat important pentru comunitate. Roca de bază a muntelui e bogată în metale rare. Întreaga lume duce lipsă de ele și e mai bine să ne ocupăm de problemă la noi acasă decât să cumpărăm rahatul din țările în curs de dezvoltare, unde oamenii mor în mine ca muștele. Mă rog, să sperăm că păcălicii ăia ecologiști își bagă mințile în cap. Nu ne putem permite să pierdem miliarde de dolari de dragul câtorva prăpădiți de reni.

— Nu, cum ar arăta? comentează Mikael gândindu-se la IB.

Unul își conduce fiica la altar, altul își caută copilul pierdut.

Se gândise să facă o remarcă dimineață, dar când a venit momentul, se grăbea. I-a întins o carte de vizită cu logoul *Millennium* și i-a propus să se întâlnească la o bere într-o zi. Genul de lucruri pe care le spui pentru că sună bine, dar care probabil nu se vor întâmpla niciodată.

---

8 *Saluhall* în suedeză.

7

Lui Marcus Branco nu-i place frigul, dar îi place priveliștea.

— Deschide, spune el, iar ușa se deschide.

Iese cu scaunul cu rotile pe terasă și respiră adânc de câteva ori.

Sub el se întinde pustietatea. În depărtare, munții golași împung cerul ca niște proeminențe stâncoase inocente, iar mici cascade se boltesc precum niște cocoașe pe fluviul care curge liniștit în drumul său cotit spre est.

Casa nu se află aici din întâmplare. El, ei au căutat mult timp locul perfect, muntele perfect. Își imaginează că și Hitler trebuie să fi gândit la fel atunci când stătea în Obersalzberg, urzind planuri pentru cuiburile sale de vultur. Vederea să fie liberă. Baza stâncoasă, potrivită pentru buncăre și căi de evacuare subterane.

Buncărul. Aproape 3 000 de metri pătrați, împărțiți în patru săli conectate prin tuneluri, scări și o serie de încăperi secundare, și terenul le deține de câțiva ani. Clădirea rezidențială, încorporată inteligent în peisajul muntos și la fel de invizibilă pentru lume ca și buncărul, a apărut mai târziu.

The Branco Group este în prezent la fel de curat cum sugerează și numele său. Și-a făcut anii de penitență. A adunat un capital confortabil care în curând se va înmulți ca somonul care urcă pe râuri până la izvoare, și asta în domenii perfect legitime. Sau pe-aproape. Uneori, banii se fac pur și simplu prea penibil de ușor ca să te abții.

Intră înapoi. I se face repede frig la picioare. Peste o oră și un pic, cavalerii au întâlnirea de dimineață. Nu este prima dată când își prezintă planurile. Acum le va arăta doar niște cifre. Ia liftul până jos, în sala de conferințe, și pune la încălzit apă pentru ceai.

Aici, la o adâncime respectabilă, armata știe probabil distanța exactă, groaza față de ruși din secolul XX este pe cale să se transforme într-un *high-tech dream of a green revolution* de secol XXI.

Spre deosebire de Fortăreața Boden, situată puțin mai la nord-est, încăperile din stâncă sunt un loc necunoscut pentru lumea exterioară. Aici, niciun conservator de muzeu care pune mâna pe tot ce vede nu a meșterit încuietorile pentru a lăsa publicul să intre. Nici Consiliul Național al Proprietății nu s-a agățat de acest loc și nu l-a întreținut duios ca pe un monument cultural. Este un loc uitat. Scos din uz și vândut unui țăran la începutul anilor 1950, ca parte a unei gospodării forestiere.

Proprietar de pădure care a deținut și îngrijit 2 100 de hectare până la moartea sa. La scurt timp după aceea, totul a trecut în mâinile unui nou proprietar.

Acel nou proprietar, Marcus Branco, stă acum într-o replică exactă a scaunului cu rotile al lui Stephen Hawking și simte că are o atitudine pozitivă față de viață. În așa măsură, încât își poate permite o răsplată.

I se strânge stomacul. Au trecut deja câteva zile de când i s-a permis ultimei să plece. Mă rog, nu chiar pe picioarele ei. Probabil că în acest moment merge mai rău decât el.

Unul câte unul, se adună toți cavalerii. Blând precum Iisus, își plimbă privirea asupra fiecăruia. Cercul restrâns. Järv, Varg, Björn, Ulf și Lo. Trupa lui credincioasă de pe Långgatan din Teg.

Lui Branco îi place foarte mult să țină prelegeri. Cuvintele prind viață când sunt rostite.

— Înainte, erau fabricile de celuloză. Mai nou, putoarea vine de la transpirația acră a politicienilor și funcționarilor municipali stresați care, brusc, trebuie să facă față megacorporațiilor multinaționale ce bat la ușa provinciei Norrbotten. Numai că mirosul ăla nu e rău. E miros de bani! În Gasskas și împrejurimi există premisele să obținem succesul pe care îl merităm. Piața europeană merge bine. Industriile turează motoarele la ușa noastră. Dar se văd nori de furtună la orizont, iar voi știți cu toții despre ce este vorba: aprovizionarea cu energie.

Se duce la un flipchart și întoarce foaia.

În mintea lui are loc de mai mulți ani un proces mental. Capătul de lume cunoscut înainte sub numele de Norrland a căpătat brusc o identitate mai clară, iar Marcus Branco vrea să știe de ce.

A dispărut descrierea ridicolă a burlacului taciturn, singuratic, muncitor și consumator de tărie artizanală, care refuză să se mute în sud. În schimb, a fost înlocuită de funcționari locali exaltați care promit literalmente întregii lumi aur și energie verde. Iar lumea înțelege. Poate că totul a început odată cu construcția Halelor Facebook din Luleå în 2011, e neesențial, dar dintr-odată toți vor acolo. Se zvonește că Facebook primește curentul electric aproape gratis și brusc toți emigrează spre nord.

La Skellefteå se construiește una dintre cele mai mari fabrici de baterii din lume. Cam în același timp, companiile siderurgice și minele anunță că toată producția tradițională de oțel va fi eliminată și înlocuită cu așa-numitul „oțel verde". În loc de cărbune, se va folosi hidrogen gazos pentru a separa fierul de oxigen. Rămâne de văzut dacă directorul executiv al SSAB va bea produsul rezidual, care, pe lângă fier, este apa.

Branco se uită la cavaleri.

— Înțelegeți la ce mă refer?

Da, sigur că da.

— Când directorii diferitelor companii s-au întins pe câțiva kilometri de coloane prin ziare, vorbind despre importanța sprijinirii de către stat a unei industrii fără combustibili fosili, la care ei spun „da" și „amin", au ajuns totuși în situația de a fi nevoiți să răspundă la una și aceeași întrebare: Cu ce va fi alimentată această industrie? Pentru că toate sunt mari devoratoare de electricitate. Și aici nu vorbim de câteva procente din producția totală de energie electrică, ci de nevoi care depășesc cu mult ceea ce este considerat în prezent plafonul maxim. Electricitate care, în plus, va trebui produsă din energie solară, eoliană sau hidroenergie.

Branco mai întoarce o coală și împunge cifrele cu bățul indicator.

— Producția totală de electricitate a Suediei este de 166 de terawați, distribuiți pe 70 de hidrocentrale, 51 de centrale nucleare, 15 de cogenerare, una de energie solară, 27 de energie eoliană și alte câteva surse mai mici de energie. Noua industrie, așa-numita industrie verde, are nevoie de încă aproximativ 55 de terawați. Întrebarea este de unde îi vor lua. Energia nucleară iese din discuție, așa că lăsați-o baltă. Energia hidroelectrică este pe deplin dezvoltată, așa că uitați de ea. Energia solară într-o țară ca... s-o lăsăm baltă. Rămâne energia eoliană. Pentru că bate vântul. Câteodată.

Apoi revine la subiectul principal:

— Industria la scară largă care va furniza lumii baterii și oțel structural trebuie să găsească încă 55 de terawați de energie eoliană. Așadar, aproximativ dublu față de producția totală a Suediei.

— Scuze, intervine Järv, dar unde apărem noi în peisajul ăsta? Dacă energia eoliană e atât de nesigură, de ce să investim în ea?

— Tocmai urma să ajung aici, răspunde Branco. Dacă nu bate vântul, nu iese electricitate, indiferent de câte turbine eoliene s-ar construi. Iar când bate vântul, energia electrică trebuie folosită imediat, deoarece nu poate fi stocată.

Face o mică pauză retorică.

— Hidrogenul gazos, în schimb, poate fi stocat. Așa că, atunci când vântul bate cu cea mai mare putere, continuă el, putem produce hidrogen gazos și îl putem stoca — doar atât — în excelentele noastre spații construite în munte.

— Hidrogenul în stare gazoasă e unul dintre cele mai inflamabile gaze din lume, le atrage atenția Lo. Presupun că ai făcut un calcul de risc.

Branco întoarce din nou coala de hârtie și scrie „calcul de risc?".

— Nimeni nu poate calcula în întregime riscurile, deoarece nu există un echivalent al stocării la scară largă în altă parte în lume. Dar cineva trebuie să fie primul. Tehnologia nu este nouă, doar că trebuie mărit volumul cu câteva sute de mii de metri cubi.

— Toată provincia Norrbotten s-ar duce dracului dacă am da greș, îl avertizează Lo.

— Există multe feluri de a muri, răspunde Branco. Nu poate fi cel mai rău să fii spulberat de o explozie.

Terenul, încăperile construite în munte, poziționarea, vremurile în care trăim, cu crize energetice și creșterea prețurilor la electricitate — tocmai aici și-a identificat Branco șansa de a-și legitima poziția într-un mod pentru care societatea îi va mulțumi.

Va intra în producția de electricitate, și nu orice fel de electricitate. Cea mai curată și mai ecologică energie electrică din Suedia în acest moment. Energia eoliană. Și va deveni o ființă umană și mai bună. Una care își asumă o responsabilitate socială profundă investindu-și averea privată în viitor. Un vizionar, o persoană adorabilă, pe care lumea ar admira-o dacă i s-ar da ocazia.

Atât de departe nu are totuși de gând să meargă. Branco a parcurs un drum lung pentru a nu fi găsit sau văzut.

Atât energia electrică, cât și hidrogenul gazos vor fi vândute, ca aurul, celui care licitează cel mai mult. Pe scara spre Norrbotten, lumea stă în așteptare. Urâtă, murdară și dezgustătoare ca întotdeauna și înțesată de argumente ecologiste pe care le poate formula orice agenție de publicitate.

Și Branco are darul vorbelor.

— Politicienii suedezi, cu socialiștii și Partidul Verde ca breșă, s-au dat peste cap ca să satisfacă mișcarea ecologistă. Energia nucleară este demontată și în locul ei se ridică mori de vânt. Dar înainte ca firmele internaționale care dețin majoritatea turbinelor eoliene să le fi construit măcar, energia electrică este vândută în străinătate. Deși pe hârtie arată bine. Mica și frumoasa Suedie care are grijă de mediul poluat. Dintr-o perspectivă strict climatică, este mai bine ca energia electrică curată produsă în Suedia să fie utilizată în țări care folosesc în mod normal petrol sau cărbune. Faptul că tocmai suedezii trebuie să plătească toată petrecerea asta prin prețuri umflate la energie electrică, din cauză că în țară pur și simplu nu există suficientă energie electrică pentru ei, e o chestiune secundară.

Branco nu are niciun fel de veleități politice. Este doar supărat de cât de bătuți în cap sunt oamenii, și nu în ultimul rând politicienii. În ceea ce-l privește, orice fel de criză energetică este pozitivă. În ziua în care construcția parcului său eolian va fi gata, el va face regulile. Sau în fine, parcul „său" poate nu e chiar corect. Întrebați-l pe Henry Salo al cui este parcul și Salo vă va răspunde. Ce panaramă de om! Și apropo de el, în curând va fi timpul pentru o întâlnire față în față.

— În ceea ce ne privește, din punct de vedere financiar nu contează dacă încercarea de a depozita cantități mari de hidrogen gazos se duce de râpă, îi asigură Branco. Dacă ratăm o oportunitate, mii de alte oportunități stau la coadă. Dacă nu vrem să vindem contracte de tip PPA[9] megacompaniilor energetice, există și alte opțiuni.

Municipalitățile au ușa din față larg deschisă pentru companiile străine care stau la coadă pentru un petic de teren în schimbul accesului nelimitat la electricitate, deși poate că unele ar trebui să fie băgate în clădire pe la subsol. Sau deloc. Aici este locul unde Marcus Branco își cizelează argumentele. La urma urmei, Branco Group este, în esență, o companie de securitate. Puțini oameni cunosc atât de multe mizerii despre diverse țări și locuitorii lor ca Branco și cavalerii săi din jurul mesei de marmură semicirculare. Ar putea funcționa ca un fel de Sfântul Petru vopsit în verde la porțile raiului. Unii pur și simplu nu intră.

Bineînțeles că există probleme. Proprietari de terenuri arțăgoși și competitori care complotează, dar nimic care să

---

9 *Power Purchase Agreement*, contracte bilaterale directe pe termen lung între un producător și un utilizator de electricitate.

nu poată fi rezolvat cu capital. Branco s-a gândit la majoritatea aspectelor și se simte mai mult decât mulțumit. Pe urmă, există și alte părți ale planului, părți pe care încă nu este pregătit să le împărtășească nici măcar cavalerilor.

Stelele vor fi aliniate corect pe cer și pentru următoarea etapă. Semnele sunt deja vizibile, nu există nicio îndoială.

— OK, intervine Ulf, sună a plan pe termen lung, dar cum facem cu restul?

— Svavelsjö va prelua toată distribuția în nordul Suediei. S-au dovedit de nădejde în alte contexte. Vorbim aceeași limbă, ca să spunem așa.

— Da, știu. Svavelsjö e cea mai mică problemă a noastră. Sandberg e una mai mare. El și echipa sa n-au avut nimic de obiectat în privința fuziunii, însă informațiile de la MC arată că are piața lui de desfacere în zonele de est.

— Cu cât ai mai mult, cu atât vrei mai mult, comentează Branco, legănându-se iritat cu scaunul cu rotile.

Tocmai de așa ceva voia să scape și credea că a reușit.

— În cazul ăsta, cred că va trebui să-l curățăm.

— Îmi asum cu plăcere sarcina asta, spune Varg. Ar fi frumos să mai ies și eu un pic.

— Din păcate, încă avem nevoie de el, îl tempereazá Ulf. Nu uitați că este rege pe propriul teritoriu.

— Atunci va trebui să vorbiți cu el, decide Branco.

— Ceea ce am încercat. A fost înțelegător și a promis să-și încorporeze fostul teritoriu în Svavelsjö, ceea ce a și făcut. În paralel, a încheiat noi acorduri cu finlandezii. Poate chiar și cu rușii.

Acum Branco nu e doar enervat. E furios și trebuie să se gândească. La furie se nasc cele mai bune gânduri ale sale sau cele mai rele, în funcție de care parte te afli.

— Are copii? întreabă el.

— O fiică vitregă.

— Sunt apropiați?
— Neclar.
— Femeie?
— Posibil.
— OK, aflați tot ce puteți despre drăgălașa viață de familie a lui Sandberg și rezolvăm noi cumva.

8

— Acceptabilă baraca, apreciază Mikael Blomkvist, ridicând privirea spre casa veche de lemn. E casa părinților lui Salo?

— Nu prea, răspunde Pernilla. El a crescut în pădure, într-o colibă tradițională, din aceea fără coș de fum. Mama lui locuiește încă acolo. Foarte aproape de aici, adaugă arătând spre o pădure densă de conifere care ar fi trebuit să fie defrișată cu mulți ani în urmă.

— Nu ai întâlnit-o niciodată?

— Nu. Nu mai țin deloc legătura. Nu cred că a fost o mamă prea bună. Nu în sensul acela, cum ai fost tu un tată jalnic, ci mai degrabă în direcția de boală psihică. Henry nu vrea să vorbească despre ea. Iar eu am încetat să mai întreb.

Mikael șterge cu mâneca hainei o bancă de lemn și se așază. Nu-și poate da seama dacă în cuvintele ei există o acuzație. Sau dacă e vorba doar de o realitate incontestabilă. Ar putea să se agațe de această discuție. Să-și spună partea lui de poveste, dar în cazul ăsta nu ar ști de unde să înceapă.

— Altfel, totul e bine cu nunta și restul?

Pernilla întârzie un moment cu răspunsul.

— Până acum câteva săptămâni, totul părea bine.

Se uită la fluviu în loc să-l privească în ochi.

— Suntem împreună de ceva vreme. Henry e așa cum e, după cum sunt sigură că ai observat, dar are și alte laturi. Când l-am cunoscut, nu mă simțeam prea bine. Henry a fost ca o deschidere către lumină. Fără el, nu știu cum s-ar fi terminat totul. Aproape că nu-mi doream să mai trăiesc. El a avut grijă de mine așa cum nu mai avusese nimeni până atunci. Mă simt ocrotită alături de el.

— Atunci, de ce te îndoiești? întreabă Michael, primind un oftat ca răspuns.

— De fapt, nu știu. Se comportă ciudat. Vine acasă târziu, asta dacă vine acasă. Bea prea mult. Se răstește la Lukas.

— Ați stat de vorbă? întreabă terapeutul Blomkvist, regele tuturor anxietăților legate de conflictele relaționale și cel care preferă să părăsească încăperea când apar chestiuni incomode.

— Bineînțeles. Zice că e stresat, dar el așa e tot timpul. Numai că momentan nu e doar stresat, ci mai degrabă paranoic. Pune întrebări ciudate despre oamenii cu care am contact la serviciu. Verifică dacă e încuiată ușa. Stă la pândă la fereastră. Da, nu știu.

— Pare că îi e frică.

— Cred că are legătură cu parcul ăla eolian al lui. Un proiect idiot, dacă mă întrebi pe mine. Nimeni nu vrea parcul ăla atât de aproape de oraș, dar el i-a convins pe politicieni. Tot ceea ce are legătură cu administrația locală e cel mai important pentru Henry. Aproape că zici că își conduce propria companie.

— Da, pare foarte dedicat. Dar tu? Cum merge la serviciu?

— Depinde la ce serviciu te referi, mi-am schimbat locul de muncă în primăvară.

— Deci nu lucrezi la...

Își dă seama că nu prea știe cu ce se ocupă ea. Ceva legat de adolescenți, poate. Sau ceva cu muzică.

Bingo, Mikael Blomkvist.

— În momentul de față, sunt suplinitoare pe un post. Îndrumătoare la Umo. Să vedem cât o să dureze.

— Adică?

— Centrul de consiliere pentru tineret.

— Da, exact.

— Nu contează, spune Pernilla, vrei să vezi piscina din spate? Am construit-o anul trecut și de atunci probabil că am făcut baie în ea de două ori.

Îl ia la braț și se lipește de el.

— Mă bucur că ești aici, tată!

Tatei îi dau lacrimile. De obicei, îi spune Micke.

Au trecut de colțul casei și Pernilla se oprește. Și pe iarbă, și pe scările spre pivniță se vede sânge.

— Probabil a fost o pasăre. Ciudat că Henry n-a zis nimic.

Mikael adună cioburile pe care le vede. Câteva au sânge uscat pe ele, dar nu zice nimic. Ar putea foarte bine să fi fost o pasăre.

Cocorii zboară spre sud. Soarele se pregătește să apună, iar aerul s-a răcorit.

— Auzi, îi atrage atenția Pernilla, vine taxiul școlar.

Băiețelul nu e deloc timid. Sare imediat în brațele lui Mikael.

— Bună, bunicule, hai să-ți arăt ceva!

O iau împreună pe o scurtătură până la apă.

— Trebuie să te țin de mână ca să nu cad în apă, spune Mikael.

Mâna băiețelului e caldă.

Mikael o ține strâns tot drumul până jos, pe malul fluviului.

9

Acasă, Henry Salo este o altă persoană decât cea care l-a luat pe Mikael de la tren. Cuvintele nu țâșnesc din el ca niște torente când îi face turul casei. Pernilla i-a arătat deja parterul și camera în care va dormi. Etajul este împărțit într-o zonă privată, cu dormitoare, și biroul lui Salo.

— Ia loc, îl invită el, să testezi cel mai bun whisky din lume. L-am primit de la o cunoștință de afaceri. Mai nou, nu mai câștigă scoțienii premii, ci asiaticii.

Mikael se așează într-un fotoliu Chesterfield verde-închis și soarbe din băutură. Nu e mare fan al whisky-ului, preferă berea. Dar ăsta îi alunecă pe gât, iar Salo îi umple iar paharul.

— Ce cameră! remarcă Mikael, trecând cu privirea peste pereți. Zici că e casa lui GW[10]. Nu știam că ești vânător.

— Da, ce dracu'! Vânătoarea e poarta de acces la aproape orice. Trebuie doar să vânezi în compania potrivită.

— Ce vrei să spui?

---

[10] Leif G.W. Persson, criminolog și autor suedez.

— Vânătoare și afaceri, afaceri și golf. Un vânător priceput sau un jucător de golf cu handicap mic e la mare căutare. Toți vor să fie în cercul unui câștigător, așa stau lucrurile, indiferent dacă vinzi sau cumperi ceva.

— Și tu în ce categorie te afli? întreabă Mikael.

— Dacă te referi la mine ca șef al administrației locale, vânzătorul face jocurile. Toată lumea vrea să vină aici. Am o listă lungă de companii care așteaptă să le dau semnalul de OK. În principiu, putem alege din belșugul de megacorporații multinaționale care învârt globul cu bani și pun degetul pe Gasskas.

— Păi, sună bine, spune Mikael. Carisma ta îi atrage aici?

Latura lăudăroasă a lui Salo așteaptă în prag. Trebuie doar strigată să intre.

— Probabil pentru că sunt arătos, zice el, afișând un zâmbet evident de bărbat arătos, dar există un magnet de afaceri și mai puternic în Gasskas.

— Cine?

— Electra. Electricitatea. Fără accesul nostru nelimitat la curent, Gasskas ar fi în continuare ca orice altă vâgăună uitată de lume din părțile Suediei, fără ieșire la mare. Fără industrii, fără locuri de muncă. Electricitatea din Norrbotten e ca petrolul pentru norvegieni. Iar acum, când lumea a fost pusă la colț de suprapopulare și de păcălicii de ecologiști, care susțin că se apropie sfârșitul lumii, Norrland a devenit un nou Klondike. Mai lipsește doar să taie Putin gazul și fericirea e completă. În restul lumii, energia electrică costă o avere, dar nu și aici. Toți vor să pășească pe tărâmul făgăduinței, plin de energie hidraulică și eoliană. În plus, deseori pot pune o ștampilă pe produsele lor ca fiind prietenoase cu mediul.

Evident, lui Mikael nu i-au scăpat creșterea galopantă a prețului la energia electrică și *greenwashing*-ul, dar nu sunt teme pe care să le fi aprofundat. Subiectul nu are potențial de știre de senzație. Mișcarea ecologistă în ansamblul ei nu este sexy. E sentențioasă, pompoasă și plină de lobbiști.

— Totuși, acces nelimitat? întreabă el. E posibil?

— Absolut. Sigur, nu fără investiții, dar da, nelimitat, în principiu. Noi am tras lozul câștigător acum mulți ani, de când s-a făcut barajul pe fluviu, iar Vattenfall[11] a acordat compensații municipalității. Energia hidroelectrică e stabilă, dar, la fel ca toată lumea, trebuie să o completăm cu altceva, spre exemplu energie eoliană. Să mergem într-o zi în zona viitorului parc eolian. Dacă totul merge bine, va putea fi considerat cel mai mare din lume. Îți promit că vei fi impresionat. Terenurile goale de la ieșirea din Piteå — vai de ele!

Mai departe de atât nu ajung cu discuția, pentru că Pernilla le strigă de pe scară că e gata masa.

— Tu du-te jos, îl îndeamnă Salo, trebuie să dau vreo două telefoane. Vin și eu imediat.

Pernilla a pus pe masă șervețele și porțelanuri fine. Scaunele sunt tapițate. Lumânările ard pe masă, iar candelabrul de cristal e reglat la minimum.

— Ce frumos ai aranjat! remarcă Mikael. Mă simt de parcă aș fi oaspete la un conac.

— Mie îmi plăcea mai mult bucătăria noastră veche, comentează Lukas. Era comodă și plăcută.

— Comodă și plăcută, dar mică, intervine Pernilla.

— Era perfectă pentru noi, insistă Lukas, luând din cartofii fierți în coajă.

---

11 Vattenfall SA, cea mai mare companie de stat din Suedia care produce electricitate fără combustibil fosil.

— Se referă la apartamentul din Uppsala, îi explică Pernilla lui Mikael. Nu i-a fost ușor să se mute aici.

— În continuare nu vreau să mă mut, nu se lasă băiatul.

— Dar acum stăm aici, îi aduce aminte Pernilla, turnând vin în paharul lui Mikael.

— Pot să stau la bunicul.

— Atunci probabil că mamei tale i-ar fi dor de tine, îi atrage atenția Mikael.

În vocea băiatului se simte furie, iar Mikael nu e sigur că Pernilla o aude.

Sosul e fierbinte, iar carnea fragedă. Când au terminat aperitivele și jumătate din felul principal, apare și Salo și se așază la masă. Nu vrea aperitiv, iar din felul principal ia doar câteva îmbucături.

— Delicios, spune el și chiar atunci îi sună din nou telefonul mobil. Ai dracu' oameni, nu pot să stau și eu niciodată liniștit!

Ascultă fără să spună nimic.

— Bun, mulțumesc, atunci așa rămâne.

Fața i se netezește, acceptă desertul și îi sărută mâna viitoarei sale soții.

— Știai că Pillan e atât de pricepută la gătit? întreabă el, iar Mikael trebuie să recunoască o altă lipsă jenantă de cunoștințe în privința fiicei lui.

E copilul lui, singurul, cel puțin din câte știe el. Cu toate astea, știe mult mai multe despre cunoștințele sale femei.

Își pune brațul pe scaunul ei. Undeva, acolo jos, îngropată adânc sub straturi de neglijență, există tandrețe. O voință de a o cunoaște cu adevărat. Dacă vrea și ea. Ceea ce el nu știe.

— Se apropie ziua cea mare, începe Mikael. Cunosc vreun invitat, în afară de familia surorii mele?

— O cunoști pe mama. Vine cu trenul de seară, o voi lua de la autobuz. În rest, probabil că sunt mai ales cunoștințe de-ale lui Henry, cu excepția câtorva prieteni de-ai mei. Vrem să păstrăm totul la dimensiuni rezonabile.

— Nu vrem să fie prea scump pentru socru, rânjește Salo, bătându-l pe spate.

Lukas alunecă de pe scaun și se așază în poala lui Mikael.

— Poți să-mi citești?

Iar Mikael îi citește. Apoi probabil că a adormit cu băiețelul.

Îl trezesc niște voci care țipă una peste alta. Cuvinte care plesnesc ca niște palme pe obraz.

— Sunt al dracu' de sătul de cicăleala ta! îl aude pe Salo.

— Dar cum ar fi dacă te-ai implica și tu un pic în viața noastră? ripostează Pernilla șuierând. Nu te gândești decât la nenorocitul tău de parc eolian!

Se trântește o ușă. Apoi alta. Lukas se agită și se răsucește în somn, iar Mikael ciulește urechile.

Când se face liniște în casă, îl învelește pe băiat și coboară la parter.

Salo stă singur la capătul mesei din sufragerie, ca un rege abandonat.

— Am crezut că dormi, spune el.

— Unde e Pernilla?

— Îmi pare rău, de obicei nu ne certăm. În orice caz, nu într-atât încât să se audă. A ieșit la plimbare. Avea nevoie de puțin aer, probabil.

— Poate ar trebui să vă gândiți și la copil, îi atrage atenția Mikael. A adormit greu. Copiilor de obicei nu le plac certurile.

— Acum nu vorbi și tu ca o muiere băgăcioasă, ripostează Salo, ridicându-se. Hai să mergem la saună, ce dracu'!

10

Sauna e într-o clădire de pe malul unui braț al fluviului. De la saună pornește un ponton care ajunge până la apă, unde o barcă cu vâsle așteaptă să intre la iernat. Centrala pe lemne arde de două ore, iar căldura îi lovește ca o ceață fierbinte, în contrast cu seara rece cu lună plină. Mikael se așază pe bara din mijloc, Salo pe cea mai de sus. Desface două beri și îi dă una lui Mikael, care-l întreabă:

— Ce-ai pățit la mână?

Salo o întoarce și o răsucește de parcă ar fi prima dată când vede că-i lipsesc două degete.

— Când eram copil nu aveam nici încălzire centrală, nici apă curentă. Nici lemne de foc nu prea aveam. Nu că n-ar fi existat păduri, dar taică-meu era o javră leneșă. Era șeful unei echipe de exploatare forestieră, dar nu era bun de nimic când era să facă rost de suficient lemn de foc pentru propria familie. Era plecat la muncă toată săptămâna, iar de vineri până duminică era beat. „Să aveți grijă de mama voastră", ne zicea de fiecare dată când pleca. Altminteri, nu prea spunea nimic, nici bun, nici rău. Făceam ce puteam și noi, eu și fratele meu. Tăiam mesteceni mici cu fierăstrăul de mână și toporul. Adunam bețe când nu era zăpadă și cerșeam rumegușul rămas de la gater. Cu toate astea, abia era suficient cât să rezistăm până la începutul toamnei. Uneori, venea curentul electric. Atunci mama încingea termoplonjorul la maximum, dar, de cele mai multe ori, eram nevoiți să dârdâim de frig. În vara în care urma să împlinesc zece ani și fratele meu nouă, tata a dat peste o grămadă de bușteni și a adus-o în curte. Pe atunci lucra mai la nord, în Ligga, și urma să se întoarcă abia pe la mijlocul toamnei. A lăsat în grija noastră lemnele, să le despicăm în bucăți de jumătate de metru. Un vecin ne-a ajutat la tăiat; ne-a adus și un despicător de lemne și de fapt ar fi tăiat el în locul nostru, dar s-a îmbolnăvit. O mare parte din vară am spart lemnele de foc și le-am stivuit în hambar. Ca să meargă mai repede, am îndepărtat cadrul. Aproape că terminasem, când o creangă s-a prins de o bucată de lemn scurtă și groasă și mi-a tras mâna în lamă. Nu mi-am pierdut toată mâna doar pentru că fratele meu s-a aruncat pe butonul de oprire. A oprit sângele cu cămașa lui și a pus degetele într-o pungă cu gheață. Apoi am mers cu bicicleta până la infirmerie. Au reușit să coasă două degete, dar oricum, cei de la Asistență socială au aflat de treaba cu lemnele. Mama a fost dusă la psihiatrie, iar eu și fratele meu am ajuns fiecare la câte o familie adoptivă. Atunci l-am văzut ultima dată.

Mikael se mută mai jos, pe prima bară. Transpirația îi curge pe coapse, dar Salo rămâne sus, neafectat de căldură. Acum a început să se bată cu crengi de mesteacăn, mirându-se de ce sudiștii nu învață niciodată să facă saună.

— Poftim, spune el, întinzându-i o nuia.

— Mulțumesc, dar e în regulă.

— Bun, atunci lovește-mă pe mine, zice el și se întoarce cu spatele la Mikael.

Ramurile lasă urme albe pe pielea fierbinte.

— Deci ți-ai pierdut mama, fratele și degetele în aceeași zi. Trebuie să fi fost groaznic, chiar și după aceea, vreau să spun.

— Da, a cam fost. Mai ales fără Joar, fratele meu. Am rămas cu o durere-fantomă în degete, chiar dacă nu le mai am. Uneori încă doare. Dar, adaugă el aruncându-și pe piele un căuș de apă, am ajuns la cuplul Salo și mi-a fost bine. Ei n-aveau copii. Când taică-miu a murit din cauza unei hemoragii cerebrale câțiva ani mai târziu, m-au adoptat, deși mama se întorsese acasă. Nu știu ce părere avea despre toate astea; n-am mai văzut-o decât o singură o dată după aceea. Ne-am întâlnit întâmplător în fața magazinului. A lăsat jos punga de cumpărături și s-a uitat la mine ca la un gunoi. „Ar fi trebuit să ai mai multă grijă de fratele tău", așa mi-a zis. Apoi a plecat. Și foarte bine a făcut. Oricum nu se prea comporta ca o mamă.

Cu toate astea, își amintește incidentul ca și cum ar fi fost ieri. Cum a alergat prin pădure și nu s-a oprit decât când a ajuns pe dealul aflat mai sus de casă, de unde a văzut-o venind pe bicicletă și apoi urcând pe jos ultima bucată de drum, cu sacoșa de cumpărături de la Konsum clătinându-se de ghidon.

În acest timp, el a ținut mâna pe teaca cuțitului. L-a scos și s-a strecurat de la un copac la altul, până a ajuns foarte aproape.

Ea stătea pe prispă. I se rupsese sacoșa și i se împrăștiaseră toate cumpărăturile. Câteva mere verzi și un baton de supă-cremă de mazăre se rostogoliseră pe scări. În acel moment, nu a simțit că o vede pe mama lui. Ci un om.

Mama lui era deja moartă. Încet, a pus cuțitul la loc și a fugit înapoi în sat.

— Pernilla zice că încă trăiește, intervine Mikael. Te-ai gândit vreodată s-o cauți?

— Nu, niciodată.

— Și cu fratele tău știi ce s-a întâmplat?

— Nu chiar. A fost mutat în diferite centre de plasament. Am făcut niște încercări să-l găsesc, dar n-am reușit să dau de el. Poate că nu vrea să fie găsit. Oricum, mi-am lăsat copilăria în urmă. Cel puțin anii de acasă. Însă e un lucru peste care nu pot trece, spune el și ia o înghițitură de bere.

Își privește degetele mutilate.

— Că nu am apucat să ne bucurăm de căldura lemnelor tăiate.

— E o poveste tristă, comentează Mikael, chinuindu-se să respire.

Pielea îi e tot mai roșie; va trebui să iasă de aici cât mai repede.

— Ce lipsit de vlagă ești, îl tachinează Salo, schimbând tonul. Doar copiii stau pe prima bară, dar în fine, OK. Ar cam fi timpul să facem o baie.

Afară vremea s-a schimbat din nou. Lumina lunii a dispărut și acum plouă. Plouă ca un duș, iar Mikael decide să nu se bage în apă. Salo coboară spre fluviu și în câteva secunde dispare în întuneric.

Sub apă nu încape nicio realitate, nici cea în desfășurare, nici cea care a trecut. Într-o zi, va dispărea și el fără urmă, precum țiparul care pleacă spre Marea Sargaselor. Dar nu în seara asta. Încă are multe de făcut. Mai înoată puțin și iese la suprafață de cealaltă parte a pontonului.

— La dracu', m-ai speriat! exclamă Mikael. Începusem să cred... Nu te-am văzut.

— Prostii, îl întrerupe Salo. De găsit, suntem întotdeauna găsiți. Măcar la ecluză, primăvara.

Mikael tremură. Sauna își deschide pântecul cald, iar el se aventurează până sus și se trezește cu altă bere în mână.

— Dar tu, Mikael Blomkvist? Cine ești tu? Celebrul jurnalist sau un băiat care nu vrea să se maturizeze?

— Poate ambele sau absolut nimic. Succesul profesional e o marfă perisabilă. Nici dracu' nu-și amintește știrile de ieri. *Millennium* nici măcar nu mai există. Sau ba da, sub formă de podcast, dar nu este același lucru. Mă gândesc să mă apuc de altceva.

— Cum ar fi?

— Nu știu, răspunde el, și chiar nu știe.

Nu știe decât să vâneze știri. Oamenii pe care îi cunoaște schimbă macazul și se fac grădinari și somelieri, programatori sau tâmplari, numai el nu are nicio vocație secretă sau vreo pasiune specială care să-l poată duce mai departe. Nici măcar nu e un scriitor de romane polițiste încă nedescoperit. E doar jurnalist. Ba chiar unul al naibii de singuratic, trebuie să recunoască, după ce redacția permanentă s-a dispersat și toți au devenit liber-profesioniști.

Dacă tot s-a apucat să înșire argumente că e inutil, ar putea la fel de bine să continue.

Că locuiește singur nu e chiar așa surprinzător. Se îndrăgostește. Iubește. Ea vrea mai mult. El vrea mai puțin și apoi se termină. Prietenii, familia și așa mai departe, la fel. De câte ori primește a doua șansă, nu o fructifică. Oameni pe care îi dezamăgește. Sentimente pe care le rănește. Nu pentru a face rău cuiva, ci pentru că există un scop mai înalt, o chemare care învinge întotdeauna.

Doar *Millennium* înseamnă ceva cu adevărat pentru el. Fără *Millennium*, e nimeni. Un „fost" confuz, lipsit de dorința de a acționa, care refuză să se miște în ritm cu vremurile actuale. Care neagă evoluția. O figură tristă care citește edițiile de seară ale ziarelor, alături de alte figuri la fel de triste, la o bere la Loch Ness, pentru a părea mai puțin singur. Un zero barat.

Nu știe dacă de vină e căldura sau momentul. Dar aici și acum, într-o saună aflată la 900 de kilometri de casă, cu o persoană care alternează între un discurs de macho și cea mai pură sinceritate, începe să plângă. Partea cea mai rea este că nu se poate opri. Plânge când Salo mai aruncă apă pe el. Plânge și se mută pe bara din mijloc. Plânge atât de tare, încât abia mai poate sorbi din bere și plânge până când nu mai poate să plângă.

— Bun. Scoate tot rahatul afară, îl îndeamnă Salo, lovindu-l cu creanga de mesteacăn. Un om cu saună n-are nevoie de niciun jeg de psiholog!

11

A doua zi, Salo se trezește îmbrăcat pe canapeaua din birou. Cineva, Pernilla probabil, a pus o pătură peste el. De-ar putea măcar să se abțină să mai fie atât de al dracu' de amabilă! Nu există nici urmă de răutate în femeia asta. Uneori, își dorește să semene mai mult cu el. Ca să existe un echilibru. Dar nu. Ea ocrotește orice ființă sângerândă, inclusiv pe el. Gătește mâncăruri bune, ascultă fără să întrerupă, privește totul cu aceeași sobrietate ca bunul templier care privește vinul de împărtășanie.

Sunt un porc. Porcul sare direct în duș și încearcă să-și amintească ziua precedentă. Au făcut saună, dar apoi? Voia să mai ia un ultim pahar. Apoi... la dracu'... i-a scris un SMS lung Märtei Hirak. Când a văzut că nu-i răspunde, a mai scris unul și încă unul. În cele din urmă, a sunat-o pe mobil, care era închis, și i-a lăsat un mesaj vocal. Ce i-a spus exact, nu-și amintește. Porcul se pedepsește cu un duș rece, care cel puțin convinge cea mai mare parte a mahmurelii să cedeze.

Peste două ore are întâlnire cu cea de-a treia companie interesată de parcul eolian. O companie globală cu proprietar suedez, Marcus Branco, despre care nu știe prea multe.

Desigur, a fost informat cu privire la situația financiară a companiei, a analizat cifrele și a discutat recomandările cu avocatul Consiliului local, Katarina da Silva, dar până acum contactele au fost făcute prin intermediul unor împuterniciți.

Sunt mulți Marcus Branco în lume, dar niciunul care să se potrivească în context, constată Henry Salo când îl caută pe Google pe directorul executiv al companiei-mamă. Potrivit prezentării care le-a fost trimisă, e o persoană discretă, dar prosperă în diferite domenii, inclusiv în imobiliare și securitate. O persoană care nici nu se arată vreodată în fotografii, nici nu se promovează prin intermediul rețelelor sociale, ceea ce în sine nu e ceva neobișnuit. Totuși, e un pic ciudat că nu reușește să găsească nimic personal despre el.

Se îmbracă atent. Își piaptănă părul pe spate, ca Prințul Daniel, și coboară în bucătărie.

— Bună dimineața! salută el, sărutându-și viitoarea soție pe frunte.

— Bună dimineața! răspunde gazetărașul.

Băiatul se uită în altă parte.

— Aș putea să vin cu tine, dacă mergi în oraș, îi propune Mikael.

— Sigur, răspunde Salo, uitându-se la ceas. În cinci minute.

După ce se urcă în mașină, Salo îl întreabă:

— Te-ai gândit să faci pe turistul prin Gasskas? În cazul ăsta, îți recomand Muzeul Minier. E un motiv de mândrie în istoria locală.

— Mă duc doar să fac niște cumpărături și trec și pe la bibliotecă.

— Așchia nu sare departe de trunchi. Pillan are probabil o fișă-record cu împrumuturi, cel puțin de cărți polițiste. Eu, unul, prefer biografiile. În momentul ăsta îl citesc pe Elon Musk. Ce om!

— Eu mă gândeam mai mult să citesc ziarele.

— Nu trebuie să mergi la bibliotecă pentru atâta lucru. Primim *Gaskassen* în cutia poștală.

Salo îl lasă în oraș și merge spre sediul administrației locale. Face slalom printre oameni cu probleme pe care ar trebui să le ia în considerare, dar n-au decât să mai aștepte. Gândul la Märta îl sâcâie ca o durere de cap încăpățânată și o nevoie insistentă să meargă la toaletă. Dizolvă două tablete de Treo Comp și încearcă să-și adune gândurile pentru întâlnirea cu Marcus Branco. La modul ideal, ar fi trebuit să aibă alături de el întreaga echipă a proiectului sau măcar pe da Silva, dar Branco a fost clar. Nimeni altcineva, doar ei doi.

Hotelul Brittei se află la doar o jumătate de oră distanță. Pentru orice eventualitate, a rezervat o cameră mai retrasă la hotelul cu cazare în căsuțe construite în copaci și cu prânz inclus, idee care se duce dracului imediat ce ajunge acolo. Marcus Branco e în scaun cu rotile. În loc de picioare, are cioturi, pe care nici nu le-a extins cu proteze și nici nu le-a acoperit cu vreo pătură. Un indian în scaun cu rotile. Un copil adoptat, poate. Asta, dacă o fi vorbind măcar suedeză. Stomacul lui Salo se liniștește oarecum în fața dezavantajului fizic al bărbatului.

— Încântat de cunoștință, îl salută el și se scuză.

Chiar n-avea de unde să știe.

— Bineînțeles că nu. Am închiriat tot hotelul, spune Branco, urcând rampa pentru persoane cu handicap.

Nu e nimic în neregulă cu suedeza lui, în orice caz. Nici măcar Britta, patroana hotelului, nu se zărește nicăieri, deși e ora prânzului și locul este în mod normal plin. Masa e pregătită pentru două persoane, iar mâncarea e acoperită cu *cloche*-uri argintii.

Branco se oprește pe latura scurtă a mesei și scoate un teanc de hârtii. Hărți, din câte vede Salo, plus prospecte. Ca să nu pară mai puțin pregătit, scoate și el un dosar, un blocnotes și un pix cu sigla comunei: „În sus, tot înainte". *Haide, Henry. În sus, tot înainte.*

Branco întinde o hartă pe masă. Cu excepția unei mici secțiuni din partea de vest, a hașurat cu roșu toată zona.

— Ce-i asta? întreabă Salo.

— Zona pe care va construi Branco, răspunde el. Cea mai mare parte, după cum știi, constă în terenuri ale companiilor forestiere și ale comunei. Pornesc de la premisa că și ceilalți proprietari de terenuri și-au dat acordul.

Baba aia nenorocită și javrele lapone, se gândește Salo pentru a cine știe câta oară de când s-a trezit. Își drege glasul și deschide dosarul lui.

— În momentul de față, sunteți trei companii la fel de valoroase, care veți putea împărți parcul între voi. Am făcut o propunere asupra împărțirii, adaugă el, trecând cu degetul peste hartă. În cazul ăsta, voi veți intra în a doua etapă, iar construcția va începe în 2025.

— Vrem să intrăm în calitate de antreprenor general, zice Branco și împinge dosarul înapoi spre Salo.

Salo se uită pe fereastră. Lapovița se prelinge pe geam. O veveriță sare de pe o creangă pe alta, iar un camion cu meșteri urcă încet dealul.

E obosit. Obosit până în măduva oaselor. Încearcă să-și adune gândurile și să spună ce trebuie. Branco are capital, dar și finlandezii au. Olandezii ar putea cumpăra toată provincia Norrbotten fără să clipească. Dacă se retrage cineva, urmează la rând chinezii. Trebuie să dea cărțile pe față. Poate chiar să facă puțin pe prostul.

— Înțeleg, însă Consiliul local a luat o decizie pe baza documentelor primite de la economiștii noștri, conform cărora zona va fi împărțită în trei. E menționat în mod clar în prezentarea proiectului. Dacă Branco este în continuare interesată, acesta este terenul care vă stă la dispoziție.

Scoate schița cu împărțirea zonelor și trasează granițele cu degetul arătător.

— Ai familie? întreabă Branco.

— De ce?

— Doar mă întrebam. Din politețe. Eu, unul, nu am. Branco înseamnă copilul meu, părinții, frații și surorile mele, prietenii mei. Ar însemna foarte mult să primim drepturi depline. Și dacă tot am atins subiectul acesta, toți proprietarii de terenuri au spus da?

— Încă nu, răspunde Salo, dar e doar o chestiune de timp.

— Mi-a șoptit ceva o păsărică.

Se uită unul la altul, pe deasupra dosarelor, hărților și servietelor.

— Se pare că pe cea mai importantă parcelă locuiește o femeie care refuză să își cedeze proprietatea. La fel și crescătorii de reni, familia Hirak. Ei susțin că parcul va afecta pășunatul renilor. Ce aveți de gând să faceți în privința asta?

Salo se dă bătut. Nu se poate preface.

— Baba aia va ceda, îți promit eu. Doar că mai avem nevoie de puțin timp.

— Și laponii?

— Mda, cred că au nevoie de bani, ca toată lumea.

— Pare că va dura o vreme, dar am o sugestie, spune Marcus Branco, împrumutând stiloul lui Salo. Noi luăm partea asta, continuă el, indicând practic toată zona, deși a lărgit puțin partea de vest. Ceilalți vor mai avea loc de cel puțin 50 de turbine eoliene fiecare. Dacă ești de acord, administrația locală nu trebuie să își facă griji nici pentru femeie, nici pentru sami. Ne ocupăm noi. Sunt la fel de sigur că vor spune „da", cum sunt sigur că preoților catolici le plac băieții din cor.

Ce metaforă! Situația începe să se îndrepte într-o direcție pe care nu o anticipase. Dacă ar fi avut de-a face doar cu Branco, ar fi acceptat imediat și problema ar fi fost rezolvată. Nici măcar n-ar fi avut nevoie să știe cum îi rezolvă pe alde Hirak și Lekatt.

Personal, îl doare undeva cine se ocupă de turbinele eoliene, numai că finlandezii și olandezii au fost implicați încă de la început. Companii cunoscute, instalate de multă vreme pe piața energetică a Suediei, spre deosebire de Branco, de care n-a auzit nimeni. Salo are mai multă putere decât ar putea visa orice șef de administrație locală, dar îi este imposibil să-i ocolească pe politicieni. Nici măcar o discuție democratică la următoarea întâlnire a lojei nu ar schimba lucrurile. Și chiar dacă i-ar convinge pe Olofsson și gașca să i se alăture, transparența, păcălicii ecologiști, legile concurenței și alte mizerii ar pune capăt planurilor lui Branco.

— Mai există un avantaj, adaugă Marcus Branco, schițând ceva pe o bucată de hârtie.

— Multe zerouri.

— Direct în buzunarul sacoului tău de la Dressman.

Salo împăturește hârtia și o bagă în sacou.

— Bună încercare. Cred că încheiem întâlnirea de azi aici. O să discut cu colegii mei și te voi contacta în scurt timp.

— Bun, dar nu mi-ai răspuns la întrebare.

— Și anume?

— Dacă ai familie.

Salo se ridică și pune dosarul în geantă, împinge scaunul și se uită în jos, la bărbatul din scaun.

— Toată lumea are familie, răspunde el.

— Adevărat, trebuie să avem grijă de cei pe care-i avem.

Salo e în drum spre ușă, dar se întoarce brusc și se îndreaptă spre bărbatul din scaunul cu rotile.

— Dacă a fost o amenințare, vreau doar să spun că nu-mi plac amenințările. Voi face tot ce-mi stă în putință privitor la împărțirea terenurilor, însă amenințările nu vă vor aduce caimacul. Chiar dacă mă amenințați pe mine și familia mea, deciziile luate în mod democratic sunt cele care determină rezultatul, nu eu personal.

Salo, micuțule. N-oi fi având eu picioare, însă brațele mele ajung foarte departe. Dacă ai ști cât de multe din trecut poate dezgropa o companie de securitate!

Cam așa gândește și Salo. Nu are de partea sa nici prezentul, nici trecutul. În curând, nu va mai avea nici altceva.

Se întoarce cu mașina în oraș. Pe drum își cumpără un meniu de la Max și se încuie în birou. Abia dacă apucă să ia prima îmbucătură, că Branco îl contactează iar. De data asta, *by proxy*. O femeie amabilă, cel puțin la început. În formă fizică bună și neobrăzat de atrăgătoare. În mod clar, un model pe gustul său.

— Îmi pare rău că te deranjez chiar în pauza de prânz, spune ea, dar m-am gândit să vin imediat cu veștile bune.

— Pare că v-ați răzgândit. Adică, e un avantaj și pentru voi că parcul este împărțit între diferite companii. Se poate întâmpla orice. Alegerile de anul viitor, de exemplu. Sau o supraproducție bruscă de electricitate, care să scadă prețurile.

— Decizia rămâne valabilă: 90 la sută pentru The Branco Group, câte cinci pentru ceilalți. E o ofertă totuși generoasă. Am fi putut să cerem noi tot tortul.

Cine dracu' se mai crede și asta?

— Așa, și care e vestea bună?

— Verifică-ți contul bancar. Nu vei fi dezamăgit.

— Mi-ați virat bani?

Întinde mâna după suc. Are nevoie să-și umezească gura.

— Exact. Suficient cât să-ți plătești datoriile vechi la jocurile de noroc, plus dobânzile infame, și îți mai și rămâne ceva.

— Dar... De unde știați...

Se învârte toată camera cu el și simte mirosul de transpirație de sub sacou.

— Nu-ți face griji, promit să nu-i spun Pernillei.

Pernilla.

— Nu, nu se poate. Nu accept mită. N-am făcut-o niciodată și nici n-o voi face. Credibilitatea mea. Reputația mea.

Cuvintele nu se mai leagă și iar începe să-l doară stomacul.

— Consideră că e un cadou prietenesc, continuă femeia. Deși poliția s-ar putea să nu vadă lucrurile așa. Sau municipalitatea, dacă tot veni vorba.

— Exact poliției mă voi adresa, anunță el și stomacul i se mai liniștește puțin.

— Nu aș recomanda. Ce băiat de treabă aveți, apropo! Foarte politicos. Ar trebui să se preocupe cât mai multă lume să-și învețe copiii bunele maniere, nu crezi?

Lukas.

— Până la urmă, ce dracu' vreți?

— Nimic imposibil. Doar 90 la sută din terenuri și acordul tuturor proprietarilor.

12

Soldul e de 614 305 coroane. Salo se holbează pe site-ul băncii. Există funcționari care au fost băgați la pușcărie pentru un card de acces gratuit la clubul de golf. Poate ar trebui să arunce prosopul imediat? Să transfere banii la Lucky Strike, să riște la maximum și să spere că va câștiga? Să-și ia picioarele la spinare și să dispară în străinătate?

Pernilla și Lukas.

Nu merge. Trebuie să găsească o soluție. Problemele există pentru a fi rezolvate. Nu asta spune el de obicei la ședințele cu echipa? Nicio problemă nu este atât de mare încât să nu poată fi rezolvată. O cafea și o prăjitură pentru asta. O bătaie pe spate și o palmă la fund.

Dar aici e altceva. *Ai familie?* Trebuie să se ducă la poliție. Și la poliție, și la conducere.

Ai șapte zile la dispoziție. Timpul trece.

Cu da Silva se va întâlni mâine. Până aici, toate bune. E deșteaptă. Își ține gura. Și va propune cu siguranță o soluție. Dar dacă nu-și ține gura? La urma urmei, e jurista administrației locale, nu a lui.

Nu. Nu merge. Înoată ca o muscă singuratică în supă. Ascensiunea și decăderea unui șef de administrație locală. Nu permite el gazetărașilor să se distreze chiar așa. Salo e om de acțiune. În afară de puțin ghinion inițial la loteria genetică, pe care probabil îl împărtășește cu majoritatea oamenilor, a avut o baftă enormă și intenționează s-o mențină. În vistieria municipalității intră bani din proiecte de miliarde. Cu o mână abilă și fermă, le duce pe cele mai multe dintre ele până la final, uneori în ciuda negativismului politicienilor. Mai devreme sau mai târziu, ei obișnuiesc să vină de partea lui. *If you're not in, you're out.* Compromisurile sunt alfa și omega. Un teren de padel contra unui club de echitație, încă un patinoar contra unui centru cultural, 18 găuri într-un sit arheologic sami din epoca de bronz contra unei hale de piață. Toate astea sunt totuși o nimica toată în comparație cu ce așteaptă după colț. Cel puțin dacă îi iese cum vrea.

Planurile de exploatare minieră sunt pentru puțin mai încolo. Are timpul de partea sa, timp pentru a întoarce opinia publică în favoarea lui. Inflația mare, ratele dobânzilor în creștere și prețurile galopante ale locuințelor nu sunt chiar vreo Viagra politică, dar cu cât oamenii sunt mai îngrijorați pentru locurile lor de muncă, cu atât mai mult se apropie el de visurile sale mărețe. O mină creează locuri de muncă. Cel puțin pe hârtie. Că într-un final de ele va beneficia mai mult mâna de lucru străină, asta nu e vina lui. Dacă sindicatul nu va reuși să adapteze revendicările salariale la realitate, engleza cu accent est-european va fi limba oficială a întregii industrii. Asta nu e problema lui. Nu, problema cu mina e legată de ce se întâmplă mereu aici: reni și păcălici ecologiști.

Își mai toarnă o gură de whisky. Un cub de gheață stingher se izbește de cristal.

Înapoi la realitate. Trebuie să gândească limpede. Să se concentreze asupra viitorului în locul prezentului e tentant, dar înșelător. Politicienii sunt un lucru, la fel ca și funcționarii publici. Încă nu s-a semnat niciun contract. Vor merge pe mâna lui și le vor permite celor de la The Branco Group să obțină ce vor. Trebuie doar să-și cizeleze puțin argumentele. Rămân proprietarii de terenuri. Baba și javrele lapone.

Oarecum simbolic, fereastra întredeschisă se închide cu zgomot. Ploaia se izbește de geam, iar vântul se întețește.

E o idee proastă. Chiar extrem de proastă, ținând cont că a băut, dar e singura care îi vine în minte.

Se urcă în mașină și merge vreo doi kilometri, trecând de cealaltă parte a promontoriului Gaupa.

Chiar în dreptul casei, încetinește și coboară geamul. Puful de bumbăcariță e îmbibat de apă, iar pe câmp sunt împrăștiate cranii de trol[12]. Hambarul s-a prăbușit, și coasa mecanică stă la marginea câmpului ca un schelet în amurg.

La fereastră se mișcă cineva. Salo urcă treptele și sună, dar soneria nu pare să funcționeze. Bate la ușă și face câțiva pași înapoi.

Când îi deschide, amuțesc amândoi.

— Și ce vrea cineva ca tine? întreabă ea.

— Doar să vorbim un pic.

— Păi, atunci intră, ca să nu iasă căldura din casă.

Clătește ibricul de cafea. Adaugă câteva linguri, dar o regretă pe ultima, de parcă nu ar vrea să irosească prea multă cafea măcinată pe un străin.

---

[12] Smocurile de iarbă dense și bogate, dar nu foarte înalte, sunt numite în popor, în unele părți ale Suediei, „cranii de trol". Se spune că trolii, când aud și văd că vin oameni, se ascund în pământ (le rămâne la suprafață doar creștetul cu păr).

— Stai să ghicesc, spune ea înainte să apuce el să vorbească. Vrei să mă convingi să cedez terenul pentru energia eoliană, numai că eu n-am de gând. Chiar de-ar fi ultimul lucru pe care îl fac.

Ceea ce se prea poate să se întâmple.

— E plăcut aici, la tine, remarcă el, uitându-se prin bucătăria demodată, care încă are sobă de gătit din fontă și ladă mare cu lemne.

Pe podeaua de lemn sunt întinse preșuri, iar la ferestre sunt îngrămădite mușcate.

Ea aruncă pe masă ceașca, o cutie cu lapte și zaharnița. Lingurița zornăie când atinge farfuria.

— N-am nimic de ronțăit. Pensionarii săraci trebuie să facă economie la bunătăți. Dar tu n-ai cum să înțelegi, tu, care preferi să bagi banii în patinoare și mine.

— Politicienii sunt cei care decid astfel de lucruri, nu eu, răspunde el, încercând să se pună într-o lumină mai bună.

Ea îi aruncă o privire, de parcă ar spune: *Nu-mi turna mie porcării din astea. Știu destule.*

— Sunt surprinsă că n-ai venit până acum. Stai la o aruncătură de băț.

— La promontoriul Gaupa. Cam de un an. Soția mea — viitoarea mea soție — a visat întotdeauna să locuiască la țară. Este de fel din Uppsala. Fiul nostru are nouă ani și îi place să pescuiască, așa că ni se potrivește de minune să locuim pe malul fluviului.

Îndrugă verzi și uscate despre familie. Încredere. Nu asta vor femeile?

— Ziceai că ai venit pentru pământ?

Deci aici nu merge cu vorbitul inutil de dragul vorbitului.

— Da. Totul este gata pentru a începe construcția. Cel mai mare parc eolian din Europa. O mulțime de locuri de muncă. Bani care intră în conturile comunei. Acces nelimitat la electricitate.

— Și așa mai departe, spune Marianne Lekatt.

— Și așa mai departe, dacă nu ai complica tu lucrurile.

— Nu complic nimic, dar nu vreau să locuiesc într-o zonă industrială. Vreau să aud vântul în copaci și fluviul. Nu vâjâitul de la 1 100 de mori de vânt. Este dreptul meu să decid singură. Și oricât de mult ai vrea să construiești parcul ca să te dai barosan, nu mă privește pe mine. Eu locuiesc aici. Intenționez să locuiesc aici până la moarte. Și n-o să am niciun parc eolian pe terenul meu.

— Tot o să auzi morile. Tu n-ai decât o bucățică de teren dintr-un întreg.

— Nu sunt singura care refuză, știi bine.

— Sunteți tu și Hirak împotriva lumii. Auzi și singură cum sună. Partea ta ți-ar aduce cel puțin 150 000 de coroane pe an, poate chiar mai mult. Imaginează-ți ce ai putea face cu banii ăștia. Chiar tu ai povestit cât de greu e să te descurci din pensie.

— Tu nu înțelegi ce spun aici? Unele valori nu pot fi înlocuite cu bani. Apropo, consider că poți să pleci acum. Dacă nu mai e și altceva.

Ce simplu ar fi! Două mâini în jurul gâtului ei zbârcit. Cadavrul în portbagaj. Și de îndată ce se întunecă, aruncat în cascadă. Nu. Și mai bine. Un butuc în cap. Pe urmă cascada. Nicio suspiciune de crimă în ziua în care va ieși plutind la suprafață, doar un accident obișnuit.

Și familia Hirak? Trei frați și surori care împart ferma. Märta. O să-i omoare și pe ei?

— Bine atunci, mulțumesc pentru cafea. Oricum, sper să te mai gândești. Știu ce înseamnă pământul, dar măcar gândește-te la viitor și la toți copiii care cresc cu schimbările climatice pe care le-am creat noi. Fă-o pentru ei, dacă nu pentru altceva.

13

— Cum te cheamă?

— De ce?

— Eram doar curios. Mi-a făcut plăcere să vorbesc cu tine. Poate ne mai întâlnim cândva.

Își pune mâna peste a ei. La fel de rapid, ea se retrage.

— Nu cred, răspunde Lisbeth Salander, ridicându-se imediat ce indicatorul luminos se stinge.

Se înghesuie pe lângă o familie cu copii și se pierde în mulțimea de pe stradă.

N-are mult bagaj. În rucsac are două schimburi mototolite, iar restul spațiului e ocupat de laptop și diverse cabluri, hainele de antrenament și o pereche de *sneakers* cu pielea uscată și crăpată și cu talpa netedă. În cel mai rău caz, își poate cumpăra ceva pe drum. Un soare de octombrie neobișnuit de cald îi lovește fața. Aerul e curat. Respirabil.

Imediat ce s-a cazat la hotel, se conectează la intranetul de la Milton Security. Răspunde la câteva e-mailuri inutile de la o colaboratoare neobișnuit de bătută în cap. În fine, persoana respectivă e angajată pentru a ține evidența documentelor. Aruncă acolo un „weekend plăcut" și presupune că weekendul Carinei Jönsson va fi la fel de trist ca de obicei.

Discuțiile de dragul discuției nu au fost niciodată punctul forte al lui Lisbeth. Dar de când a devenit partener la firmă, pretențiile privitoare la abilitățile ei sociale au crescut. Mai ales că trebuie să meargă la birou în fiecare zi de luni. Angajații apar unul câte unul, își toarnă cafea și povestesc cam aceleași lucruri ca lunea trecută.

În ceea ce o privește pe Carina Jönsson, viața pare că se concentrează în jurul ideii de a fi bun la toate și normal. Să culegi ciuperci, să faci curățenie generală, să mergi la teatru, să gătești mic-dejunuri de lux, să mergi la Ikea. Folosește cu mare aplomb expresia „a se răsfăța". M-am răsfățat cu o rochie nouă. Din când în când trebuie să ne răsfățăm cu o masă în oraș. Important e să ne răsfățăm cu câte puțin din lucrurile bune pe care ni le oferă viața.

— De parcă ai ști tu ceva despre viață! Eu m-am născut mai bătrână decât ești tu acum, bombăne Lisbeth.

Ea, una, nu are nimic de oferit în conversațiile de după sărbători, nici pentru ea, nici pentru ceilalți. E o singuratică și se simte confortabil așa. Singurătate autoprovocată, în ochii angajaților de la Milton. Au încetat să o mai întrebe dacă merge la LARP[13]-urile Lord of the Rings sau la *tech meetup*-urile de la Hilton. Nu refuză ca să fie nepoliticoasă. Descifrarea factorului uman nu-i totuna cu identificarea unei breșe de securitate a datelor. Necesită altceva. Capacitatea de a citi printre rânduri, poate.

---

13 Acronim pentru „Live action role-playing", un joc de societate în care participanții se costumează și interpretează diferite personaje.

Cu excepția câtorva persoane, relațiile cu oamenii consumă prea multă energie. Cei mai mulți vor ceva la schimb dacă oferă ceva.

Toate zilele arată la fel. Lucrează, iar când nu lucrează, se antrenează sau doarme. Nu are un partener anume. Nu are copii. Nu are animale de companie. Nici măcar o plantă în ghiveci. Așa că nici măcar nu încearcă. Nu povestește nimic inutil despre ea însăși, spune doar că lucrează și face sport.

— Tot la chestia aia cu box-kicking mergi? întreabă Carina atât de amabil, încât Lisbeth trebuie să răspundă tot amabil.

— Se cheamă kickboxing, răspunde ea, fără să se obosească să adauge că face karate acum și că totul este din vina nenorocitului de Paolo Roberto.

Nu că i-ar păsa cu cine se culcă el, dar să fii mai întâi erou într-un caz haotic de trafic de persoane, iar câțiva ani mai târziu să alergi la curve e prea mult.

Totuși, în acest weekend va face ceva complet diferit. Ceva practic sută la sută involuntar.

Verifică minibarul. Nicio cola. Deschide o bere și nu se oprește din băut până nu o termină. Capul i se învârte în felul acela plăcut pe care doar o bere băută dintr-o răsuflare îl poate pricinui.

Sută la sută involuntar. Așa e? Chiar dacă numără toate motivele emoționale și logice pentru care nu vrea să se urce într-un avion care merge spre o văgăună din Norrbotten, trebuie să se gândească la faptul că, de fapt, se află aici. Nu a fost constrânsă. Nimeni nu i-a pus pistolul la tâmplă. Nimeni n-a ademenit-o cu recompense grase. Așadar, există ceva în interiorul ei care controlează alegerea.

Nu tocmai asta disprețuiește ea la oameni? Deciziile emoționale? Lipsa de logică?

Nu, ea mulțumește matematicii. În afară de faptul că are un efect anxiolitic net superior Diazepamului, poate umple o minte tulbure cu teoreme simple în aparență, dar care i-ar lua cuiva mii de ani să le rezolve.

Lisbeth s-a împotmolit în veriga-lipsă din conjectura lui Goldbach. Ipoteza lui, că orice număr par mai mare decât 2 este suma a două numere prime mai mari decât 2, poate fi adevărată, deoarece nimeni nu a reușit să demonstreze contrariul. Dar poate fi și falsă. Răspunsul s-ar afla atunci în presupusul lanț infinit de numere prime și nu în psihicul capricios al unui om.

De aceea, ea caută tipare. Își petrece nopțile și uneori zilele în siguranța clară a cifrelor. Nu ca să-l contrazică pe Goldbach. Nu, posibilitatea în sine ca el să se fi înșelat, asta contează. Și dacă, în ciuda tuturor presupunerilor, aceasta se va arăta, va fi perfect pură. Liberă de opiniile și subiectivitatea umană. Adevărul este un lanț cert de cifre care se aliniază până când una sare din șir.

E vina nenorocitului de psihoterapeut, se gândește ea. Kurt Ågren, pe care l-a botezat rapid *Inge Ågren.*

Cu vocea lui suavă, cu ceștile de ceai artizanale și cu empatia nedisimulată, o atrage într-o stare de sinceritate. O face să-i spună tot felul de lucruri. Lucruri care au fost îngropate cu mult timp în urmă și care nu ar trebui readuse la viață.

După ședințe, e complet terminată. Ia o pizza de la Lilla Harem și se duce acasă să doarmă. Fix la ora 4, o trezește vocea anxietății, care se întreabă ce a spus și de ce.

Inge Ågren consideră că Lisbeth ar trebui să se aventureze în afara zonei ei de confort, după cum îi spune el. Deși până în acest moment a aflat despre destul de multe dintre zonele de disconfort în care s-a aflat și încă se află Lisbeth.

— Tocmai de aceea, insistă el. Lumea nu e atât de rea pe cât crezi.

Lumea e mai rea decât îți poți imagina, Inge Ågren, iar în cele din urmă n-a reușit. Trebuia reașezat ceva în ea. Trebuiau șterse amintiri și înlocuite cu gânduri noi.

Prima ședință e un dezastru. El nu face decât să stea și să aștepte să spună ea ceva. Când vede că nu spune nimic, pune să facă ceai. Beau ceaiul în tăcere. Nu se aude decât ceasul de pe perete. Tic-tac, timp de 45 de minute. Apoi ea plătește 950 de coroane, se duce acasă și îi trimite un e-mail.

— Hai să mai încercăm, răspunde el. Tu decizi despre ce vrei să vorbești, nu eu.

Data următoare, face iar ceai. Saboții Knulp scârțâie pe parchet când vine legănându-se cu tava în mână. O invită să își aleagă un scaun, apoi o întreabă de ce l-a ales tocmai pe acela.

— Ca să nu stau cu spatele la ușă, răspunde ea.

— Explică.

Cuvintele se revarsă din ea ca un râu primăvara, când se topește gheața. S-a întâmplat acum mai bine de un an.

Nu mă duc în nord de bunăvoie, dar mă duc. Nu merg la terapie de bunăvoie, dar merg. Nu pentru că lumea e bună — e ca dracu' —, ci pentru că trebuie.

Și aici i se termină energia pentru autopsihanaliză. Ca să aibă timp să se adune, dar și să se răzgândească, a pornit spre nord cu două zile mai devreme. A plătit o grămadă de bani pentru singurul apartament al hotelului, care de fapt corespunde dorințelor ei de a avea puțină mobilă, nimic pe pereți și un pat tare. Chiar în acest moment, e tentată să se răzgândească. Să predea camera, să ia avionul înapoi și să revină la viața normală de pe Fiskargatan.

Telefonul mobil dat pe silențios vibrează pe masă. Recunoaște prefixul zonei. Numai autoritățile și bătrânii sună de pe fix, iar ea nu mai cunoaște niciun bătrân. Răspunde fără să spună nimic și lasă mai întâi vocea de la celălalt capăt să zică „alo" de două ori, până să spună „da".

— Hei, bună Lisbeth, ce bine că te-am găsit, turuie femeia, care se prezintă drept Elsie Nyberg. Ce mai faci?

— Bine.

— Bine, bine, spune papagalul și întreabă dacă se pot întâlni puțin.

— Păi, întâlnirea nu e abia poimâine? întreabă Lisbeth.

— Ba da, dar a intervenit ceva, răspunde femeia. Aș prefera să nu discut la telefon. Crezi că ai putea să vii până aici?

— Nu, dar ne putem vedea la hotel.

Își trece mâna prin părul murdar și se miroase la subsuori. Dacă ar fi fost altcineva, poate că ar fi făcut un duș.

14

Lisbeth Salander își toarnă cafea gratuită dintr-un termos de la recepție. Nu prea e caldă și are un miros metalic, dar îi alungă presiunea din cap. Se instalează într-un fotoliu. Nicio babă de la Serviciul de asistență socială, cât vezi cu ochii.

Nu ai cum să le confunzi, se gândește Lisbeth și cartografiază împrejurimile. La tejgheaua barului sunt înghesuite costume, o grămadă de jachete sport joacă shuffleboard, niște bluze *office* stau la un *after work* și... Gata, a reperat-o, tocmai vrea să intre în spațiul ventilat. Un specimen feminin din rasa asistenților sociali. Vârstă nedeterminată, păr blond-cenușiu, un rid adânc pe frunte, rucsac Kånken model original, cu o umbrelă care iese din buzunarul lateral. La gât, un șnur cu ecuson pe care a uitat să și-l scoată când a plecat de la serviciu.

Lisbeth este aproape șocată când femeia se oprește, se uită în jur, vede bluzele celor cu *after work*, zâmbește, se apropie și se așază printre ele. Atât de șocată de aprecierea greșită, încât nu are timp să-l observe pe bărbatul care s-a materializat brusc și care acum îi întinde mâna.

— Erik Niskala, se prezintă el. Elsie Nyberg e bolnavă, îi țin eu locul. Pot să-ți fac cinste cu ceva?

Îi propune o bere, iar Lisbeth aprobă dând din cap. După câteva minute, are în față bere și alune.

Niskala își pune paltonul pe spătarul scaunului și se așeză greoi. Este masiv și inutil de gras. Nasturii de la cămașa de sub cardigan sunt crăcănați în jurul abdomenului, dar privirea e OK. Lisbeth observă și asta.

— Ei bine, am fost inițiat în acest caz un pic cam în pripă. Și, apropo, noroc! Bun-venit la Gasskas! Berea asta, Ipan, e produsă local și se vinde chiar și la Systembolaget[14]. Simți? Are note distincte de ananas.

Se uită la halbă și bea cu înghițituri mari. Își șterge spuma de pe barbă și termină cu un:

— Ahhhh, am tânjit după ea toată ziua. O bere rece ca gheața într-un pahar cum se cuvine.

Apoi parcă realizează în ce postură s-a pus. Caracterul ușor nepotrivit al consumului de alcool în timpul serviciului. Că a venit aici cu o treabă de natură formală. Scoate dintr-o servietă de piele jerpelită ochelarii și o mapă de plastic, și se sprijină de spătarul scaunului. Își pune ochelarii și îi dă jos din nou. Se apleacă puțin, până când abdomenul îi spune stop, și se uită la ea așa cum poate se uită un profesor la un elev care a făcut ceva neașteptat. Nu neapărat rău, nu neapărat bun.

— Este vorba despre Svala, nepoata ta, fiica fratelui tău, dacă am înțeles bine, spune el.

— Fiica lui Ronald Niedermann, răspunde Lisbeth. Nu ne-am întâlnit niciodată.

---

14 Lanț de magazine care comercializează băuturi cu un procent de alcool mai mare de 3,5 %. Este deținut de stat și are monopol asupra vânzării de alcool în Suedia.

— Nu, exact. Dar figurezi ca persoană de contact pentru Svala. Fără număr de telefon sau adresă. Evident că a durat ceva până să te găsim, dar acum ești aici.

Lisbeth face o încercare să afle cum au procedat, dar el nu știe.

— Sunt un simplu asistent social. Nu sunt hacker.

Lisbeth ia și ea câteva guri de bere. Al naibii puls! A naibii durere de cap care nu vrea să se dea bătută! Și al naibii Niedermann, care mai bine murea fără copil. Ea de unde să fi știut? Și chiar dacă ar fi știut, ar fi contat?

Problema se pusese care pe care: el sau ea. El a venit după ea, și nu invers. Ei bine, poate cu excepția ultimei dăți. Scena se numără în continuare printre amintirile ei favorite. Corpul uriaș al lui Niedermann, atârnat de un lanț, ca un masochist la un club BDSM. Furia lui, apoi privirea goală și câteva vorbe mormăite în germană. Sunetul motocicletelor care se apropie. Lisbeth, care se întoarce spre oraș cu gustul libertății, pe o Honda grena.

Concluzia: dintre toate lucrurile rele pe care le-a făcut ea altora, moartea lui Niedermann este printre cele mai bune. Nu regretă nimic. Nici măcar că a rămas orfan un copil.

— Știi ceva despre tatăl ei? întreabă Niskala.

— Nu, nu l-am întâlnit niciodată.

— Atunci nu știi cât timp a stat prin peisaj?

— Nu.

Lisbeth Salander se uită la Niskala atât de lung, încât el e nevoit să își coboare privirea.

— Păi, o să trec la subiect. Trebuie să găsim un cămin temporar și Svala te-a sugerat pe tine, spune el, pipăind dosarul.

— Pe mine? Nu pot să am grijă de un copil. Chiar nu am cum. Am fost de acord să mă întâlnesc cu ea, atât.

În momentul ăsta, nu-și mai amintește de ce a fost de acord.

— Are o bunică. Nu e mai bine să stea cu ea?

— Tocmai de aceea a fost nevoie să ne întâlnim mai devreme, adică astăzi. Problema e că bunica Svalei a murit în dimineața asta. Fata a găsit-o.

— Oh, la naiba! De ce-a murit?

— Nu știu, răspunde Niskala. Probabil un atac de cord. Zăcea moartă pe jos, în hol.

— Oh, la naiba! repetă ea, zicându-și de fapt „la dracu'!".

Dacă a existat o șansă să scape de toate astea, a dispărut. Bineînțeles că ar putea să spună nu. Asistența socială o să scoată din mânecă o familie adoptivă, iar Lisbeth nu va mai trebui să se sinchisească niciodată. Însă după părerea ei, Asistența socială se pricepe al dracu' de bine să se facă de râs. Sigur ar fi în stare să plaseze copilul la un pedofil local.

— Bineînțeles că ne străduim să-i găsim o familie permanentă, o asigură Niskala.

— Cât va dura?

— Greu de spus, avem mai multe familii potrivite în zonă. E posibil să meargă rapid.

— Nu, nu se poate. Trebuie să mă întorc la Stockholm.

Asta este o minciună. Ea vine și pleacă după bunul plac. Nu are nevoie de un birou pentru a-și face treaba. Dar acum are un copil. O adolescentă. Nu. N-ar accepta nici măcar o insectă greu de observat.

Niskala deschide dosarul și răsfoiește hârtiile.

— Nu e nimic în neregulă cu fata, spune el, căutând un pasaj potrivit pe care să-l citească cu voce tare, apoi regretă și îi înmânează dosarul lui Lisbeth. Stai și gândește-te în seara asta. Cazul este confidențial, dar vom face o excepție. La urma urmei, lucrezi în domeniul securității.

15

Katarina da Silva e deja la birou. Așază cănile de cafea pe masă și taie o brioșă cu scorțișoară.

— Crezi că astfel de oameni mănâncă patiserie? întreabă Salo.

— Scorțișoară pentru o viață mai puțin amară. Poate fi de folos. Știi ce vor de data asta? adaugă ea, moderat de interesată, după ce a fost nevoită să-și întrerupă weekendul pentru cunoștințele de afaceri ale lui Henry Salo.

— O asigurare că sunt de partea lor, bănuiesc.

I-a povestit despre întâlnirea de la Britta și despre ambiția lui Branco de a pune mâna pe cea mai mare parte a terenului și de a le lăsa celorlalți numai niște zone restrânse.

Amenințarea, dacă amenințare este, o omite.

— E bine că participi și tu, spune Salo. Totul arată bine pe hârtie, dar e ceva cu proprietarul, Marcus Branco. Eu zic că ar trebui să-l tatonăm. Una dintre condițiile noastre este ca o parte din energia electrică să rămână în regiune, altfel cade toată ideea. Gasskas e deja atractiv datorită energiei hidroelectrice, dar ca să se concretizeze proiectele viitoare, trebuie să putem garanta o capacitate mult mai mare.

— Știu deja. Ce știi despre The Branco Group, adică despre compania în sine?

— Nu mai mult decât ceea ce a reieșit până acum. Practic, o companie de securitate care a investit în mine, imobiliare și industrii de producție. Sediul central e în Umeå. Capital din belșug.

La 12:55, Salo se îndreaptă spre intrare ca să-i întâmpine. La ora 13 fix, Branco intră în scaunul cu rotile, însoțit de Lo.

— O față nouă, remarcă Salo, pretinzând că nu s-au întâlnit niciodată. Bine ați venit la sediul administrației locale din Gasskas! M-am gândit să mergem în sala de conferințe. Poftiți, o luăm la dreapta.

— Iar tu ești avocatul, i se adresează Branco lui da Silva.

— Sunt jurista municipalității. Pensionată. Intervin la nevoie. Ca astăzi, răspunde ea, dezlegând șnurul dosarului.

— Am discutat propunerea voastră, am susținut-o în fața politicienilor și am ajuns la concluzia că decizia inițială rămâne în picioare. Trei jucători, cu suprafețe egale de teren.

Branco nu comentează, face o pauză teatrală cu ochii ațintiți asupra orașului, fluviului, sediului poliției și executorului judecătoresc. Nu e enervat, ci doar așteaptă.

— Scuze, doamnelor, dar aș dori să vorbesc cu Henry Salo între patru ochi, spune el în cele din urmă.

Jurista protestează neconvingător, apoi se ridică și se întoarce spre Lo.

— Să mergem în camera de relaxare pentru personal, să stăm puțin acolo.

— Am înțeles că o cunoști pe Märta Hirak, începe Branco după ce rămân singuri.

— Da. De ce?

— Am dori să vorbim ceva cu ea, dar n-am reușit s-o localizăm.

— Am auzit că a dispărut din oraș. Dar ce legătură are cu mine?

— Am făcut niște investigații. Tu și Hirak ați fost împreună. O pasiune adolescentină care s-a terminat trist.

— Sunt 30 de ani de atunci, treci la subiect.

— Dacă am înțeles bine de la sursa mea, încă te vezi cu ea.

— Tot nu înțeleg unde vrei să ajungi.

— Sursa mea e destul de sigură că ții la Hirak. Poate chiar mai mult decât ții la viitoarea ta soție. Ar fi păcat atât pentru tine, cât și pentru ea dacă s-ar întâmpla ceva. Nu-i așa?

Cu tot trupul, cu mintea și cu tot ce înseamnă intuiția, cu fiecare fibră din corpul lui, vrea să se ridice în picioare și să urle: *Afară din viața mea! Nu dau doi bani pe nenorocitul tău de parc eolian. Lasă-mă în pace!*

— În termeni simpli, ori garantezi terenul, ori Hirak dispare. Pe urmă, știu că ai și o familie oficială. De pildă, Pernilla, viitoarea ta soție. Și sigur, ce amabil că bunicul băiatului, Mikael Blomkvist, dacă așa îl cheamă, are atâta grijă de Lukas.

— Mulțumesc, ajunge! izbucnește Salo.

Unul dintre puținele merite pe care și le recunoaște e capacitatea de a-și păstra calmul când ia foc. Acum cântărește nivelul iadului în funcție de timp și de persoană.

Märta Hirak.

Märta Hirak... Se trezesc într-unul dintre cuiburile de porumbei ale Brittei. Au trecut ore întregi, deși parcă ar fi fost minute. El încă stă întins cu picioarele înfășurate în jurul picioarelor ei. Dacă o strânge suficient de tare, poate o să rămână.

— Trebuie să dispar pentru o vreme. Ținem legătura, spune ea.

Două cuvinte sunt tot ce a primit de atunci. Îmi lipsești. El încă trăiește din ele.

— Puteți să faceți ce vreți cu Märta Hirak, spune Salo, nu e problema mea. Din păcate, nu vă pot ajuta. Regulile sunt reguli. Dacă nu mai e altceva, propun să încheiem aici.

Afară cu individul ăsta, înainte să mai spună ceva.

Dar Branco pleacă fără să mulțumească sau să-și ia rămas-bun.

16

Erik Niskala pleacă, iar Lisbeth Salander rămâne pe loc. Deschide dosarul și îl închide din nou. Încearcă să-și adune gândurile împrăștiate și să formuleze o opinie, dar renunță. Înghesuie dosarul în geaca de piele și se duce la bar.

Locul se umple de oameni fericiți că e weekend. De data asta, își comandă o cola cu multă gheață. Apucă să ia doar o înghițitură înainte ca un idiot nenorocit să o înghiontească și să-i dărâme paharul.

— Vai, scuze, te-ai udat! O secundă, aduc imediat niște șervețele, spune cineva.

Cineva este o tipă cu părul și unghiile roșii. Unghii roșii tăiate scurt și roase, o geacă de piele aproximativ ca a ei, jeanși negri și bocanci tot negri, observă Lisbeth.

— Vai! repetă femeia. Se pare că ne cumpărăm hainele din același loc. Ce bei? Părea că aveai rom și cola. Îți cumpăr la fel.

— Sigur.

— Jessica, se prezintă femeia, întinzând mâna.

— Lisbeth.

— Nu ești de pe aici, așa-i? Te-aș mai fi văzut, în cazul ăsta.

— Foarte corect. Dar tu?

— Păi, de aici. N-am ajuns mai departe de Skellefteå. Acolo l-am cunoscut pe soțul meu. Și el era tot din Gasskas, și când au venit copiii, ne-am mutat acasă.

— Deci ești căsătorită, comentează Lisbeth, ca să se afle în treabă.

— Divorțată.

Rămân tăcute câteva momente, privindu-l pe barman cum agită băuturile cu brațe musculoase, vizibile pe sub mânecile tricoului.

— Am fost colegi de clasă, spune Jessica, dând din cap către Tom Cruise. Există doar două tipuri în orașul ăsta. Tipul sportiv și tipul suporter.

— Tu ce tip ești?

— Al doilea, cred. Fostul meu e jucător de hochei. Dar m-am săturat de lumea asta. Poate că ar trebui să inventez un nou tip de personalitate. Dependentul de muncă, de exemplu. Sau mama stresată. Tu ce tip ești?

Răzbunătorul, hackerul, ucigașul.

— Dependentul de muncă, răspunde Lisbeth. Și sportivul. Mă antrenez și muncesc, asta e tot.

— Atunci nu ai copii?

— Nu, n-am copii.

— Nici soț?

— Ar trebui?

— Categoric nu. Merge la fel de bine cu un castravete. Măcar ei nu joacă hochei.

— Și nici nu vorbesc.

— Hai să dansăm, propune Jessica. Ringul de dans e un etaj mai jos.

— Să dansăm?

— Da, știi tu, să ridicăm brațele sus și să dăm un pic din șolduri. Așa o să fii scutită să vorbești. Haide! o îndeamnă ea și trage de o agrafă, iar părul îi cade pe spate.

Lisbeth nu urăște să danseze. Doar că n-a mai dansat de foarte multă vreme.

Muzica e tare, iar pe ringul de dans e înghesuială. Nicio paradă de stil în adevăratul sens al cuvântului. Mai degrabă, un ritual de grup cu o grămadă de bețivi veseli care sar și urlă pe refren.

Unde știuca înoată în stufăriș
Și vulpea se furișează pe pod
Acolo, în garaj, îți faci mâncarea
Acolo vreau să trăiesc, în puii mei.

În mulțimea care se agită, Jessica o apucă pe Lisbeth de braț și țipă și ea versurile.

Pentru cine vrea să trăiască într-un furnicar
Unde oamenii sunt răi și urâți
Se panichează când văd un pic de zăpadă
Alungă țânțarii cu mâna, fac pe ei de frică.

Părul ei se lovește de fața lui Lisbeth, iar flash-urile stroboscopice fac roșul să devină violet, iar trăsăturile ei să pară ascuțite ca niște plăci de ardezie.

Ca o vrăjitoare, o vrăjitoare al naibii de înaltă și de sexy. O trage mai aproape. Simte mirosul de parfum și transpirație de la dans, îi simte osul șoldului, brațul pistruiat și strânsoarea fermă a mâinii, dar când se termină muzica și mulțimea se împrăștie, Jessica face un pas înapoi. Își strânge părul cu agrafa și spune că are nevoie de ceva de băut.

Se duc să bea. Jessica discută aprins cu Tom Cruise, iar Lisbeth nu poate decât să stea alături, ca un copil uitat.

De fapt, sigur că ar putea să facă altceva. Ar putea să urce la ea în cameră. Să citească dosarul și să formuleze un refuz. Nu, nu, nu. Nu are nevoie de nicio adolescentă în viața ei, și nici de altă fată. Cu toate astea, rămâne acolo și așteaptă până când Tom Cruise e ocupat cu alți clienți, iar Jessica se întoarce spre ea.

— Ești încă aici, spune ea. Eu mă duc acasă acum, dar mi-a făcut plăcere să te cunosc.

Apropierea de pe ringul de dans a dispărut, în vocea Jessicăi se citește respingerea, dar Lisbeth își încearcă norocul. Oamenii sunt tradiționaliști, în opinia ei. Rareori își urmează instinctele și uneori au nevoie de ajutor pe parcurs.

— Sunt cazată în hotelul ăsta. Dacă vrei, putem să bem ceva în camera mea și îți chem un taxi mai târziu.

Jessica se uită lung la ea. Își scoate telefonul, trimite un SMS, înghite ultimele picături de vin ca într-un ritual detaliat, după care răspunde.

— Nu. Am bonă doar până la 12.

17

E 16:45 când o dubă albă intră în centrul pentru refugiați minori neînsoțiți de părinți din Fridhem, situat chiar la nord de Gasskas.

Nu venise să facă o livrare. Mai degrabă o ridicare. Un ordin, pur și simplu. Emis cu aproape o oră în urmă.

Doi copii de școală primară se joacă cu mingea la perete. Personalul de zi pleacă acasă, iar Frej Aludd intră în tura de seară. O zi foarte obișnuită. O vineri.

Mingea ajunge lângă Varg. O oprește cu piciorul, o ridică în aer și-i trage un șut puternic, ca s-o trimită cât mai departe.

— Frumoasă lovitură. I-ai pus pe drumuri pe negroteii ăia mici, comentează Björn.

Se îndreaptă amândoi spre recepție. Un cub cu perdele trase peste ferestre și o ușă care de obicei stă deschisă.

— Ooo, salutare Frej! Nu te-am mai văzut de mult. Faci ore suplimentare?

Frej Aludd se ghemuiește din reflex în spatele biroului. Închide laptopul și trage telefonul spre el, ca și cum ar fi fost luat prin surprindere de hoți.

— Ce vreți? V-am spus că nu va mai fi o dată viitoare.

— Dar acum suntem aici, zice Varg, ridicând la întâmplare dosare de pe biroul lui.

— Chem poliția, dacă nu plecați.

Varg simte un val de ușurare, de alinare. Situația e sub control, acum poate doar să se întindă pe spate și să savureze.

— N-aș prea crede. Asta doar dacă nu vrei s-o contactăm pe soția ta. Deși, exact, da, plescăie el din buze, am vorbit deja cu ea. Îți transmite că păstrează vila și va cere custodia unică a copiilor. *Bye, bye* copii. Nu e mare pierdere pentru ei, bănuiesc. Cine își dorește un tată pedofil?

— Ce vreți? întreabă Frej cu vocea spartă a celui demn de milă.

— La fel ca data trecută. Nici mai mult, nici mai puțin. De preferință sub 18 și negresă.

— Sper că înțelegeți cât de greșit este.

— Nu mai greșit decât că primești bani pentru ele.

— Trebuie să încetați! Sunt administrator, nu proxenet.

— N-ai decât să explici poliției extrasele tale bancare. Marș, pierde-vară, n-avem toată seara la dispoziție! De unde începem?

Cel mai aproape de recepție se află camerele pentru copiii mai mici, la mijloc se află secția de băieți adolescenți, iar în celălalt capăt, cea pentru adolescente. Într-acolo se îndreaptă, cu Frej în frunte. Un Frej reticent, care-și târșâie picioarele pentru a câștiga timp.

Varg merge chiar în spatele lui și zâmbește. Corpul lui Frej Aludd strigă după o cale de ieșire. Picioarele de păianjen se poticnesc, iar fundul proeminent ca un hamburger arată prea bine pentru a fi lăsat în pace. Un șut perfect îl aruncă pe Frej câțiva metri în față, unde aterizează în patru labe, ca un câine.

— Te rog, chelălăie câinele, nu mă lovi cu piciorul, fac ce vreți.

— Nu există nicio cale de ieșire, îl asigură Varg, adunându-l de pe jos. Așa că bagă viteză!

Bate la ușa primei camere și se aude o voce care strigă:

— Așteaptă!

— Să așteptăm ce? Intrăm!

Fata tocmai a ieșit de la duș și face tot posibilul să se acopere, iar privirea i se îndreaptă spre Frej.

— Îmi pare rău, spune el, n-am vrut să dau buzna așa.

— Prea deșirată, comentează Varg. Camera următoare!

Trage de ușă fără să bată și o trântește la fel de repede la loc.

— Ce-i aici, tabără de refugiați sau vreo nenorocită de clinică de SIDA? întreabă el, răsucindu-i brațul lui Aludd. Ultima șansă, altfel ne ducem la secția de copii.

— Au, nu, au, termină, scâncește Frej ca o pisică chinuită. Trebuie să mă credeți, momentan nu avem nicio fată. Poate găsiți pe cineva în comunitate.

Varg lovește cu piciorul pisica din fața lui. Cele două camere din mijloc sunt goale, iar ultima e încuiată.

— N-am cheie, îi anunță Frej.

Ceafa de Frej e firavă. Mâna, aspră. Peretele coridorului, tare.

— Deschide ușa, jigodie mică!

Și jigodia deschide.

— Haha, chicotește Varg. Înțeleg de ce ai vrut să ascunzi de noi bucățica asta.

— Nu Sophia, protestează Frej, încercând să-i oprească. Măcar lăsați-mă să vorbesc cu ea întâi, sugerează el și se așază pe marginea patului.

— Ce vor? întreabă Sophia.

— Doar să discute. Cred că e vorba despre familia ta. Poate au informații noi.

— În legătură cu ce?

— Nu știu, vor să mergi cu ei la secția de poliție.

— Nu arată a polițiști.

— Polițiștii pot arăta într-o mie de feluri.

Pielea ei, mâinile, buzele, ochii, lumina ei. Frej încearcă să-și păstreze vocea egală.

— Fă ce ți se spune și o să ajungi acasă înainte de ora de culcare, o îndeamnă el, cuprinzând-o cu un braț. Nu trebuie să-ți fie frică.

Sfârșitul încercării de a o convinge. O încheietură este ruptă. O inimă este frântă. Doi războinici și o fată ies pe ușa din spate.

După aproximativ un minut, totul e la fel ca înainte. Cina la ora 18. Seara de film la ora 19. O dubă albă cu plăcuțe de înmatriculare false se îndreaptă spre nord.

18

Prima zăpadă e la fel de ciudată în fiecare an. Deși Jessica Harnesk nu a trăit niciodată într-un loc fără iarnă.

Dintr-odată e acolo, pur și simplu, și întotdeauna se întâmplă dimineața. Vopsea albă trasată cu pensula peste toamna care de mult și-a lepădat splendoarea de culori și a trecut la maroniu.

Cartierul e tăcut sub fulgii de nea. Pe lângă ea trec mașini cu oameni care se duc la serviciu. Este exact cum vrea ea. Pașnic.

Săptămână pară. Adică, săptămâna lui Henke cu copiii și ce dracu' a căutat ea vineri la pub? A fost ceva spontan. Hanna a sunat și a întrebat dacă are nevoie de dădacă. Ce nu faci pentru o surioară care vrea să câștige niște bani? Spui da și îți dai întâlnire cu un bărbat. Că bărbatul cu care ți-ai dat întâlnire nu apare, asta e altă chestie, deși nici nu contează. Un prieten de-ai lui Henke. Ce-o fi fost de fapt în capul ei? Sigur nimic.

Ura din privirea lui. Cuvintele pe care i le aruncă.

— Apropo, spune el în timp ce stau pe hol și-și predau ștafeta. M-am întâlnit cu Hanna la magazin. Chiar ești atât de disperată încât să ieși în oraș taman în săptămâna în care ai copiii la tine?

— Nu-i treaba ta!

Deși este. Ca tată al copiilor și așa mai departe. Alege să nu-l contrazică. În ochii copiilor se citește în ultima vreme ceva și mai rău: dorința de a face pace între părinții lor.

Henke amuțește când vede că nu-i dă apă la moară. Ea primește un SMS și nu răspunde.

Șterge zăpada de pe mașină. Ce mișto ar fi să meargă la muncă pe jos!

Altora zilele de luni le dau dureri de stomac. Ei duminicile îi dau o astfel de stare. Copiii ori trebuie să plece, și va trece o săptămână întreagă până când se vor revedea, ori se întorc de la Henke. Plini de o furie neobosită, care uneori se epuizează abia după câteva zile.

Bineînțeles, când stau la el, copiii nu sunt așa. Nu, copiii sunt foarte fericiți că sunt din nou împreună.

— Poate ar trebui să-i țin eu tot timpul, spune el.

— Poate că nu.

Oamenii divorțează pentru a avea mai multă libertate. Ce rahat!

Apoi sună mobilul. La serviciu, ea e doar Harnesk.

— Ești pe drum? întreabă Birna Guðmundurdottir, căreia, din motive practice, i se spune doar Birna.

— Tocmai ies din garaj.

— Bine. Ai luat micul-dejun?

— Nu. E luni.

Sediul poliției din Gasskas e unul dintre cele mai mici din țară, deși s-a dezvoltat în ultimii ani. Când a venit Jessica, în urmă cu 11 ani, erau 20 de polițiști. Acum sunt în jur de 30 și ar fi trebuit să fie și mai mulți. Dacă se îmbolnăvește cineva, ca astăzi, se observă imediat.

— Simon stă acasă cu copiii, s-au îmbolnăvit. Tanja e la dentist, iar soțul Monikăi a făcut infarct. Deși nu e așa grav. Vine mai încolo, după-amiază. L-am sunat pe Snoris, ca backup. E la bunica lui, în Kåbdalis, dar vine în cazuri de criză. Avem o intervenție mai târziu, după-amiază. Poate vine și el cu noi, spune Birna.

Snoris e cel mai proaspăt aspirant din secția de infracțiuni grave. Pe puțin 23 de ani, deși pare de 12. În plus, părinții săi l-au înzestrat cu numele Klas-Göran. Un nume imposibil pentru un copil de 12 ani.

Birna a adus prăjitură de casă, unt și cașcaval.

Jessica rupe o bucată din prăjitura lipicioasă și moale și o înmoaie în cafea. Îi alunecă cu greu pe gât.

— Începem ședința, strigă Faste, deși toată lumea e deja adunată.

Se așază pe scaunul Jessicăi, pe care și l-a însușit, și se lasă pe spate.

— Deci din nou luni. Cum a fost weekendul? începe el.

— Au sunat de la centrul de refugiați, lipsește o persoană, anunță Birna și pune pe masă o foaie scoasă la imprimantă.

— Are permis de ședere permanentă? întreabă Jessica.

— Da, e în ultimul an la liceu. O fată ambițioasă. Tocmai a primit locuință și se mută la sfârșitul lunii.

— Pun pariu pe 100 de coroane că a fugit cu vreun băiat, intervine Faste.

— Și dacă nu-i așa? A dispărut vineri. Colega ei de cameră a sunat sâmbătă dimineața, dar nu aveam personal suficient. Inaugurarea halei comerciale și derby-ul dintre Gasskas și Björklöven au fost considerate mai importante, așa că am pus cazul în așteptare până acum, argumentează Birna.

— Eu tot cred mai mult în varianta cu băiatul, insistă Faste, dar, mă rog, du-te acolo cu Harnesk.

Jessica își mai toarnă cafea și ia prima porție de tutun de prizat a zilei. Tutunul de prizat îi stimulează stomacul, deși n-a reușit să bage în gură bucata de prăjitură. Se așază pe toaletă și încearcă să-și planifice ziua în minte.

Ping. *Nici măcar nu poți să te asiguri că au la ei haine de schimb? Nu ești bună de nimic.*

Ping. *De ce dracu' nu mi-ai adus aminte că marțea trecută era întâlnirea cu dirigintele?*

Ping. Oprește sunetul.

— Cât timp trebuie să-l mai suportăm? întreabă Birna.

— Pe Henke?

— Și pe el. Dar mă refeream la Hans Faste.

— Nu prea avem de ales. Are experiență, a lucrat în diviziile de combatere a violenței, nu are copii mici et cetera et cetera.

— E execrabil. Ai auzit cum îi zice Tanjei? Pisi-Pis, comentează Birna.

— O să vorbesc cu el, dacă n-a vorbit ea deja, promite Jessica.

— A vorbit. Acum, în schimb, îi spune Pisica.

Traversează fluviul și se îndreaptă spre Jokkmokk. Adăpostul pentru refugiați Fridhem e găzduit într-o școală de economie gospodărească dezafectată, la 20 de kilometri nord de Gasskas. Zăpada căzută în cursul nopții se topește deja și cade de pe acoperiș. Prin curte aleargă o pisică.

— Ce bine că ați putut veni! le întâmpină Frej Aludd și le invită să ia loc în biroul său.

Sau secretariat, așa cum îl numește el.

— Eu sunt din Motala, spune el tremurând. Încă nu m-am obișnuit cu frigul.

— Acum începe cel mai bun sezon, îl asigură Birna, făcând-o pe Jessica să zâmbească.

Pe dinăuntru, cel puțin. Prima iarnă la Gasskas a unui sudic nu e de joacă. Birna îi urează cel puțin trei săptămâni cu –32 de grade și un viscol exact când au răsărit primele flori de primăvară și amatorii cred că iarna s-a terminat.

Jessica însă crede că nici vara nu e de joacă. De îndată ce vine căldura, se înmulțesc țânțarii. După ce au supt seva din oamenii care încearcă să se bucure de serile călduțe, apar tăunii. Tăunii nu fac discriminări. Pentru ei, toate ființele vii reprezintă un antricot. Iar când tăunii, țânțarii, viespile și alte zburătoare decid să lase omenirea în pace, apar și muștele Simuliidae. Împotriva lor nu există nici vaccin, nici spray. Le plac ochii. Se târăsc în colțuri, sug lacrimi și depun ouă în puroi.

— Nimic nu poate fi mai rău decât căpușele, spune Frej și povestește în detaliu câte a pătimit cu Borrelia în sudul țării, până când îl întrerupe Jessica:

— Fata. Sophia Konaré. Credeți că a plecat de bunăvoie?

— Nu știm, răspunde el. Eu n-am lucrat vineri. Colega ei de cameră zice că era rândul lor să gătească, dar Sophia n-a mai apărut.

— Pot să vină și să plece cum vor? întreabă Jessica, pentru că n-a mai fost niciodată la acest cămin.

— Bineînțeles. Avem mai mult control asupra celor mai mici, desigur, dar Sophia era majoră.

— Era? întreabă Birna în felul ei suspicios.

Așa e ea. Directă și puțin cam dură. Cu un părinte islandez a cărui privire poate să solidifice lava. Este apreciată și grijulie. Cu toate astea, Jessica nu știe aproape nimic despre ea. Are un mod de a bloca întrebările prea intime cu mult înainte să fie puse.

De Birna îi amintește ființa aia, Lisbeth, de la barul hotelului. Jessica încă se gândește la seara aceea. Au dansat și apoi... Da, apoi ea a luat un taxi până acasă la copii și i-a mulțumit stelei ei norocoase. Anxietatea este ultimul lucru de care are nevoie. Henke are ochi peste tot.

— Este majoră, se corectează Frej, vizibil deranjat de comentariu. Era extrem de vioaie vineri. Am vorbit despre faptul că se va muta în curând în propria locuință. M-am oferit să-i duc eu lucrurile.

— Ce drăguț! comentează Birna.

Încăperea e mică. Are loc pentru două paturi de o persoană, o noptieră comună, un șifonier și câte un sertar într-o comodă. Nu că fetele ar avea nevoie de mai mult spațiu pentru lucruri. În afară de hainele pentru fiecare anotimp și de manualele pentru școală, camera este la fel de neutră ca o celulă de arest pentru persoanele prinse bete la volan.

— Nu puteți să puneți niște tablouri pe pereți? Sau măcar un covor? întreabă Birna.

— Și un spa la subsol? ripostează Frej.

— Trebuie să vorbim cu colega ei de cameră. E aici? intervine Jessica.

Managerul se uită la ceas.

— Nu. Fatma merge la liceu în oraș. Am impresia că vine cu autobuzul de ora 16.

— Atunci trebuie să ne întoarcem.

— Sunteți binevenite, le asigură Frej.

— La revedere. Mulțumim pentru ajutor, spune Birna.

19

Păpușa e pe marginea patului când Marcus Branco intră în scaunul cu rotile pe o ușă laterală. A fost rugată să își dea jos halatul de baie și să se întindă. Cu toate astea, ea a rămas așezată, cu brațele în jurul pieptului.

El afișează cel mai luminos zâmbet al său. O scumpă, își zice. Carnea de pe ea e sigur fermă și fină. Așa sunt de obicei negresele. Bucățica asta bună este genul pufos. Există ceva mai plăcut decât să te scufunzi în grăsimea unei femei și să fii cuprins de brațe materne?

Acum zâmbește și mai larg, în timp ce ochii păpușii clipesc și se măresc de groază.

Stai un pic, își zice el, să vezi groază când dau jos halatul de mătase.

— Ai un nume? întreabă el.

Ea șoptește ceva inaudibil.

— Nu trebuie să fii timidă cu mine.

Cu toate astea, timiditatea e cea care îl excită. Femeile precoce, mulțumite de ele, care vorbesc tare, le cedează cu plăcere altora. Ea e ca un iepuraș acolo, pe pat. Un iepure sălbatic capturat, care tremură fiindcă știe că nu-și va recăpăta niciodată libertatea, dar și fiindcă e nesigur de cum o să moară.

— Spune-mi doar cum te cheamă, păpușa mea, și totul va fi bine.

— Sophia, răspunde ea în cele din urmă. Sophia Konaré.

— Nu mă interesează numele de familie, dar dacă tot l-ai zis, trebuie să te întreb dacă ești rudă cu Alpha Oumar Konaré.

Ea nu știe care e răspunsul corect sau greșit.

— Konaré a fost un om mare, îi explică Branco. Un vizionar care, din păcate, a luat-o pe o cale greșită, dar nu discutăm acum despre el, ci despre tine. Câți ani ai, dulceața mea?

— Am 14, minte ea, sperând că vârsta fragedă va schimba lucrurile în bine.

Branco înțelege că ea face apel la moralitatea lui. Un copil e totuși un copil. Iar o gaură e o gaură, atâta timp cât nu e a unui porc.

— Știi că va trebui să te dezbraci, indiferent dacă vrei sau nu, o avertizează el. Dacă te decizi că vrei, totul va fi mai ușor, atât pentru tine, cât și pentru mine.

Ea slăbește din strânsoarea brațelor, dar se cuprinde iar, la fel de strâns, ca și cum ar ezita. Probabil pentru că își închipuie că există alternativă. De fapt, chiar există. O poate trimite imediat direct în eternitate. Dar dacă are noroc și e minunată, așa cum și-o imaginează, o va lăsa în viață puțin mai mult.

Din fericire, e suficient de proastă încât să creadă că, dacă se supune, câștigă timp. Își dă repede jos hainele și se strecoară sub pătură.

Sexul lui se umflă sub halatul de mătase. În curând îl va scoate. Îi place prima reacție a păpușilor. Ochii care se măresc. Șocul când văd cioturile de picioare. Contrastul dintre cioturi și erecția lui magnifică.

— E în regulă. Nu ești prima căreia îi e frică de mine. E mare, dar nu e periculoasă. Dă-te puțin mai încolo, te rog, adaugă el și se apleacă spre pat.

Picioarele nu-i sunt de niciun folos. Au dispărut pe parcurs, după câteva săptămâni de sarcină. A trecut mult timp de când a încetat să mai plângă după laptele (matern) vărsat. Protezele le folosește doar în cazuri de urgență, dar acesta nu este un caz de urgență. Brațele, pe de altă parte, funcționează foarte bine. Acum le folosește pentru a forța capul fetei să coboare în jos, spre vintrele lui.

— Așa, păpușă, mângâie-mă pe picioare, e așa frumos!

Chiar și glumele vechi pot fi amuzante.

Lacrimile curg pe obrajii rotunzi; fata nu prea pare să aibă simțul umorului.

— Păpușă timidă, timidă, nu plânge, tati te va alina. Mhm.

Cu cât ea plânge mai mult, cu atât mai dornic devine el. Știe că o are în puterea lui și că va face ce vrea el.

Fata s-a liniștit deja. S-a dat mai aproape de el ca să ajungă mai bine.

— Așa, păpușă. Acum se va distra și tati.

Dar exact când lucrurile merg atât de bine și fata a înțeles ce are de făcut, se aude un ciocănit la ușă.

— Dispari! Sunt ocupat! strigă el.

— E important. Nu poate aștepta.

Se uită la ea. Păpușa închide ochii. Poate că doarme. La urma urmei, satisfacția poate avea un efect obositor.

Se apropie seara. Satul e ca de obicei la ora asta. Plin de femei și copii care s-au întors acasă de la muncă sau de la școală.

Când soldații mărșăluiesc pe străzi cu kalașnikovuri încărcate în mâini și centuri de cartușe în jurul corpului, este deja întuneric.

Nu pun întrebări. Nu cer să discute cu înțeleptul satului și nici nu dau explicații. Deschid focul. Trag fără țintă în tot ce mișcă.

Sophia se așază lângă mătușa ei. Când femeia e împușcată, cadavrul cade peste Sophia.

Sângele îi curge pe față. Îi intră în ochi.

— Întinde-te pe jos și rămâi aici, murmură mătușa. Prefă-te moartă.

E ultimul lucru pe care îl aude.

Probabil că a adormit. Acum a răsărit soarele. Pe sub brațul mort al mătușii sale vede soldați care se trezesc și ei. Care mănâncă resturi de pe farfurii. Care împung oameni deja morți cu țevile puștilor, ca să fie siguri. Chiar și copii. Chiar și pe Joseph. Deși trupul e o jale fără niciun semn de viață vizibil, ei trag din nou. Iar el tresare. Era viu! Fratele ei mai mic era în viață!

Împușcați-mă și pe mine, zice ea, dar n-o aude nimeni.

Trupul mătușă-sii e greu peste ea. Vrea să închidă ochii, dar se forțează să vadă. Altminteri, cine va povesti și altora ce s-a întâmplat?

Pentru prima oară, se gândește la cum arată ei. Își mută privirea peste fețe, peste uniforme.

Unii arată obișnuit. Compatrioți. Unii, mai tineri decât ea. Copii. Însă ceilalți? Străini. Uniforme fără steaguri. Trupuri masive, cu piele roșie, arsă de soare.

Vin spre ele niște bocanci, iar ea închide ochii.

Bocancii lovesc corpul mătușii. Sophia încearcă să se miște și ea. Sfârșește într-o parte. Și el e atât de aproape! Se apleacă peste ea. Îi pune mâna pe obraz. Două degete la gât.

Ea deschide ochii. Să o ia, să o omoare. Orice. E pregătită.

O secundă, privirile li se întâlnesc, iar el îi închide ochii cu mâna.

— *Stay dead,* îi spune el. *Stay dead.*

Branco se ridică din pat și se aruncă în scaun.

Dumnezeu a creat soarele pentru a străluci asupra lui Lucy, prima femeie de pe pământ, mama primordială a omenirii. Pielea ei dogorește de la ultimele raze ale după-amiezii. Probabil că se va întoarce mai târziu în seara asta. Așa o să facă.

20

Întunericul coboară peste Gasskas, iar ziua devine mai scurtă decât noaptea. Cu fiecare zi ce trece, se întunecă mai devreme cu câteva minute.

Oamenii care locuiesc aici fac față iernii în moduri diferite. Mulți o venerează. Se pornesc snowmobilele, se ceruiesc schiurile și se aprind focurile în jurul locurilor de grătar.

Când zilele sunt mai scurte decât nopțile, zăpada e salvarea — luminează ca un far călăuzitor și îi face pe oameni să spună lucruri de genul: „În sud e și mai nasol, noi măcar avem zăpadă".

A trecut cam o lună de când Märta Hirak a sărutat-o pe fiica sa pe creștet, a salutat-o din cap pe maică-sa, a închis ușa în urma ei, și-a tras gluga gecii pe cap și s-a îndreptat spre zona industrială Berget.

A decis să scoată cui pe cui. Să-l șteargă pe Peder Sandberg de pe fața pământului și să părăsească Gasskas. E pregătită. Nimeni nu poate spune altceva. De zece ani. Pe puțin.

Va trebui să se împace cu ideea că toată lumea, inclusiv fiica sa, va crede că e moartă. Pentru ea face asta, dar trebuie s-o facă în felul ei. Cu răbdare.

Începe bine. Mai bine decât și-a imaginat. A învățat de la cel mai bun. Cel puțin, după standardele din Gasskas. Mai întâi, se asigură că se cuplează cu vicepreședintele clubului Svavelsjö, chiar dacă îi face silă. *Închide ochii și gândește-te la regină,* nu așa zic englezii? Ei bine, funcționează și „ține-ți respirația și fă-o". Sonny e îndrăgostit. Ea e... un sprijin pentru el, poate? Îl lasă să plângă pe umărul ei când nu se uită nimeni. Creează o bulă de încredere. Ca un sufleor, îi șoptește tot ce ar trebui să facă și îl lasă pe el să-și ceară meritele. Nimeni nu cunoaște piața mai bine decât ea.

În același timp, îl urmărește îndeaproape pe Peder Sandberg. Ținta în sine. Îl idolatrizează pe Sonny, așa cum îi admiră întotdeauna băieții mici pe cei mari. A luat în calcul că el o să se laude cu relația lor. Pentru că, deși nu o vrea, nu vrea să o aibă nici altul. Dar când vine vorba despre Sonny, totul este iertat. Ba chiar Peder se mută și în Berget. Bun! Singura întrebare e unde ascunde lucrurile care îi aparțin ei și nimănui altcuiva. OK, cu excepția Svalei.

Derulare rapidă: Svala moștenește câteva mii când moare Niedermann. Märta știe că Peder va cheltui banii. Așa că, în loc să îi depună într-un cont, cumpără bitcoini. Nu că ar avea vreo idee ce sunt. Beată criță, se cuplează la Buongiorno cu un IT-ist pe care-l ia cu ea acasă la un *afterparty*. Regretă deja a doua zi. Au nevoie de banii ăia pentru chirie. Dar, în loc de 6 000 în cont, are datele de autentificare ale unui alt cont. Singura problemă e că nu-și poate aminti parola. *Acri sunt strugurii,* spuse vulpea. Chiria merge la executorul judecătoresc, iar ea mai primește un punctuleț[15].

---

15 Indică o notificare de plată în registrul datornicilor și rău-platnicilor.

Vorbim despre anul 2010. Un bitcoin abia dacă valora o coroană. Dar acum suntem în 2021. Un bitcoin valorează 68 408 dolari. Înmulțit cu 6 000. Märta nu e sigură cum se citește suma 4 553 406 000.

În fine. Când computerul se strică, îl duce la Gamestop, unde primește ajutor pentru a transfera conținutul pe un hard-disk extern. Sunt fotografii pe care vrea să le păstreze. Pentru că de ce nu. De contul în bitcoini a uitat de mult.

Totul se leagă într-un mod de-a dreptul ciudat. Peder Sandberg se mută de la ele. Ia cu el tot ce are valoare, inclusiv televizorul și colecția de timbre a fetei. Și... hard-diskul. Abia atunci începe Märta să se gândească din nou la moștenirea Svalei. Ceea ce se pare că face și Peder. Lumea e plină de hard-diskuri casate, cu conturi bitcoin. Noroc că zero barat habar n-are despre ce sume e vorba.

Când, într-o seară, idiotul este atât de beat și drogat încât adoarme pe jos, ea se furișează noaptea și îi răscolește toată camera...

Chiar dacă iarna abia a început, e frig. Merge repede, ca să se încălzească. În fiecare toamnă se gândește că e timpul să-și cumpere o geacă mai groasă, dar tot amână.

E mai greu cu fata, care umblă în continuare în niște Converși fake albi cu tălpile desprinse și cu șosete până la gleznă. Destul cât să treacă neobservată. Ciocatele căptușite cu blană sunt demodate pe vecie. În plus, ea nu se plânge niciodată. Plutește deasupra tuturor, ca o creatură care nu aparține lumii în adevăratul sens al cuvântului. Dacă ar fi fost mai insistentă, poate că ar fi primit încălțăminte nouă.

Märta Hirak are multe motive să se simtă vinovată față de fiica ei. Cel dintâi este că a născut-o. Dacă se întoarce la întâlnirea spermei cu ovulul, vina cardinală este a donatorului de spermă, dar e și a ei. E nevoie de un talent serios pentru samavolnicie să ajungi să te înhăitezi cu Ronald Niedermann.

Dar, dar... Era tânără, voia să plece de lângă familia ei și a ieșit cum a ieșit. Cicatricile sufletești le-a închis cât de bine a putut. Pe cele fizice le-a acoperit sistematic cu noi tatuaje.

Slavă Domnului că fiica ei nu seamănă cu el. Și slavă Domnului din nou că el a murit. Tot ce-a rămas în urma lui sunt probleme mici. Cu excepția fiicei: Svala Inga-Märta Niedermann Hirak, care nu cere nici mâncare, nici îmbrăcăminte, dar al cărei creier necesită un aport constant de hrană.

Într-o familie educată sau în orice familie ceva mai bună, ar fi fost deja declarată geniu. Ar fi făcut două clase într-una, și-ar fi găsit locul printre oameni însuflețiți de aceleași idei și ar fi fost încurajată de profesori speciali, dedicați, însă întâmplarea face că ea s-a născut într-un cu totul alt context și că trebuie să se mulțumească doar cu ceea ce i se oferă.

Märta nu ignoră talentul fiicei sale. Doar că nu știe cum să-l gestioneze. Are destule pe cap.

Se uită la ceas și apoi privește în jur. Mai face un tur în jurul digului și se oprește în spatele unui copac, ca să se asigure că nu o urmărește nimeni.

De obicei se întâlnesc pe aceeași bancă în parcul de lângă mină.

De-a lungul anilor, perdelele de salcie fragilă și păducel au făcut-o invizibilă. Chiar și în timpul iernii, trebuie să știi unde e ca s-o găsești. Aproape că a ajuns. Încetinește pasul și își aprinde o țigară.

— Bună, voiai să vorbim ceva.

Märta se uită în jur. Întunericul are avantaje și dezavantaje.

— Dacă se află, sunt moartă, șoptește ea.

— Cum spuneam, putem să te protejăm.

— Sigur, răspunde Märta, dar știi că nu puteți.

— În cazul ăsta, spune cealaltă persoană, de ce îmi mai povestești?

— Știi deja. Peder Sandberg, dacă știi cine este. Fostul meu.

— Da, știu, răspunde femeia, scriind ceva într-un carnețel. Ce-i cu el?

— A dat de mălai.

— Informația asta o avem deja. Dar după cum știi, nu e ilegal să conduci o motocicletă.

— Serios, doar nu crezi că un întreg club de motocicliști se mută în nenorocitul de Norrland pentru că au poftă de aer curat, nu?

— Ai dreptate, dar ai o explicație mai bună?

Ar putea să povestească despre o persoană fără nume care controlează totul de sus. De asemenea, ar putea povesti despre vechiul și obișnuitul comerț cu droguri. Cel practicat de capi de familie harnici și ordonați, care cu o mână își duc copiii la culcare, iar cu cealaltă îi ucid pe copiii altora.

— E zăpadă în aer, răspunde ea, scuturând din pachet încă o țigară.

— Ei, haide, Märta! insistă cealaltă femeie. Tu ești cea care a vrut să ne vedem.

A avut timp suficient să ticluiască un plan. De atunci, l-a respectat. Mici indicii au dus la presupuneri. Deocamdată, are de gând să împărtășească doar părțile umbrite. În umbre, Peder este rege. Tuturor le-ar fi de folos dacă ar fi arestat.

— Peder s-a înhăitat cu Svavelsjö. Deocamdată nu fac decât să lustruiască motoarele, dar planul e să preia traficul de droguri în toată regiunea Norrbotten. Chestia e că el nu se poate mulțumi cu locul pe care-l are în ierarhia Svavelsjö. Își conduce propria afacere în paralel.

— Parcă ai vrea să-i vii de hac.

— Corect, răspunde Märta.

— De ce?

— Ca să-mi protejez fiica.

— Ce e cu ea?

— Nu te privește.

Svala e altfel. Încă de când era copil, Peder a încercat să-i intre în creier. A folosit-o în interesul lui, dar tot a pierdut esența. Ea înseamnă mult mai mult decât memorarea cifrelor și cubul Rubik. Svala este, în opinia Märtei, *iluminată*, chiar dacă acest cuvânt nu o descrie în totalitate.

Când Peder se mută de la ele, Märta se asigură că are o datorie. Datoria o achită cu favoruri. Poate că e un plan prostesc, dar se apropie pas cu pas de cercul restrâns. Cel pentru care lucrează atât ratatul de Peder, cât și Svavelsjö.

Promovarea lui de la dealer mărunt la organizator, cum se autointitulează, nu înseamnă un pas mai sus, așa cum sigur crede el. Atât peștișorii pe care-i aprovizionează cu droguri, cât și el și comerțul pe care îl desfășoară crezând că are în mână o întreagă regiune reprezintă doar un paravan. În spatele paravanului se află o cu totul altă lume, atâta lucru știe chiar și ea. Când ești localnic, când cunoști oameni de peste tot, ai o seamă de avantaje.

— Scuză-mă, te rog, spune cealaltă femeie, sună destul de neclar.

— Dar nu înseamnă că e mai puțin adevărat. Au ceva în derulare, o asigură Märta, îndesându-i un bilețel în buzunarul gecii.

Se despart când se aprind felinarele de pe stradă, iar cealaltă femeie se îndreaptă spre mașina ei. Märta nu se grăbește. Ar vrea să bea un pahar undeva. De dragul fetei, chiar a încercat. A băut ocazional câte un pahar de vin, dar nu tărie. O bere ar merita în seara asta. Să stea singură câteva momente și să se gândească. Alcoolul îi va deschide mintea, o va face mai ascuțită.

Pentru ca planul să reușească, trebuie să-l ducă până la capăt, dar există un factor X, de fapt mai mulți. Porcul de Peder e partea cea mai ușoară. Nu e bătut în cap, însă are talentul să se poticnească, indiferent cât de bătătorit e drumul. Un psiholog ar explica acest lucru printr-o stimă de sine scăzută. O ură de sine adânc înrădăcinată, compensată de o aroganță nefirească. Hybris.

Zece ani cu el, cel puțin. De fapt, este vorba despre o datorie. Nu o datorie în bani. O datorie morală. Peder Sandberg a fost cel care a ajutat-o să-l părăsească pe tatăl fetei. Fără Peder și alți câțiva, ar fi fost moartă.

În toți anii ăștia, el i-a amintit să fie recunoscătoare, a forțat-o să-i fie recunoscătoare.

Iar ea a dezvoltat un tic: își privește mâinile. În toaletă, sub pătură, la duș. Sunt încă puternice și netede. Dacă viitorul se află în mâinile ei, atunci arată bine. Până acum, a fost în mâinile altora. În pumni puternici de bărbat, care lovesc în părțile moi ale corpului doar pentru că pot. Dar s-a terminat acum. A luat o hotărâre. Märta Hirak poate fi o ticăloasă încăpățânată atunci când vrea.

La început, cade doar câte un fulg de zăpadă, care moare pe asfalt. Însă pe neașteptate începe să bată vântul și în clipa următoare ninge abundent. Se oprește sub un felinar de pe stradă, se uită la bec și deschide gura. O undă de fericire, câteva secunde de bucurie bruscă. Nu e nevoie de mai mult.

În vuietul vântului, aude mașina prea târziu. Se oprește chiar în spatele ei. Ușa unei dube se deschide cu zgomot.

Lovitura îi răsună în ureche și simte gust de sânge în gură. Lovitura o dezorientează, dar nu o lasă inconștientă. Își simte încheieturile mâinilor când e legată strâns, simte scotch-ul înfășurat în mai multe straturi peste gură și ochi. Mirosul de mașină nouă și altceva. Cafea.

Märta crede că drumul durează puțin peste o jumătate de oră. La început, îi este ușor să se orienteze. Föreningsgatan în jos spre centru, spre Storgatan. Apoi la dreapta, asta însemnând că se îndreaptă spre vest. Se opresc la culoarea roșie a semaforului. Dacă se opresc la Max, pot merge doar înainte. Însă mașina face stânga. Deci la ultimul semafor de pe Storgatan, înainte să se termine drumul asfaltat și să se transforme într-unul forestier. Peste pod și după pod, la dreapta. Merg de-a lungul malului de vest, sau de fapt nu. Virează la stânga, unde drumul duce într-o zonă rezidențială, într-o fundătură. Înainte, din nou la stânga, apoi la dreapta. Nu mai știe unde se află sau încotro se îndreaptă. Mașina accelerează. Au ieșit din oraș. Merg repede. După un timp, mai încet. Pe urmă și mai încet, parcă înaintează furișându-se. Mașina se oprește. Cineva coboară și se urcă la loc. Cinci minute mai târziu, sosesc la destinație. Dumnezeu știe unde.

21

Varg deschide ușa laterală a vehiculului de transport pentru persoane cu handicap. O trage pe Märta Hirak la pământ și o ridică în picioare. Nu au rănit-o grav. Doar au lăsat-o fără apărare.

Așa funcționează ordinele lui Branco. Întotdeauna la fel de eficient. În secunda în care se pronunță ordinul, se trece instant la executarea lui.

Găsește-o pe fosta concubină a lui Sandberg și *voilà*, iat-o.

Varg își pune degetul pe un cititor de amprente și tastează un cod. Câteva minute mai târziu, o bagă în sala de sosiri și o roagă pe Lo să-l sune pe Branco.

Camera de sosiri se află perete în perete cu sala de conferințe a buncărului.

Nu poate fi considerată intimă, dar scaunele sunt confortabile. Varg o instalează pe femeie pe unul dintre scaune, iar el se așază pe celălalt.

E aplecată într-o parte. Cu ochii și gura ascunse sub bandă adezivă argintie, este un corp, nu o persoană. Dar i-a luat pulsul și știe că îi bate inima. Exact cum a fost ordinul: *O aduceți aici vie.*

Așteaptă amândoi. De fapt, el așteaptă. Rupe o foaie dintr-un caiet studențesc, o împăturește și face din ea un avion. Ratează și trece pe deasupra capului ei. Mai pliază una. La țintă. Chiar pe nas. Râde în hohote și tocmai se pregătește să mai facă un avion de hârtie, când se aud zgomote la ușă și Branco intră în scaunul cu rotile.

Varg îl cunoaște pe Marcus așa cum se cunoaște pe el însuși. Poate chiar mai bine. Fiecare schimbare de dispoziție, fiecare zecime de schimbare a tonului vocii, indiferent dacă e fericit, iritat, nervos sau supărat, el o înregistrează cu o acuitate absolută.

În acest moment, este iritat.

— Și asta cine e? întreabă el.

— Femeia lui Peder Sandberg, răspunde Varg.

— Ce rapid! remarcă Branco, cu două zecimi mai puțin iritat.

Se duce până la ea, îi smulge banda adezivă de pe gură și o privește o clipă.

— Ulcer bucal. Ce scârbos!

Se trage înapoi câțiva metri și dă din cap spre Varg.

— Întreabă dacă gura poate vorbi.

El întreabă dacă gura poate vorbi, dar gura doar linge rana și cere apă.

— Neinteresant, zice Branco. Dacă nu ai nimic mai amuzant să ne spui, te eliminăm direct. Tu alegi.

Lo intră cu o carafă de ceai fierbinte și o farfurie cu biscuiți.

— Acum, chestia e că m-ai întrerupt chiar când făceam ceva important. Tocmai era să…

Se întrerupe și își toarnă ceai. Trage ceașca mai aproape și inspiră mirosul vaporilor fierbinți.

— Chinezii sunt buni la multe lucruri. Execuții, sterilizare forțată, contrafacere. Dar când vine vorba de ceai, sunt maeștri.

Ia o înghițitură mică, face gargară și o înghite cu un „ahhh" răsunător.

— Oolong din districtul Anxi, în sud-estul provinciei Fujian. Unul dintre cele mai reușite ceaiuri din lume, dacă mă întrebi pe mine. Dar iartă-mă, ai fi putut și tu să guști dacă n-ar fi fost…

Se lovește ușor peste gură și se întoarce spre Varg.

— Are fix un minut la dispoziție.

— Iubitul tău bărbat s-a făcut de râs, spune Varg.

Ea își drege glasul. Buzele îi sunt lipicioase, dar știe ce să spună.

— Și-a început propria afacere, răspunde ea.

— Asta știm deja.

— Da, dar nu cum credeți voi.

— Și ce credem noi? întreabă Branco.

— Că s-a înhăitat cu clubul de motocicliști, dar are piața lui de desfacere în est. Nu de asta m-ați adus aici? Ca să-l presați pe el?

Varg și Branco se uită unul la altul. Pare promițător.

— Continuă.

— Pot să beau niște apă mai întâi? întreabă Märta.

Branco ia carafa cu ceai și își deplasează scaunul cu rotile până la femeie. Ridică recipientul deasupra capului și lasă lichidul fierbinte să se scurgă pe fața ei.

Ea țipă și încearcă să scape zvârcolindu-se în dreapta și în stânga. Branco n-o fi având picioare, dar brațele n-au niciun cusur.

— Ce trist, remarcă el. Când plouă cu ceai din cer, săracul nu are ceșcuță. Știi de ce te-am ridicat și te-am adus până aici?

— Pentru informații despre Peder Sandberg, răspunde ea.

— Hai că ești hazlie! Avem deja informațiile care ne trebuie. Nu, în ceea ce te privește pe tine, e un pic mai nasol de atât. Ne gândim că ar suferi dacă i s-ar întâmpla ceva iubitei sale Märta. Mhm. Nu crezi?

— Nu suntem împreună, ripostează Märta. Sonny și cu mine...

— Atunci, cu atât mai bine, o întrerupe Branco. I-ar prinde bine să i se aducă aminte pentru cine lucrează.

Planul pe care îl avusese ea, frazele gândite minuțios, conspirațiile care ar fi trebuit să funcționeze, au dispărut toate.

Ca să câștige timp, îndrugă verzi și uscate despre fabrica de vopsea care a fost transformată în laborator, unde bucătarii lui Peder prepară metamfetamină așa cum se prepară supă-cremă de mazăre într-o bucătărie comercială. Despre cum plănuiesc ei să aprovizioneze întreaga provincie Norrland cu metamfetamină, heroină și cocaină de primă clasă și dracu' știe ce alte droguri de căcat de-ale lui.

Nu pare foarte credibil. Dacă ar putea să scape de scotch-ul argintiu pe care îl are în continuare la ochi! Când vorbește așa, în întuneric, fără să-și vadă interlocutorul, se simte nesigură. Și ce dracu' le pasă lor de un mic laborator de rahat, unde niște drogați pot exploda în orice moment? Trebuie să vină cu altceva. Singura chestie care îi vine în minte e Henry Salo.

— Ce e cu el? întreabă Varg.

— Șeful administrației locale din Gasskas, răspunde Märta.

— Știm cine este.

La dracu'!

— Îl cunosc personal. Mi-a povestit despre planurile cu parcul eolian.

— Excelent, spune Branco.

O prinde cu mâinile de gât și o strânge. Nici prea puțin și nici prea mult. Își drege glasul și formează o flegmă perfectă.

— Primești o singură șansă.

„O singură șansă să fac ce?“, ar vrea ea să întrebe. Cu un gest către Varg, scotch-ul argintiu e imediat la locul lui, deasupra gurii.

— O să doarmă în camera cu perne.

Așa cum o spune el, sună plăcut și confortabil. O cameră plină cu perne și pereți capitonați. E plăcut și confortabil. Aproape precum acasă. Aici și-au găsit locul de veci și alte persoane promițătoare. Măcar Märta Hirak și-a asigurat supraviețuirea pentru alte câteva ore.

— Fă-mi legătura cu Sandberg prin Squad, spune el după ce au închis ușa camerei cu perne și s-au întors în sala de conferințe. Și aveți grijă s-o găsiți pe fiică-sa.

Märta Hirak poate țipa cât vrea în spatele scotch-ului argintiu și între pereții capitonați. N-o aude nimeni, nimănui nu-i pasă.

În cele din urmă se culcă. Se decide să economisească energie. Măcar dac-ar fi scos limba când a scuipat-o!

Când plouă cu flegme din cer, cel sărac nu are limbă.

22

27 octombrie, ora 20:25. *Squad meeting. Security level 10.*

— Aici erai! Mă bucur că ți-ai făcut puțin timp pentru noi. Am avut o vizită de seamă în seara asta.

Peder Sandberg așteaptă mirat, iar Branco face o pauză retorică.

— Cineva pe care îl cunosc?

— Foarte bine. Märta Hirak. Din păcate, e indisponibilă. Este, scuză-mi limbajul, *fucked*.

Își ridică telefonul pentru ca Sandberg să vadă pachetul legat, așezat pe un scaun, cu capul atârnând, ca o pradă de război.

— A avut lucruri interesante de povestit. Despre tine, printre altele.

— Femeilor le place la nebunie să vorbească despre mine, se laudă Sandberg, sprijinindu-se de spătarul scaunului. Cred că ea nu se satură niciodată.

— Gata cu tâmpeniile! Am auzit că te-ai orientat spre est. Și bănuiesc că nu spre Mecca. Cu alte cuvinte, încalci acordul și te vom pedepsi în consecință. Sau, în primul rând, pe cei dragi și apropiați ție.

Sandberg râde.

— Cei dragi și apropiați. Faceți ce vreți cu târfa aia. Și eu aș face la fel.

— Interesant, remarcă Branco. Sonny probabil că nu ar aprecia.

— Dacă iei lucruri care aparțin altora, e normal să fii pedepsit. Să ți se taie mâinile.

— Și mai interesant. Dar dacă revenim la tine și la hobby-ul tău, micuțul laborator din fabrica de pește. Ce-a fost în mintea ta?

— Aha, asta era, răsuflă ușurat Sandberg. S-a închis de mult.

— A ars din temelii, vrei să spui. Ce păcat! Dar nu contează, mai primești o șansă.

— Aha?

— Henry Salo. Îți sună cunoscut?

— Îl știe toată lumea, nu?

— Bun. Atunci o cunoști și pe mama lui?

— De cunoscut, e prea mult spus. Știu cine este.

— Și unde locuiește.

— Cred că da.

— Genial. Ai două zile la dispoziție. Pe urmă, o să fii iar curat și toate vechile resentimente vor fi uitate. Dar apropo, înainte să încheiem. Târfa, așa cum îi zici tu, a spus că a luat înapoi ceva ce îi aparținea. Ce chestie interesantă a șterpelit?

Sandberg ezită. Pe de o parte, i-ar prinde bine să fie scuturată puțin mai dur. Ea nu realizează cât de multe a făcut pentru ea și pentru odrasla ei hidoasă. Faptul că a prins-o Branco e aproape comic. Oh, o să vadă ea!

— Un hard-disk. Am investit niște economii în bitcoini cu mult timp în urmă. Târfa a furat hard-diskul și furat a rămas. N-am idee cam cât ar valora acum, dar cred că e ceva.

Branco are idee cât ar putea valora.

— Inclusiv parola?

— Nu, dracu' știe ce parolă e, dar n-aveți decât să creați una nouă. Sau s-o folosiți pe puștoaică. E ceva de groază la cifre. Am încercat să dau de ea. Doar să vorbim puțin. Un drăcușor alunecos. Prea deșteaptă pentru binele ei.

23

În apartamentul de la ultimul etaj se aude doar vâjâitul sistemului de ventilație. Lisbeth stă la fereastră și privește orașul. Arată așa cum arată de obicei orice oraș uitat de lume. Un centru urban cu blocuri de locuințe cu chirie, cu trei sau patru etaje. Zone cu vile pe terenuri pătrate. Un soi de apă, poate un râu, și cel mai bine amplasată din punct de vedere al panoramei, o fabrică. De-a lungul străzii pietonale, oamenii merg împleticit spre casă după închiderea magazinelor.

Ar trebui să doarmă, dar nu poate. Dezamăgirea o urmărește în continuare ca o gumă de mestecat lipită de talpă, chiar dacă nu prea are de ce să fie dezamăgită. O tipă care nu vrea să facă sex? Nu, nu e vorba despre sex. Mai degrabă despre... cel mai urât cuvânt dintre toate: singurătate.

Singurătatea e un sanctuar când o alege ea, adică cel puțin 360 de zile pe an. Situația se schimbă atunci când alege să o părăsească și să intre într-un fel de comuniune. Ca în seara asta. Pentru prima dată, i-a fost ușor să vorbească. Ar fi putut spune orice. Să îndruge verzi și uscate despre ea sau să nu spună nimic, dar ce mai contează? Se dezbracă, împinge la o parte un fotoliu și numără până la 50. Deja la 38 nu mai are energie. 39, 40, 41. Nu, nu merge. Brațele cedează. Trebuie să meargă, încă două, patru, opt, opt, 12, și bang, aterizează cu nasul în covor.

Rămâne întinsă acolo câteva momente. Respiră adânc și lasă acidul lactic să se absoarbă.

Copila.

Poate să își predea camera de hotel și să ia primul zbor de întoarcere.

Copila.

Poate să se întâlnească cu ea, să bea o cafea și să-i explice de ce e o persoană nepotrivită la care să stai. Lista de motive e nesfârșită. Nu știe să gătească, nu are aproape niciun prieten, are rutine care nu pot fi încălcate, lucrează în permanență, urăște oamenii, nu face niciodată curățenie și, în plus, aproape că l-a ucis pe tatăl fetei.

Copila.

Lisbeth se așază în mijlocul camerei, se înclină, își desface picioarele și își împreunează mâinile. Într-un flux constant, cu o cantitate potrivită de *kime* pentru o seară de vineri, trece din *kata* în *kata*. De la *Heian shodan* la *Kanku dai*. Apoi revine la pat și copilă.

Există asemănări între viața fetei și viața ei. O mamă care nu știe să impună limite. Un porc pe post de tată. Un tată vitreg suspectat de crime de care a fost achitat. Puțini prieteni. E o singuratică, dar luptă dacă trebuie. Există incidente în care un coleg de clasă s-a ales cu nasul spart (ceea ce probabil că merita). Nu hărțuită, dar nici inclusă.

Deși chiar distrusă nu poate fi, se gândește Lisbeth. Note mari la toate materiile, mai puțin la matematică, în ciuda absențelor. Nicio problemă cu drogurile. Ordine în camera ei. *Ordine în camera ei.* Ce discurs de doi bani! E ca și cum ai elibera un violator pentru că victima purta tanga. Angajații ăștia blestemați de la tot felul de autorități ale statului nu se dezic niciodată.

Niciun contact cu tatăl biologic.

Bucură-te de asta, fetițo.

Suferă de boala Vittangi. Neuropatie senzorială și autonomă ereditară de tip V. Un defect genetic care o face insensibilă la durere, căldură și frig, ceea ce crește riscul de accidentare.

Lisbeth se oprește. Boala Vittangi. Insensibilitate la durere. Probabil că de asta suferea și Niedermann. De-aia abia reacționa muntele ăla de carne la violențe care pe alții i-ar fi paralizat. Cuțite, împușcături, pumni sau lovituri de picior. Nimic n-a ținut cu monstrul ăla. Mai citește o dată propoziția, în timp ce viața îi trece prin fața ochilor. În fine, părți din ea.

Concluzia: nu e nimic grav în neregulă cu fata, asta e sigur. Cu Lisbeth e ceva în neregulă. Când s-a făcut ora 5 și ea încă nu adormise și nici nu luase vreo decizie, a deschis laptopul.

Wasp către Plague: Poți să verifici o persoană din Gasskas? Peder Sandberg. Probabil născut în anii 1980. A locuit pe Tjädervägen până acum vreo doi ani. Nu am nimic deosebit de care să mă leg. Doar curioasă.

Plague către Wasp: Gasskas e un loc? Sună ca o vomă. Rezolv.

Și Peder Sandberg e probabil o vomă, își zice ea. Se bagă sub pătură și așteaptă răspunsul.

Câteva ore mai târziu, o trezește o bătaie în ușă. Se uită la ceas și își dă seama că în jumătate de oră trebuie să fie la întâlnirea cu asistenții sociali.

Menajera se scuză și Lisbeth se îmbracă. Își trece mâna prin păr și se adulmecă la subsuori, care acum miros a transpirație uscată de discotecă, amestecată cu deodorant pentru bărbați. Deodorantul de fete și restul, pentru Asistența socială. Scormonește în rucsac și scoate o gumă de mestecat, pentru că și-a uitat periuța de dinți acasă, și își verifică mobilul. Un număr necunoscut a sunat de două ori. Se va ocupa de asta mai târziu. Ultimul lucru pe care îl face e să se conecteze la server și vede că Plague i-a răspuns deja.

Plague către Wasp: Sandberg are doar sentințe minore. Te anunț dacă mai găsesc ceva. Ai grijă de tine.

În taxi, hotărăște să nu ia nicio decizie. Să se lase condusă de intuiție.

Ajunsă cu cinci minute întârziere, respiră adânc și apasă butonul interfonului de la intrare.

24

Cinci minute mai târziu, Lisbeth Salander își face veacul tot în fața porții de la Asistență socială. Are timp chiar să i se facă poftă de o țigară, deși s-a lăsat de mult, și este pe punctul de a pleca de acolo de mai multe ori. Dacă nici măcar nu pot deschide ușa, n-are rost, își spune ea. Acum soarta să decidă. Sună pentru ultima oară și le dă două minute.

— Bun-venit, scuze că a trebuit să aștepți.

Și alte politețuri la care Lisbeth nu răspunde, dar acceptă o cafea.

— Mergem imediat la ceilalți, spune Elsie Nyberg. Vreau doar să te informez cu privire la câteva lucruri. Svala locuiește încă în acel apartament. Refuză să meargă la un centru de îngrijire de zi și abia după weekend avem resursele necesare s-o mutăm. Sau, mai bine spus: nu vrem să o expunem niciunei constrângeri. Sunt sigură că se simte destul de rău după cele întâmplate.

— Aha. Și?

— Indiferent ce decizi să faci, ne întrebăm cum ți se pare ideea să dormi acolo câteva nopți.

Lisbeth spune imediat „nu". Spune „nu" din instinct, dacă nu are situația sub control, iar acum nu o are. Întreaga situație îi spune clar: *Pleacă acasă! Ia primul taxi până la avion sau tren sau tot drumul până la Stockholm, dar pleacă acasă!*

— Nu trebuie să răspunzi în momentul ăsta, adaugă asistentul social, dar ar fi frumos să aibă o rudă alături.

— Nici măcar nu ne cunoaștem, spune Lisbeth.

În plus, l-am ucis pe tatăl ei. Asta nu spune.

— Știu că nu vă cunoașteți, dar uneori o rudă tot înseamnă ceva, insistă Elsie și-i povestește despre întâlnirea dintre niște veri care nu se văzuseră niciodată timp de 30 de ani, dar care, cu toate astea, știau aproape totul unul despre celălalt.

— Eu n-am niciun văr și nu știu nimic despre fată. La fel și ea, nu știe nimic despre mine.

— Măcar aveți același ADN, aduce Elsie argumentul final, în timp ce merg pe coridor spre sala de vizite.

Ceea ce nu se aplică neapărat în cazul nostru, își zice Lisbeth fără să răspundă. Ar putea ține o întreagă prelegere despre acidul dezoxiribonucleic, dar nu crede că femeia asta are capacitatea de a înțelege așa ceva.

Dar sigur, o asemănare există, constată Lisbeth și o trec toți fiorii când dă cu ochii de fată. Același păr blond și aceleași trăsături dulci. Născută, moartă și îngropată. Întoarsă din tărâmul morților, stând la dreapta tatălui ei pentru a judeca lumea. Camilla. Fiica preferată a lui Zalachenko, sora ei geamănă. Până și vocea ei este aceeași când deschide gura și spune un „bună" răgușit.

Cum naiba va funcționa asta?

În afară de „bună", nu scoate o vorbă pe tot parcursul sesiunii de informare asupra situației actuale și asupra planurilor pe care le au asistenții sociali pentru ea. Fata ține în mână un breloc de chei pe care se află un cub Rubik în miniatură. Nici măcar nu trebuie să se uite la el. Degetele ei se mișcă familiar peste câmpurile de culori. Face cubul într-un minut și o ia de la capăt.

Când Elsie Nyberg o întreabă în cele din urmă ce părere are despre planificare, Svala își ridică privirea și o roagă să repete întrebarea. Nu zice „ce?", ca orice adolescent, ci „scuze, nu am înțeles întrebarea".

— Ce părere ai despre planificare?

— Știți deja, răspunde Svala.

— Eu nu, zice Erik Niskala, mutându-se într-o poziție mai confortabilă pe scaun.

— Atunci va trebui s-o întrebi pe colega ta, pare bine informată, îi sugerează Svala.

— Voi profita de ocazie ca să mai aduc cafea. Încercați să vă cunoașteți un pic. Lisbeth, ai putea să povestești ceva despre tine, poate? spune colega.

— Faci arte marțiale, lucrezi la o companie de securitate, ai o Honda 350, locuiești în Stockholm, turuie Svala. Pe Fiskargatan. În Södermalm.

Se uită una la cealaltă. Chiar și culoarea ochilor lor este aceeași.

— De unde știi toate astea? întreabă Lisbeth.

— M-am documentat.

— Bine. Altceva nu mai trebuie să știi.

— Ba da. Trebuie să știu dacă poți să stai la noi în apartament două nopți, ca să fiu scutită de vreo bonă.

25

Iau un taxi până la Tjädervägen. Cu două străzi înainte, Svala începe să caute din priviri mașina. Discret, ca să nu observe mătușa. Trebuie să-i țină pe toți la distanță. E problema Svalei, a nimănui altcuiva. În plus, e singura moștenire de la Mama-Märta. Cel puțin din câte știe ea. După spusele bunicii, există o hârtie. Un testament scris pe spatele unui meniu de la Buongiorno, dar până acum nu l-a văzut. În orice caz, nu poate conține averi necunoscute sau orice altceva cu valoare financiară. Mama-Märta era falită cronic. Apropo, nu e moartă; așa simte ea.

Chiria e plătită până la sfârșitul lunii octombrie. Apoi se va duce acasă la o familie necunoscută care a urmat un curs de asistență socială ca să obțină dreptul de a avea grijă, contra cost, de copiii altora. E ca și cum ai fi vândut la o licitație pentru copii. *Din păcate, familia Nygren a refuzat; preferă un copil mai mic. Duceam tratative și cu familia Nilsson, dar au considerat că nu au capacitatea de a găzdui o adolescentă în momentul de față.* Și așa mai departe.

Svala nu are încă un plan concret, dar oricum nu are de gând să se ducă la nicio familie. Deocamdată, Lisbeth

Salander este scutul ei împotriva societății și e suficient până când va ști ce să facă. Se poate descurca singură; întotdeauna s-a descurcat.

Mașina e pe vechiul loc al lui Plastic-Peder. Geamuri fumurii și, în spatele geamurilor, câteva dintre cele mai urâte râturi pe care le-a creat genetica.

Întrebarea e dacă vor îndrăzni să se arate acum, când e cu mătușă-sa. Să-i spună așa? Trage cu coada ochiului la Lisbeth: bretonul lateral îi cade pe jumătate de față, nu e machiată, cu excepția creionului de contur, care îi face ochii și mai întunecați, iar pielea îi e aproape albă.

Arată ciudat. Ca un copil cu față de adult, se gândește Svala. Un hanorac gri sub o geacă de piele neagră. Jeanși negri și sneakerși albi. Din spate, ai zice că e un elev de clasa a opta.

Svala își strânge mai tare puloverul cu petice din piele la coate și se afundă în scaun. Îi cere taximetristului să meargă până la ușa blocului, unde speră că o să fie camuflate de parcarea de biciclete. Nu se uită spre parcare când ies din mașină.

La dracu'. A uitat de covorul pe care a găsit-o pe bunica moartă. De vezica golită, și poate și mai rău. Îl face sul și se scuză. Își ține respirația când trece prin sufragerie, se oprește câteva secunde, după care deschide ușa balconului și aruncă afară covorul. Curtea din spate e OK. Nici copii, nici bandiți.

— Nu trebuie să-ți ceri scuze, o asigură Lisbeth.

E primul lucru pe care l-a spus de când au plecat de la Asistența socială.

— Facem curățenie. Pot să spăl eu pe jos.

Să spele pe jos. Ea a spălat vreodată pe jos? N-are o găleată cu mop din aia cum scoate Svala din dulapul de pe hol și pe care o umple cu apă și săpun. Ea cel mult dă cu aspiratorul pe podea când își aduce aminte că așa fac uneori oamenii normali.

— Cum se face? întreabă ea.

— Înmoi, răsucești, freci, răspunde Svala. Nu e greu.

Înmuiatul, răsucitul și frecatul au fost treaba Svalei dintotdeauna. La fel și aspiratul, spălatul vaselor și rufelor, dusul gunoiului, curățarea frigiderului, curățarea cuptorului. Plus să strângă după Mama-Märta și după porcul de Plastic-Peder. Primește ceva bani ca alocație săptămânală pentru deranjul ei, dar oricum ar fi făcut toate astea și gratis. Urăște dezordinea lor. Îi urăște împreună. Împreună, sunt oameni de-ai lui Botticelli în iadul lui Dante. Îi desenează pe furiș. Goi, scârboși, cu șerpi care se încolăcesc în jurul lor și în trupurile lor. Desenează detalii din corpurile lor euforice, de nuanță rozalie, ca a porcilor. După aceea o apucă remușcările și mototolește desenul. Nu e vina Mamei-Märta. Își iubește copilul, pentru că așa e, nu?

Lisbeth spală pe jos și Svala aspiră. Nu pentru că ar fi praf în apartament, ci mai mult pentru a se îngropa în sunet.

Nu are nicio intenție să plângă fiindcă a murit bunica. Mai ales în compania altora. Toată lumea moare la un moment dat, iar bunica era bătrână, cel puțin 60 de ani.

Trage aspiratorul în camera ei, închide ochii și lasă lacrimile să curgă. Așa plânge ea. În liniște, ca să nu audă nimeni. O supapă care se deschide, eliberează excesul de presiune și apoi se închide la loc.

Când deschide ochii, Mama-Märta stă la masa de scris.

Bună, spune ea. De ce te smiorcăi?

Pentru că n-o să mă descurc. Acum sunt pe urmele mele.

Ai cheia, nu uita.

Cheia pentru ce?

Pentru tot.

26

După curățenie, apare soarele. Lisbeth golește în toaletă apa cu care a spălat pe jos. Detergentul a alungat mirosul de urină. Stomacul mârâie după mâncare. Brânză fierbinte, lipicioasă, care frige cerul gurii. Margini de aluat rumenite. Însoțite de o cola rece ca gheața.

Fata pare și ea flămândă. Se holbează în frigider, trece mai departe la cămară și se întoarce la frigider.

— Ketchup și macaroane, e bine așa?

— Sau pizza.

— Nu e nicio pizzerie pe-aproape, răspunde Svala, punând o cratiță cu apă pe aragaz.

Atâta vreme cât rămân în apartament, pot evita să deschidă ușa sau pot, în cel mai rău caz, să sune la poliție. Afară nu au nicio șansă.

Planul ei este să coboare de pe balcon după ce adoarme Lisbeth Salander. Apartamentul de dedesubt e gol, deci n-o s-o vadă nimeni. Din spatele blocului poate merge prin subsol la numărul 5, care dă spre parcare. Să sperăm că s-au plictisit și au plecat. Chiar și avortonii trebuie să doarmă uneori. Atunci poate să meargă cu bicicleta până la autogară, prin parc. Ultimul autobuz spre Boden pleacă puțin înainte de miezul nopții. Pe urmă, n-are decât să improvizeze.

— Dar există livrare la domiciliu, insistă Lisbeth, scoțându-și laptopul.

Pizzeria Buongiorno se află la doar câteva străzi distanță. Fata minte, iar Lisbeth crede că are legătură cu mașina. Ușa care s-a deschis când a coborât Svala din taxi. Bărbatul care s-a retras când a văzut că nu e singură.

Vigilența este la fel de naturală pentru Lisbeth ca mâncatul, defecația și somnul. Fără să întoarcă măcar capul, cercetează împrejurimile și stochează impresiile în dosarul din creier care conține informații legate de supraviețuire. În același mod cercetează și oamenii. Le observă trăsăturile de personalitate, particularitățile, înfățișarea, vocea și manierele.

Nimic nu-i scapă privirii, iar Svala nu face excepție. Fata e speriată. Poate și speriată, și tristă. Probabil că își plânge și bunica și mama, și speră să nu observe nimeni. Idioții vieții au învățat-o de mult timp definiția pentru puternic și slab. Puternic e cel care nu-și arată niciodată emoțiile. Cam ca ea, recunoaște Lisbeth. Slab e cel care își arată vulnerabilitatea. Dar una e să fii conștient de lipsurile tale, alta e să ai 13 ani și să capitulezi în fața moștenirii.

Se așază pe canapea cu laptopul în poală și se preface că ar căuta pe Google mâncare disponibilă pentru livrare. În realitate, trebuie să se adune, să facă un plan și să scape amândouă de aici.

Primul pas e să o facă pe fată să se deschidă. Dacă a dat de vreun necaz, Lisbeth trebuie să știe de ce. Ar putea fi vorba despre rahaturi care pot fi rezolvate cu bani. Dar poate fi vorba și despre altceva, în afara tiparelor simple de soluționare.

Se înjură singură. Ar fi trebuit să-i ceară lui Plague s-o verifice și pe mamă.

— Ce fel de pizza vrei? strigă ea la Svala, care a intrat în camera ei.

— Vegetariană, te rog. Și o salată alături, dacă e OK.

Dacă e OK. Sună ca un adolescent răsfățat din cartierul Östermalm. Lisbeth ia o Capricciosa cu extra de toate și adaugă extra de toate și la a fetei. Pare că are nevoie de mâncare adevărată. În cele din urmă, comandă și porții duble de paste carbonara, încă două pizza pentru vreo situație de urgență și un bax de cola. E posibil să rămână în casă câteva zile. Adresa: Tjädervägen 7. Atenție! Intrarea din spate.

Wasp către Plague: Märta Hirak. Aceeași adresă.

Ar fi putut să o facă singură. Să intre în registrul DurTvå[16] al poliției e o joacă de copii, dar pentru a ieși din sistem fără să fii văzut, trebuie să creezi un accident. Din moment ce nu știe cum va decurge restul zilei, există riscul unei crize de timp. Va trebui să-i paseze misiunea lui Plague.

Dată dispărută. Cum are obiceiul să dispară și nu există suspiciuni de infracțiune, cazul este clasat.

A fost condamnată?

Da. LVM[17] §4, dar a fost acum multă vreme. Și alte chestii. Posesie de arme. Favorizarea infractorului. Posesie de droguri. Violență fizică. Da, cam asta e tot.

Apoi sună la ușă. Roagă-te Domnului să fie tipul cu pizza.

---

16 Baza de date digitală a Poliției suedeze, unde sunt stocate rezultatele anchetelor preliminare.

17 Legea suedeză privind recuperarea consumatorilor de droguri.

27

Cum vorbești cu un adolescent? se întreabă Lisbeth și mai taie o bucată de pizza. Singurul punct de referință este ea în adolescență, ceea ce nu o ajută prea mult. Lisbeth Salander, 13 ani. Cine era ea?

Din puținul pe care îl știe despre Svala din rapoartele celor de la Asistență socială, din puținele cuvinte și din trecutul ei, înțelege că între ele două există multe diferențe și câteva asemănări. Nu cele superficiale, cum ar fi aspectul sau vocea. Nu, asemănarea se află la un nivel mai profund. Aproximativ ca pietrele care sunt șlefuite identic, din cauza condițiilor geografice.

Trebuie să ajungă cumva la fată. Să construiască o relație de încredere. Altminteri, n-o să-i povestească nimic, nici despre mama ei, nici despre bărbații din mașina de afară. Există doar două opțiuni. A doua sunt amenințările.

— Ce-ți place să faci?

— Nu știu. Să citesc. Să desenez, poate.

— Pot să văd un desen? întreabă îndrumătorul de club școlar din Lisbeth.

— Nu. Nu le păstrez niciodată.

— N-ai alte preocupări? Am văzut cât de repede ai rezolvat cubul.

— Aia nu-i preocupare. E un lucru pe care îl fac doar așa.

— Am văzut un documentar despre campionatul mondial la cub Rubik. L-ai văzut?

— Nu, n-avem televizor.

Lisbeth a observat deja. Fata nu are nici computer, niciun smartphone mai nou. Abia dacă are haine în dulap și câteva bunuri personale. Dacă Märta Hirak a făcut bani din vânzarea de droguri în paralel cu slujba de asistent personal, cu siguranță motivul n-a fost s-o scalde pe fată în lux. Tot apartamentul miroase a sărăcie.

Când aproape au terminat de mâncat, se aude iar soneria. Svala pune deoparte felia de pizza și se ridică atât de repede, încât dărâmă doza de cola.

— Stai! spune Lisbeth, apucând-o de braț. Sunt tipii din parcare?

Se holbează o clipă una la cealaltă. Svala trebuie să facă o alegere.

— De ce crezi asta?

— Nu contează. Cine sunt?

— Nu știu, răspunde ea cu o voce care probabil s-a decis să spună lucrurilor pe nume. Mama-Märta le datorează bani. Și când să...

— OK, o întrerupe Lisbeth, conducând-o pe fată spre camera ei, unde pot vorbi fără riscul să fie auzite. Ascultă aici. Nu deschidem. Nici măcar nu ne apropiem de ușă, înțelegi?

Și fata înțelege.

— Cunoști pe cineva din bloc?

— Doar pe Ingvar. E bătrân.

— Bine. Ai numărul lui?

— Nu, de obicei ne întâlnim în curte.

Am auzit că mama ta a dispărut. Probabil ești tristă din cauza asta, spune el.

O să se întoarcă, răspunde Svala. Dar Malin s-a întors acasă?

El clatină din cap. Stau în liniște pe bancă și privesc muscarii care intră și ies în zbor dintr-o cutie din lemn de mesteacăn. Știe cum să tacă. E cel mai bun lucru la el.

— Numele de familie? întreabă Lisbeth.

— Bengtsson. Locuiește la etajul patru.

— Acum uite cum facem, spune Lisbeth, întinzând telefonul mobil, inclusiv numărul de telefon. Sună-l și spune-i să coboare două etaje. Pe urmă să le explice tipilor care stau în fața ușii tale că nu mai locuiește nimeni aici. Că a venit Asistența socială și te-a luat, iar bunica ta a murit.

— Nu ține. Ne-au văzut când am ajuns.

— Nu contează. Bineînțeles că o să se întoarcă, dar nu le plac spectatorii.

— Și dacă îi fac rău lui Ingvar? întreabă Svala, părând că a mai trecut prin așa ceva. Poate că e mai bine să merg cu ei.

— Categoric nu, ripostează Lisbeth. Răspund de tine pentru încă două zile.

— Și dacă sună la poliție?

Al naibii copil, ce pragmatic e!

— N-au timp să ajungă aici.

— Ingvar o să-mi pună întrebări.

— Zi-i că îi explici după aia.

Svala sună și așteaptă amândouă.

— Rămâi aici, îi cere Lisbeth, furișându-se spre ușa de la intrare.

Aude voci. Nu și tot ce spun, dar sunt voci. Se apropie de ușă și se uită prin vizor. Nu. Nu poate fi adevărat. Vizorul poate distorsiona fețele, dar ar recunoaște asemenea gunoaie și dacă ar avea pungi de plastic trase pe cap. Când unul dintre ei se uită dinspre vecin spre ușă, are senzația că se uită direct la ea și se trage înapoi. Simte cum îi crește pulsul și abia mai poate respira. Svavelsjö MC. Cum dracu' au înviat din mâlul cu bulbuci al purgatoriului?

Dacă pe fată o urmărește Svavelsjö MC, chiar s-a zis cu ele. Nu că ar fi deosebit de inteligenți, dar sunt complet inconștienți. Aparent, nu se dau în lături să aibă de-a face nici cu copii.

Se sprijină din nou de ușă și o trec fiorii. Clonați direct din banca genetică a diavolului. Alți băieți, dar cu aceleași cozi de cal unsuroase și mustăți lipicioase. Aceiași pantaloni din piele și aceleași veste.

Ecoul tropăitului de cizme de cowboy se stinge. Poate respira din nou: scările sunt pustii, iar ea și Svala au primit o scurtă păsuire.

Lisbeth caută pe Google închirieri de mașini. Ignoră firmele mari și sună la Rent a Wreck.

— Îți dau 3 000 în plus dacă o aduci aici. Parchează pe locul pentru handicapați din spate și lasă cheia pe roata din față.

— Cinci. Iar dacă mașina e furată, ne cumperi una nouă.

— Trimite-mi un SMS când ajungi.

Apoi se întoarse spre Svala.

— Te las pe tine să decizi unde mergem.

— Rovaniemi, răspunde Svala. În Finlanda.

— Cunoști pe cineva acolo?

— Nu chiar.

— OK, zice Lisbeth, *perkele* Rövaniemi[18], *here we come*.

— Rovaniemi, o corectează Svala.

---

18 *Perkele* (în orig., în lb. finlandeză), „la naiba"; Rovaniemi scris Rövaniemi, unde *röv* (lb. suedeză) înseamnă „cur".

28

Ca și cum nu li s-ar fi întâmplat destule rahaturi pentru o singură zi, începe să ningă. Întâi ușor, apoi mai tare și, în cele din urmă, atât de tare, încât ultimii zece kilometri îi parcurg cu viteza melcului.

Fata se luptă cu somnul, adoarme și se trezește când dă cu capul de geam.

Lisbeth a încercat să scoată de la ea mai multe informații despre mama ei. Se vede că e obișnuită să fie în gardă. Nu i-a spus nimic ce să nu fi știut dinainte.

— Pot să conduc eu, dacă vrei, îi propune Svala.

— Sigur, cum să nu.

— Serios, sunt obișnuită să conduc.

Ce să răspunzi la așa ceva? Nimic.

Lisbeth oprește într-un refugiu de pe șosea și se întoarce spre fată.

— OK, Svala. Știi cine sunt tipii de la Svavelsjö?

— Pe unii îi știu. Au intrat în gașca lui Plastic-Peder cam acum un an.

— Le știi numele? întreabă Lisbeth, însă fata nu răspunde.

Orice s-ar întâmpla, oricine ar întreba, nu spui nimic.

— Nu înțelegi, continuă Lisbeth. Svavelsjö nu e un club normal de motocicliști. Îi bat pe HA[19] la orice oră. Trăiesc în întregime din nenorocirea altora. Își bagă râturile hidoase imediat ce adulmecă violență sau bani. De preferință, ambele în același timp.

Trebuie să-i explice clar, iar fata trebuie să vorbească.

— Ar ucide un om al străzii pentru 100 de coroane, așa că trebuie să-mi spui. Cu ce te au la mână?

— Chiar dacă ți-aș spune, ce poți face tu? ripostează Svala, privind cu subînțeles corpul firav al lui Lisbeth, care abia ajunge la volan.

— Nu știu încă. Dar nu poți scăpa de ei fără ajutor, sunt convinsă că înțelegi. Dacă te au cu ceva la mână, n-o să se lase până nu obțin ce caută. Deci ce caută?

Orice s-ar întâmpla, oricine ar întreba, nu spui nimic.

Lisbeth oftează și conduce mai departe. O înțelege. Probabil că și ea ar fi făcut la fel. Dar Svavelsjö... care sunt șansele? La 900 de kilometri de Stockholm. Trebuie că pun ei ceva la cale.

— Dacă vrei să fii utilă, ai putea să cauți un hotel, spune Lisbeth. Cel puțin patru stele și recepție deschisă 24 din 24.

Svala intră pe un site de rezervări. După câteva momente, lasă telefonul jos și se sprijină de fereastră.

— Cum merge? întreabă Lisbeth.

— Ce rost are? Oricum nu ne permitem.

— Nu-ți face griji pentru bani, o liniștește Lisbeth. Asistența socială ne-a dat o sumă foarte mare de cheltuit pe distracții.

— Da, sigur. Toate cazurile sociale din Gasskas merg la Rovaniemi o dată pe an. Și în Mallorca vara, cu condiția să trimită o vedere prin poștă.

---

19 Hells Angels.

— Da, drăguț din partea lor. Ai găsit vreun hotel?

— Da, 5 000 pe noapte.

— Păi, sună.

— Serios?

— Serios.

— Sunt Svala Hirak, aș dori să rezerv o cameră pentru...

Se întoarce spre Lisbeth.

— Două nopți, vă rog. De preferință, căsuță. Cu saună, vă rog.

— Și minibar, spune Lisbeth.

— Și minibar, vă rog. Card?

— Numerar.

— Numerar, mulțumesc.

Svala trage cu coada ochiului la Lisbeth. Pe chipul ei se citește încă un „mulțumesc".

Lisbeth dă radioul mai tare. Muzica i se pare familiară, fără să o poată localiza. Muzica are acces doar temporar în viața ei. De cele mai multe ori, preferă liniștea.

— Pot să dau mai tare?

— Îți place muzica? răspunde Lisbeth, iar fata închide radioul.

Ștergătoarele de parbriz se lovesc zgomotos de geam, iar ventilatorul se văicărește.

— Nu trebuie să te străduiești atât, începe Svala. Felul meu preferat de mâncare e *palt*[20]. Sunt cel mai fidel client al bibliotecii. Joc hochei la echipa de juniori din Gasskas. Sau cel puțin am jucat, cât am avut patine. Nu e nevoie să mă întrebi dacă îmi place muzica doar pentru că vreau să dau sonorul mai tare.

— Iartă-mă, răspunde Lisbeth, dându-și seama că este în dezavantaj.

---

20 Găluște suedeze preparate din cartofi sau făină, cu diferite umpluturi, cel mai adesea carne de porc.

Fata nu e copil în sensul la care se gândește Lisbeth când o vede pe adolescenta de 13 ani care se luptă să nu adoarmă. Exact ca Lisbeth, și Svala e modelată de circumstanțe. O persoană care s-a maturizat prea repede și care a dezvoltat o strategie de supraviețuire. Care nu include și să fie flexibilă. Din contră, își zice ea, și pornește din nou radioul.

— Dacă nu-ți place muzica, n-ai decât să înduri, o anunță și începe să fredoneze.

Svala dă volumul mai tare.

— Îmi place vocea lui, spune ea, completând unde poate.

— E danez. Din păcate a murit.

— Poate că și mama a murit. Dar nu cred.

— Atunci nu a murit.

Ezitând, mai verifică o dată GPS-ul, după care intră într-o parcare și se uită în jur.

— Ce naiba e locul ăsta în care am ajuns.? Iadul personal al lui Moș Crăciun?

Luminițe colorate atârnă în ghirlande între copaci și peste tot sunt Moș Crăciuni, Moș Crăciuni, și iar Moș Crăciuni, iar când nu sunt Moș Crăciuni, sunt reni, cadouri, brazi și toate celelalte brizbrizuri care fac parte din iadul Crăciunului.

— Aici stă el.

— În cazul ăsta, trebuie să fie psihopat de-a dreptul.

— Ce urât vorbești! Moș Crăciun e un om de treabă, șoptește Svala.

— Moș Crăciun nu e un om, e un mit.

— Ba nu, e real.

Holul hotelului e și mai rău, dacă e posibil așa ceva. Pe lângă pereții din bușteni lăcuiți în maro și decorați cu coarne de ren, un ren împăiat care trage o sanie plină de pachete și un alt Moș Crăciun, muzica de Crăciun se întinde ca un covor de mucegai peste rezerva de oxigen.

Una dintre ele urăște Crăciunul, iar cealaltă îl iubește pe Moș Crăciun. Cum o să funcționeze?

Când în loc de recepționer le întâmpină un elf în haine tradiționale alb-negru, Lisbeth consideră că e de ajuns. Îi dă Svalei portofelul și se afundă într-o canapea cu dungi roșii și verzi, cu perne cu sclipici și piei de ren care îi dau senzația de mâncărime.

— Aveți măcar o bere rece? Sau alcool. De preferință alcool, strigă ea.

— Chiar trebuie să bei? întreabă Svala când îi dă înapoi portofelul.

Adineauri era mare. Acum e mică. Un copil cu privirea jucăușă. Un copil de 13 ani în gardă. O fetiță de opt ani care se închide în baie pentru a evita mâinile curioase de bețiv. O fetiță de cinci ani care a așteptat cu nerăbdare bradul și pachetele cu cadouri și care se duce la culcare cu burta goală. O fetiță de trei ani lăsată singură când părinții au treburi în sat.

La dracu'. Insensibila naibii de Lisbeth, care abia acum înțelege gravitatea situației!

— Iartă-mă! Aș vrea o cola, dar pot să aștept până ajungem în cameră.

Amândouă au puține bagaje. Maimuța ocupă cel mai mult spațiu în rucsacul Svalei.

Pentru o fată care în cel mai bun caz a locuit la motel, cabana e o orgie de lux. Fata reținută, precoce sau mai degrabă bătrână, nu se poate abține. Aleargă din cameră în cameră, prin baie și saună ca o junincă scoasă pentru prima oară la pășune vara și nu se lasă până nu inspectează fiecare colțișor, inclusiv dressingul.

Lisbeth vrea doar să doarmă. Nu o țin puterile să se dezbrace complet, își scoate doar jeanșii și își lasă corpul să se afunde în plapuma de puf.

— Vino aici, strigă ea la Svala. Ai văzut că tot tavanul e din sticlă?

Spre deosebire de Lisbeth, Svala s-a schimbat într-o cămașă de noapte și s-a spălat pe dinți. Acum se bagă sub plapumă cu maimuța și stinge lumina.

— Mai avem un dormitor, dacă vrei să stai în liniște, spune Lisbeth.

— Mulțumesc, asemenea.

Spațiul cerului prin tavan este o masă cenușie-neagră, fără meteoriți în cădere sau stele sclipitoare.

— Știi ceva despre găurile negre? întreabă Lisbeth.

— Puțin. Gravitația împiedică lumina să iasă.

— Exact. Acum imaginează-ți că ești un astronaut care cade în spațiu și se apropie de o gaură neagră.

— Orizontul de evenimente, vrei să spui?

Al naibii copil, ce citit e!

— Da.

— Am vrut doar să mă asigur că nu te referi la singularitate, spune Svala, pentru că atunci aș fi fost moartă de mult timp.

— Ca fulgii de zăpadă când se lovesc de plafonul de sticlă, spune Lisbeth.

— Dar nu e același lucru, remarcă Svala, cascā și se întoarce pe partea cealaltă. Apropo, orice idiot poate căuta pe Google despre găurile negre. Primele lucruri care apar sunt gravitația și singularitatea. În urechile mele, astea sunt mai mult niște cuvinte drăguțe. Putem să dormim acum, că sunt obosită? La fel și maimuța.

Cam asta a fost povestea de noapte bună.

29

Micul-dejun la hotel. Există ceva mai rău? Lisbeth se așază la coadă la automatul de cafea. Până să ajungă, s-a terminat cafeaua. Hoarde de oameni necunoscuți care insistă să dea „bună dimineața" se mișcă de parcă ar fi un șarpe de casă lent în jurul mâncării de pe mese. În plus, e plin de Moș Crăciuni, atât vii, cât și împăiați, deși abia e octombrie.

O femeie elf superpoliticoasă discută cu oaspeții în diferite limbi, în timp ce umple platourile. Acum o cuprinde pe Svala pe după mijloc și arată cu degetul spre aparatul de făcut vafe, în timp ce Lisbeth caută o masă cât mai departe de familii și elfi, ceea ce este imposibil. La fel de imposibil cum e să scapi de Bing Crosby, care se revarsă din difuzoare cu efect de picături auriculare.

Pare că s-a trezit toată lumea în același timp. Nu există mese libere. Cea mai bună opțiune sunt un chinez care vorbește la mobil cu voce tare și fiica sa.

— *Please*, spune el, făcând semn că e loc la masă.

Pentru a se asigura că nu va trebui să schimbe amabilități, ea-și ia un ziar finlandez, *Helsingin Sanomat*.

— Știi finlandeză? întreabă Svala în timp ce se înfruptă din cârnați, omletă, vafe, frișcă, diverse feluri de pâine, pateu, brânzeturi de desert și gogoși cu zahăr.

— Nu, dar pozele sunt bune, răspunde Lisbeth, iar privirea îi cade pe ministrul suedez al Familiei.

Are un sentiment că e momentul potrivit să mimeze cuvintele „al dracu' idiot". Când femeia elf trece pe lângă ea, cu ochii după farfurii goale, o roagă să traducă.

— E ceva despre o încălcare a securității datelor, îi explică ea, smulgând ceașca de cafea a lui Lisbeth.

— La ministrul familiei? întrebă Lisbeth.

— Și soția lui.

— La naiba, înjură Lisbeth și își verifică telefonul mobil.

Descărcat. Cum e posibil? Ea, care e mereu conectată, niciodată fără curent.

— Trebuie să dau un telefon, anunță și se ridică.

— Ai văzut? întreabă Lisbeth când îi răspunde Dragan Armanski.

— Am fost informați vineri. M-am gândit că oricum ai destule pe cap. Situația e sub control. Când te întorci în oraș?

Lisbeth se uită în jur, la Santaland. Pătura de frișcă e proaspăt pulverizată pe acoperișuri. Doar moșul e treaz.[21]

— Nu știu. Au fost probleme pe drum.

— Cred și eu. Cum merge cu fata?

---

21 Vers din poemul *Tomten* de Viktor Rydberg, publicat în 1891. *Tomte* înseamnă în primul rând spiridușul casei, cel care are grijă de gospodărie și care, în seara de Ajun, trebuie răsplătit cu o farfurie de terci cu un moț de unt deasupra. Același cuvânt înseamnă și „Moș Crăciun".

— Păi, da.

— Ceea ce înseamnă? întreabă el, iar Lisbeth oftează.

— Suntem în Rovaniemi.

— În Finlanda? L-ai văzut deja pe Moș Crăciun? comentează Armanski râzând.

— Mai mulți, inclusiv târfele elf și renii lui râioși, răspunde Lisbeth și îi cere să treacă la subiect.

Dragan Armanski, acționar principal și fondator la Milton Security, își bea cafeaua de dimineață și privește orașul.

Lisbeth Salander este parteneră în companie de mai bine de un an și nimeni nu se bucură mai mult decât el pentru asta. În condițiile puse de ea, bineînțeles. Prezență fizică o zi pe săptămână, de preferință mai puțin, birou propriu, rapoarte zilnice și o viziune completă asupra proiectelor tuturor colaboratorilor.

În ochii lor, Lisbeth e o pasăre ciudată. În ai lui, o specie rară din care au mai rămas doar câteva exemplare pe lume.

Contractul de securitate cu Ministerul Afacerilor Sociale s-a derulat de-a lungul toamnei, la cererea departamentului IT de la Secretariatul general al guvernului. Proiectul a fost finalizat în urmă cu două săptămâni, cu rezultate considerate reușite.

— Și ce s-a întâmplat? întreabă Lisbeth. S-au făcut de râs Dick și Pick sau s-a întâmplat altceva?

Pe Pick o cheamă de fapt Patricia, dar din moment ce lucrează în echipă cu Dick, i se spune Pick. Cel puțin în agenda telefonică a lui Lisbeth.

— Încă nu știm, spune Armanski. În afară de ceea ce a aflat toată Suedia până acum, că soția lui are părul roșcat și sus și jos, și că amantul e un turc condamnat pentru crimă, care ar fi trebuit expulzat cu ani în urmă, fapt destul de comic în sine. Printre altele, de Deus e cunoscut pentru poziția dură față de criminalitate și deportarea imediată a imigranților cu condamnări penale. N-ai citit ziarele? De obicei, tu ești la curent cu absolut tot, probabil că fata te-a distras total.

Nu o spune pe un ton răutăcios, ci mai degrabă cu speranță în glas. Lisbeth știe că e îngrijorat. Din când în când, o invită la vila lui din Nacka, unde Nadie, simpatica lui soție, gătește mâncare bună și hrănitoare. De obicei, Lisbeth refuză.

Nu e bine să fii singur, familia e cea mai bună protecție pe care o are un om.

Serios? răspunde Lisbeth.

Nu mă refer la părinți, ci la o familie a ta. Un soț bun, doi copii care să vă lege, o locuință.

De obicei, îi spune să tacă din gură când pornește valsul familiei, care scârțâie mai rău decât Evert Taube pe 78 de rotații. Și-a făcut alegerile, și le asumă. Relațiile sunt dificile. Nici măcar nu știe dacă e capabilă să simtă ceva mai cald decât excitare. Oricum ar fi, nu are de gând să afle. În viață mai există și altceva în afară de oameni. Numerele prime, de exemplu.

— Trimite-mi ce știi și revin eu mai târziu. Stai, încă ceva. Tu ai dat numărul meu de telefon la Asistența socială?

— N-aș face niciodată așa ceva.

— Sigur?

— Sigur, răspunde el cu o întârziere de două zecimi de secundă.

Încuie căsuța, una dintre cele 100 de căsuțe identice răspândite printre case de bârne, hoteluri, restaurante, magazine de design și — poate — un chioșc de ziare. Deși nu mai fumează de atâta amar de vreme încât nici nu mai ține minte de când, se întâmplă să cumpere țigări. Le păstrează câteva zile și apoi le aruncă.

— Știați că au construit chioșcul înainte de vizita lui Eleanor Roosevelt?

Chinezul de la micul-dejun e acolo cu aceeași treabă. Aparent, are și sămânță de vorbă.

— Nu, nu știam, răspunde Lisbeth. Ce căuta, voia să-l viziteze pe Moș Crăciun?

— Haha, nu chiar, Moș Crăciun s-a mutat aici mai târziu. Asta se întâmpla la câțiva ani după război. Nemții au incendiat tot orașul în 1944. Doar câteva case au supraviețuit, adaugă el și poate că simte vânt în pânze când Lisbeth se străduiește să pară interesată. Rușii au forțat Finlanda să renunțe la Planul Marshall, dar SUA tot au vrut să ajute. Așa că, atunci când madame Roosevelt s-a decis să viziteze locul ăsta, au construit cabana și au plasat-o la Cercul polar, de dragul istoriei, chiar dacă, de fapt, Cercul polar se află puțin mai la sud. Apoi a stat aici și i-a scris cărți poștale lui Truman.

— *Dragă Harry, Moș Crăciun există.*

— Fiica ta ne-a zis că sunteți suedeze, zice chinezul.

Ea alege să nu comenteze presupunerea lui despre relația dintre ele. Nu e treaba lui.

— Nu-i așa că e o construcție minunată? întreabă el, cu un gest către zonă. Dar, scuză-mă, ar fi trebuit să mă prezint. Kostas Long. Am fost aici cu fiul meu cu mulți ani în urmă. Din întâmplare, am avut ocazia să investesc în zonă, așa că vin acum cât de des pot cu fiica mea. Poate sună copilăresc, dar îmi place Crăciunul. Ție nu-ți place?

— Nu.

— Și Finlanda! Ce țară, ce oameni! Ați apucat să faceți ceva frumos până acum?

— Nu.

— Atunci aș putea să vă arăt împrejurimile.

— Nu știu...

— Așa că mi-am luat libertatea de a vă înscrie la câteva evenimente, adaugă el și se alege cu o privire ostilă.

— Kostas, ești grec?

Acum el e cel care nu răspunde.

— Fiica ta și Mei ar dori să facă o plimbare cu sania cu reni, continuă el. Și tu ești binevenită, firește. La recepție se pot împrumuta costume de schi. Poate că nu te-ai așteptat să fie iarnă aici sus.

— Mulțumesc, răspunde Lisbeth, să vedem ce program ne facem.

O oră și ceva mai târziu, Lisbeth se află în zona recepției, vânătă de furie, alături de Svala și un grup de japoneze care chicotesc și își fac selfie-uri în costumele de schi pastel, închiriate.

— Chestia asta nu merge, spune Lisbeth. Prefer să mor de frig. Mai bine ne antrenăm. Un Moș Crăciun decent ar trebui să aibă cel puțin un *dojo*.

Privirea jucăușă a Svalei e ațintită la grupul vesel. Și Lisbeth ar fi făcut la fel. Deși a trecut mult timp de atunci, își amintește cu acuitatea unui tăietor de diamante cum lumea obișnuită îi era peste mână. Lumea obișnuită licărea prin fața ochilor ei la televizor sau dincolo de fereastra clinicii, cu mesajul clar că Lisbeth se află în afară. Ești o ciudată, Lisbeth, așa îi spunea. Ciudații nu sunt incluși.

— Vino, o îndeamnă ea pe fată, e un magazin de sport puțin mai încolo. Am putea foarte bine să ne cumpărăm haine noi. Alege-ți ce vrei și nu te gândi la cât costă. Asistența socială mi-a mai făcut un transfer bancar.

— E mai bine, se bucură Svala, trecându-și mâna peste jachete de puf de diferite culori și modele.

Până acum, Lisbeth nu s-a gândit cum este îmbrăcată fata. Sau... De gândit, s-a gândit. A văzut tălpile dezlipite ale sneakerșilor și jeanșii până la glezne și a presupus că moda tinerilor este nemiloasă.

— Și unele de-astea ar fi bune, spune ea. Și astea.

Amintirile picură ca becquerelii peste Cernobîl.

— Niciodată nu poți avea prea mulți jeanși și pulovere. Ai nevoie de un pulover?

— Trebuie să mă întorc la școală în curând. Avem examen.

— La ce? întreabă Lisbeth.

— La istorie. Istoria provinciei Norrbotten.

— Îți place istoria? Ordinea la succesiune, războinici, ani?

Svala pare că nu a înțeles întrebarea.

— Istoria e probabil cea mai importantă materie din școală. Cum crezi că vor înțelege oamenii viitorul dacă nu cunosc istoria?

— Înțelept, comentează Lisbeth.

Puștoaica asta n-are cum să aibă 13 ani. Mai degrabă 33.

— Îți trebuie și un laptop. Și un mobil nou.

— Mi-ar plăcea un laptop, dar mobilul pe care-l am e bun.

— Totul se păstrează, dacă schimbi mobilul. Și pozele.

— Prefer să-l păstrez pe cel vechi.

30

— Ies să dau o tură pe-afară, anunță Svala, lăsând-o pe mătușa ei absorbită de cifre și simboluri care se derulează pe ecranul laptopului.

Ninge în continuare abundent, iar ea își croiește drum cu greu spre oficiul poștal al Moșului.

Nu mi-e frig. Nici măcar la picioare.

Oficiul poștal e plin de oameni care pipăie animale de pluș și cumpără vederi. Ea se așază puțin lângă un grup de italieni cu un ghid. La școala gimnazială din Gasskas, singura limbă străină care se poate alege e germana. De aceea, ea învață italiană, spaniolă, chineză și rusă cu o aplicație. Deocamdată, știe doar noțiunile de bază, dar mai prinde câte un cuvânt sau două. Face tot posibilul să se integreze. Poate chiar să pară că e aici cu familia ei.

— Scuze, i se adresează ea spiridușului de la casa de marcat. Scrisorile care vin pentru Moș Crăciun unde se duc?

— I-ai scris? întreabă elful, dar Svala nu răspunde. Poftim. Moș Crăciun și spiridușii săi citesc toate scrisorile. Apoi le punem într-un dulap special. Din ce țară ești?

— Din Africa de Sud, răspunde Svala, iar elful arată spre compartimentul destinat scrisorilor sud-africane.

— Din păcate, dulapul e încuiat, dar poate îți zărești totuși scrisoarea. Sau poți scrie alta.

Svala nu vrea așa ceva. Vrea doar să se asigure că oficiul poștal al lui Moș Crăciun există și că scrisorile sunt citite. Apoi merge mai departe, urmând săgețile spre The Christmas House.

Scările de lemn șerpuiesc până la ultimul etaj. Cu toate că nu e copil, n-a fost niciodată, simte emoție înaintea întâlnirii cu Moș Crăciun. Solemnitate.

Da, vrea să fie fotografiată și vrea ca discuția cu el să fie filmată și salvată pe un stick.

Se așază pe scaunul de lângă el. Stau tăcuți câteva momente — e mică lângă el, iar el e răcit.

— De obicei îți scriu, începe Svala. Poate știi cine sunt, Svala din Suedia.

O întrebare stupidă, o pură hazardare, însă Moș Crăciun încuviințează.

— Știu cine ești, răspunde el. Moș Crăciun știe totul.

— Ca Dumnezeu.

— Ca Dumnezeu.

— Atunci știi că mama mea a dispărut, spune ea, iar el dă din nou din cap. Și poate îmi poți spune unde este. Sau măcar dacă e în viață.

— Când eram mic, doar un spiriduș, mama mea a dispărut, așa că știu ce simți.

— S-a întors?

Moș Crăciun întârzie răspunsul.

— N-am încetat niciodată să sper, continuă el, și într-o zi, din senin, s-a întors acasă.

— Unde fusese?

— Într-o vacanță lungă. Poate că și mama ta a plecat în vacanță.

Svala știe foarte bine că Moș Crăciun habar n-are unde este mama ei. Cu toate astea, se bucură că vorbește cu el. Cât se gândește la următoarea întrebare, el își suflă nasul.

— Pot să te rog ceva? întreabă ea și își bagă mâna în buzunar.

— Bineînțeles. Când ești la Moș Crăciun, poți să-i ceri orice.

— Vreau să-ți dau ceva, spune Svala și scoate un pachet dreptunghiular învelit în hârtie de Crăciun cu desene făcute de ea. Este pentru tine, dar n-ai voie s-o deschizi înainte de Crăciun.

— Bineînțeles că nu, eu sunt Moș Crăciun, la urma urmelor. Deocamdată o să-l pun printre celelalte pachete.

— Nu, vreau să-l duci acasă. Ți-am scris de atâtea ori fără să primesc un răspuns... Îmi ești, într-un fel, dator.

El se așază mai bine în scaun. Strâmbă din nou din nas și ia o înghițitură de vin fiert sau ce beau Moș Crăciunii.

— OK, așa rămâne. Îți promit. Pe onoarea și conștiința mea.

Svala știe câte ceva despre onoare și conștiință. O mică amenințare nu strică niciodată, așa cum obișnuiește să spună Plastic-Peder.

— Te-am filmat, în caz că se va întâmpla să uiți.

Apoi se ridică în picioare, îl bate pe umăr și îi urează însănătoșire grabnică.

Ciudat e că el chiar știe cine e fata. E prima lui toamnă ca Moș Crăciun. În fiecare vacanță din liceu și apoi de la facultatea de jurnalism a lucrat la Santaland. În principal a deschis scrisori, le-a citit și uneori a răspuns la ele. Deoarece tatăl său este suedez, el se ocupă de teancurile din Suedia.

Spre deosebire de ce crede majoritatea oamenilor, lui Moș Crăciun îi scriu mai mulți adulți decât copii. Povești triste despre sărăcie și divorț, boli incurabile și singurătate, în care ultima speranță stă în Moș Crăciun.

El le răspunde cât de bine poate. Că se va rezolva. Că atât timp cât nu încetezi să speri și să îți dorești, totul va fi bine, în cele din urmă. Mai mult nu poate face.

Scrisorile fetei însă se deosebesc de celelalte. Ea nu scrie scrisori. Ea scrie poezii.

Poeziile ei îl fac să râdă și să plângă. Mai presus de toate, are o scriitură care aparține istoriei literare. Atât de bine scrie. E verdictul lui, ca poet amator. De-ar fi putut răspunde acelor scrisori! Ea le încheie cu Svala H. Niciodată adresa.

Tocmai de aceea și-a luat anumite libertăți. A fotografiat poemele și le-a folosit ca fiind ale sale, sub pseudonimul Svala H. La început, cuvinte separate sau propoziții. Cu timpul, poezii întregi. Le-a tradus chiar — iar acum îi este atât de rușine, încât își ia o pauză și se duce la toaletă doar gândindu-se la asta — în finlandeză, le-a trimis la o editură și au fost acceptate. Mai sunt doar câteva săptămâni până când va fi publicată antologia. Și la naiba, cât a transpirat sub costumul de moș! Îl mănâncă barba, iar ramele ochelarilor îl strâng la tâmple.

El e o făcătură. Un idiot care a furat textele unei fete și și le-a însușit. Iar când o întâlnește, îi e și mai rușine. Închide ușa de la toaletă, coboară scările alergând și iese în Piața lui Moș Crăciun, dar nu vede nicio Svala H. în canadiană bleu-gri și căciulă roz printre turiștii în costume de schi împrumutate.

— *Hello, Santa, take a picture with us,* strigă cineva, iar ocazia de a o găsi a dispărut definitiv.

Poate că Moș Crăciun e un mit. Un personaj imaginar al copilăriei, care zboară prin lume cu sania ca să ducă daruri de Crăciun. Dar în satul lui Moș Crăciun, el este foarte viu. Se așază în mijloc și își pune brațele peste umerii subțiri, zâmbind patern spre camera telefonului mobil.

Exact așa cum și-a dorit ea, ia pachetul cu el la sfârșitul zilei de lucru.

Eeli Bergström ar putea să-l deschidă și poate ar găsi o adresă, dar decide să n-o facă. Trebuie să suporte consecințele. Colecția de poezii n-are decât să apară pe piață. Să sperăm că doar în finlandeză.

Svala îl urmărește prin fereastra de la Marimekko. Îl vede cum zboară în jos pe scări cu paltonul de Moș Crăciun fluturând ca o fustă. Caută pe cineva. Tocmai de aceea se ascunde, în caz că s-a răzgândit în privința pachetului.

31

Mikael Blomkvist își ia o cafea de zece coroane de la automat și se gândește să nu uite să vorbească cu Salo despre bibliotecă. Pentru o municipalitate de 20 000 de locuitori, în curând 30 000, biblioteca e ridicol de mică. O secțiune de istoric cu enciclopedii locale. O secțiune de romane, inclusiv lirică, eseu, biografii, antologii de nuvele și fantasy. O secțiune mult mai mare de literatură polițistă și o secțiune de romane de dragoste la fel de mare. Restul, cel puțin jumătate, conține literatură pentru copii și tineret, ceea ce e în regulă. Da, plus o jumătate de raft cu cărți „curcubeu". Totul distribuit pe suprafața unei sufragerii mai mici.

În privința secțiunii de ziare, lucrurile arată ceva mai bine.

La fel ca în toate bibliotecile, oamenii stau răspândiți la mese și în fotolii, cufundați în știri și reportaje din ziare și reviste. Mikael Blomkvist ia singurul ziar din Stockholm și se așază la o masă cu vedere spre fluviu și sediul poliției.

Cât de cenușie poate deveni o zi? Cât de mici pot părea oamenii, cât de mare poate fi construit un sediu de administrație locală și cum dracu' e posibil să trăiești aici? se întreabă el în timp ce soarbe din cafea și observă viața cotidiană de dincolo de fereastră.

O femeie iese de la poliție, iar el o urmărește cu privirea. Vede că vântul i-a lipit părul pe față. Femeia scotocește prin buzunar, apoi își îmblânzește părul într-un coc strâns. Alunecă pe un petic de gheață, își recapătă echilibrul și după aceea își scoate telefonul.

Asta se întâmplă în locurile mici? Nimeni nu poate fi anonim, fiindcă peste tot există câte un nemernic sictirit care stă într-o cafenea, într-o benzinărie, într-o mașină sau într-o bibliotecă și studiază lumea cu lupa, ca pe un timbru poștal rar?

Se uită în jurul lui. Probabil că nimănui nu i-a scăpat străinul cu breton șaten-închis căzut peste obrazul drept plin de cicatrici de la coșuri. Felul în care își îndepărtează părul din ochi, sacoul Manchester, prea subțire pentru vremea de acum, și geanta de la tăbăcăria Böle, care a costat jumătate din salariul pe o lună și este singurul obiect de lux pe care și l-a permis vreodată. El și Göran Persson, fostul prim-ministru.

O femeie îmbrăcată în palton gri intră în secția de poliție. Un bărbat în costum gri iese. Dar stai puțin! Are ceva familiar. Mikael Blomkvist își scotocește memoria, iar amintirile îi revin. Unele îi încordează mușchii. Pe altele le simte dureroase, până în zona inghinală. Îl mănâncă brațele. Obrajii i se înroșesc. Spatele îi devine rigid. Bărbatul de pe stradă este genul celor care au mâncărimi în brațe.

Hans Faste. Probabil unul dintre cei mai proști polițiști din Suedia. Iese din secție cu un zâmbet pe buze. Nu ține ușa deschisă pentru femeia care intră, probabil că nici nu o vede, ci se îndreaptă cu pași vioi spre mașina parcată pe un loc pentru persoane cu handicap.

Hans Faste. Coleg cu Sonja Modig, Jan Bublanski și cum îl cheamă: Curt cumva. Poate Svensson.

Cu toate astea, ei sunt doar o avangardă pentru o cu totul altă persoană.

Care nu e polițistă.

Nici nu va fi vreodată.

Urăște societatea așa cum veganul urăște chifteluța și este legată pentru totdeauna de trecut: Lisbeth Salander.

La început, îi scria cel puțin un e-mail pe săptămână. Când viața de zi cu zi a început să-i stea în cale, poate unul pe lună. Mai nou, îi trimite o urare în Ajunul Crăciunului. Ea nu i-a răspuns niciodată. Asta nu înseamnă că nu se gândește la ea. Zărește un spate; silueta seamănă la păr, dar nu e ea.

În loc să deschidă ziarul, trimite un mesaj.

Bună, Lisbeth, a trecut ceva vreme. Sunt în Gasskas, în Norrbotten, și tocmai l-am văzut pe Hans Faste. M-am gândit la tine. Ce mai faci? Te îmbrățișez, M.

Când telefonul mobil îi sună câteva secunde mai târziu, e cu adevărat surprins.

Succes cu idiotul ăla. Ne auzim. Lisbeth.

Da, la ce se aștepta? La nimic, de fapt. Îl mănâncă degetul arătător să scrie încă un mesaj, dar se abține. Acum cel puțin știe că are același număr de cartelă prepay.

Ea există pe undeva. Poate că e suficient să știe și numai atât.

— Nu se poate! Salut! Tu aici?

Treaz, proaspăt bărbierit și mai trist ca niciodată. IB de la Säpo.

— Ooh, salut, îi răspunde el. Mă bucur să te văd, ce mai faci?

— Mda. Acceptabil.

Aparent, griul poate deveni și mai gri.

— Nu era Malin cea pe care au găsit-o, deci acum ne-am întors de unde am plecat.

— Tot sună cumva pozitiv, remarcă Mikael. Atunci există posibilitatea să fie în viață. Ia loc, vrei o cafea?

— Cu plăcere, răspunde IB, întoarce ziarul și izbucnește în râs. Ia uite, nu se dezic niciodată!

— S-a întâmplat ceva? întreabă Mikael.

— Nimic nou, asta-i sigur, dar Thomas de Deus pare că a dat-o în bară. Și el, și nevastă-sa.

Mikael n-a apucat să citească decât titlul. Deci despre ei era vorba, dar cui naiba îi pasă de fapt? De când SD[22] și-au făcut intrarea în politica suedeză, ștacheta a fost fixată cât de infinit de sus poate fi. Să trântești la pământ ciorile în oraș — propria lor definiție a refugiaților africani — și apoi să fii numit responsabil pe probleme de justiție în cadrul partidului nu e o problemă. Să treci de la „heil" la petreceri private direct la responsabil pentru probleme de învățământ e la fel de firesc. Nimeni nu înțelege cum reușesc să scape, dar exact așa cum Donald Trump poate minți, calomnia și chiar determina o mulțime să ia cu asalt Capitoliul fără să ajungă pe mâna poliției, așa scapă și SD, negând categoric.

N-am făcut semnul „heil", mă întindeam după ceva aflat pe un raft de sus. N-am culcat la pământ un refugiat neînarmat, eram înghețat de groază și-am crezut că o să mor. Pură autoapărare.

Totuși, nu ei sunt cei mai răi. Într-un fel, pe ei chiar îi înțelege. Au o vocație, o singură problemă care îi pasionează, chiar dacă aceasta este detestabilă în sine. Cei mai răi sunt ceilalți, politicienii *mainstream*. Partidele vechi,

22 Sverigedemokraterna (Democrații Suediei), partid naționalist de dreapta.

bine-cunoscute, care mai nou își țin o promisiune cam cât le ia să scrie una nouă.

Nu vom intra niciodată în alianță cu SD. Măi, măi, măi!

Și, deși înțelege că politicienii nu-și pot permite să gândească în perspectivă și să fie chibzuiți când populația își bazează opiniile pe rețelele de socializare, nu poate să nu simtă tristețe pentru rahatul pe care îl mănâncă. Ar trebui să fie mai versați. Să fie un pic mai mult ca el și să refuze să se implice în toate inovațiile.

Titlurile ziarelor sunt despre amantul comun al creștin-democratului Thomas de Deus și al soției sale, Ebba. Ei își trimit unul altuia poze, iar un hacker le interceptează și amenință că le va transmite presei dacă nu e plătit. Domnul de Deus alege să plătească, pentru că este un pic mai aproape de Dumnezeu decât alții și nu vrea să riște să rămână împotmolit la porțile Raiului. Ceea ce, în viața pământească, ar însemna să-și piardă poziția de pastor și credibilitatea de parlamentar.

Hackerul acceptă cu bucurie banii și trimite imaginile site-ului *Dagens Sanning*, care le publică și deschide calea pentru restul presei.

Acum, nici amantul nu e un fitecine, căci de Deus și-a făcut un renume ca propovăduitor al unor măsuri dure împotriva criminalității și al restricționării drastice a primirii refugiaților. Iese la iveală că amantul este condamnat pentru omucidere, expulzat pe viață, dar cu toate astea trăiește confortabil într-un penthouse dintr-un bloc nou aflat în Kista.

— Of, cât de leneși pot fi! Dacă ar fi săpat un pic mai adânc, cu vreo zece căutări pe Google și câteva telefoane, ar fi putut construi o poveste mai profundă. Acest de Deus a mai fost implicat într-un scandal, acum 15 ani. Atunci, era vorba de viol. Fata s-a sinucis, iar el a fost eliberat din lipsă de probe, comentează Mikael.

— Tu ești jurnalist, nu? întreabă IB.

— Da.

— Ești mai bun decât ei, asta vrei să zici?

— Nu, dar mă asigur că un articol are mai multă carne. Nu doar resturi.

— Și totuși, îți scapă ce se întâmplă în fața ochilor tăi.

— Aha. Asta sună interesant.

— Henry Salo. Nu-mi vine să cred că nimeni nu i-a dat jos nădragii clovnului ăstuia. Și nu doar lui, ci și restului politicienilor și funcționarilor corupți din Gasskas, care îi mănâncă din palma lui murdară.

— Pari furios.

— Sunt furios. Dacă iese cum vrea el, în comuna asta o să se învârtă 1 100 de mori. Putem să uităm de plimbările pașnice prin pădure și de liniștea din Norrland. Toată pădurea, unde au dreptul să se plimbe toți locuitorii din Gasskas, va fi transformată în parc industrial. Vom mobiliza toate resursele pentru a proteja industria verde, strigă în cor politicienii. Salo merge atât de departe, încât chiar susține că iubește minele. Nu că le consideră un rău necesar, el le iubește. Pentru Salo și cei de teapa lui, e vorba de mult mai mult de atât. Vor să intre în istorie ca oamenii care au deschis calea pentru un nou Norrland. Dar ăsta nu e niciun nou Norrland. *Sorry*, Salo, dar foarte puține lucruri sunt noi sub soare. Și azi, precum acum 500 de ani, sunt aceiași vechi exploatatori, asupritori și colonizatori avizi de bani care strigă cel mai tare. Singura diferență e că regelui nu-i pasă de argint, blănuri de ren și pescuit de somon. Pentru el, problemele de mediu sunt chestiuni de suflet. Ce păcat că nu mai are nicio putere!

— Chiar așa rea e situația?

— Nu, e mai rea. Deși poate că nu citești forumul Flashback?

— Uneori, răspunde Mikael. Dar nu poate fi doar decizia lui ca terenul să fie exploatat. Politica locală nu funcționează așa.

— Nu, ce să zic! Dar cum funcționează?

— Păi, prin decizii politice. Funcționarii vin cu propuneri care sunt aprobate sau respinse de Consiliul municipal, adică de politicienii aleși de popor. E cam fantezist să-l catologhezi pe Salo drept autocrat.

— Dar dacă politicienii, funcționarii publici, oamenii de afaceri și bancherii fac parte din același club de domni unde se pun de acord asupra unor lucruri, nu crezi că termenul corupție e destul de la îndemână?

— Despre ce vorbești?

— Ordinul Colțul de Tigru. N-ai auzit niciodată de el?

— Nu, răspunde Mikael. Despre campania celor de la Lions Clubs International, de colectare a ochelarilor stricați și a medicamentelor expirate, poate, dar de Ordinul Colțul de Tigru n-am auzit.

— Umblă vorba că Salo e viitorul tău ginere, spune IB, iar cuvântul pare o înjurătură în gura lui. El e unul dintre cei de sus, poate cel mai de sus. Roagă-l să te ia și pe tine la o întâlnire. Uneori primesc aspiranți. Și apropo de Salo, pun pariu că are ceva de-a face cu dispariția lui Malin. N-o pot dovedi, dar așa simt.

IB nu e oricine. S-a retras recent din Säpo. Cunoaște oameni din poliție. Sau poate că e doar un tată profund nefericit care vrea să-și găsească fiica și se agață de orice speranță.

— Și ce profil de infractor i-ai face lui Salo? întreabă Mikael.

— Corupt, cu stimă de sine scăzută, dublă personalitate, tulburare de deficit de empatie.

Mikael scoate un fluierat.

— Se pare că fiica mea chiar a dat lovitura.

— Tu poți să glumești cât vrei, îi răspunde IB, dar îți dau o idee la care să te uiți mai atent. E vorba despre Malin, dar de fapt nu doar despre ea, ci despre mai multe tinere care au dispărut în ultimii ani. Malin a fost martoră la un incendiu. Un cuplu tânăr și copilul lor de două luni au ars de vii în casă. Aveau datorii. La câteva luni după dispariție, mătușa lui Malin a găsit un telefon mobil pe care l-a predat poliției.

— L-a predat direct la poliție sau ție? întreabă Mikael.

— OK. Mie. Iar eu l-am predat poliției.

— Și unde intervine Salo aici?

— În mobil era un mesaj cu coordonatele casei lui Salo. O cumpărase, dar nu se mutase în ea.

— Și de aceea pornești de la premisa că Salo a avut de-a face cu dispariția lui Malin?

— Exact. Nu poate fi o coincidență. Cred că e ceva dubios cu Salo. Cel mai probabil are mâinile frecate cu clor.

Mikael se uită la ceas. În zece minute ia prânzul cu Pernilla.

— Mai ai coordonatele?

— Cum să nu!

— Grozavă cartea pe care ai împrumutat-o, apropo. *Democrații Suediei, mișcarea națională* de Stieg Larsson și Mikael Ekman. Credeam că a fost retrasă de pe piață acum multă vreme.

— La fel de actuală atunci, ca și acum. Iar anul viitor sunt alegeri. Pun pariu că vor ajunge în Consiliul municipal.

Chiar când se așeză pe un scaun înalt la barul taco din hala pieței, așteptând-o pe Pernilla, Mikael primește notificare că a sosit un SMS de la IB. Caută numărul de telefon al administrației locale și i se face legătura cu Salo.

— Salut, auzi, clubul acela de domni, Ordinul Colțul de Tigru, are întâlnire în curând, nu? Ar avea rost să vin și eu?

— Nu, răspunde Salo. Trebuie să fii recomandat de două persoane.

— Tu și...? Mi-ar plăcea să socializez și eu cu bărbați. Chiar mi-a lipsit.

— Da, da. Hai, că trebuie să închid. O să văd ce pot face, spune Salo stresat.

Mikael Blomkvist a primit ceva în care să sape, chiar dacă probabil nu va duce nicăieri. Și poate o să-i aducă putere și glorie, amin.

Pentru prima dată după mult timp, se simte puțin exaltat.

32

Din câte se pare, Svala și-a găsit un suflet-pereche, constată Lisbeth în timp ce se înghesuie una în alta sub blana de ren. Sunt de aceeași vârstă, iar Mei, așa cum o cheamă pe fată, reușește ceva. O face să vorbească. Lisbeth se străduiește din răsputeri să tragă cu urechea. Nu vorbesc despre băieți, muzică sau orice altceva ar trebui să vorbească adolescenții. Discută despre cărți. Sau poate nici măcar despre cărți. Literatură.

— Mi s-a părut totuși un pic prea lungă, spune Mei, referindu-se la *Ulise* al lui James Joyce.

— Da, răspunde Svala, dar îți dai seama că, dacă ar fi fost prea scurtă, unele fraze nu ar fi încăput.

— Bineînțeles, spune Mei, întinzându-i Svalei o jumătate de napolitană cu ciocolată.

— *Xie xié,* răspunde puștoaica, pentru că e de la sine înțeles că a învățat chineza într-o după-amiază, se gândește Lisbeth, trăgând blana peste ea și peste chinezoaica grecoaică.

E înghesuială în sanie și stau cu picioarele lipite unul de altul. Sau cel puțin el încearcă să se asigure că sunt lipite.

— Ai o fiică deșteaptă, spune Long, iar Lisbeth tot nu are chef să-i explice poziția ei în arborele genealogic.

Odată cu adevărurile, vin și întrebările. Se bucură să le evite.

— Premiera anului, strigă din spate conducătorul saniei; un tânăr cu un cuțit atârnat de o centură lată.

— Vânăm urși?

— Facem o plimbare de aproximativ 45 de minute. Cel mai bine, nu vorbiți, doar bucurați-vă de peisaj.

Ninsoarea a cedat și a fost înlocuită de un soare precaut care stă să apună. Chinezul grec pare să aibă un vocabular enorm pentru frumusețe și, desigur, peisajul e parcă rupt din cărțile poștale, numai că Lisbeth se gândește la muncă, iar când termină cu munca, se gândește la mesajul de la Plague:

Am mai săpat. Peder Sandberg salvează poze într-un cloud. Se pare că îi place să facă fotografii.

Pornografie infantilă?

Nu, alte mizerii. Se pare că îi place durerea. Durerea altora, adică.

Există în poze vreo fată blondă care să semene exact cu Camilla? scrie ea și șterge mesajul fără să-l trimită. În schimb, scrie:

Copiază fișierele.

Done.

Lisbeth se uită la Svala, care o privește pe Mei. Brusc, fața serioasă se luminează într-un zâmbet care o face să fie o persoană cu totul aparte, nu o copie a Camillei. Un om care nu-și va găsi niciodată locul printre muritorii de rând, dar să sperăm că nici printre copiii nefericiți ai societății. Lisbeth nu e sigură. E echilibristică, chiar și pentru ea. Când viața devine o chestiune de viață și de moarte, nu mai există cale de întoarcere, știe prea bine.

Tu ai înțeles ce obligație ți-ai asumat? o va întreba Inge Ågren mult mai târziu, în viitor. Nu, va răspunde ea, dar n-am avut de ales. Și iar o să ajungă acolo. Întâi a fost fata care s-a jucat cu focul. Acum e fata care nu a avut de ales. Patetic.

O plimbare cu sania trasă de reni reticenți nu e rapidă. Se mișcă atât de încet, încât factorul Lorentz din $E=mc^2$ nu se aplică. Lisbeth aproape că a adormit, când simte o mână care îi mângâie piciorul.

— Ce faci? întreabă ea, fără să îndepărteze mâna.

— Odihnește-te puțin dacă ești obosită, răspunde el, continuându-și traseul lent al mâinii pe corpul ei.

— Gândește-te la fete, șoptește Lisbeth. Cel mai avansat lucru la care au ajuns la biologie e un zeu al mării sedus de o sirenă.

— Chiar recomand rața Pekin, spune Long două ore mai târziu, când stau într-un restaurant chinezesc cu meniurile în față.

Lisbeth refuză.

— Dacă nu pot mânca o pizza decentă, pot măcar să iau un antricot cu cartofi prăjiți și sos *béarnaise*. Și fără nenorocitul de unt cu usturoi.

Parcă sunt două grupuri separate așezate la aceeași masă.

— Fata ta e frumoasă, începe Long.

— Și a ta la fel, răspunde Lisbeth, gândindu-se că politețea ei evoluează. Poate vor să doarmă în aceeași cabană. Avem două camere, puteți să stați într-una dintre ele.

Ce dracu', Lisbeth, nici măcar nu vrei așa ceva.

Poate că nu, dar vreau companie.

După o oprire cu taxiul pentru chipsuri, dulciuri și răcoritoare, le spun noapte bună „fiicelor" și încuie ușa.

— Vrei să facem o saună finlandeză? întreabă Lisbeth, umblând la butoanele centralei.

— De ce nu? N-am încercat niciodată.

Cât se încălzește sauna, ei împart o sticlă de șampanie. Sau mai precis, Lisbeth face o încercare cinstită, dar până la urmă deschide o cola.

— Șampania e supraestimată.

— Și cola la fel, răspunde el și apoi o întreabă cu ce se ocupă.

Cu ce se ocupă și cât de secretoasă vrea să fie? Medic stomatolog? I-ar fi ușor să se prefacă. Toată lumea știe cu ce se ocupă un dentist. Dar atunci s-ar putea dovedi că acest chinez grec a fost dentist într-o viață anterioară.

— Programator, spune ea.

Aproape de adevăr, oricum.

— Dezvolt actualizări pentru Microsoft. Word e specialitatea mea.

Chiar era necesar?

Lisbeth se dezbracă. Mai întâi jeanșii, apoi tricoul și, în cele din urmă, chiloții care aterizează în același teanc. Azi n-a avut chef să-și pună sutien.

Chinezul își descheie cămașa și o atârnă pe un umeraș. Își împăturește pantalonii pe dungă și îi pune pe un taburet acoperit cu blană de ren. Își împăturește șosetele una în alta ca să nu se piardă. Iar deasupra pune chiloții.

Shut up Santa, nu râde.

Pielea arde când atinge banca saunei. Nici nu trec câteva minute, că Long se satură.

— Dacă nu te deranjează, poate am putea să...

Îl vede că suferă și consideră că mai poate suferi puțin.

— E sănătos să faci saună. Sănătos pentru inimă.

— Scuză-mă, spune el și iese clătinându-se.

De dragul aparențelor, ea mai rezistă câteva momente, după care iese și face duș.

El stă întins pe pat și pare mort.

— Mai trăiești? întreabă ea.

— Cred că da.

— Nu ești chiar un dur.

— Cred că nu.

Se întinde lângă el. Stinge lumina și aprinde stelele.

— Incredibil! Acum înțeleg de ce e plafonul de sticlă. Trebuia să le fi luat și pe fiicele noastre aici. Sunt sigur că pot recunoaște constelațiile, indiferent de locul în care se află în lume.

— Eu nu sunt mama Svalei.

— Știu. Mi-a spus Mei.

Părul pieptănat dichisit pe spate îi cade ca un voal moale pe față. Abia dacă s-a uitat la el. Doar ca la un corp. Un posibil corp, poate.

— Ce-i?

El îi mângâie tâmpla cu degete ușoare.

— Nimic.

Vede cu coada ochiului ceva care se întinde ca o acuarelă vărsată pe tavanul de sticlă.

— Uite, îi atrage ea atenția, întorcându-i fața spre cer.

— Incredibil! exclamă el din nou, trăgând-o spre umărul lui. Ce zici, facem dragoste sub aurora boreală sau doar ne uităm?

— Doar ne uităm.

— OK, răspunde el, trăgând-o mai aproape.

Mirosul lui are ceva aparte. Îl inspiră ca pe aerul curat. Și mâinile lui au ceva. Sunt prelungiri ale unor brațe încordate. Face fotografii de întipărit în memorie cu tatuajele și observă inelul, dar nu contează. În seara asta, chinezul grec poate fi atât asasin, cât și căsătorit.

Dacă n-ar fi fost ultimele cuvinte ale puștoaicei: *Nu faceți vreo tâmpenie!*

Ea îi dă mâinile la o parte, dar acestea se întorc rapid la loc. *Come here little girl with the dragon tattoo.* Gura, limba, dinții, penisul. A învins vreodată moralitatea în fața excitării? O întoarce pe burtă și o mușcă de ceafă. Îi ține strâns brațele. Își pune întreaga greutate a corpului pe spatele tatuat cu dragon, după care se împinge în ea cu un răget de leu. El este proprietarul. Ea este proprietatea.

A doua zi, aurora boreală a fost înlocuită de un cer cenușiu ca granitul. Leul s-a transformat într-o pisică de casă castrată. Nu că lui Lisbeth i-ar păsa. A fost doar un corp.

— Iartă-mă pentru ieri, spune el, punându-și verigheta pe deget. Cred că a fost un pic prea multă șampanie.

Din fericire, nu are nicio intenție să-i povestească despre căsnicia lui îndelungată și plicticoasă.

Când pleacă în sfârșit, Lisbeth face 20 de flotări în plus și 100 de abdomene. Patru *kata* și *kihon* până la a doua centură neagră. Ia o decizie. Indiferent ce a făcut puștoaica sau mama ei, ajunge. Din punct de vedere financiar, pot trăi în campusul lui Moș Crăciun până la moarte, însă Lisbeth a luat o decizie. Nu poate să care după ea o adolescentă, oricât de fermecător ar suna. Îi e dor de casă. Acasă înseamnă cei 320 de metri pătrați de singurătate, fără mobilă, fără adolescente, fără chinezi greci și Moș Crăciuni.

33

— Te-ai culcat cu el? o întreabă Svala în mașină, pe drumul de întoarcere spre Gasskas.

— Ce treabă ai tu?

— Are soție.

— E problema lui.

Rămân tăcute până la punctul de trecere a frontierei dintre Torneå și Haparanda.

— Ați văzut aurora boreală? întreabă Lisbeth pentru a rupe tăcerea.

— Mai întrebi? Dar tu nici măcar nu știi cum se formează, comentează Svala caustic.

— Nu, dar sunt sigură că tu știi.

— Da, sunt atentă la orele de fizică. Aurora boreală se formează când particulele încărcate, în principal electroni, ating o anumită viteză în magnetosferă și pătrund în atmosferă, unde se ciocnesc de molecule și atomi, care, la rândul lor, preiau energie de la electroni.

— Electroni care se deplasează cu viteză, spune Lisbeth. Orice idiot ar putea găsi asta pe Google.

Svala se uită la ea și aprobă din cap.

— Zici că eu sunt adultul din mașină, dar bine, hai să mergem pe metaforele tale: când viteza scade, se formează fotoni, dacă îți amintești ce înseamnă.

— Un pat japonez, futon.

— Fotoni, cu „o“, nu cu „u“. Vrei să-ți explic sau nu?

— Continuă.

— Un foton este cea mai mică masă posibilă care poate fi transferată prin radiație magnetică și apare când, de exemplu, un atom trece de la un nivel mai mare de energie la unul mai scăzut. În acest proces se formează culorile diferite ale aurorei boreale. Ca să fac o corelare cu lumea ta, ar putea să-ți amintească de luminile stroboscopice de la o petrecere rave. Albastrul e extrem de rar, așa că sper că n-ai făcut altceva decât să te uiți la cer ieri.

În ciuda faptului că e morocănoasă, nu-și poate stăpâni entuziasmul față de lumina albastră.

— Moskosel, 2010. Atunci a fost ultima dată când a văzut cineva albastru. E destul de aproape de Gasskas.

— Apropo de Gasskas, m-am gândit la datoriile mamei tale. Ce știi despre ele?

— Nimic. Tipii ăia au venit după ce a dispărut ea. M-au pus să sparg o casă, dar când am deschis seiful, era gol.

— Pare cusut cu ață albă. De ce ți-au cerut să intri prin efracție dacă era gol?

— De unde să știu eu?

— Sună ca un basm. Seifurile nu se deschid așa, oricum.

— Are legătură cu cifrele. Eu le văd cumva. Sau le simt. Nu știu exact. E ca și cum mă aflu într-o altă stare.

— Ciudat că ai doar 8 la matematică.

— Profesorul meu crede că pun întrebări dificile. Așa că mă prefac că nu știu.

O scurtă vizită la școală, poate. Să-i bage nemernicului pe gât minicalculatorul de buzunar.

După două pizze decente, cu extramozarella, își continuă drumul spre Gasskas. Fluviul Kalix șerpuiește încet pe lângă ele, ca un crocodil. Pe insule mici, unde fluviul se lărgește, se află din loc în loc case. Căsuțe mici, roșii, de păpuși, cu muchii vopsite în alb și cu WC în curte. Ascunzătoarea perfectă. Vedere liberă și fără legătură directă cu uscatul.

— Cum era tatăl meu? întreabă Svala.

Întrebarea e bruscă, dar nu neașteptată.

— Masiv și tăcut. Nu prea l-am cunoscut. Dar auzi, tu îți amintești ceva despre el? se forțează Lisbeth să întrebe.

— Cred că da. Mă purta pe umeri. Îl țineam de păr. Era negru.

— Alb, o corectează Lisbeth. Ca al tău.

— Atunci, poate alb. A dispărut când aveam doi ani.

Probabil înainte să te fi născut tu.

Și dacă tot au ajuns acolo și răsfoiesc albumul de familie, vrea să știe cum era „bunicul" din partea tatălui.

Psihopat. O persoană căreia îi plăcea la nebunie violența. Un porc care ar fi trebuit sufocat c-o pernă atunci când s-a născut.

— Părinții mei au divorțat când eram mică, răspunde Lisbeth. Venea în vizită uneori.

— Tu crezi că nu pot să caut pe Google? întreabă Svala. Jumătate din viața ta e ca un foileton pe net. Înțeleg că nu vrei să vorbești despre el, dar tot aș vrea să știu ce ai simțit.

— Ce am simțit când?

— Când ai aruncat bomba cu benzină pe el.

— Vrei să faci același lucru cu Peder Sandberg.

— Poate.

Pentru a doua oară în această călătorie, Lisbeth iese într-un refugiu de pe autostradă și scoate cheia din contact. Zăpada se așază rapid pe geam, sunt –4 grade. Întuneric, deși abia dacă e ora 17.

— OK. Ai căutat pe Google, dar nu tot ce se spune pe net sau se scrie în ziare e adevărat.

— Bineînțeles că nu. Mă pricep la sortat sursele.

— Bun, continuă Lisbeth. Aproape tot ce s-a scris despre Zalachenko e adevărat. Bunicul tău... tatăl meu, a abuzat-o pe mama de câte ori a avut ocazia. Apărea când simțea că vrea să-și descarce furia pe cineva, în cazul ăsta pe mama. O bătea atât de des și cu atâta violență, încât i-a afectat creierul, în timp ce eu și sora mea stăteam în camera de-alături și auzeam totul. Asta-i versiunea scurtă.

Gheață alunecoasă. Dar fata nu e oricine. *Ce ai simțit când te-ai răzbunat?*

— Am făcut ce n-ar fi făcut nimeni altcineva: o încercare de a-mi salva mama. Nu-mi amintesc ce am simțit. Că e necesar, poate. Că e ceva ce trebuia să fac, chiar dacă speram că poate se va rezolva altfel. E greu de explicat. Poate că serviciile sociale reușesc acum să ajute mai bine familiile.

Cuvinte goale într-o mașină care va fi curând acoperită complet de zăpadă.

— *Și* la orice te-ai gândi în legătură cu Peder, adaugă ea, există și alte modalități de a te răzbuna, dacă asta îți dorești.

— Cum ar fi?

— Poliția, sistemul judiciar.

Cuvinte și mai goale, într-o mașină care se răcește rapid. Pornește din nou căldura. Pe lângă ele trec duduind tiruri. Pornește radioul, dar Svala îl închide.

Un ren rătăcit trece pe lângă ele pe partea greșită a îngrăditurii pentru animale sălbatice. O mașină parchează în spatele lor.

— E același lucru în cazul meu. Nu răzbunarea în sine mă preocupă. Trebuie doar să-mi salvez mama.

— De la ce? întreabă Lisbeth și se apropie de miezul întunericului.

— Cred că încearcă să-l înfunde pe Plastic-Peder ca să mă salveze.

— Nu pare că-i iese prea bine.

— Nu.

Au trecut doar câteva zile de când a venit aici, în nord. Cu toate astea, barul hotelului pare foarte îndepărtat. La fel și femeia roșcată din barul hotelului.

Se cazează în același apartament. Barul e gol. Svala își târâie apatică picioarele în spatele ei.

— OK, spune Lisbeth. Viața e de tot rahatul, dar de antrenat, poți să te antrenezi oricând. Ai încercat vreodată karate?

— Poți să nu mai vorbești urât și să nu mai folosești cuvinte scârboase, te rog? Și nu.

— OK. Regula numărul unu. Karate începe și se termină cu o plecăciune.

— Long te-a învățat?

E o adevărată moralistă copila asta.

— Chinezii fac kung fu. Grecii, nu știu. Retsina, poate.

Călcâiele apropiate. Labele picioarelor în afară. Brațele pe lângă corp. Privirea plină de respect. Și plecăciune.

O oră mai târziu, Svala a învățat patru tehnici de lovire, *tsuki,* trei de apărare, *uki,* și două lovituri de picior, *geri,* precum și cele mai comune poziții ale corpului, *dachi.*

— Deja știu să număr în japoneză.

Bineînțeles că știe!

În noaptea asta, Svala alege să doarmă singură. Se încuie în camera ei fără să spună noapte bună.

Pe Lisbeth neliniștea o mănâncă pe dinăuntru ca păduchii. Are nevoie de un plan. Nu are niciun plan. Dar are nevoie de așa ceva? Nu poate să lase copilul pe mâna celor de la Asistență socială și să se ducă acasă? A făcut deja mai mult decât trebuie. Fata s-a întâlnit cu Moș Crăciun. S-a scăldat în lux ca o pauză temporară de la viața ei de rahat. Și-a făcut o nouă prietenă și a văzut aurora boreală albastră. Nu, Lisbeth nu-i datorează nimic. Dar păduchii poate că nu înseamnă doar neliniște. Fata e ca o punte între ea și trecut. Podul pe care chiar ea l-a aruncat în aer cu mult timp în urmă.

Nu Lisbeth e singura rudă în viață a fetei. E invers.

Sunt prea multe care nu se leagă. Ce dracu', fata e ditamai geniul, iar serviciile de Asistență socială au venit doar cu comentarii de genul că se bate la școală și că are puțini prieteni. Dacă o lasă în voia lupilor, va face mai mult rău decât s-a așteptat. Se gândește la opțiuni. Să o ducă la Stockholm. Nu. Să o lase lipsită de apărare în Gasskas, într-un centru de plasament al cărui unic scop este să facă bani de pe urma copiilor? Nu, nici asta nu merge.

Răsfoiește mai departe. Mama. Märta Hirak are rude pe undeva prin apropiere.

Sami. Crescători de reni. Doi frați și o soră. Tatăl a murit și el acum doi ani. Mama, adică bunica Svalei, care pare să fi oscilat între Märta și ceilalți. Probabil hoarde de verișori și alte neamuri. Poate că una dintre toate rudele astea s-ar îndura de Svala?

— Am încercat să luăm legătura cu ei, spune Erik Niskala, în timp ce stau a doua zi într-o încăpere la

Asistența socială. Ultima dată, acum vreo trei–patru ani, am impresia. Ne-au spus foarte clar că nu vor să aibă nimic de-a face cu Märta sau cu fiica ei.

Fiica se uită pe fereastră. Aparent neinteresată de conversația din jurul ei. Are laptopul la ea și l-a așezat pe genunchi. Din când în când tastează câte ceva.

— E complet exclus să stea cu tine până când găsim o alternativă bună?

Lisbeth se uită și ea pe fereastră. Nu știe ce să răspundă.

— Și dacă refuz? întreabă ea în cele din urmă.

— Să sperăm că vom găsi un cămin de îngrijire de zi. În cel mai rău caz, va trebui să stea la Himlagården câteva săptămâni.

— Ce-i asta?

— Un cămin 2 în 1, îngrijire și spațiu locativ, răspunde Svala. Sigur o să fie excelent. Dacă nu altceva, pot învăța să mă droghez și să mă perfecționez în spargeri de locuințe.

— Dar asta sună ca o completare interesantă la fizica particulelor elementare, comentează Lisbeth.

— Da, quarcii și leptonii încep să fie plictisitori. E timpul să urcăm o treaptă.

— O să ai camera ta, mese gătite și un ajutor bun la teme, încearcă Niskala.

Atât Lisbeth, cât și Svala îl privesc cu un fel de detașare amuzată. Nu se aseamănă la înfățișare, și totuși parcă se contopesc. Autoritatea lui, în schimb, se topește ca o înghețată într-o saună. În ochii lor, probabil că el e doar un funcționar social trist, cu resurse limitate. Cam așa cum se vede și el. Mai ales de când s-a mutat Marie. Uneori se întreabă unde este și cu cine. Cu cineva mai bun, desigur. Cineva care face lucrări de tâmplărie la casă și bea cu moderație o jumătate de sticlă de vin roșu la antricotul de vineri. Face exerciții fizice de patru ori pe săptămână și termină în primii 200 la Maratonul Vasa.

— Voi face tot posibilul să găsesc un loc la un cămin de îngrijire de zi, promite el. Dar între timp putem să vă punem la dispoziție un apartament.

— În Svartluten? întreabă Svala.

— Da. De unde ai știut?

— Oamenii care îl citesc pe James Joyce ajung de obicei acolo.

— Nici vorbă, se opune Lisbeth. Vom sta la hotel.

34

Ajunge la magazin chiar înainte de închidere. Cinci minute mai târziu, amestecă sosul ranch cu smântână.

— *Kill Bill 2* este pe canalul 4, spune Lisbeth. L-ai văzut pe primul?

— Nu cred.

— Atunci hai să-l vedem mai întâi pe primul. Hotelul are Netflix. Beatrix Kiddo.

— Care e?

— Nemuritoare.

— Dar nu și Bill?

— Nu, Bill nu.

Svala se uită la film cu un ochi și între timp scrie și SMS-uri.

Se întâmplă ceva bun, pentru că pe fața ei se așterne o expresie mai blândă.

— Pari mulțumită, remarcă Lisbeth.

— Mm. Îmi trimit mesaje cu Mei. Poate vin în Suedia după Crăciun.

— Dar nu la Gasskas, sper, spune Lisbeth și se alege cu o privire ostilă.

— Ce vină avem eu și Mei că voi doi v-ați făcut de cap?

Lisbeth ar vrea să știe ce are Mei atât de special. Ținând cont de tatăl ei mediocru. Svala nu pare să aibă prieteni. Iubit?

— Nu-i treaba ta.

— Nu, exact, dar așa cum spuneai și tu, e însurat. Am dormit în camere diferite.

— Sigur, zice Svala. Apropo, știai că în secolul al XVII-lea, oamenii bolnavi erau tratați cu sânge de oaie?

— Nu, cred că mi-a scăpat asta.

— Da, sau sângele tinereții. Se considera că întinerește, până au văzut că mor brusc. Azi se cunosc peste 100 de grupe de sânge diferite și încă se mai descoperă altele noi. Tu știi ce grupă ai?

— Una normală. Dar tu?

— Una ciudată, cred.

— N-ai fost niciodată în spital? întreabă Lisbeth.

— Doar pentru diverse oase rupte. Clavicule, coaste, femururi, încheieturi la mâini și oase ale craniului, enumeră ea, făcând totul să sune banal. Am o boală.

— Boala Vittangi. Scrie în actele tale.

— Mi-ai citit actele? Credeam că sunt confidențiale.

— Ei bine, îmi pare rău, răspunde Lisbeth, închizând televizorul în timp ce se derulează genericul de final.

Se uită la ceas. E încă devreme și e „sâmbăta mică"[23].

— Ies puțin pe afară, dacă e OK.

— Absolut, răspunde Svala. Să fii acasă cel târziu la 12.

— Promit. Sună-mă dacă e ceva.

— Și tu la fel.

---

23 În Suedia, miercuri mai e numită și „sâmbăta mică".

35

Lisbeth ia liftul până jos, la bar. Existența s-a întors cu susul în jos. Nu doar existența, ci întreaga ei ființă.

Înainte, se avea doar pe ea. Când are o altă persoană în viața ei, sunt împinse la o parte altele. Jobul, de exemplu.

Nu sunt prietene, asta e foarte clar. Dacă Lisbeth joacă în divizia a doua a ligii profesioniste de hochei suedeze, Svala joacă în prima divizie. Cel puțin așa crede puștoaica, și sigur, știe lucruri, absoarbe cunoștințe așa cum o balenă devorează plancton. Dar e tânără. Neexperimentată. Nu totul în viață este teoretic.

Poate fi și erotic.

Barul hotelului e deja plin. Vocile energice ale tineretului au depășit probabil de mult nivelul confortabil de decibeli.

Se așază în capătul celălalt al barului și încearcă să-i atragă atenția colegului lui Tom Cruise. Tom pare să fie liber în seara asta.

Își verifică telefonul mobil. Unul dintre semnele transformării din lup singuratic în cloșcă. Să îndrăznească să bea ceva? Dacă o sună pe neașteptate puiul?

Nu contează. Încă vreo câteva săptămâni, apoi se întoarce la Stockholm. Poate că fata o s-o viziteze cândva. Ar fi uimită de oraș. De apartament. De priveliște. De dojo. De pizza.

Și ar suspina când ar vedea ce viață singuratică și sărăcăcioasă are Lisbeth.

Citește încă o dată mesajul de la Micke B. *Sunt în Gasskas, în Norrbotten. M-am gândit la tine.*

La fiecare mesaj trimis de el, de obicei în preajma Crăciunului, se bucură și apoi devine... furioasă.

Reacția imediată e să-și schimbe numărul de mobil. Dacă mai mult de cinci persoane au numărul tău, schimbă-l.

Dacă îi adaugă pe Svala, pe asistentul social al Svalei și pe Armanski, ajunge la patru.

Năvălesc amintirile. Cer apartamentul regal și rămân până când sunt date afară. Ea nu poate face ca alții, să lase lucrurile în urmă și să uite. De îndată ce îi vede numele, apare rușinea. L-a vrut. Era dispusă să riște. Dar tocmai când și-a făcut curaj să îl caute, el a ieșit pe o poartă. La braț cu baba aia de la ziar. Erika Berger.

E parte din personalitatea ta, spune Inge Ågren. *Unora le e mai greu decât altora să uite. Probabil că ai și o memorie fotografică extraordinară. De obicei sunt interconectate. Minților strălucite le e greu să uite. Ele trebuie să se apropie de demoni în alt fel.*

Simte parfumul cu câteva secunde înainte ca o mână să i se așeze pe umăr. Cu toate astea, tresare.

— Vai, alo, sunt doar eu, Jessica, dacă mă mai ții minte.

Arată altfel. Diferită fără machiaj. Mai delicată. Mai deschisă.

Robotul IA Lisbeth Salander o scanează pe Jessica Harnesk în câteva secunde. Păr proaspăt spălat, unghii fără ojă, jeanși uzați și un pulover neglijent, cu mâneci largi, perfect băgat în pantaloni. Cizme, la fel ca data trecută, un colier cu plăcuțe alungite cu niște nume pe ele, probabil ale copiilor ei, o brățară din piele cu broderii de argint, probabil sami. O poșetă mică, cu conținut necunoscut, și o geacă supradimensionată, pe care acum o agață într-un cârlig sub tejgheaua barului, căutând privirea barmanului.

— Am mers la noroc. M-am gândit că poate treci pe aici. Ce ai vrea să bei? Un GT?

Lisbeth este pe punctul de a spune cola, dar se răzgândește.

— O bere. Dacă e mare și rece.

— Ar fi bună și mare și caldă. Iartă-mă, adaugă Jessica, roșind pentru prima dată în cel puțin 15 ani. Jargonul meseriei e probabil adânc înrădăcinat.

— Cu ce te ocupi? întreabă Lisbeth.

De data asta nu are de gând să își irosească șansa comportându-se ca orice bărbat.

Fii interesată de lumea din jurul tău! Pune întrebări! Continuă cu alte întrebări!

Ține-ți fleanca, Inge Ågren, spune ea și se întinde după pahar.

— Noroc, răspunde Jessica, hai să jucăm „Ghicește profesia".

— Bibliotecară?

— Dislexică.

— Coafeză?

— Pe aproape. Uneori mă tund.

— Agent la bursă.

— Mi-ar prinde bine un asemenea salariu.

— Deci ceva la stat. Asistentă medicală. Paznic de închisoare. Sociolog. Parcagiu.

— Fă-le cocktail și vei găsi răspunsul.

Lisbeth simte cum o cuprinde o senzație neplăcută. Se apropie de un răspuns inevitabil. Cum dracu'... Probabil că din cauza fetei și-a pierdut discernământul.

— Ești polițistă.

Jessica aprobă dând din cap.

Nu, nu se poate. Că trebuie să coopereze cu Asistența socială e în sine destul de rău. Iar acum, și o polițistă la pachet. Mai trage de acest sentiment puțin. Să te culci cu un polițist. Ca și cum te-ai culca cu dușmanul.

— Înțeleg dacă ai o părere proastă despre polițiști, o asigură Jessica.

— Nu, nu înțelegi nimic.

Își dorește din tot sufletul să plece de-acolo, însă Jessica insistă.

— Nu pleca. Vreau să rămâi. Nu te-am spionat. Nici măcar nu-ți știam numele de familie. În schimb, când căutam pe Google o altă persoană, mi-a apărut numele tău. Nume, poze și... mărturisesc: am citit tot ce există publicat, inclusiv pe Flashback. *No secrets.*

No secrets. Sigur că da. *Chiar crezi că totul despre mine e public?* Se apropie de esența aversiunii lui Lisbeth față de polițiști, și nu numai față de polițiști. Autorități. Avocați. Psihiatri. Oameni care cred că știu ceva despre ea, chiar se cred specialiști, și iată încă unul. Un fan Google care a mestecat cu poftă bucăți din viața ei. A studiat îndeaproape fotografii cu biata victimă. Copilul lipsit de drepturi. Fata furioasă. Femeia și mai furioasă.

Jessica își pune mâna peste a ei, dar ea o dă deoparte.

Rămâi în acest sentiment. Fii prezentă în acest moment. Inge Ågren nu se dă bătut.

Nu vrea să simtă. Vrea să facă sex cu o femeie înaltă și roșcată cu picioare de Barbie și apoi să meargă acasă. Iar acum, subiectul se întâmplă să fie polițist.

Rămân în tăcere câteva momente și își termină berile. Apoi mai comandă încă două.

— Speram să fii aici în seara asta, începe Jessica. De când ne-am întâlnit, mă tot gândesc la tine.

— Nu e reciproc.

— Ei bine, poate că nu e. Eu merg pe intuiția mea.

— În legătură cu ce?

— Cu oamenii care mă interesează. Nu se întâmplă foarte des. Am o viață destul de izolată. Mă duc la serviciu, iau copiii, mă întorc acasă. Gătesc cina, duc copiii la culcare, mă uit la vreun serial și mă culc. Când copiii sunt la Henke, lucrez peste program. Mă duc acasă, mă uit la un serial și mă culc. Uneori mă văd cu sora mea. În rare ocazii, cu tata.

Minus copiii, nu foarte diferit de viața lui Lisbeth.

— Pe cine căutai pe Google când ți-a apărut numele meu?

— Pe șeful meu, Hans Faste.

— Hans Faste, nenorocitul ăla bătrân!

— Cel dinainte a făcut infarct. De atunci, eu am fost interimar. Așa că mi-am depus candidatura pentru post. L-a primit el și a început în primele zile de toamnă.

— Și?

— Of! Sau nu știu. Sigur e bun la ce face. Problema e că în departament suntem obișnuiți să spunem ce ne trece prin cap și nu face nimeni caz de grad. Faste evaluează tot ce se spune. Tachinează tot ce nu vine din gura lui. Vrea să fie marele lider patern, dar dă senzația mai mult de moș obosit. Am decis să încerc să-l mai plac o vreme.

— Succes! Nu prea are ce să-ți placă.

— Posibil, dar cel puțin are multă experiență. Departamentul de infracțiuni grave e nou. Se spune că avem nevoie de un șef competent. Unul care să n-aibă copii mici. Cred că va trebui să rezist până iese la pensie. Dar ție de ce îți displace atât de tare? întreabă Jessica, mai mult pentru a o readuce pe Lisbeth înapoi de partea ei.

Știe deja de ce.

— E un misogin și un rasist. Ceva ce împărtășește, de fapt, cu mulți din branșa voastră. Se pare că ăsta e un punct important pe lista de calități dezirabile. Adaugă la asta lipsa de inteligență și de empatie, și ai prototipul polițistului suedez.

— Nu-i chiar așa de rău, răspunde Jessica, zâmbind la rezumatul categoric al lui Lisbeth. Nu la noi, în orice caz. Există un jargon și câțiva tipi duri, desigur, dar majoritatea sunt doar oameni decenți care încearcă să-și facă treaba. Rasism și misoginism sună destul de extrem.

— Cu toate astea, el a primit jobul, nu tu.

— Dar tu ce faci aici, în nord? continuă Jessica, schimbând subiectul.

Acum e rândul lui Lisbeth să ofteze.

— Am grijă de o rudă. O nepoată de frate, o situație de familie încâlcită. E doar temporar, sper să mă întorc acasă în curând.

— Și unde este acasă? întreabă Jessica, alegându-se cu o privire ciudată.

— Stockholm, bineînțeles. Mai vrei o bere?

— Sigur. Mă duc până la baie.

36

— Acum pricep. Tu i-o tragi nevesti-mii. Credeam că are gusturi mai bune.

Lisbeth se întoarce și se uită la un bărbat înalt, bine făcut, cu privire furioasă.

— Cred că ai greșit persoana, îi răspunde ea. Nu știu cine e soția ta, dar oricum nu e cu mine.

— Nu, tocmai s-a dus la baie. E soția mea, și nu cineva care se culcă cu lesbiene tâmpite.

Lesbiana tâmpită nu se deranjează să răspundă. De unde dracu' vin bărbații ăștia idioți și geloși? Sunt clociți într-o fabrică specială și plasați prin lume, să otrăvească viața femeilor, sau sunt purtători ai aceleiași gene defecte care se repetă la nesfârșit?

— Nu știu ce-ți închipui, dar indiferent de fanteziile tale bolnave, nu te privește cu cine vorbesc eu. Și dacă vrei să-ți păstrezi soția, probabil că ar trebui să faci și tu același lucru cu ea.

— Fosta soție, o corectează Jessica. Unde sunt copiii?

— Auzi, începe bărbatul, apucând-o de bărbie, nu-ți bate tu căpșorul cu așa ceva. E săptămâna mea, sunt copiii mei.

E beat. Dacă îi răspunde, nu face decât să înrăutățească lucrurile. Anii mulți de antrenament au învățat-o să nu se enerveze niciodată, să nu ridice vocea. De obicei, el se calmează după câteva momente.

— Termină, îi spune, dându-i deoparte mâna de pe ea.

Când mâna se întoarce, Lisbeth consideră că i-a ajuns. În aglomerație, în zgomotul oamenilor care strigă și cu avantajul de a fi scundă, îl apucă ferm între picioare pe insul Henke — *Mulțumesc, Doamne, că ai dat bărbaților cu defecte genetice pantalonii de trening drept uniformă* — și răsucește până îl vede că se ridică pe vârfuri.

— Unde sunt copiii? îl întreabă.

— La ea acasă, răspunde el printre dinții încleștați.

Lisbeth strânge un pic mai tare. În acest moment, nu-l avantajează nici statura, nici statutul de vedetă. Din adâncul durerii, răcnește necontrolat și îl face pe paznic să vină în grabă.

Când Lisbeth îl eliberează din strânsoare, Henke se îndoaie de mijloc și se văicărește ca un motan călcat de mașină.

— S-o lași dracu' în pace pe Jessica, mai apucă Lisbeth să spună, înainte ca bodyguardul să-l scoată afară în stradă. Sau data viitoare tai tot pachetul.

Se întoarce spre Jessica.

— Reflexele autonome de durere nu sunt de joacă, remarcă ea și își termină berea.

— Iisuse! exclamă Jessica. Chestia aia a fost... Da, a fost.... Al naibii de stupidă. Acum n-o să mă mai lase niciodată în pace.

— Poate că ar trebui să începi și tu să impui limite. Se folosește de tine fiindcă ești amabilă și nu ripostezi.

— Sigur, dar nu-i chiar așa de ușor când îți ține copiii ostatici, răspunde ea, punându-și geaca.

Face câțiva pași spre ușă, se întoarce și se uită la Lisbeth.
— Vii și tu?

— N-a fost întotdeauna așa, spune Jessica în timp ce se așază amândouă pe canapea, fiecare cu o ceașcă de ceai și cu o bucățică de chec de la Birna, înecat în unt de zer.

Acum o spune din nou. Cuvintele jalnice care ar trebui să-i scuze lui comportamentul. Pentru că, de fapt, el e o persoană minunată. Atent și altruist, bărbatul perfect pe care să-l alegi ca tată pentru copiii tăi și un iubit minunat. Întrebări?

— Slavă Domnului că măcar dusese copiii la culcare, continuă ea.

— Dar să-i lase singuri, ce persoană normală face așa ceva? întreabă Lisbeth. Ce dracu', asta e o chestie criminală.

Numele Svalei îi trezește conștiința. Ar trebui să verifice situația. În curând. Oricum, puștoaica nu mai e un copil. Sau e? 13 ani. Copilul Lisbeth de 13 ani nu a existat niciodată. Puștoaica se poate descurca o seară fără babysitter.

În strălucirea lămpii de podea, are părul și mai roșu. Lisbeth nu se poate abține. Trebuie să simtă mătasea curgându-i printre degete ca franjurile unui șervet de mătase. Trage capul Jessicăi spre ea și o sărută.

Chinezul a fost preludiul. Înfierbântarea o ia prin surprindere, mâinile i se plimbă pe corpul femeii, până în ascunzători, pe sub haine. Polițistă sau nu, o vrea. Vrea s-o mănânce toată. Să se îngroape în ea. Să se contopească cu brațele ei lungi și cu picioarele ei de Barbie, să alunece pe pielea ei transpirată ca o focă așezată pe gheață la soare și să se bucure pur și simplu.

Jessica reacționează trăgându-i puloverul peste cap.

Jeanși, șosete, chiloți, totul se dă jos.

Gurile se lipesc. Dinții se ciocnesc. Limbile se ating și degetele care găsesc versat punctele sensibile și pielea elastică, subțire se umflă și se umezesc.

— Mama! Mama!

— La naiba!

— Nu, e Jack, spune Jessica, trăgând o pătură peste ea. Probabil că s-a trezit. Nu pleca nicăieri, mă întorc.

Lisbeth își mai toarnă ceai. Fiecare obiect vestimentar e îmbrăcat la loc.

La etaj e liniște, iar ea scrie un rând pe spatele unei facturi și închide ușa în urma ei.

Afară ninge și zăpada se așază peste ținut ca o frișcă proaspăt bătută. Lumini la câte o fereastră. Merge cât de repede pot merge niște tălpi uzate de sneakerși Stan Smith. Conform GPS-ului, trebuie să-și croiască drum prin zăpadă spre vest, 2,2 kilometri. Alcargă unde se zărește asfalt. O taie printr-un parc. Înconjoară Åhléns, ignoră omulețul roșu al semaforului și aproape e călcată de un motociclist care pare să nu-și fi dat seama că e iarnă. Se întoarce, urmărește *chopper*-ul și îi cade privirea pe spatele gecii de piele. Crucea celtică și toporul. Emblema clubului Svavelsjö MC. Răul a înviat. Și a simțit că are nevoie de o schimbare de decor.

Ea. Micke B. Hans Faste. Svavelsjö MC. Toți în același loc. Nu într-un cartier din Stockholm, ceea ce ar fi putut avea o explicație firească, ci în Gasskas. O vâgăună uitată de lume din Norrbotten, cu o populație de 3,4 locuitori pe kilometru pătrat și în rest doar pădure.

Trebuie să existe o legătură.

37

— Distracție plăcută la clubul bărbaților, îi urează Pernilla, oprindu-se în fața unei case de piatră aflate pe o stradă mai sus de autogară.

— Ordinul Colțul de Tigru are și o secțiune pentru soții, răspunde Salo. Tu hotărăști dacă vrei să te înscrii.

— Ca să discut despre amenajări interioare și despre cum se împletesc stelele de Crăciun? Nu, mulțumesc, n-aș putea suporta suspansul. Vin să vă iau la ora 23. Dacă întârziați mai mult, o să luați un taxi.

Casa este tencuită de curând, iar tocurile geamurilor sunt acoperite cu strat proaspăt de vopsea.

Salo ar trebui să fie foarte speriat că-l lasă pe Mikael să facă cunoștință cu cercul restrâns. În definitiv, e jurnalist. Nimic nu l-ar putea face să renunțe la ciolan, odată ce și-a băgat dinții în el.

Știe că e un risc calculat. Dar cu cât se gândește mai mult, cu atât se simte mai bine. Gazetărașul i-ar putea rezolva treburile fără să-și dea măcar seama. Cu mass-media de partea lui, jumătate din bătălie este câștigată.

— Va trebui s-o iei ca atare, dar nu uita că ești invitatul meu. Ce se spune aici, înăuntru, rămâne aici. Oamenii se simt în siguranță așa. De cel puțin 110 ani.

— Cât de des vă vedeți?

— O dată la două săptămâni. Eu și Anders Renstad te-am recomandat pentru a deveni membru. E nevoie să te recomande cel puțin doi membri. E bine de știut. Dar, așa cum spuneam, în seara asta ești oaspete.

— Cine e Renstad? întreabă Mikael.

— Director executiv la KGB, Compania municipală de gaze.

Säpo și KGB în aceeași văgăună uitată de lume. Situația evoluează.

Ușa către lume se închide. Nici sunetul, nici lumina nu pătrund în clădirea veche de 200 de ani, care inițial a servit drept tribunal.

— O mulțime de oameni în seara asta, spune Salo. Poate că e din cauza vremii.

Își face loc printre ei, salutând, strângând mâini, dând din cap și stând de vorbă cu unii.

— Acum o să bem sânge și o să fluturăm bețe cu cranii? șoptește Mikael.

— Asta sună ca la francmasoni. Noi nu facem așa ceva.

— Dar ce faceți?

— Ne adunăm și socializăm. Cea mai spectaculoasă chestie e inelul, spune el și ridică mâna.

Un inel cu sigiliu, cu un simbol stilizat, care vrea probabil să reprezinte un colț de tigru.

— E cam ca un club sportiv sau o biserică netradițională. Ne îmbrăcăm frumos și ne întâlnim ca niște gentlemeni. Cerințele sunt costumul închis la culoare, cămașa în nuanțe deschise și cravata. În rest, n-avem nimic ciudat.

Ce noroc că Mikael și-a adus costumul pentru nuntă!

— Atunci e mai mult decât un club de domni.
— Se poate spune și așa.
— Dar nu faceți saună împreună, nu? întreabă Mikael.
— Ba da, uneori.
— Am încercat să caut pe Google Ordinul Colțul de Tigru, dar n-am găsit nimic. Nu e ciudat?
— Puțin mister nu strică niciodată. Suntem dispuși să primim majoritatea bărbaților, atâta timp cât au atitudinea potrivită.
— Dar fără femei.
— Da, fără femei. Slavă Domnului. Îți doreai mult să petreci timp cu bărbați. Mai puține discuții tipic muierești despre cum pare și un pic mai mult despre cum se face.
— Unii dintre cei mai buni prieteni ai mei sunt femei.
Cel puțin cea mai bună prietenă a mea, crede el. Pe oriunde s-o ascunde. Probabil că a sunat-o de zece ori de când a plecat în nord.
Bună, sunt Erika Berger, lasă un mesaj și te sun eu înapoi.
Bună, sunt Mikael, nu putem măcar să încercăm să vorbim despre chestia aia?
Iartă-mă.
Sună-mă.
Te pup.
— Bărbații pot fi și ei destul de patetici. Subiectele de discuție ale femeilor sunt deseori mai interesante, spune el.
— Machiaj și design interior. Da, astea chiar duc omenirea la progres.
— Poate că nu socializăm cu același tip de femei.
— Eu nu socializez deloc cu femei. Mă rog, cu excepția lui Pillan. Ea e diferită.
Membrii clubului se așază mai întâi în bibliotecă, pe fotolii Chesterfield roșu-maronii și canapele cu labe de leu.

— Nu există nicio ierarhie? întreabă Mikael.

— Ba da, șoptește Salo. Începi ca ucenic și avansezi în grad cu timpul.

— Tu ce ești?

— Prinț moștenitor.

— Și asta e?

— Sus.

Maestrul bate în paharul de cristal și murmurul se oprește.

— Bine ați venit! Ce plăcut că suntem atât de mulți în seara asta! La cererea membrilor, ne vizitează din nou Jens McLarsson. În această seară vom aprofunda soiuri din Speyside, regiunea producătoare de whisky din Scoția cel mai recent intrată pe piață. Dar mai întâi aș vrea să vă prezint un invitat. Vă rog să-l întâmpinați pe Mikael Blomkvist.

— Eh, bună seara, începe Mikael ridicându-se în picioare. Mă bucur să fiu aici în seara asta. Mulțumesc viitorului meu ginere, Henry Salo, care în curând se va căsători cu fiica mea, Pernilla. În fine, continuă el, întrebându-se despre ce să vorbească. Sunt jurnalist. În vizită la Gasskas, cu intenția de a mă stabili aici.

Ce a spus? Să se stabilească în Gasskas, în groapa asta mică uitată de Dumnezeu? Ei bine, lasă-i să creadă asta. Colțurile gurilor se mișcă puțin. Stockholmezii care vor să se mute la țară sunt ca o recunoaștere în sine că există și altceva în afara capitalei.

— În ultimii 15 ani, am lucrat la revista *Millennium*. Poate că nu a ajuns niciodată aici, dar a fost... este... o publicație care subliniază importanța jurnalismului de investigație. Adică texte elaborate, axate, spre exemplu, pe structurile de putere, pe rasism, pe neonazism, pe alianțele profane dintre capital și politică. Un subiect destul de recent îl reprezintă schimbările climatice globale.

Nu se poate abține să-i ațâțe.

Cineva își dă ochii peste cap, altcineva cască.

— Mai nou, *Millennium* există sub formă de podcast, așa că, dacă vreți să trimit pe cineva aici să facă o transmisiune în direct, nu trebuie decât să dați un semn.

A zis-o în glumă. Dar nu râde nimeni.

Anders Renstad ridică mâna pentru o întrebare.

— Membrii Ordinului Colțul de Tigru sunt de obicei politicieni, antreprenori sau asociații, deși avem câțiva membri și din zona culturală. Cum ar fi Jan Stenberg, redactor-șef la *Gaskassen*.

Înclină din cap spre Mikael.

— Întrebarea este, continuă Renstad, în cazul în care te acceptăm ca membru, ce crezi că ai putea să ne oferi?

— Depinde ce căutați.

— Crearea de rețele e întotdeauna binevenită.

Poate că ar trebui să spună mulțumesc și să plece. Bârfele și nepotismul nu sunt genul lui, dar această adunare are ceva care îi stârnește interesul. Aici se află crema masculină a elitei din Gaskass. Directori, funcționari locali, mass-media, politicieni și așa mai departe, scărpinându-se reciproc în capetele de maimuță. Cu un picior în societatea asta, probabil că ar putea să afle câte ceva interesant.

Ca de obicei, cu Salo pare să nu se lege nimic. Pernilla nu spune nimic, iar cu Salo pare să fie ceva în neregulă. Nu prea știe de ce. De dragul lui Lukas, va încerca să afle mai multe. Un ordin închis în care sunt bineveniți numai bărbați cu obligația de a păstra secretul este un bun început.

— Rețelele mele arată aproximativ ca ale voastre, cu diferența că se află în mare parte în Stockholm și în străinătate. Altfel, nu știu ce să zic, în afară de faptul că jurnalismul de investigație ține și de sincronizare. Să găsești știrile potrivite la momentul potrivit e cam ca și cum ai găsi o idee de afaceri nimerită.

Continuă să bată câmpii și dă bine. Primește aplauze și se așază. E pe jumătate intrat.

— În curând îi vom da cuvântul lui McLarsson, spune maestrul. Și apoi, bineînțeles, vom mânca pe săturate și ne vom distra cât mai bine în această seară înnorată.

Șase whisky-uri mai târziu, nivelul de zgomot a crescut la un nivel confortabil, dacă vrei să discuți fără să te audă toată lumea. Mikael îl are pe Renstad de o parte și pe Torben Olofsson, președintele Consiliului municipal, de cealaltă parte.

— Nu sunt foarte familiarizat cu politica locală din Gasskas, spune Mikael.

O întrebare deschisă, aparent cu un răspuns simplu.

— Nu e așa complicat, spune Olofsson. Avem o majoritate social-democrată stabilă, cu politicieni experimentați care colaborează îndeaproape cu comunitatea de afaceri și cu asociațiile. Șomajul este scăzut, școlile se clasează bine în sondajele naționale, nu există deficit de locuințe și avem o echipă de hochei care se îndreaptă spre Liga întâi.

— Sună ca un exemplu de manual de municipalitate bine administrată, remarcă Mikael.

Tot cu intenția de a flata și, speră el, de a părea mai prost decât este.

— Bineînțeles că există și probleme, dar le rezolvăm printr-un proces rapid de luare a deciziilor, îl asigură Olofsson, arătând spre ceilalți din încăpere. Politica nu e o entitate separată, ca să spunem așa, ci înseamnă tot ce se referă la cetățeni. Cu cât e mai strâns contactul cu cetățenii, cu atât mai bună e politica. Cel puțin în opinia mea.

— Dar oamenii din camera asta nu prea reprezintă cetățeanul obișnuit. Sau sunt eu complet depășit? adaugă el, pentru orice eventualitate.

— Nu direct, însă indirect, da. Sunt angajatori, creditori, lideri sportivi, constructori de locuințe și așa mai departe. Dacă putem combina politica distributivă social-democrată cu straturile superioare, e în beneficiul cetățenilor. În opinia mea, și cred că pot spune același lucru despre colegii mei de partid, am parcurs un drum lung în colaborarea strânsă cu comunitatea de afaceri. Cu siguranță nu arată ca la Stockholm, dar așa cum spuneam, suntem o comună cu un șomaj scăzut și o situație economică bună, având în vedere numărul de locuitori. Nu avem statistici alarmante nici privind criminalitatea. Oamenii de aici vor să facă doar ce este corect. Să muncească și să-și vadă de treaba lor.

— Dar Democrații Suediei? întreabă Mikael. Au șanse să intre în consiliu?

O întrebare care îl face pe Torben Olofsson să râdă în hohote.

— Gasskas are o majoritate social-democrată solidă, cu un mic grup de stânga și câțiva moderați ocazionali. Democrații Suediei sunt neglijabili. Nu cred că ne confruntăm cu aceleași probleme ca în Skåne. Cota de refugiați e modestă, iar de cei care au venit aici ne ocupăm foarte bine. Criminalitatea e în continuare la un nivel scăzut în comparație cu restul Suediei, așa că Democrații Suediei pur și simplu nu au de unde să-și tragă seva.

— Dar cum crezi că va fi când vor veni miliardele în toate noile proiecte industriale? Mina, de exemplu, parcul eolian și așa mai departe.

— Nu vedem niciun indiciu că dezvoltarea industrială ar duce la o creștere a infracționalității. Dimpotrivă. Oamenii vin aici să muncească, atât cei cu un nivel de educație scăzut, cât și cei cu educație superioară. Suntem pregătiți să facem următorul pas în dezvoltarea comunei. Pernilla e de treabă, spune el, cu vocea schimbată. Ieșim uneori împreună, în perechi adică. Pernilla și soția mea sunt bune prietene. Și în curând se va lăsa cu nuntă. Un anotimp cam neplăcut pentru o cununie în aer liber, dar oamenii din Norrbotten sunt obișnuiți cu vremea câinoasă.

Își coboară vocea și se dă mai aproape de Mikael.

— Faptul că Salo se așază la casa lui cu Pernilla nu va fi decât un avantaj pentru el pe viitor. S-a mai domolit de când a cunoscut-o. E mai înțelept, într-un fel.

— Asta sună pozitiv. Dar cum era înainte?

— Hotărât și întreprinzător, la fel cum e acum, dar dificil. Sau furios, ar putea fi un cuvânt mai potrivit, și asta e de înțeles.

— Sigur, zice Mikael, gândindu-se la seara de la saună.

— Să închinăm un pahar în cinstea acestui lucru, propune Torben Olofsson. Ne vedem la nuntă.

În pauza dintre whisky și mâncare, membrii societății se amestecă pentru a apuca să discute cu cât mai multă lume. Schimbă câteva cuvinte și merg mai departe.

Rețeaua, în sensul de pânză de păianjen, e în mod clar înșelătoare. Păianjenul învârte firele după un anumit model, nu în funcție de cine se va prinde în plasă.

Dacă cineva ar trasa linii în funcție de modul în care se mișcă oamenii din Ordinul Colțul de Tigru, s-ar contura un tipar clar.

Există oameni-cheie, iar Salo e unul dintre ei. Șeful KGB e altul. Liniile converg spre ei ca drumurile secundare care se îndreaptă spre o autostradă.

— Propun să rediscutăm deciziile noastre privitoare la parcul eolian, spune Salo. Fortum este deja un jucător dominant. Ca și olandezii. Personal, cred că a treia parte interesată ne-ar conveni cel mai mult. Sunt dispuși să înceapă construcția încă de la sfârșitul anului viitor, în timp ce ceilalți ar începe în cel puțin trei ani. La urma urmei, cel mai important lucru pentru comună e să își asigure aprovizionarea cu energie electrică. Cine știe ce idei îi mai vin lui Putin. Să saboteze Nord Stream sau orice altceva.

— Acum exagerezi un pic. Dar energia electrică este importantă, categoric.

La periferie, traficul poate nu e la fel de intens, dar e constant. Aici se află, de pildă, Olofsson și colegul său, Lennart Svensson.

Apoi, există persoane situate deasupra conceptului de „contact important" și, prin urmare, nu au același trafic de vizitatori. Douglas Ferm, de exemplu. CEO la Paperflow. Fabrica de celuloză cu o amplasare excelentă pe malul mării, deținută de Swedish Wood.

Ferm nu are nimic de câștigat de pe urma rețelelor, fie ele cu politicieni sau funcționari, subcontractori sau bănci. Are subordonați care se ocupă de asta. Alex Ljung, spre exemplu. Deși la cei 23 de ani ai săi este cel mai tânăr din club, proprietarii de companii se învârt în jurul lui ca albinele pe deasupra trifoiului în floare. E cel mai mare angajator din comună, în afară de municipalitate, și subcontractează lucrări celor care lucrează cel mai bine și cer cei mai puțini bani.

Douglas Ferm e mai interesat de valori ezoterice, cum ar fi arta și cultura. Se îndreaptă spre Mikael Blomkvist și îl întreabă dacă ar dori să împartă cu el o sticlă bună de vin și să discute despre ultimul număr din *Millennium*.

— Mi-ar plăcea, răspunde Mikael, dar întâi o să fac o vizită la camera domnilor.

Să facă o vizită la camera domnilor. De unde o fi scos expresia asta ridicolă? Poate din cauza lui Ferm. Membrii Ordinului Colțul de Tigru sunt simpatici, ancorați local și destul de simpli. Așa cum sunt oamenii în general.

Douglas Ferm e cu totul altceva. Nu doar prin haine, inele și părul perfect tuns. Are carismă. Genul de carismă pe care o au unii lideri. Cei care se nasc atât pentru eșec, cât și pentru succes, dar care niciodată nu trebuie să-și parcurgă calea băgându-se în treburi murdare. Ca și Mikael, el e un outsider în acest club.

Mikael încuie ușa toaletei și își scoate carnetul. Notează nume, priviri, fraze care plutesc prin aer, glume. Toate, lucruri care probabil nu vor conta niciodată. Dacă tot face asta, profită de ocazie pentru a-l căuta pe Ferm pe Google. Ar fi bine să știe despre ce să vorbească.

Născut în Guernsey în 1964. Tatăl lui a fondat unul dintre cei mai mari producători de vopsele din Suedia, cu sediul și fabrica în Gasskas. Achiziție la începutul anilor 1980, după care fabrica a fost mutată în Estonia. Familie: divorțat.

Director executiv din 2017. Membru al Consiliului de administrație al companiei miniere Mimer. Carieră anterioară în principal în industria minieră internațională.

Când se întoarce, au sosit aperitivele. Icre de Kalix pe pâine prăjită. Bere și rachiu pentru cei care doresc. În drum spre locul său, e oprit de Jan Stenberg, redactorul-șef.

— Voiam doar să te salut. Bun discurs, apropo. La ultima întâlnire a fost invitat Jan Emanuel. Ce om! Total subestimat în dezbaterea suedeză. Și apropo, dacă tot avem artileria grea la fața locului, ai putea să vii la *Gaskassen* să ții o prelegere despre metodele de investigație? Nu că noi nu ne-am pricepe la asta, dimpotrivă. Dar mă gândeam mai mult așa, pentru inspirație. O să-i cer lui Salo numărul tău. O seară plăcută!

Păcat că nu acceptă femei. Ar fi putut s-o invite și pe Katerina Janouch. Ce femeie! Total subestimată în dezbaterea suedeză.

Ferm se limitează la vin și apă, iar Mikael crede că e o idee bună. Încă se simte nesigur pe picioare după degustarea de whisky. În plus, Ferm știe foarte multe despre *Millennium*. Înșiră caracteristicile principale ale revistei și pune întrebări informate.

Pe cea mai interesantă o împărtășesc amândoi: unde a dispărut Lisbeth Salander?

La 22:30, Mikael decide să încheie seara. Îi trimite un SMS Pernillei că poate lua un taxi până acasă.

Nu, îi răspunde ea. *Vin eu.*

— Cum a fost debutul? Ai cunoscut pe cineva drăguț? întreabă ea.

— Da, răspunde Mikael. A fost o seară interesantă. Torben Olofsson îți transmite salutări.

— Aha! Chiar așa?

— E ceva ciudat?

— Nu, cum să fie? E cumsecade.

— Am auzit că ești prietenă cu soția lui.

— E cam mult spus că sunt prietenă cu ea. E șefa mea.

— La Umo.

— Exact.

— Cum stau de fapt lucrurile cu tine și Salo? continuă Mikael cu încrederea de sine pe care o dă alcoolul.

— Cum adică?

— Nimic în mod special, mă întrebam doar. Dați impresia că vă certați o grămadă. Eu sunt doar un tată obișnuit care pune întrebări simple, se scuză el.

— Dar nu ți-a păsat niciodată prea mult cum îmi e.

— Poate că nu, dar ți-am fost mereu alături la nevoie. Cel puțin din punct de vedere financiar. Încerc să fac o treabă mai bună cu Lukas, adaugă el, cu mintea în altă parte.

Salander i-a răspuns, totuși. Poate că ar trebui să-i mai trimită un mesaj.

— Noapte bună, tată! zice ea și îl îmbrățișează. Lukas doarme la un prieten. Dacă vrei, poți să-l iei tu mâine de la școală.

Are cearcăne, iar privirea ei îi spune că vrea să doarmă.

— Cu plăcere.

Ca toți tații, vrea să-și ajute copilul. Ca mulți tați, nu știe cum.

Acum e adultă. O va ține în brațe cât o să-l lase.

Înainte să adoarmă, îi dă din nou un semn lui Lisbeth.

Putem vorbi?

38

Lisbeth își trage gluga peste cap și se îndreaptă spre Berget.

Zăpada nu scârțâie sub tălpi, ci plescăie și face drumul lent și alunecos, dar ceea ce este vizibil în zăpadă dispare la dezgheț[24].

Când ajunge la gard, își scoate binoclul. Încearcă să-și amintească în detaliu zona de pe Google Maps. Ar vrea să evite să fie nevoită să se orienteze cu ajutorul telefonului. Va avea nevoie de ambele mâini când o va căuta pe Märta Hirak. Probabilitatea ca o persoană dispărută să fie găsită la porcii din clubul de motocicliști e mare. Este un loc bun pentru a începe căutarea.

Există o poartă, probabil încuiată pe timpul nopții. Citește indicatoarele prin binoclu. Deși e o zonă industrială cu diferite afaceri, ai putea crede că e un teren rezidențial obișnuit. Locuit de o persoană paranoică, speriată de spargeri.

---

24 Zicala suedeză „Ce se ascunde în zăpadă, iese la iveală la dezgheț" (adică, până la urmă, adevărul tot iese la iveală) inversată.

Atenție, câini!

ZONĂ SUPRAVEGHEATĂ VIDEO.

ACCESUL NEAUTORIZAT INTERZIS.

ÎNCĂLCAREA PROPRIETĂȚII VA AVEA URMĂRI PENALE.

Plus un panou mai vechi, cu părți din litere șterse de vreme.

PARCAREA PENTRU VIZITATORI ÎN STÂNGA. E OBLIGATORIU SĂ TE ANUNȚI LA PORTAR.

Plăcuța a rămas probabil de pe vremea fostei fabrici de celuloză.

Nu vede nicio urmă de cameră de luat vederi. Poate că nici nu există așa ceva. Întrebarea e dacă îndrăznește să riște.

Alternativa e să ocolească gardul, să taie o deschizătură și să intre prin spate.

Să încerce să nu se gândească la câini și alte necazuri. *Imaginează-ți că e un labrador. Da, e mare și bălos, dar e prietenos.*

Merge de-a lungul unor clădiri de lemn dărăpănate, pe partea dinspre pădure a gardului. Merge încet. Terenul e în pantă, iar solul e alunecos din cauza măzărichii și a frunzelor putrede.

Când ajunge în capătul clădirii, îi rămâne o distanță mare până la următoarea. Nu îndrăznește să riște. Scoate patentul și face o deschizătură suficient de mare ca să se strecoare prin gard. Îndoaie plasa la loc, ca să arate cam la fel ca înainte.

Pe fațadă se află o ușă. Dacă reușește să intre, o să poată vedea mai bine cum arată toată zona.

Pipăie clanța cu grijă: ușa pare descuiată. Partea de sus alunecă, dar se blochează jos. O apucă și apasă cu toată forța. Ușa cedează brusc, cu un pocnet care răsună în toată zona. Se strecoară rapid înăuntru și închide ușa în urma ei, apoi rămâne nemișcată și ascultă.

Niciun lătrat de câine. Nicio voce. Doar inima ei pompând adrenalină.

Calm, își spune ea. Calm. Își scoate mobilul și luminează podeaua două secunde.

Două secunde sunt suficiente pentru a înțelege unde ar fi ajuns dacă ar mai fi mers câțiva metri. Drept în jos, în hăul fără fund de sub podeaua prăbușită.

Există multe feluri în care poți muri. Nu moartea în sine o înspăimântă, sau durerea, ci timpul. Moartea zadarnică, prelungită, cauzată de o greșeală.

Probabil că e o greșeală și că se află aici, dar în acest moment n-are de ales. În fine, ar putea să sune la poliție, adică să o sune pe Jessica, care oricum nu va răspunde, pentru că doarme dulce alături de copiii ei.

Asta e misiunea ei. Dacă Märta se află pe domeniul ăsta, e treaba ei să o găsească.

Aprinde încă o dată lanterna, ține mâna peste pata de lumină și decide să o ia pe lângă peretele din față, unde podeaua ar putea să țină.

Înaintează încet. Verifică ușor cu piciorul dacă podeaua e rezistentă, face câțiva pași și se oprește. Acum observă că ferestrele se întind de-a lungul peretelui, aproape de tavan. Nu o poate vedea nimeni dinspre partea din față a clădirii, dar nici ea nu poate vedea afară. Se apleacă, trece cu mâna peste podea și își miroase degetele. Rumeguș.

E în continuare atât de liniște, încât nu se aude decât pe ea, dar curând va apărea o nouă problemă. Lumina zorilor. Trebuie să și plece de aici. De preferință nevăzută. Pentru că, dacă există cineva pe lumea asta pe care l-ar recunoaște membrii Svavelsjö MC, ea e aia.

Au căutat-o multă vreme. Au forțat-o să stea ascunsă. Apoi au trecut anii. În viața unui infractor, celulele sunt înlocuite repede. Mulți mor. Alții primesc condamnări pe viață. Nu trebuie neapărat să fie aceleași persoane ca atunci. Poate că o generație mai tânără, mai energică și-a făcut propriul start-up. Să fi cumpărat marca, să fi împrumutat ceva bani de la clubul-mamă și să fi găsit idei de afaceri noi, mai în ton cu vremurile.

Cum ar fi să se mute în Norrland și să oblige un copil de 13 ani să spargă un seif.

Furia o împinge pe Lisbeth înainte. Întotdeauna a fost așa, întotdeauna va fi așa.

Furia a salvat atât viața ei, cât și pe a altora, indiferent ce spune Inge Ågren despre cum nu e niciodată prea târziu pentru a avea o copilărie fericită. Ei nu i-ar folosi.

Nu exact asta faci?

Ce vrea să spună?

Ajutând-o pe fată, te ajuți pe tine. Asumându-ți responsabilitatea pentru ea, faci ceea ce ar fi trebuit să facă alții pentru tine.

Un sunet undeva aproape. Se oprește. Sunetul amuțește și începe din nou. Se apropie, se îndepărtează.

Stă în dreptul unui perete scurt. Prin urmare, clădirea e compusă din mai multe părți.

Peretele e neted. Nu are nici muchii, nici spărturi. Aprinde lanterna pentru ultima oară, apoi bateria moare. Are palma plină de var. Își pune urechea pe tencuială și aude din nou sunetul. Sunetul și altceva. O voce. Nu, două voci. Două voci și un fel de motor.

— Am întrebat peste tot. Nimeni nu pare să știe ce s-a întâmplat.

— Dar ai auzit ce-a zis Sonny. Dacă n-o găsim, suntem terminați.

— Sonny în sus și Sonny în jos. O să trebuiască să-l pună pe Peder la treabă. E femeia lui.

— Fosta. Sonny se întoarce mâine. Ai grijă s-o găsești pe curvă până atunci.

Nici urmă de Märta, cu alte cuvinte.

— Și puștoaica? Ar trebui să știe pe unde-și face veacul maică-sa.

— Chiar dacă ar ști, n-ar spune nimic. Nici măcar tortura n-are efect la ea, dar da, ar merita să încercăm.

— Sper că ești de acord că era mai bine înainte, până să-și facă apariția ăștia de la Svavelsjö. Mi-e dor de vechea gașcă. Ce dracu', ne știam de la grădiniță.

— Apropo de vechea gașcă și de puștoaică. Umblă vorba că tu și Buddha ați încercat să faceți rost de venituri suplimentare. Se vorbește de o spargere acasă la Salo.

— Ei, pe dracu', e ultima persoană de la care ai vrea să ciordești. Frumoasă cocioabă, dar are salariu de funcționar și mai și joacă. O combinație proastă.

— Haha, s-ar putea să ai dreptate. Dar nu uita să-l suni pe Buddha, vineri e o petrecere.

— Sigur. Probabil că e ocupat cu vreo ciordeală.

Vocile se îndepărtează. Lumina zilei se prelinge înăuntru prin ferestrele din acoperiș, iar Lisbeth gâfâie.

Sonny. Nu poate exista decât unul. O loază, un porc misogin și un criminal care ar fi trebuit să fie închis pe viață, futut de alți pușcăriași și, în cele din urmă, înecat în propriile fecale, dar care aparent trăiește în continuare și prosperă.

Ea ar fi putut scurta procesul. *Scuză-mă, Inge Ågren, dar unii oameni nu merită o a doua șansă*. E vina ei că l-a cruțat. Sau nu? A așteptat prea mult și, dintr-odată, el a dispărut. Nu contează.

Sonny nu e doar un mare rahat, ca ceilalți. E mai mult de-atât.

Se îndreaptă spre aceeași ușă pe unde a intrat, se oprește în dreptul spărturii din podea și se uită în întuneric. Rămășițele unei scări care coboară direct în iad.

De ce nu poate viața să te lase pur și simplu în pace?

Oriunde se duce, în orice direcție se mișcă, trecutul o ajunge din urmă.

De aceea trebuie să vii în continuare. Nu ai terminat cu ceea ce a fost, dar eu te pot ajuta.

Îmi pare rău, Inge, dar în momentul ăsta nu cred că metoda ta e de ajutor.

Echipează-te de război, Lisbeth. Pune copila la loc sigur și pleacă de aici.

39

Ziua nunții. Vremea nunții. Partea de pat a lui Salo este goală. Pernilla mai rămâne întinsă și așteaptă să vină sentimentele. Ar trebui să stea pe marginea patului și să urle de bucurie. Azi mă mărit, ura, dar certurile din ultima vreme zăbovesc, dense precum ceața deasupra fluviului. Și poate că nu doar certurile. Suspiciunile.

Vocea lui. Bolboroselile lui incoerente către o oarecare Märta. *Ar fi trebuit să fim noi.*

A încercat să găsească o ocazie să-l întrebe, dar ocazia nu s-a ivit niciodată. Probabil că oricum ar fi negat vehement. Infidelitate? Eu? Dar, dragă Pernilla, cred că ai auzit greșit.

Îl trezește pe Lukas și sare în duș. Se așază în fund pe jos și lasă apa fierbinte să o clătească. Ar trebui să existe o lege care să interzică nunta la mai mult de un an de la prima întâlnire, când dragostea este la apogeu și viitorul pare luminos. Înainte ca totul să o ia la vale.

Oaspeți. Părinți, rude, prieteni. Sau, mă rog, mai mult prietenii lui Henry. Oameni cu care iau cina uneori. Ore care trec încet, comuna Gasskas ca fundal. Ea însăși în rolul de gazdă atentă. Nu se poate retrage acum.

Se aude o bătaie în ușă.

— Așteaptă, strigă ea și se înfășoară cu prosopul. Ce e?

— Deschide odată.

Henry. Ar fi putut să aștepte.

Ce zi e, ce zi e, ei bine, nu e o zi obișnuită, pentru că este ziua nunții Pernillei, ura, ura, ura.

Îl studiază pe viitorul ei soț, care are brațele pline de trandafiri. Părul pe care încă nu a apucat să-l îmblânzească cu ceară. Rețeaua de cicatrici, ca niște tușe cu pensula pe spate. Gâtul. Mâinile de dulgher. Zâmbetul când se pune în fața WC-ului să facă pipi și stropește cu urină capacul.

— Cum te simți, Pillan? Va fi o petrecere pe care nimeni n-o va uita prea curând.

— Cine e Märta?

— De ce întrebi?

— Răspunde!

— O iubire din tinerețe. Eram vecini.

— Deci nu te mai vezi cu ea?

— A fost cu mulți ani în urmă.

El închide capacul cu zgomot, o bate ușor pe spate și scoate aparatul de bărbierit.

Și atunci, mergem după mireasă?
Depinde de situație. Preferabil după copil.

Alaiul se încolăcește ca un șarpe pe stâncă până ajunge în cel mai îndepărtat punct al cascadei Storforsen. Aici se vor căsători, în sunetul de apă învolburată. Nimeni, în afară de cel care va oficia cununia, nu va auzi dacă vor spune „da" sau „nu".

Pentru cei care nu au fost niciodată în Norrbotten, ceea ce este cazul celor mai mulți, Storforsen este cea mai lungă cascadă nesistematizată din Europa. Pe o distanță de peste cinci kilometri, apa cade 82 de metri. Și deși zona este o adevărată capcană de gheață, cu temperaturi de până la –40 de grade iarna, nu îngheață niciodată.

În secolul al XIX-lea, oamenii veneau aici ca să transporte cherestea pe cursul râului Pite spre mare. Pentru ca apa să nu distrugă cheresteaua, a fost construit un canal lateral. Cascada moartă.

E un loc frumos, cu râuri care curg în jurul unor bolovani uriași și stânci netede ca pielea de căprioară.

Cascada moartă e locul în care își imaginează Pernilla că va avea loc cununia. O zi însorită de vară, cu orhidee boreale, papucul-doamnei și *Linnaea borealis* care înfloresc în crăpăturile stâncii. Dar, în loc de asta, e mireasă într-o zi cenușie și ploioasă de octombrie, pe o rampă de lemn dezafectată, cu un gard care separă nuntașii de apele violente de dedesubt. Este un loc înspăimântător. Se străduiește să nu se uite în jos.

O soluție tipică pentru Henry Salo. Îți taie respirația, după cum spune el.

El vine aici cu mașina cât de des poate. Uneori, în fiecare zi. Se cațără pe balustradă. Se ține bine cu picioarele, se apleacă în afară spre râpă și lasă privirea să-l tragă în jos în freamătul apei.

Pernilla se întoarce cu spatele la cascadă și își trage gluga peste părul coafat de sărbătoare. Să termine odată cu porcăria asta!

O iei în căsătorie pe...

Își ridică privirea. O lasă să alunece de-a lungul bretonului lui pieptănat pe spate, care se luptă pentru libertate, peste ochii lui ațintiți la apa înspumată, la fața ireal de frumoasă și în mintea lui.

Băiatul din el. Pe băiat încearcă ea să-l găsească? Cel care uneori iese la iveală de sub straturile de personalități lipite una peste alta?

— Da, răspunde ea.

— Da, răspunde și el, și vorbește serios.

Se întoarce spre Pernilla și îi spune „da" încă o dată femeii care vede prin el ca prin sticlă.

E speranța lui. Să fie demascat ca o făcătură de om ce e. Să nu mai trebuiască să se prefacă. Doar să renunțe pur și simplu. Să poată parcurge drumul înapoi prin tunelul de canalizare al vieții și să fie aruncat de jetul de apă într-o nouă copilărie. Cu același frate, dar cu amintiri diferite.

Joar este pe undeva prin lume. Probabil un ciudat la fel ca Salo, într-un ambalaj atrăgător. Frații Bark au fost întotdeauna băieți frumoși. Nicio copilărie nu le poate lua asta. Problema e în interior.

Salo își întoarce capul spre Lukas. Face tot posibilul să-l placă pe băiat, dar e un copil sensibil, iar copiii sensibili ajung rău.

Tatăl lor nu i-a bătut niciodată pentru că era nervos sau pentru că voia să-i educe. Îi bătea ca să treacă timpul. Ca o activitate plăcută de weekend.

Bunule Dumnezeu, ferește-l pe Lukas de această indolență ereditară.

Cununia s-a terminat. În cinci minute se întorc la autobuz.

Fileul de ren se topește în gură ca untul, iar discursurile sunt multe. Chiar acum se aude discursul mirelui către mireasă.

— Draga mea Pillan, spune Salo. În sfârșit, ne avem unul pe celălalt. Am rătăcit pe o potecă strâmbă, unde fiecare piatră de sub talpă a meritat efortul. Tu nu ești doar frumoasă. Tu ești înțeleaptă ca o bufniță. În plus, o mamă minunată pentru Lukas. Sper că vom avea o viață lungă împreună.

Și așa mai departe și așa mai departe. Discursul este doar la un click distanță pe Google, putând fi descărcat gratuit de oricine. Pernilla zâmbește. Toată lumea zâmbește, cu excepția lui Lukas, care nu ascultă.

La început, a stat între bunicul și bunica. Acum stă pe genunchii lui Mikael și își amintește cum pescuiau cu năvodul astă-vară în Sandhamn. Soarele tocmai răsare. Va fi o zi călduroasă. Seara, curăță heringul de funingine și îl mănâncă pe pâine crocantă.

Probabil că nunta ar fi fost mai degajată la barul Raimos. Băutura și dansul sunt mai în stilul lui Henry Salo, și nu doar al lui. Printre rochiile și costumele elegante sunt chiar și prieteni din copilărie, îmbrăcați în cele mai bune haine festive, care se visează departe de aici.

Au sacrificat un weekend de vânătoare de dragul lui Henry. Nu pentru că îl plac. Mai nou, e un ticălos arogant. Dar de când a devenit șeful administrației locale, e al dracu' de bine să te știi cu el. Pe Salo îl suni dacă ai nevoie de loc de acostare pe fluviu sau de prioritate pe lista de așteptare pentru o locuință.

Cina totuși nu e în zadar. În curând vor merge până la barul Raimos, care nu e departe. Trebuie doar să termine desertul cu zmeură arctică și să golească paharele cu băutură pentru femei.

O pauză. Pernilla se îndreaptă spre toalete, se răzgândește și se duce spre ieșire. Se sufocă în localul ăsta. Are nevoie de aer.

O vedem pe mireasă. Se îndreaptă spre ieșire. Iese și băiatul.

Îi luăm pe amândoi?

Așteptați.

— Mamă! strigă Lukas. Alo, unde te duci?

— Nicăieri, răspunde ea, înfășurându-l în țesătura rochiei. Plecăm imediat la Raimos.

Piatra este rece în mâna ei. Băiatul e cald în brațele ei. Câte o zi pe rând. S-au întâmplat și lucruri mai rele de atât.

40

Cina se apropie de final. În ultima oră, Mikael Blomkvist a fost de două ori la toaletă, pentru câteva minute de liniște. A sunat-o pe Erika Berger, care nu i-a răspuns, și, mai ales, a conversat cu mama Pernillei despre orice, de la osteoartrită până la divorțul de Arne. În plus, a ținut și un speech.

Cum naiba a putut să-i scape tocmai așa ceva? Instituția fundamentală a sistemului patriarhal de căsătorie, în afară de predarea efectivă a fiicei către viitorul soț: discursul tatălui către miri.

Când îi vine rândul, îi e imposibil să se sustragă fără să o umilească pe Pernilla. Sigur o drege el cumva. O laudă pentru cum se descurcă cu băiatul, îi laudă urechea muzicală și simțul pentru cuvântul scris. Dar când vine vorba de Henry Salo, se blochează. Nu mai contează că au făcut saună împreună. Că a și plâns în prezența lui. Nu-l cunoaște. Iar ceea ce simte e așa și-așa.

Poate că sentimentul a venit din plâns. Sau din ușurarea de după. O fi *Millenium* un capitol încheiat și el însuși un zero cu probleme când vine vorba de relații, dar are ceva ce nu-i poate lua nimeni: are instinct.

Deocamdată, instinctul e slab, activat doar de câte un cuvânt sau o frază ocazională, dar există. Până acum nu l-a dezamăgit niciodată.

Se întoarce spre Salo și turuie câteva platitudini despre dragoste și siguranță. Egalitate și grijă. Amin.

În jurul mesei se aud aplauze politicoase. Pernilla îl privește cu ochi calzi, iar Salo își varsă paharul cu apă.

Când atenția e îndreptată în altă parte, Mikael își scoate carnetul din buzunarul interior al sacoului.

Începe cu IB.

În Gasskas se întâmplă lucruri ciudate. Dispar oameni. Află cine sunt.

Municipalitatea: Henry Salo. Cine e? Trecut? Studii? Cere documente. Citește articolele. Mina. Parcul eolian. Alte proiecte? Discută cu colegii lui Salo.

Se uită în jurul mesei. O adunătură pestriță. Ca o secțiune a scării sociale, cel puțin privit din exterior.

Vorbește cu invitații e ultimul lucru pe care are timp să-l scrie înainte ca Lukas să-i ceară din nou cu insistență să se așeze în poala lui.

Buclele negre îi gâdilă bărbia, iar Mikael îl trage mai aproape de el.

— Putem merge mâine la pescuit? întreabă Lukas. Poți să împrumuți o undiță de la el... de la ... tata.

— Cu mare plăcere, dar crezi că vom prinde vreun pește în perioada asta a anului?

— Păi, nici nu contează, spune el și ciocnește în pahar.

Când nimeni nu-l ascultă, ciocnește din nou, alunecă de pe genunchii lui Mikael și așteaptă până când la masă se face liniște.

— Aș vrea să țin un discurs, spune el și scoate un bilețel din buzunarul pantalonilor. Sau, de fapt, e un poem. Pentru mama mea, zice el și se uită la ea.

Am fost doar noi doi
Tu și eu, și nimeni altcineva
Nu-mi place brânza Brie
Ești frumoasă când zâmbești
N-am niciun dar de nuntă.
Doar o piatră pe care am găsit-o pentru tine.
Bunicul a legat un șnur să fie un colier.
Să nu uiți de mine.

Îi întinde mâna Pernillei, fără să se uite la Henry. În palma ei stă încolăcită o piatră cenușie în formă de inimă, pe un șnur roșu. Se privesc unul pe celălalt cu seriozitate. Pernilla își trage colierul peste cap. Dacă Henry n-ar fi început să zăngăne în pahar cu atâta insistență, sala ar fi răsunat de aplauze tunătoare.

Lukas se așază, iar Henry se ridică și înalță paharul.

— În cinstea miresei și a mirelui, spune el. Acum urmează un alt bairam la Raimos. Totul de la bar e gratis!

41

Mikael face precum cei mai mulți dintre oaspeți. Se așază la tejgheaua de la bar și încearcă să comande o bere.

Într-o clipită, nivelul de zgomot a trecut de la murmur politicos la voci care țipă unele peste altele. E frumos. În mijlocul hărmălaiei, nimeni nu poate avea pretenția ca el să participe. În schimb, îi poate studia de pe margine pe nuntași. Așezarea la mese s-a mai relaxat, iar cei care se cunosc între ei formează grupuri. Prin alegerea hainelor, prin felul în care se exprimă și se comportă, trasează granițe între ei și ceilalți. Funcționarii locali, politicienii și oamenii de afaceri au bisericuța lor. Vânătorii și muncitorii stau separat, plus alte grupuri mai mici, mai greu de definit. Prietenii Pernillei, poate și rudele, cum ar fi sora și familia ei, care își găsesc siguranța unii în ceilalți. O zărește pe Annika prin înghesuială. Primește un apel și se îndreaptă spre ieșire.

Mătușa miresei din partea tatălui.
Neimportantă. Așteptați alte instrucțiuni.

— Nu ți-ai luat o bere?

Mikael se întoarce.

— Dacă reușești, poate comanzi una și pentru mine. Birna. Prietenă cu Pernilla, spune ea, întinzând mâna.

— Mikael Blomkvist, tatăl Pernillei.

— Știu. Ai ținut un speech. Poate nu la nivelul lui Obama, dar te înțeleg. Nu poate fi ușor să spui ceva bun despre Salo.

— Nu-l cunosc.

— Nici eu. Doar din ce-am citit în ziare. Este poate cea mai bună persoană din lume în particular. Dacă Pernilla se căsătorește cu el, așa trebuie să fie.

— De unde vă cunoașteți? întreabă Mikael.

— Facem parte din același club de lectură. Vorbim despre cărți în prima jumătate de oră și bem vin tot restul serii. Așa ajungi să cunoști oameni noi.

— *In birro veritas*, zice Mikael și-i întinde una dintre berile comandate.

— Da, noroc pentru discuțiile la beție. Deși când vine vorba de Salo, Pernilla nu spune prea multe. Dar despre tine vorbește mult.

— Despre mine?

— Da, sau poate nu despre tine ca persoană. Scrie un roman polițist cu un jurnalist ca personaj principal. E supertare cartea asta. Pernilla îmi mai citește câte un capitol din când în când.

— Mie nu mi-a spus nimic. Încă n-am avut timp să vorbim prea mult. Am ajuns aici cam acum o săptămână.

— Da, mi-a povestit. E adevărat că te-ai culcat cu 400 de femei, dar n-ai fost niciodată căsătorit?

Creierul lui aproape că a început să numere înainte să găsească răspunsul potrivit.

— Pe puțin. Sunt un afemeiat notoriu. Ar fi bine să te ferești de mine.

— Am fost avertizată. Mai vrei o bere? întreabă ea, după care se înghesuie prin mulțime și îl fluieră pe barman.

— Drăguț, există avantaje când ești femeie, remarcă Mikael.

— Și dezavantaje. Măcar tu nu te alegi cu o mână necunoscută în jurul taliei și alta peste fund.

— Nu, mă tem că nu, răspunde el chiar în momentul în care trupa se pune pe cântat, iar oamenii își găsesc un partener de dans la fel de natural cum găsește un vițel nou-născut o mamelă.

Pentru a scăpa de dans, se scuză și se duce la baie.

Își verifică mobilul. Niciun apel ratat de la Erika, niciun SMS sau orice dracu' ar fi crezut el. Poate că îl va duce cu zăhărelul. Că va face măcar o încercare de a-l convinge, chiar dacă el nu are de gând să se răzgândească. Nu vrea să fie un nenorocit de podcaster.

— Și atunci, ce vrei să faci? întrebă Birna.

S-au retras într-un separeu, puțin mai departe de ringul de dans. Fără să fi intenționat, Mikael începe să toarne povestea ascensiunii și decăderii revistei *Millennium*. Cu cât vorbește mai mult, cu atât mai plictisitor pare. Parcă ar fi un bătrân căpos și conservator, așa cum susține Erika că a devenit.

— Vreau să fac ce am făcut întotdeauna. Nu pot să fac altceva.

— Angajează-te la ziarul nostru. Caută un șef la știri.

— La *Gaskassen*? întreabă el, râzând în hohote. Ești a doua persoană săptămâna asta care crede că ar trebui să lucrez acolo. Da, ar fi apogeul carierei mele.

— E ceva în neregulă cu ziarul?

— Nu, cu excepția faptului că e un tabloid local care are pe prima pagină inaugurarea halei comerciale și un întreg supliment doar cu hochei pe gheață.

— Păi, tocmai asta e toată chestia. În calitate de șef la știri, ai posibilitatea să faci ceva important.

— Sună de parcă ai lucra acolo.

— Nu, nu lucrez acolo. Am impresia că vine tortul, spune ea, ridicându-se. Haide, mi-e poftă de ceva dulce. Apoi o să-ți explic de ce ar trebui să te angajezi pe postul ăsta.

42

Exact cum a sperat Salo, atmosfera e la înălțime. Un bar gratuit nu poate da niciodată greș, mai ales la Raimos. Tradiția e zidită în pereți. A reușit să facă rost chiar și de chelnerițe thailandeze, care sunt ocupate până peste cap să umple paharele de whisky. Poate că nu e tocmai corect, dar o petrecere e o petrecere, iar Norrbotten e Norrbotten. Ca un fel de catharsis pentru bărbații forțați să-și pună costum și să renunțe la echipamentul de vânătoare și la pușcă. Nu în ultimul rând, pentru el. Șirurile de costume dintr-un dulap nu fac pe nimeni funcționar public. În adâncul sufletului, el va fi întotdeauna sălbaticul. Un urs de circ îmblânzit, care tânjește să se elibereze din lanțuri. Băutura e calea de ieșire civilizată. O libertate fluidă. Înainte de finalul serii se vor spune adevăruri, toaletele se vor umple de vomă și, să sperăm, se vor împărți un pumn, doi. Cel puțin dacă i se va îndeplini dorința.

Se uită în jur după Pernilla. A spus ceva despre tortul de nuntă, iar femeile au început deja să se îndrepte spre masa cu desertul. O ultimă îndatorire pe care trebuie s-o ducă la bun sfârșit. Apoi se va îmbăta și el criță.

Verificați măștile. Nu fiți neglijenți. Trageți dacă trebuie.

Luați pe X, ucideți pe Y.

Torben Olofsson, președintele Consiliului local, își face loc prin mulțimea adunată în jurul barului, având-u-l ca țintă pe Salo.

La naiba. Nu el. Salo l-a evitat toată seara și chiar și săptămâna trecută. Ridică mâna.

— Stai! Fără discuții despre muncă în ziua nunții mele, te rog.

— În acest caz, va trebui să începi să răspunzi la e-mailuri. Tot proiectul ăsta cu parcul eolian începe să arate ca un fel de răfuială mafiotă, replică Olofsson.

— Aha! S-a întâmplat ceva special?

— Ceva special se întâmplă tot timpul, aș zice eu. Amenințări anonime, printre altele. Știi ceva despre asta? Bineînțeles că le-am transmis mai departe la poliție, dar nu putem lăsa lucrurile așa. Amenințările la adresa unor aleși locali e o amenințare la adresa democrației în sine.

Bla, bla, bla. Salo îl trage după el spre toalete, unde pot vorbi în liniște.

— Încă un lucru, adaugă Olofsson. Ești menționat într-unul dintre e-mailuri. Trimis pe adresa mea privată de Gmail. Susține că ai luat bani pe sub masă. Mită, Henry, ce dracu' e în capul tău?

Da, ce dracu' e în capul lui Olofsson? Casă în cea mai bună locație cu vedere la fluviu, ponton pentru iaht chiar în față, drept de vânătoare fără a deține teren.

— Ascultă! îi răspunde Salo. Nu există așa ceva: mită. Încearcă doar să facă presiuni asupra noastră. O să văd ce pot să aflu și vorbim luni după-amiază.

După ultima întâlnire cu femeia de la Branco, n-a mai primit nicio veste de la ei. Probabil că infirmul a primit ce a meritat. Salo e încă mulțumit că a avut ultimul cuvânt. Negocierile pot fi dure, dar nici el nu e un pămpălău. Mâinile lui sunt cele care țin frâiele administrației locale. Aceleași mâini care vor ghida curând spatula prin frișca tortului. Trebuie doar să se pișe mai întâi.

Ce dracu' e asta, focuri de artificii deja?

Ai vrut acțiune, Henry Salo, bang, bang.
Ai crezut că sunt un olog, bang, bang.
Ăsta e doar aperitivul, bang, bang.
La mulți ani de ziua nunții tale, bang, bang.

În sfârșit. Varg simte cum îl cuprinde un entuziasm la limita excitării sexuale. A trecut mult timp.

Once a soldier.

Își trage cagula pe cap. Privirea îi alunecă asupra lui Järv și Björn. Fără rateuri. Dă din cap către Lo.

Always a soldier.

Fluviul tună în fundal. Luna dispare în spatele norilor grăbiți. Un fumător strivește chiștocul și se întoarce în bar.

ACUM!

Sentimentul e de nedescris când smucește ușa și dă un șut unei persoane care tocmai se pregătea să iasă. AK 5-ul e cuibărit în siguranță, ca un bebeluș, pe șoldul său. În spate îi are pe Järv și Björn.

Secundele care trec până să-și dea seama oaspeții ce se întâmplă: cum să le descrie? Tranziția de la petrecere la groază. De la negare — nu se poate așa ceva! — la un adevăr care îi face pe fiecare să reacționeze la fel.

Dacă un specialist în psihologie comportamentală ar sta într-un colț și ar observa tiparele de reacție, ar putea scrie tratatul secolului despre comportamentul uman de fugă. Unii țipă, alții aleargă, se împing, cad. Se împiedică unii în picioarele altora, își rup încheieturile mâinilor, calcă pe trupurile copiilor pentru a intra la toaletă, în speranța că vor rămâne în viață.

Bang, bang. Două împușcături prin ușă. Aia strategie eficientă!

Dar acum nu e vorba despre crimă în masă. Varg savurează frica din jurul lui. El este cel care are putere asupra vieții și a morții. Frica are un miros care iese la iveală prin parfum și aftershave. Frica se pișă pe ea, se cacă pe ea. Se dă la o parte și lasă liberă calea celui care deține controlul.

Varg deține controlul aici. De la prima împușcătură în Afghanistan și până astăzi, el deține controlul asupra vieții, acțiunilor și demnității sale. Nu regretă nicio zi. Doar tânjește după următoarea. Următorul conflict, următorul ordin care îi face adrenalina să pompeze ca steroizii prin sânge.

Järv, Björn și Varg. Dragostea care curge între ei. Plăcerea pe care o împărtășesc.

Un tip dur în costum de gală încearcă să-și protejeze femeia.

Ce frumos s-ar împrăștia un rând de dinți dacă l-ai vedea în *slow motion*!

O mamă își ia copilul în brațe și fuge spre ieșire.

E puțin păcat de părul care îi stătea atât de frumos pe țeastă.

Nu dă greș niciodată. Încă un glonț spre tavan. Un Björn care țipă *nobody moves* și totul se oprește. Se dau bătuți. Capitulează.

Faza doi: aproape că aude gândurile, atât de coerente sunt: *Nu ne mișcăm. Nu mă ucide. Lasă-mă să trăiesc. Am copii. Ies în curând la pensie. Bătrâna mea mamă are nevoie de mine.*

Varg nici măcar nu trebuie să recurgă la violență. Ca un rege, alunecă prin mulțimea îngrozită, concentrându-se asupra băiatului. E acolo. Nemișcat, la fel ca toți ceilalți. Ochii au înțeles. Nu va protesta.

Dacă n-ar fi fost o femeie care face brusc un pas înainte și se așază în fața băiatului.

Nu pare speriată. Se uită fix în ochii lui Varg.

Respect. Asta îi oferă, înainte de a o lovi cu arma de tâmplă și de a-l ridica pe băiat.

Copilul nici măcar nu țipă. Atârnă ca o păpușă de cârpe, cu capul în jos, lovindu-se de coapsa lui Varg.

Asigură-l pe X. Y nu e în rază. Timpul a expirat. Vă întoarceți.

S-ar putea termina aici. Nu mișcă nimeni. Nu trebuie decât să se retragă, cu un copil sub braț, pe acorduri discrete de *Cântece Kramgoa, volumul 29.*

Dacă n-ar fi fost copilul.

Dacă în momentul în care ajung la ușa de la intrare n-ar fi deschis gura și n-ar fi strigat „bunicule".

Mikael Blomkvist nu stă pe gânduri. Aleargă spre ușă, spre Lukas, spre vocea care continuă să strige la el. Iese pe ușă, după băiat, coboară pe scările care au devenit alunecoase ca săpunul după atâta ploaie și temperaturi negative.

Aleargă după zgomote. Au un avans și nu-i mai poate vedea. Nu-l mai vede pe băiat și glasul lui a amuțit. Chipul serios. Zâmbetul precaut. Lukas! O dată, de mai multe ori, și uite! Îi vede din nou. Îl aude pe băiat. *Mai repede acum, poți să-i ajungi din urmă, adu-l înapoi pe băiat, aleargă ca dracu', Blomkvist, aleargă.*

Bang
Bang

Mai întâi zgomotul, apoi corpul. Picioarele care alunecă. Jegurile astea de pantofi cu talpă joasă. Trebuie să se ridice. Lukas. Mikael Blomkvist cade pe spate. Se lovește cu capul de asfalt. Sângele se împrăștie ca purpura pe o acuarelă umedă. Se face cald.

E vară. Edițiile de seară ale ziarelor sunt pe masă. 14 iulie. 1900 și ceva, deasupra ultimelor două cifre ale anului este o ceașcă de cafea. Are mușcături de țânțari pe glezne.

Vizavi de Mikael stă tatăl lui, în slip și cu pieptul gol. Corpul său este de un alb orbitor, cu excepția vârfului capului, care devine rapid roz. Tocmai a venit la țară. Sau corpul a ajuns acolo, dar nu și capul, care a rămas la birou.

Vrea să se mute pe genunchii tatălui, dar nu îndrăznește. Annika, pe de altă parte, stă deja acolo. E mică. Poate că nu a înțeles că întâi trebuie să dispară ceea ce există în jurul tatei. Ea vrea să citească. „Mai încolo. Tata trebuie să se odihnească puțin", spune el, ridicând-o și punând-o pe scaun. Bea cu înghițituri mici dintr-o bere. Privește marea, care strălucește ca o oglindă în cinstea lui.

Vor lua cina pe terasă și acum mama vine cu o tavă. Așterne masa cu porțelanuri fine, din cele păstrate pentru musafiri.

Mikael ține minte acea cină. Bibani superbi, de dimensiunile pe care bunicul le consideră perfecte. Nu prea mici, ca să fie greu de curățat. Nu prea mari, ca să aibă carnea tare.

Așa ceva vrea să-i spună tatălui său.

File de biban cu cartofi noi fierți, unt topit, lipie și ridichi din propria grădină.

— Foarte bun pește, spune tatăl lui, scormonind fileul de parcă ar fi plin de oase. Auzi, Micke, tu, care ești iute de picior, poți să-i aduci tatei o bere?

Dă pe gât tot păhărelul cu tărie. Își toarnă bere din sticla nouă și râgâie.

— Acum, zice el, parcă simt că sunt iar om.

În ochi îi apare un fel de strălucire, iar Mikael speră. I-a fost dor de el. Nu tot timpul, nu are timp pentru asta, doar din când în când.

— Mâine ieșim cu barca, spune el, iar Mikael poate respira din nou.

Cere permisiunea să plece de la masă și să meargă jos, la debarcader. Se întinde pe burtă și se uită în jos, în apă. Ghidrini minusculi se mișcă repede, în bancuri, aproape de suprafață. Își bagă capul sub apă ca să vadă mai bine. Nu e adâncă, cel mult un metru. Cei mai curajoși peștișori îi ating ușor obrazul, după care prind brusc viteză. La început nu înțelege ce este umbra care îi face pe ghidrini să fugă, până când recunoaște botul unei știuci.

Acum, știuca deschide gura larg. Dă din aripioara dorsală și îi cuprinde capul între fălci. El țipă, dar e imposibil să țipi sub apă. Să țipi în fălcile unei știuci e ca și cum ai țipa într-o celulă izolată fonic. Nimeni nu-l aude, nimeni nu-i vede trupul, centimetru cu centimetru, măcinându-se în gâtul știucii-monstru.

43

După aceea se creează un alt soi de haos. În momentul în care se trage ultimul foc de armă în afara localului, primele SMS-uri au fost deja trimise către familie și prieteni. *Sunt în viață, nu-ți face griji. Ce vrei să spui? Unde ești?* Se creează un buton special Gasskas pe Facebook: *Sunt în siguranță.*

Și bineînțeles, e contactată mass-media.

Când Birna alertează poliția din Gasskas și cere întăriri din toată provincia Norrbotten, linia de informații de la public a redacției *Aftonbladet* din Stockholm primește un apel confuz.

— Sunt niște nenorociți de teroriști care au atacat petrecerea de nuntă de la Raimos! E o nebunie.

— Ce e Raimos? întreabă jurnalistul, cu o bucățică din sandviciul de seară rămasă în gură.

Aude forfotul zgomotos din fundal și se întreabă dacă nu cumva e vorba de un alt schimb de focuri.

— La naiba, șeful administrației locale din Gasskas s-a căsătorit azi și petreceam și noi și deodată au intrat niște nebuni și au început să tragă. S-a întâmplat acum, ce dracu'.

— Șeful administrației locale din Gasskas, adică în Norrland? OK. Sunt morți?

— Sigur. Nu știu. E un haos total aici. Dar au luat băiatul. Nebunii, cei care au tras, l-au luat pe băiat.

— Ce băiat? Liniștește-te. Mi-ai spus că au tras și acum spui că l-au luat pe băiat.

— Băiatul șefului comunei. E o nebunie. Trimit filmulețul.

La 11 minute după primul apel dat la Stockholm, au convenit asupra unei recompense pentru cel care a dat informația, iar site-ul publică primul flash.

Aftonbladet:

O nuntă din nordul țării s-a încheiat într-o baie de sânge

În toiul unei petreceri de nuntă, un grup de bărbați mascați a intrat și a deschis focul cu sălbăticie în mica municipalitate Gasskas din Norrbotten.

Martorii au declarat pentru Aftonbladet *că scopul a fost răpirea unui copil. Pentru moment, poliția din Gasskas nu dorește să comenteze incidentul.* Aftonbladet *va reveni cu noi informații.*

TT:

Copil răpit de la nuntă

Poliția din Gasskas informează că în această seară a fost răpit un copil.

Un grup de bărbați mascați care aveau asupra lor arme automate a intrat cu forța la o petrecere privată de nuntă din Gasskas, Norrbotten. Atacatorii au tras mai multe focuri de armă înainte de a părăsi locul faptei. Poliția nu a comunicat încă informații privitoare la numărul răniților și al posibililor morți. Infractorii sunt încă în libertate.

Gaskassen:

Fiul șefului administrației locale a fost răpit

Nunta șefului administrației locale, Henry Salo, s-a transformat într-o tragedie. Bărbați înarmați au pătruns în localul unde avea loc petrecerea și l-au răpit pe fiul său vitreg, în vârstă de șase ani.

„E de neînțeles. Cine ne poate dori atât de mult răul?", a declarat Henry Salo pentru Gaskassen.

La petrecere a fost împușcat și socrul lui Henry Salo, cunoscutul jurnalist de la Millennium *Mikael Blomkvist. Conform surselor, rănile ar fi grave, fără a-i pune însă viața în pericol. Mai multe persoane rănite au fost transportate la spital.*

Flashback:

Împușcături și răpire la Raimos — ce naiba se întâmplă?

Ce naiba s-a întâmplat la Raimos în seara asta? Cine a fost acolo și ne poate spune? Tocmai am citit Aftonbladet *și* Gaskassen *— nu puteau să-l omoare pe Micke Blomkvist o dată pentru totdeauna? Și de ce l-au luat pe băiat? Pun pariu că tatăl e negrotei și că el e în spatele acestei afaceri.*

În Norrbotten nu prea sunt negrotei. Pun pariu că erau ruși. Ei se pricep la așa ceva. Dar au și un lider competent.

Expressen:

O dispută pentru custodie în spatele răpirii violente?

Exact când mama băiatului în vârstă de șase ani se căsătorea cu șeful administrației locale din Gasskas, agresorii au lovit. Cu arme automate, au luat băiatul cu forța. Sunt încă în libertate.

„Am cerut întăriri din toate părțile pentru a-i prinde rapid pe făptași", *a declarat Hans Faste de la Unitatea pentru infracțiuni grave din Gasskas.*

Potrivit surselor Expressen, *în spatele atacului armat violent și a răpirii unui băiețel în Gasskas, Norrbotten, s-ar putea afla o dispută pentru custodie.*

Și la poliția din Gasskas e weekend. Din momentul în care Birna Guðmundurdottir dă alarma, trec 35 de minute până la sosirea primei mașini. Ambulanța sosește înainte. Apoi și reporterii independenți.

În tot haosul, beția, plânsul și panica, Birna face tot posibilul să ofere consolare, dar în același timp, și să obțină cât mai multe mărturii.

— Erau trei.

— Au fost cel puțin cinci.

— I-am auzit vorbind în rusă.

— Băiatul n-a zis nici „pâs". Probabil că-i cunoștea.

— E vina lui Salo. Pun pariu că el se află în spate. El s-a încuiat la WC. Cine dracu' face așa ceva?

— Trei persoane. Ținută complet neagră, nu foarte diferită de gruparea Wagner. Doi cu ochi albaștri. Unul cu ochi căprui. Armă automată rusească, probabil AN-94, numită și Abakan. Ar fi putut fi și AK5D al armatei suedeze sau, eventual, un M4A1 american. Totuși, exclud pușca mexicană FX-05, care are patul diferit.

— Pari foarte priceput la arme, spune Birna. Ești militar?

— Nu, bibliotecar.

44

Când se trezește, s-a crăpat de zi. Primul lucru pe care îl simte băiatul e mirosul de fum și se gândește că poate bunicul lui a făcut focul ca să afume pește. Acea nanosecundă de siguranță este singura la care se va putea raporta pentru o foarte lungă perioadă. Pentru că, deși lumina abia dezvăluie contururile locului în care se află, știe că nu e nici în casa bunicului său din Sandhamn, nici acasă.

E într-o cabană.

Pereții sunt din bârne, cu excepția obloanelor de la ferestre și a unei uși.

Lângă patul pe care stă întins se află un scaun. Puțin mai încolo, o masă și alt scaun.

Pe scaun stă un bărbat, care tocmai a aprins cu un amnar un foc din scoarță de mesteacăn și așchii, iar acum pune pe foc bușteni de mesteacăn. Iese fum. Băiatul adoarme la loc.

Au trecut aproape 24 de ore de când îngrijitorul a luat băiatul de la locul stabilit. Încă nu a dormit, deși copilul e în aceeași poziție, aparent cu respirație și puls normale.

— Un copil. De ce un copil?

— Are vreo importanță? întreabă livratorul.

— Nu-l vreau aici, răspunde îngrijitorul. Ăsta nu e loc pentru copii.

— Din câte înțeleg, ai o misiune.

— Care nu include copii. Și de altfel, nici femei.

— *No women no kids,* Léon. Am înțeles. Dacă vrei, pot să-ți aduc și o plantă în ghiveci, ca să fie filmul complet. Dar acum situația e de așa natură că tu ai un contract. În el nu scrie nimic despre vârstă sau sex. Copilul ăsta va fi ținut în viață până când vom spune noi altceva. Ai înțeles? În viață.

Îngrijitorul nu răspunde. A fi în viață e un concept larg. Mama lui era în viață? Din punct de vedere clinic, da. Tatăl? El prindea viață privând-o pe ea de forța vitală. Dar el? Moartea unui om este viața unui vultur-de-mare. Și dacă moartea unui om este viața altui om, atunci cine are dreptul să decidă care viață valorează mai mult? În final, circumstanțele sunt cele care decid. Menținerea în viață a unui copil nu e ceva de la sine înțeles. Dar în acest moment și poate pentru o vreme de acum încolo, băiatul trăiește pentru că asta face parte din înțelegere. În viață. Ține băiatul în viață. Pentru că altfel... Despre acest altfel nu știe nimic, sau știe totul.

— Are un nume, spune livratorul.

— Sunt convins, răspunde îngrijitorul și pornește spre cabană.

Dracu' știe cu ce l-au drogat pe copil. Alunecă de pe ATV, se lovește cu capul de o rădăcină și își prinde piciorul în ușă fără să se trezească.

Corpul nu cântărește mai mult decât o vulpe. Pune vulpea în pat, singurul, de altfel, și o învelește cu pătura. Și asta nu din grijă. Doar botul îi iese afară. 15 ore mai târziu, vulpea doarme în continuare, fără să dea semne că ar vrea să se trezească.

Verifică dacă băiatul e tot adormit și încuie cabana. Tocmai a răsărit soarele. Ia cu el găleata cu capac, o umple cu bucăți de carne și coboară la hrănitoare. Cu cât se apropie mai mult, cu atât devine mai binedispus. Pădurea e deasă, copacii, mari și groși. Unii pini au cu siguranță 200 de ani sau chiar mai mult. Vulturul de mare cuibărește numai în pini bătrâni; de la sol, cuibul seamănă cu un coș împletit uriaș.

Vizibilitatea e limitată, dar el știe că vulturii sunt prin preajmă. Poate că deja simt mirosul cărnii.

La vreo zece metri de hrănitoare, vede că e ceva în neregulă. Unul dintre puii ieșiți din găoace în primăvară zace fără suflare pe pământ.

— Nu, nu, nu, nu, nu, spune el cu voce tare. Nu tu, ticălos mic, tu tocmai ce te refăcuseși. Totul mergea atât de bine!

Îngrijitorul se prăbușește în genunchi în mușchiul umed. Îl mângâie pe cap. Îl ridică și-l leagănă în brațe.

Trebuie să se fi întâmplat recent. Corpul e cald încă și nu se văd semne exterioare de violență sau de boală. Penele maro-închis ale puiului au licăriri de verde în lumina blândă a soarelui. Îl așază pe pământ. Golește găleata în hrănitoare, ridică din nou pasărea și se îndreaptă spre casă, fără să aștepte eventualii musafiri la masă.

Chiar mai jos de cabană, sub un brad ale cărui ramuri formează o ascunzătoare, îngroapă vulturul de mare sub mușchi, licheni și crengi. La sfârșit pune câteva pietre mari peste mormânt și își împreunează mâinile.

Doamne, ia-mi copilul la Tine. Lasă-l să zboare printre copacii paradisului în veșnicia veșniciei. Amin.

45

Lui Lukas îi e frig. Ar vrea să se înfășoare mai bine în pătură, dar nu îndrăznește să se miște. Până acum, doar a deschis ochii și i-a închis la loc. E ca și cum corpul lui a înțeles că trebuie să adoarmă la loc pentru a se trezi într-un loc mai bun, așa că face o încercare.

Gândește-te la vară, așa cum spune mama. Prinde viermele în cârlig și aruncă undița. Așteaptă, iar soarele îi arde umerii. Nu mușcă nimic. E miezul zilei. Așa că nu mușcă nimic. Nici măcar babușca. Lasă undița jos pe ponton și se uită în jur.

Nu se uită, doar închide din nou ochii și se gândește la… nu la mama. Ea nu are timp. La Henry. El n-ar veni decât dacă trebuie. Gândurile apucă să-i zboare la Ylva, cu care se mai joacă uneori, la antrenorul de ping-pong Åke, care tocmai l-a învățat să dea smash, la bunica pe care nu o cunoaște prea bine și la Daniel, care se ocupă de grădină. Deși, chiar dacă are grijă de grădină, a ratat pasărea care a intrat în fereastra ușii de la pivniță. Lukas o repară singur cu placă fibrolemnoasă și cuie.

În cele din urmă, gândurile sale ajung la bunicul și nu mai poate continua. Împotriva voinței sale, ochii i se deschid larg și amintirile îl ajung din urmă.

— Deci te-ai trezit, spune îngrijitorul, turnând apă în ceainicul de pe foc. Ți-e sete?

Trebuie să răspundă, deși nu vrea. Gura nu i-a fost niciodată atât de uscată. Abia reușește s-o deschidă. Cana e ruginită, iar apa e rece. Se ridică în fund ca să poată bea. Încearcă să se așeze pe marginea patului, dar piciorul lui nu vrea să ajungă pe podea.

— Cred că sunt înțepenit.

— Ești legat, răspunde îngrijitorul.

— Mă doare, zice Lukas, încercând să-și scoată piciorul din laț.

— Cu cât tragi mai mult, cu atât se strânge mai tare. Și nu mai plânge. Poți să te comporți cum vrei tu. Să țipi, să vorbești sau să taci, ceea ce e cel mai bine, dar nu plânge. Nimănui nu-i place plânsul. Nici vulturilor de mare, nici mie. Vulturii de mare au ciocurile ca niște târnăcoape ascuțite. Pot să ia și câini, și copii dacă le e suficient de foame.

Lukas se oprește din plâns. Dar vomită apa, resturile de la masa de nuntă și spaima care i-a rămas în gât ca o tocană de ficat.

— Bine, spune îngrijitorul. Înveți repede.

Se îndreaptă spre băiat, strânge pătura și o aruncă în foc.

— Singura problemă e că acum o să-ți fie frig. N-am decât o pătură.

Când apa clocotește, toarnă o lingură de orez și trage ceainicul de pe foc.

Odată cu toamna, vine și frigul. În câteva săptămâni, o să cadă prima zăpadă, iar termometrul va coborî sub 0 grade. Natura este frigiderul lui. Până atunci, va trebui să se mulțumească doar cu orez, cartofi și *gahkku*.

Îi întinde copilului din pat un castron și o pâine.

— Mănâncă, e singura mâncare pe care o vei primi azi.

— Nu mi-e foame, răspunde el, privind în altă parte. Vreau acasă.

— Unde e acasă?

— La Gaupaudden. Vreau acasă, la mama.

— Eu n-am mamă. Și va trebui să te descurci și tu fără a ta.

Te obișnuiești. La început, creierul vrea să se gândească la privirea unei mame, la mângâieri fugare pe păr, dar creierul uită repede.

— Părinții sunt supraevaluați. Cu cât înțelegi asta mai repede, cu atât mai ușor o să-ți fie.

Nu înțelege ce-i face pe copii să plângă. Trebuie să cugete la chestia asta. Închide ușa și se așază pe lespedea din fața cabanei.

Plânsul este probabil un mod al copilului de a atrage atenția. Acum ce dracu' o fi vrând? A primit singurul pat. Că a ars pătura, e vina lui. Mâncarea a refuzat-o. Cu toate astea, plânge. Așa nu merge.

Îngrijitorul caută fierăstrăul și toporul și coboară la marginea mlaștinii, unde cresc copaci potrivit de mari. Își petrece cea mai mare parte a zilei tăind copaci, rupând crengi din ei, curățând scoarța de pe trunchiuri și trăgându-i până la cabană.

Cabana are WC în curte, tot o construcție din bârne, căreia i s-au prăbușit acoperișul și scândurile din partea de sus. În podeaua de pământ a crescut buruiană înaltă cât copacii, dar fundația arată bine, trebuie doar reparată pe ici, pe colo.

Până să aducă și ultima încărcătură și să ascundă mașina sub crengi, soarele a apus.

Ascultă în fața ușii cabanei. Nu se aude niciun plâns. Băiatul stă în pat, privind fix la eternitatea întunecată.

— Promit că nu mai plâng. Dacă nu mai plâng, îmi dezlegi piciorul?

Îngrijitorul aprinde lampa cu petrol. În încăpere se instalează o atmosferă plăcută, intimă. Taie câteva bucăți de carne uscată și fierbe cafea. Băiatul își încălzește mâinile în jurul cănii.

Tocmai când se distrau atât de bine, puștiului îi vine brusc să facă pipi.

Se uită unul la celălalt. E un truc?

— OK, spune îngrijitorul și taie sforile.

În schimb, pune o frânghie la gâtul băiatului și îl scoate afară ca pe un cățeluș la plimbarea de seară.

— Rezolvă-ți treaba, îl îndeamnă el, uitându-se la cer.

Mâine e zi de hrănire. Un moment pe care îl așteaptă cu nerăbdare. Dacă ar fi avut copii, i-ar fi luat cu el. I-ar fi învățat tot ce știe. I-ar fi crescut să iubească vulturii așa cum îi iubește el. Fără rezerve. Cu aceeași teamă că li se va întâmpla ceva.

Se uită la băiat. Cu spatele firav, încearcă să se ascundă de el.

Dacă ești cuminte, te iau cu mine.

Se întorc în cabană. Momentul de slăbiciune s-a terminat. Îi leagă picioarele cu un colier autoblocant și îi amintește că nu are voie să plângă.

Geaca de iarnă e numai bună, chiar dacă nu a venit încă vremea ei. I-o aruncă băiatului, iar el se întinde pe o blană de ren uitată pe acolo, cu puloverul Helly Hansen pe post de pătură. A fost o zi lungă. Mușchii i se relaxează pe pielea aspră de animal.

— Hai să dormim, zice el și suflă în lampă.

46

Sentimentul binefăcător de irealitate care îl face pe Mikael Blomkvist să adoarmă, să se trezească brusc și să adoarmă din nou trece repede.

Îl doare umărul, dar primește ajutor împotriva durerii. Apoi rămâne restul.

— Ce-ți amintești din seara aceea? întreabă Birna Guðmundurdottir, care are și ea un plasture la o tâmplă.

La început, nu înțelege întrebarea. Care seară?

— Am adormit și tocmai m-am trezit.

— Nu-ți amintești de nuntă?

— Sigur că-mi amintesc. Acolo ne-am cunoscut.

Hehe, vechile gânduri nu l-au părăsit.

— Așa e. Dar apoi?

Încearcă să pună în cuvinte ceva ce nu se lasă prins, dar gura i se deschide ca a unui pește pe uscat. El e un pește pe uscat și rămâne fără oxigen.

— Poftim! Bea puțină apă.

Branhiile primesc apă, pot respira din nou. Peștele alunecă prin stufăriș în căutare de ghidrini. Băiatul cu ciclopul. Știuca deschizând fălcile. O știucă de zece kilograme cel puțin, 20, 50. Acum se apropie. Vede prada. Se mișcă. Știuca își deschide fălcile și... și...

Mikael se ridică în grabă în capul oaselor, iar paharul cu apă se răstoarnă. Aruncă pătura și își coboară picioarele peste marginea patului. Cineva încearcă să-l oprească.

— Dă-mi drumul, ce dracu', trebuie să-l găsesc pe Lukas!

— Liniștește-te, ascultă-mă acum, ești în spitalul din Sunderbyn. Îl vom găsi pe Lukas, totul va fi bine.

— Dă-mi drumul, ce dracu', țipă el, mai tare acum. N-o să fie nimic bine. Trebuie să-l găsesc pe băiat. L-a luat.

— Cine l-a luat?

— Știuca, bineînțeles, răcnește el. Știuca, știuca, știuca.

Probabil că a dormit din nou. Când se trezește, e seară, iar în scaunul de lângă pat doarme o femeie, cu părul căzut peste față. O recunoaște. S-au mai întâlnit.

— O să taie tortul chiar acum, spune el cu voce tare.

Ea nu doarme adânc și se trezește când îi aude vocea.

Pernilla stă cu spatula de tort în mână și-l așteaptă pe Salo. Îl cuprinde pe Lukas cu un braț. Îi șoptește ceva la ureche.

— Noi doi stăm puțin mai departe. Pentru că tu ești Birna, nu-i așa? Nu știam că ești polițistă. De ce nu mi-ai spus?

— Nu m-ai întrebat.

— În fine. La început, nu înțeleg ce se întâmplă. E aglomerat, oamenii vorbesc tare. Doi copii se aleargă. Apoi urmează împușcăturile. Mai întâi una, apoi alta. Poate o a treia. Femeile țipă, un copil începe să plângă. Tu te duci prin mulțime spre Pernilla și Lukas. Te așezi în fața lui. De ce?

— Am presupus că ținta sunt mirele și mireasa, răspunde Birna. Merg pe instinct.

— Trei bărbați mascați. Îmbrăcați în negru. Doi la ușă, un al treilea se îndreaptă spre tort. Nu, spre tine. Nu-mi pot mişca picioarele, o femeie se agață de mine, nu mă pot elibera. Tu primești o lovitură în cap și îți pierzi echilibrul. El îl ridică pe Lukas, îl ține sub brațul stâng, cu arma îndreptată spre oameni. Când e aproape afară, aud vocea. *Bunicule*. Întâi încet, apoi mai tare. *Bunicule*! Mă eliberez, îmi fac loc cu coatele prin mulțime, alerg spre ușă, ies pe ușă, îmi pierd echilibrul, mă ridic și alerg spre sunet. Apoi... Apoi nu mai știu. O împușcătură poate. Sau poate alunec.

— Ai fost împușcat. Din fericire, destul de superficial, și în umăr.

— O poveste bună de spus nepoților, zice el și revine brusc la realitate. Lukas! Trebuie să plec de aici și să-l găsesc.

— Toate la timpul lor. În momentul ăsta, trebuie să ai încredere că poliția își va face treaba.

— V-o faceți?

Rezolvăm asta singuri. Ai încredere în mine. Al dracu' Faste.

— Doar un ultim lucru. Îți amintești ceva anume înainte de a fi atins de glonț?

— Era senin, cu stele.

— Da, dar ceva mai concret.

— E ceva cu stelele. Doar că nu pot să spun exact ce.

47

De când a fost la femeia din pădure, Svala s-a tot gândit la ea. La ea și la cadavrul aflat pe cealaltă parte a muntelui, dincolo de mlaștină și de pădure. F, *also known as* Buddha.

N-ar fi exclus să dea cineva peste el. Deși culegătorii de fructe de pădure au plecat acasă, vânătoarea este încă în plin sezon. *Fereastra spartă. Brațul care sângera. S-ar putea să fi lăsat urme.*

Chiar dacă au trecut doar câteva zile, nu e sigură. Aici ar trebui să fie. De atunci a plouat și a nins. Cărarea abia se mai vede. Cu excepția urmelor de iepure și de cocoș-de-munte. Nimic, absolut niciun cadavru, nici măcar creanga cu care l-a ucis. Se întoarce pe propriile urme și vede lumină în casă. Bate la ușa care a fost cândva albastră, poate verde. Așteaptă ceva până îi deschide femeia. Marianne Lekatt pare că abia s-a trezit.

— Dragă copilă, tu ești? Ai venit pe jos tocmai din oraș? Intră. Fac imediat focul în sobă.

Merge încet, ca și cum ar fi îmbătrânit din senin.

— Nu te simți bine? întreabă Svala.

— Ba da. Doar că mă dor un pic articulațiile. E din cauza vremii. Mi-ar prinde bine o vacanță la soare.

— O să trebuiască să mergi în Thailanda, ca toată lumea.

— Tu ai fost acolo?

— Eu? Nu, n-am fost niciodată în afara Suediei. Abia dacă am ieșit din Gasskas.

— Păi, la fel ca mine.

— Am adus laptopul, zice Svala și îl deschide. Spuneai data trecută că ai avea nevoie de un computer.

Se așază pe canapeaua din bucătărie, iar Svala se dă mai aproape de ea, ca să poată vedea ecranul.

— Mai întâi îți introduci parola. A mea e „hermelină", ca numele tău, dar în suedeză. Nu trebuie s-o spui nimănui, e secretă.

— N-o spun. Deja am uitat-o. Se pot vedea hărți pe laptopul tău?

— Absolut. Din ce țară?

— Nu o țară, mai degrabă hărți cu imobile.

— Stai să verific, spune Svala, conectându-se la telefonul mobil. „Delimitare proprietăți funciare" sună bine?

— Perfect.

— Se pare că trebuie să introduci codul proprietății, orice-o fi aia.

— Toate terenurile au un proprietar, spune Marianne. Majoritatea sunt ale statului și ale companiilor forestiere, dar nu toate. Gasskasliden 1:13. Scrie așa.

— Casa ta.

— Da, răspunde Marianne și trece cu degetul pe ecran. Este aici unde suntem noi două acum. La Hultet, așa cum i se spune prin partea locului. Eu m-am născut în pod. Am luat ferma împreună cu soțul meu când au murit părinții mei, aveam doar 18 ani. Eram cu câțiva ani mai mare decât tine.

— Eu am 13 ani.

— Și ești deja înțeleaptă ca o enciclopedie. Am locuit în casa asta toată viața mea. Dar acum vor să mă alunge.

— De ce?

— Pentru că refuz să-i las pe „stăpâni" să pună turbine eoliene pe terenul meu. Vreau să-mi lase în pace pădurea. Și copacii, și liniștea. Ce zici, mâncăm ceva? Ți-o fi foame.

— Un pic, răspunde Svala.

De obicei, nu se gândește la asta. E mai ușor așa.

Își bagă laptopul înapoi în rucsac și întreabă dacă poate să ajute cu ceva. Sau dacă poate să se ducă la toaletă.

Peretele toaletei o uimește pe Svala. În jurul chiuvetei, ei bine, peste tot de fapt, Marianne a lipit articole decupate din ziare. Cele mai multe dintre ele par să fie despre parcul eolian și unele despre mină.

Orientare în contemporaneitate[25]. Un termen școlar plictisitor pe care nimeni din clasă nu-l apreciază, cu excepția Svalei, probabil.

— Dar dacă locuitorii din Gasskas nu vor nici energie eoliană, nici mină, nu e greșit să le avem? îl întreabă ea pe profesorul Evert Nilsson.

— Nu putem spune „nu" la orice, doar pentru că priveliștea va fi distrusă sau pentru că pescarii vor trebui să cumpere somon de la magazin, ca toată lumea. Orașul are nevoie de locuri de muncă, iar omenirea are nevoie de electricitate. Electricitate și minerale.

— Totuși, n-ar trebui să se organizeze un referendum cu privire la astfel de lucruri? La urma urmei, trăim într-o

---

25 Numit și „test de civilizație", o parte din examenul de admitere la facultățile de jurnalism, la care pot participa doar elevii cu notele cele mai bune.

democrație. Chiar tu ai spus că democrația înseamnă că toată lumea are dreptul la opinie.

— Democrația înseamnă că majoritatea decide, dar nu întotdeauna. În cazul de față, cred că trebuie să ne încredem în experți.

— Cine sunt ei? întreabă ea, dar el nu răspunde.

— Gata, suficient! Mai avem și altele de discutat.

Svala presupune că unul dintre experți e un bărbat brunet care apare în aproape toate fotografiile de la toaletă. Știe cine e. Șeful administrației locale din Gasskas. A verificat adresa. Gaupaudden 7. Henry Salo și Pernilla Blomkvist.

Trage apa și se spală pe mâini. Tocmai dă să iasă și să se ducă la bucătărie, când se aude o bătaie la ușă.

— Iar tu? o aude pe Marianne. Credeam că am terminat de vorbit pentru secolul ăsta.

Totuși, îl lasă să intre, iar Svalei i se pare penibil să iasă din baie chiar acum.

La început, nu aude despre ce vorbesc. Dar, după un timp, persoana ridică glasul.

— Pari dementă. Persoanele care suferă de demență n-ar trebui să locuiască singure. Au nevoie de îngrijire. Dacă nu înțeleg care le este interesul, pot fi luate în considerare măsuri coercitive.

— Nu sunt nici dementă, nici altceva, o aude pe Marianne.

Și vocea ei e diferită.

— Dacă tu crezi că poți veni aici să pretinzi că sunt dementă ca să pui mâna pe teren, te înșeli.

Acum iar nu mai aude despre ce vorbesc. Încet-încet, descuie ușa, stinge lumina și deschide ușa cam un centimetru.

Prin deschizătură îl vede pe bărbat. S-a așezat, stă cu capul aplecat și are un aer nefericit.

— Nu înțelegi, insistă el, cu glas complet schimbat. Dacă nu pot garanta că pot începe lucrările de construcție de la Björkberget, se termină totul pentru mine și familia mea.

— Te amenință cineva.

Nu dă semne că i-ar părea rău pentru el.

— În cazul ăsta, sunt convinsă că ți-ai făcut-o cu mâna ta. Ai promis ceva ce nu poți respecta. De exemplu, că o să mă faci să fiu de acord.

— Da, răspunde bărbatul, părând foarte mic.

— Totuși, eu nu voi fi de acord.

Svalei aproape că începe să-i pară puțin rău pentru bărbat, când el se ridică brusc în picioare, dărâmă scaunul și țipă:

— Tu nu pricepi cu ce oameni am de-a face! Dacă nu ești de acord, o să te ucidă. Tu nu pricepi? O să te ucidă. Mai întâi pe tine, apoi și pe alții. Oameni nevinovați.

Bărbatul dispare din câmpul vizual al Svalei, care nu o mai aude decât pe Marianne. Țipătul și lovitura când cade.

În secunda următoare, trece la doar câțiva centimetri de Svala, apoi trântește ușa cu zgomot. După care se face liniște.

Svala rămâne pe loc și așteaptă până când aude mașina îndepărtându-se.

Marianne e pe podea și Svala o ajută să se ridice. Îi aduce un șervețel ca să-și sufle nasul și îi sprijină spatele până se așază pe canapea.

— Te-a lovit?

— Nu, m-a împins. Cât de mult ai auzit, săraca de tine? Cred că ai fost îngrozită.

— Ai de gând să te duci la poliție?

— Nu. Am trecut eu prin lucruri și mai rele. În timpul căsniciei, de exemplu.

— Te bătea soțul? întreabă Svala, iar Marianne încuviințează.

— A fost un iad. Nimeni nu-și poate imagina cum a fost.

Cu excepția Svalei. Ea e expertă în domeniu. Și de la o expertă la alta, întunericul din ea se limpezește. Poate că există o cale de ieșire, până la urmă.

— Ar cam trebui să mă duc acasă. Te descurci ori sun la îngrijire la domiciliu sau ceva de genul ăsta?

— Îngrijire la domiciliu, nu, scumpă mică, încă n-am ajuns în faza aia, chiar dacă el așa susține. Totuși, poți să-mi aduci un pahar cu apă. Și dacă vrei să pui o scrisoare la poștă pentru mine, ți-aș fi recunoscătoare.

— Sigur că da, răspunde Svala, punându-și rucsacul în spate.

Marianne o prinde de mână.

— Ai grijă de tine. Ești binevenită oricând.

48

— Aha, deci zaci așa aici, pur și simplu, spune Pernilla.

— Nu vrei să te așezi? o întreabă Mikael, întinzându-i mâna.

— Nu, răspunde ea și rămâne în picioare, fără să-i ia mâna. Nu stau mult.

— Ce mai faci?

— Tu ce dracu' crezi? Mi-a dispărut copilul. Poliția n-are nici măcar o pistă, dar poate ai tu.

— Înțeleg că ești supărată, dar de ce aș ști eu mai multe decât ei?

— Pentru că totul în jurul tău se rezumă la un *scoop*. Crezi că nu înțeleg că încerci să afli multe lucruri murdare despre Henry, că de-aia ai vrut să mergi cu el la Ordinul Colțul de Tigru? Înțeleg că nu-l placi, am prins mesajul, dar faptul că trebuie să câștigi o bucată de pâine de pe urma lui e al naibii de josnic. Și Lukas face parte din complot?

— Termină, te rog. Lukas e nepotul meu. Tu crezi că nu-mi pasă de el sau că nu sunt la fel de șocat ca tine că l-au luat? încearcă el s-o liniștească în timp ce se reazemă de pernă.

— Bănuiesc că da, dar nu e doar nepotul tău, reprezintă și niște cuvinte nescrise pe laptopul tău. Știu exact cum ești. Imediat ce te vor externa, vei începe să faci săpături. Șeful administrației locale, al cărui copil vitreg a dispărut. Ce dracu', ești mai rău ca *Expressen*! De fiecare dată când ne vedem, e ceva legat de munca ta. Marele și celebrul jurnalist are nevoie de ajutor, iar eu vin aici, bâlbâindu-mă ca o proastă nenorocită, ca să te ajut. Nu mă suni niciodată decât dacă e în beneficiul tău. Te-ai gândit vreodată cum mă simt din cauza asta? Nu știi nimic despre mine, unde lucrez, ce fac, ce pot face sau ce-mi place. Sunt fiica inutilă cu care te-ai pricopsit și de care nu ți-a păsat niciodată.

— Știu că n-am fost întotdeauna...

— Nu te-ai comportat niciodată ca un tată adevărat, iar acum vrei să-i înscenezi lui Henry ceva ce presupui că e din vina lui, nu-i așa? Ai de gând să-l apuci de picior și să te ții de el până când răstorni și ultima piatră cenușie, fără să te gândești ce înseamnă asta pentru mine. Sau pentru Lukas, dacă mai contează. El n-are tată, dar îl are pe Henry. Și e vorba despre imaginea ta de sine deformată dacă-ți închipui că ești important pentru Lukas doar fiindcă a stat cu tine o săptămână. Hybrisul tău, ai auzit, javră bătrână, ai hybris!

— Ce naiba, termină! îi strigă Mikael. Nu sunt un sfânt, dar nici nu sunt răul întruchipat. Spre deosebire de sfântul tău Henry Salo, care își bagă degetele murdare în mai orice, eu îmi fac cinstit meseria de jurnalist. Tu măcar înțelegi ce face, la ce riscuri te expune când se dă el marele șmecher pe aici? Și cine a fugit după ei și a fost împușcat? El? Nu, el stătea la bar și încerca să impresioneze chelnerițele.

— Exact, nici măcar nu te auzi ce spui! Lukas a dispărut, l-au cărat ca pe un sac de cartofi, iar tu zaci aici ca un nenorocit de pacient de lux cu o zgârietură pe umăr și te miorlăi despre integritatea ta jurnalistică. Pe copilul meu l-au luat, copilul meu! Ce dracu'!

Pernilla se îndreaptă spre ușă. Se oprește și se întoarce.

— Ți-am împachetat lucrurile. Să-ți cauți să stai în altă parte. Și auzi, nu uita să le ceri un plasture nou. Sunt sigură că au unele frumoase, cu ursulețul Bamse pe ele.

49

— Ți-ai cam luat-o!

Mikael Blomkvist nu observase că în cursul nopții mai fusese adus un pacient, despărțit de el doar printr-o perdea. O mână o dă la o parte.

— Ești OK?

Este OK? Nu. Nici pe departe. În cap îi zvâcnesc cuvintele Pernillei și propria furie. Partea cea mai proastă este că avea dreptate. De când s-a trezit în spital, se gândește la un articol despre cum este condusă comuna și ce legătură ar putea avea cu răpirea. Faptul că a fost împușcat e doar un bonus.

— Fiică-mii îi sare repede țandăra, spune Mikael.

Nu știe nici el de ce s-a trezit vorbind.

Bărbatul întinde mâna cât poate de mult.

— Per-Henrik Hirak.

— Mikael Blomkvist. Ce-ai pățit?

— Un mic accident de vânătoare, răspunde bărbatul. Nimic grav. Am vrut să sar peste un gard și m-am împușcat din greșeală în stomac. Am fost internat în altă secție două săptămâni. Mă externează mâine.

— Oh, la naiba, cred că ai avut noroc că ai scăpat.

— Așa se spune.

— Hirak. Nu voi sunteți cei care refuzați să aveți turbine eoliene pe terenurile voastre? Cel puțin conform ultimelor minute ale Consiliului local.

— Da, așa e. În general, un refuz ridicol. Indiferent că spunem da sau nu, tot va trebui să renunțăm la creșterea renilor, dacă le iese proiectul. Nu că ar conta atât de mult, creșterea renilor oricum nu are niciun viitor, adaugă Per-Henrik, întorcându-se pe spate.

— Sună sumbru. Nu există nicio lege care să împiedice construcția?

— Administrația locală spune că turbinele eoliene vor fi construite astfel încât să nu afecteze renii. Și că există alte zone pe care le putem folosi în loc.

— Există alte zone?

— Da, dar asta înseamnă că va trebui să transportăm renii acolo cu camionul și cu elicopterul, iar noi nu avem mijloace financiare pentru așa ceva. Administrația locală consideră că și-a făcut partea ei de treabă, indicând cu degetul o soluție. Că nu e o soluție realistă, asta nu le pasă. Dar tu, ce faci acum când fiica ta te-a aruncat în stradă și ți s-a vindecat rana?

— O să fie bine. Există hoteluri, în cel mai rău caz.

— Scuză-mă dacă sunt curios, dar... nu m-am putut abține să ascult ce vorbeați. Henry Salo nu e tocmai necunoscut. Și am mai citit și noi știrile, despre împușcături și așa mai departe. Mi se pare ireal că s-a întâmplat în Gasskas. Ai vreun indiciu despre unde ar putea fi băiatul?

Mikael dă din cap.

— Nu, absolut nimic.

— Vorbești de lup, spune pe neașteptate Per-Henrik și trage la loc perdeaua.

— Henry! exclamă Mikael. Nu mă așteptam.

— Păi, am avut treabă în Boden. Cum te simți?

— Bine, mă externează în după-amiaza asta.

— Bun, bun așa. Groaznic ce s-a întâmplat. Voi probabil v-ați așteptat la o mică încăierare la beție, dar focuri de armă în tavan și Lukas... ei bine, Lukas...

Se așază pe marginea patului lui Mikael și își ascunde fața în mâini.

— Of! Eu... poliția... o să-l găsească.

— E al naibii de rău să ataci un copil. Crezi că e vina mea?

— Tu ce crezi?

— Sunt funcționar municipal. Oamenii cred că am putere, dar eu fac ce vor politicienii. Construiesc parcuri eoliene, construiesc mine, închid grădinițe. Trebuie să fie vorba despre altceva, dar înțeleg că totul arată spre mine. Ziarele speculează că ar putea fi și o dispută pentru custodia copilului.

Se leagănă înainte și înapoi.

— Trebuie să aducem băiatul acasă. N-a făcut rău nimănui.

— N-ai nici măcar o teorie despre cine ar putea fi? întreabă Mikael.

— Cred că oamenii se enervează întotdeauna puțin când lucrurile nu merg așa cum vor ei, dar așa, la prima vedere, nu.

— Și la a doua?

— Era cât pe ce să te întreb același lucru, răspunde Salo. Adică, e o coincidență. Apari tu, proprietarii de terenuri încep să facă probleme, Pernilla se pune de-a curmezișul, iar Lukas dispare.

— Deci acum e vina mea.

— N-am zis asta, dar se vorbește puțin pe ici, pe colo. Oamenii au considerat că ai pus întrebări ciudate la întâlnirea lojei. Poate că nu ți-am spus care e mottoul Ordinului Colțul de Tigru: toleranță, fraternitate și acceptare. Deschidere față de toate opiniile, cu alte cuvinte.

Toleranță, fraternitate și ignoranță.

— Sunt jurnalist, Henry, sper că înțelegi că al vostru ridică semne de întrebare cu privire la nepotism și decizii nedemocratice.

— Da, dar pierzi esența. Rămânem în limitele legii. Nu e nimic necurat să discuți lucrurile înainte să ajungă pe masa politicienilor. Antreprenorii deja greu încercați de taxe economisesc bani dacă știu despre ce e vorba.

— Înainte ca reprezentanții aleși, care sunt și femei, să își spună părerea?

— Ei, zice Salo, ridicându-se în picioare, am vrut doar să te avertizez. Lasă penița jos și du-te acasă, dacă nu te poți face util în alt mod. Pernilla își pierde mințile de îngrijorare, doar așa, ca să știi.

50

— Aha, Kalle Blomkvist[26], aici te ascunzi, într-un spital din Norrland. Nu poți să mergi nici măcar la o nuntă fără să nimerești într-un film de acțiune?

A trecut mult timp. Sau deloc, în funcție de cum privești lucrurile. Dar el se bucură. Mai mult de atât. E emoționat, poate. În orice caz, e ușurat.

— Lisbeth! La naiba, ce mă bucur, cum ai știut că sunt aici?

— Ai trimis niște mesaje confuze, ceea ce nu-ți stă în fire. Mesajele tale sunt de obicei ceva de genul „bătrân rigid caut companie". Așa că m-am gândit să verific ce s-a întâmplat cu marele detectiv. Dacă a avut o hemoragie cerebrală sau a devenit senil.

Chiar și Per-Henrik Hirak s-a înviorat la vederea siluetei ciudate care stă în continuare în ușă și nu pare să știe dacă să se așeze sau să plece.

— E un scaun sub lucrurile lui Micke, anunță el.

---

26 Personajul principal din cărțile omonime ale scriitoarei suedeze Astrid Lindgren. Kalle Blomkvist este un detectiv adolescent.

— Ce noroc că e și cineva politicos aici!

— Per-Henrik s-a împușcat singur în stomac. Iar eu am fost împușcat în umăr.

— Secția de nebuni, comentează Lisbeth.

Bărbatul din patul de lângă Blomkvist nu îi e tocmai necunoscut. Și-a petrecut ceva timp investigând familia Hirak.

— Ești fratele Märtei Hirak? întreabă ea și observă că expresia lui Per-Henrik devine mai dură.

— Da, aș zice că da.

— Ai zice? Atunci știi că Märta are o fiică de care nu-i pasă niciunuia dintre voi, chiar dacă și-a pierdut atât mama, cât și bunica.

— E mai complicat, răspunde el.

— Nu și din punctul meu de vedere, răspunde ea, împungându-l cu degetul pe Mikael. Dar tu, tu nu poți să zaci la pat. Avem o grămadă de treabă. Apropo, eu am început deja.

— Mă externează în după-amiaza asta, dar Pernilla...

— Te-a dat afară în șuturi, da, știu. E de înțeles. Ești un tip destul de nasol. Lăsând gluma la o parte, n-ai răspuns, așa că am sunat-o după mesajele tale ciudate.

— E supărată.

— Îngrozită.

— Nedreaptă.

— Sinceră. Unde o să stai?

— Nu știu, la un hotel, cred.

Oricum n-o să stai la noi. La naiba cu asta. Te ajut, dar pe urmă bye bye *pentru totdeauna.*

Rămâi în sentiment, Lisbeth. Te-a rănit o dată. Încă îl placi. Poți să renunți acum.

Tacă-ți fleanca, Inge Ågren!

— Poți să stai la noi, intervine Per-Henrik. Avem loc.

— Dar se pare că nu și pentru Svala, ripostează Lisbeth.

Mikael îi pune mâna pe braț.

— Mulțumesc, Per-Henrik, voi accepta cu plăcere această ofertă.

— Iar în ceea ce o privește pe Svala, adaugă Per-Henrik, făcând o pauză suficient de lungă ca fata să se ridice să plece, de ce nu treceți pe la noi?

Lisbeth înțelege că-l doare să pronunțe cuvintele. Din punctul ei de vedere, familia Hirak se poate duce dracului, dar acum e vorba de Svala. Fata are nevoie de un cămin, iar familia Hirak nu poate fi cea mai rea variantă.

— Pare să te placă, îi zice Mikael.

— Cui nu-i place un trol fermecător?

— Așteaptă, te conduc.

Merg împreună pe coridor și se așază pe o banchetă în fața lifturilor.

— OK, Kalle Blomkvist, de unde începem?

51

De ce te smiorcăi?
Acum sunt pe urmele mele.
Ai cheia, nu uita.
Cheia pentru ce?
Cheia pentru tot.

Să gândești ca Mama-Märta înseamnă să fii jos de tot. Să găsești o cale de ieșire, dar niciodată *calea* de ieșire.

Svala s-a gândit mult la Mama-Märta. Înțelege alegerile pe care le-a făcut. Unele pentru a o proteja pe ea, altele pentru a se proteja pe sine.

Calea există. Svala trebuie doar să se decidă. Să rămână copilul care oricum nu a fost niciodată sau să ia propriile decizii.

Heian shodan, nidan și *sandan*. În *kata* nu există gânduri. Doar năzuința trupului către echilibru.

Face duș, se îmbracă și trântește în urma ei ușa hotelului. Trebuie să înceapă de undeva.

— Aș vrea să vorbesc cu Henry Salo. Nu am programare, dar puteți, vă rog, să-l sunați? Îi puteți transmite salutări din partea Svalei Hirak, spune ea.

Să nu uiți niciodată să fii politicoasă, spune Mama-Märta. *Politețea deschide uși.*

— Poţi lua loc acolo, vine imediat să te ia, spune recepţionera.

Henry Salo pare mai amabil decât data trecută, dar mai obosit. Suflă greu pe scările celor două etaje până la biroul lui. Închide ușa și o invită să ia loc.

Märta și copilul ei nu prea seamănă. Numele îi dă dureri de stomac. *Puteți face ce vreți cu ea.* Și dacă Branco va face întocmai? Chiar poate fi atât de nebun? Un om de afaceri cu o reputație internațională?

— Cu ce te pot ajuta? o întreabă pe Svala.

— Am intrat prin efracție în casa ta.

— Nu înțeleg. Azi?

— Nu, acum ceva timp.

— Dar n-am avut nicio spargere. Nu ne lipsește nimic.

— Ba da, răspunde ea, dar s-ar putea să nu fi observat. Știu că o cunoști pe mama mea. Märta Hirak.

— Da. Suntem prieteni din copilărie. Ce mai face?

— Nu știu. A dispărut. Poate a murit.

— De ce crezi asta?

— M-am gândit că poate știi tu unde e.

Mi-e dor de tine.

— Nu, nu. Nu ținem legătura.

— Dar îl cunoști pe Plastic-Peder. Peder Sandberg.

— Mă rog, știu cine e, răspunde Salo și toarnă cafea în două cești. Bei cafea, nu?

Da, bea cafea.

— Vrei un sandvici? Brânză sau pateu de ficat?

— Brânză, te rog.

Beau cafea și se gândesc. Fata vrea ceva. Știe ceva.

— De ce ai vrut să vorbești cu mine? întreabă Henry.

— Revenind la spargere, spune ea scormonind în rucsac.

Scoate o maimuță ciufulită și cere o foarfecă.

— Ai furat o maimuță de jucărie de la Lukas?

Asta-i bună! Dar fata e serioasă, iar el îi aduce o foarfecă.

Svala taie un petic și scoate o cutie cu pastile, pe care o scutură în fața lui și îl întreabă dacă știe ce e.

— Nu știu dacă am timp de așa ceva. Treci la subiect.

— Seiful din grădina ta zoologică. Ascuns după 20 de costume bleumarin.

— Nu e posibil, doar eu știu codul.

— Tu și cu mine. FQZ0081VG. Știu că ai primit cheia de la Mama-Märta. Și dacă ți-a dat o cheie, înseamnă că are încredere în tine. De ce, nu știu. De fiecare dată când citesc ceva despre tine, mă gândesc că nu ești de încredere.

Fata are un mod ciudat de a se exprima. Ca un om bătrân. Pentru oameni ca ea, există două căi. Ori moare tânără, ori ajunge foarte departe. În momentul de față, îl are la degetul mic.

— O iubesc pe mama ta.

Este atât de neașteptat, încât tresar amândoi.

— Aveți o relație? întreabă Svala. Credeam că tocmai te-ai căsătorit. Cu Pernilla sau cum o cheamă.

— Am fost împreună acum multă vreme, dar au intervenit altele.

Mai exact, un monstru albinos de doi metri, dar nu-i poate spune asta fetei. E de neînțeles cum a ieșit persoana care stă în fața lui din omul ăla dezgustător.

— Mama ta e... Da, cum e? Specială.

— Așa cred de obicei bărbații, răspunde ea și revine la cheie. Pentru ce e cheia asta?

— Nu pot să-ți spun. Asta e. Nu știu.

Oare minte? Bineînțeles că minte. E ușor să minți un copil. Toți adulții îi mint.

— Deci n-ai de gând să-mi spui pentru ce e cheia?

— Nu. E suficient de rău că ai furat-o. Poate ar trebui să sun la poliție?

— Sau sun eu.

Svala scormonește din nou în rucsac.

— Avem o cunoștință comună, continuă Svala. Marianne Lekatt.

Dacă se gândește mai bine, a mai văzut rucsacul ăsta. O chestie bleu, de fete, pe canapeaua din bucătărie. Nu se potrivea acolo. Asta s-a gândit atunci, că nu se potrivește în bucătăria veche și uzată, dar nu i-a trecut prin cap să întrebe.

Amenințările par să vină din toate direcțiile neașteptate, iar el e la mijloc. Își întinde brațele și primește un roi de săgeți otrăvite prin corp.

— Eram acolo, adaugă ea arătându-i mobilul. Îmi cer scuze pentru calitatea sunetului. Dacă îmi spui pentru ce e cheia, șterg fișierul. Dacă nu, îl trimit mai departe.

Dincolo de fereastră, fluviul curge ca un șarpe de casă prin oraș. Poate că acum e momentul. Cât de ușor ar fi să scape de toate astea! Un pas de pe o stâncă e tot ce trebuie.

— OK, spune el.

— Fără minciuni.

Salo oftează.

— Fără minciuni. Nu știu exact pentru ce e cheia aia, și spune adevărul. Mie mi se pare că arată precum o cheie pentru o căsuță poștală. Sau, poate, pentru un seif de bagaje. Mama ta m-a rugat să am grijă de ea.

— N-a mai zis nimic altceva?

— Nu.

Märta e întinsă pe brațul lui și își trece degetele prin părul lui. Întunericul blând al după-amiezii plutește în cameră. Un moment de pace. El poate să le numere pe toate.

— Pot să-ți cer un serviciu? întreabă ea, aprinzând veioza de lângă pat.

E serioasă. Atât de frumoasă în clipa asta, că rămâne fără suflare.

— Orice.

— Nu e ceva dificil, continuă ea, punându-i cheia în mână. Poți s-o păstrezi tu? S-o încui undeva sau s-o ascunzi.

— Ce cheie e?

— Nu contează. Dar dacă mor... când o să mor... Vreau să i-o dai Svalei. Nu e importantă decât pentru ea.

— OK, spune Svala, te cred.

Ridică mobilul și șterge videoclipul.

— Apropo, aplici o tactică greșită cu Marianne. E o persoană de treabă. N-o cunoști.

A naibii puștoaică, crede că le știe pe toate! Doar gândul la baba aia îl enervează din nou. Totul e numai din vina ei. Toată mizeria asta blestemată începe și se termină acolo.

— Încă ceva. Știi unde e Mama-Märta?

Salo clatină din cap.

— Îmi pare rău. Dacă aș ști, aș aduce-o acasă.

52

— Spun un „nu“ hotărât speculanților atotștiutori. 42 000, nici mai mult, nici mai puțin, nu se negociază. Are câțiva ani, dar 70 000 de kilometri nu înseamnă nimic pentru un diesel.

— 40 000, nicio coroană în plus, răspunde Lisbeth. Dacă nu rezistă o lună, știu unde stai.

— Poți să-mi transferi pe telefon, spune el și-i dictează numărul de cont.

— Nu prea cred, zice Lisbeth, ținându-i o mică prelegere despre riscurile serviciilor online legate de conturile bancare. Sau, mai rău, să faci o conexiune între două entități diferite.

El se holbează în gol și își aprinde o țigară.

— O vrei sau nu?

Costul mașinii o să fie suportat din contul ei de cheltuieli neprevăzute. Ultima dată când a verificat soldul, era pentru a răscumpăra apartamentul de pe Fiskargatan. De atunci, de doi ani cel puțin, se pare că a primit un salariu lunar și dividende pentru acțiuni. Probabil că Armanski îi apreciază serviciile.

Doar pentru că poate, mai ocolește o dată mașina și lovește cu grijă fiecare anvelopă.

— Rezistă toată iarna?

— Pentru muieri, cel puțin două.

Văd doar o muiere aici, ar vrea să spună ea, dar nu spune; au nevoie de o mașină. Îi întinde teancul de bancnote și îl lasă să le numere. După ce semnează actele și dau mâna, el îi înapoiază o bancnotă de 500.

— Ai numărat greșit, spune el.

— Știu.

El dă din cap și mormăie ceva despre femei.

— Apropo, snowmobilul de acolo este tot de vânzare?

— Glumești, răspunde el, mai degrabă mi-aș vinde nevasta.

— Ce noroc că n-ai așa ceva, îi șoptește Lisbeth Svalei.

— La naiba, ce rea ești, comentează Svala în timp ce se hurducăie pe drumul cu pietriș. Voia doar să vândă mașina. I-a murit mama săptămâna trecută. Ann-Britt. A fost prietenă cu bunica mea.

— Puteai să-mi fi spus dinainte, răspunde Lisbeth. Știi drumul spre familia Hirak?

— Papagalii trăiesc în colivii?

— Aveam impresia că n-ai fost niciodată acolo.

— Doar pentru că nu i-am întâlnit niciodată nu înseamnă că n-am fost niciodată acolo, îi dă Svala replica și face dreapta în intersecție.

Lisbeth are întrebarea de „Cine știe câștigă" pe vârful limbii, dar se abține. Dacă răscolește sentimente, s-ar putea să înceapă să se gândească și la ale ei. În unele situații, în cele mai multe, e mai bine să ai sentimente abia după aceea. Sau deloc.

— Frânele par bune, remarcă Svala. Și nu pare să fie nimic în neregulă cu cutia de viteze.

A tras scaunul cât de mult a putut în față, dar capul abia îi ajunge deasupra volanului. Instructorul auto Lisbeth n-are nevoie să-i atragă atenția că trebuie să fie atentă la toate oglinzile. Svala a mai condus.

— Nu există niciun risc să dăm de poliție.

— De parcă ar conta, comentează Svala. Se pare că te ai bine cu poliția.

Ce dracu' vrea să spună puștoaica?

— Bănuiesc că n-ai auzit de TikTok.

— Bineînțeles că am auzit, răspunde Lisbeth. Un loc pe net în care își petrec timpul copiii.

— Credeam că ești IT-istă. Și că lucrezi în securitate.

— Ce-are una cu alta?

— TikTok. Există două clipuri cu tine și Jessica Harnesk în rolurile principale. Toată lumea știe cine e. Vine la școală cel puțin o dată pe an și vorbește despre droguri. Toți o plac. Mai ales că așa scapă de ora de mate.

— Oprește! îi cere Lisbeth. Acum. Trage pe dreapta. Acum. Și scoate cheia din contact.

— O să murim de frig.

— Nu contează, oprește mașina și repetă ce-ai zis adineauri.

— Într-un clip dansați, iar în celălalt stați pe o canapea, spune Svala și își scoate mobilul.

Unde știuca înoată în stufăriș
Și vulpea se furișează pe pod
Acolo, în garaj, îți faci mâncarea
Acolo vreau să trăiesc în puii mei.

— Am dansat, încearcă Lisbeth. *So what*?

— Ce mă interesează pe mine? Dar având în vedere că ești mătușa mea, e destul de jenant.

Îndreaptă mai bine telefonul spre Lisbeth.

Buzele la care s-a gândit toată săptămâna. Părul, picioarele de Barbie. Și restul... să fii o persoană necunoscută într-un oraș necunoscut. Lucruri despre care au vorbit. Lejeritatea. Libertatea.

— Cine l-a postat?

— Un oarecare Henkebacken.

Mulțumesc. Acum, n-o să se lase.

Poate că ar trebui să impui niște limite.

— Poate ar trebui să facem schimb de locuri, propune Svala. Îți dai seama ce tâmpenie e să lași un copil să conducă. Nu știu ce m-aș face dacă am fi arestate.

— OK, răspunde Lisbeth, apoi o prinde de bărbie și-i întoarce capul spre ea. Uite cum stă treaba: nu sunt mama ta. Întâmplător, sunt doar mătușa ta. Complet involuntar, de altfel. Ai vrut să conduci. Te-am lăsat să conduci. Asumă-ți responsabilitatea pentru acțiunile tale și nu da vina pe alții ca ultima mucoasă împuțită.

— Trebuia să fi spus nu.

— Trebuia să nu-mi fi cerut niciodată.

53

Ferma familiei Hirak arată ca majoritatea fermelor de pe lângă Gasskas: o casă roșie cu muchii albe, o clădire mai mică așezată perpendicular, un hambar care a văzut și zile mai bune și un țarc pentru câini, de unde doi–trei șpiți latră necontrolat când le văd coborând din mașină.

Fata ezită. Își trage gluga pe cap și se uită pe coasta dealului.

Lisbeth privește în jur. Nicio lumină înăuntru. Pare să nu fie nimeni acasă, iar fata dă impresia că e pierdută. *Iartă-mă, știu cum te simți. O să mă schimb în bine.*

— Hai să sunăm la ușă, nu? propune Lisbeth, dar nu răspunde nimeni. Ciudat, doar am stabilit pentru ora 4.

— E lumină în pătul.

— Pătul?

— Hambarul, explică ea, accentuând fiecare silabă, și merge pe niște urme spre o ușă întredeschisă.

Deasupra lor sunt atârnate carcase de animale jupuite. Și cea mai ciudată priveliște, Mikael Blomkvist, cu un șorț de plastic pătat de sânge și tranșând un ren mort. Nu de unul singur. Per-Henrik Hirak este concentrat asupra cuțitului din mâna lui Mikael.

— Bună, spune el când le zărește, după care se întoarce la animal.

— Am ajuns ucenic de măcelar, după cum vedeți. Nu e cel mai ușor lucru pentru un vegetarian de Stockholm, le anunță Mikael.

— Ți-am zis că numai pămpălăii sunt vegetarieni, îi dă Lisbeth replica.

— Dacă tai coapsa exterioară prea grosier, o să ratezi rasolul, îl avertizează Svala.

— Cred că poți să lași cuțitul în seama experților, îi sugerează Per-Henrik lui Mikael, dând din cap spre Svala.

Ce ironie! Imediat ea știe ceva ce n-ar trebui să știe. Ce rost are să învețe lucruri? Ar trebui să învețe să-și țină gura.

— E un șorț atârnat acolo, spune el. Femela de ren și puiul au ajuns sub roțile mașinilor. Tranșăm și femela.

Unna gehtsul várrista, várrista, várrista, várrista.
Unna gehtsul várrista, ietján váldáv duv[27].
Mama-Märta, nu știu ce să fac.
Of, melcișorule, dar știi cum se face. Întâi împarți corpul în două, ca să poți scoate fileul direct. Pe urmă tai mușchiul de la spate, dintre vertebre, ca să obțină și restaurantele partea lor preferată.

Corpul e greu, iar ea se luptă cu femurul. Se clatină, dar reușește să-l ridice pe bancă.

Acum bagă degetul mare și scoate friptura.

---

27 Textul cântecului „Melcișorul", scris în dialectul sami de Luleå. În traducere în limba română: *Melcișorule ai grijă, ai grijă / Melcișorule ai grijă, altfel te prind.*

Înșiră bucățile lângă fileu. Interiorul pulpei, friptură, mușchiuleț, antricot, partea exterioară a pulpei.

Își simte brațele slăbite și îi sângerează un deget.

— Mă ocup eu de cealaltă jumătate, spune Per-Henrik. Tu poți să cureți carnea pentru fiert. Și tu, la fel, i se adresează el lui Lisbeth. Pari că știi să mânuiești un cuțit. Iar Mikael poate să ambaleze carnea.

Îi aruncă un marker.

— Data de azi, tipul de carne și proprietarul. În cazul ăsta, Märta. Sau poate Svala, adaugă el, privind-o pe fată. Scrie Svala.

Ești laponă și ai renii tăi.

Se zice Sami.

Sami-sami, ai renii tăi. Nu uita asta.

Nu mai bine te întorci, decât să vorbești în capul meu?

În curând. Trebuie doar să rezolv niște chestii mai întâi și mă întorc după aia.

Laura Hirak, sora mai mică a Märtei, rupe turtele subțiri în două și pune jumătățile în zeama care fierbe la foc mic. Scoate pe o farfurie o bucată de carne, iar lângă ea pune pâinea, care s-a înmuiat și e umflată ca o budincă.

— Și pe pâinea înmuiată trebuie să fie mult unt, explică ea, așezând farfuria în fața Svalei. Mănâncă mai întâi carnea, ca să-ți dai seama dacă mai poți și restul.

— Eu nu mănânc carne.

— Înțeleg. Nici eu n-aș mânca niciodată pui sau carne cumpărată de la magazin, dar asta e curată. Nu poți găsi mâncare mai naturală decât asta.

— Animalul n-a cerut să moară și să devină hrană pentru oameni, ripostează Svala, tăind o bucată din pâinea fleșcăită.

— Suntem recunoscători că ne-au mai rămas reni, intervine Elias, fratele mai mare al Märtei. Tatăl tău a făcut tot posibilul să...

— Putem vorbi despre asta altă dată, îl întrerupe Laura. Nu e vina fetei.

— Nu, dar are genele lui, spune el. Și pe ale Märtei.

— Ce nu e vina fetei? întreabă Lisbeth. Dacă ați spus jumătate, puteți spune și restul.

Frații se uită unul la celălalt. Să iasă răul la iveală!

— Foarte bine, răspunde Elias. Märta, deci mama ei, nu era ca noi, ceilalți. În loc să se așeze la casa ei, a vrut să vadă lumea. Aici a fost vina tatei. El i-a băgat prostii în cap. Îi zicea că are talente care nu trebuie irosite și că nu-i sortită să aibă doar o viață obișnuită.

— Ca orice părinte descuiat la minte, comentează Lisbeth, alegându-se cu o privire supărată.

— Märta a fost...

— Chiar trebuie să vorbim despre ea ca și cum ar fi moartă? îl întrerupe Svala.

— Adică nu este?

Svala se ridică în picioare atât de brusc, încât scaunul cade pe spate; își trage cizmele, își ia geaca și trântește ușa.

— Era necesar? întreabă Laura.

— Eu cred că da.

— Atunci poți să povestești și restul. Eu mă duc după fată.

— Exact. Vreau să știu totul despre necazurile familiei Hirak, care aparent sunt din vina Svalei. Nu-i rău pentru un copil de 13 ani.

— Nu-i vina ei, spune Per-Henrik, ci a Märtei și a tatei. Ea a făcut ce-a zis el. A plecat să devină ceva remarcabil și s-a întors doi ani mai târziu, o drogată în toată regula, împreună cu tatăl fetei, Ronald Niedermann. Se cunoscuseră în Stockholm. Într-o zi au apărut aici și au cerut partea de fermă a Märtei, deși părinții noștri erau încă în viață. Aveau nevoie de bani. Tatei, care întotdeauna a avut-o la suflet pe Märta, i-a fost greu să spună nu. Ea a inventat o poveste despre o afacere pe care urmau să o înceapă și tata și-a deschis portofelul. Nu că ar fi fost mare. Nu se îmbogățește nimeni din creșterea renilor, dar probabil că economisise ceva de-a lungul anilor. La scurt timp după aceea, s-au întors la Stockholm și n-am mai auzit nimic de ei câțiva ani, până când, deodată, a apărut la poartă, pe jumătate moartă în bătaie. Aproape că n-avea nicio parte a corpului care să nu fie vânătă, ruptă sau schilodită. Am lăsat-o să stea aici. A scăpat de dependență și s-a angajat la Consiliu. A lăsat deoparte, din fericire, toate aberațiile despre visurile artistice. Și-a reluat chiar și relația cu Henry și încet-încet a redevenit ea însăși.

— Același Henry...? întreabă Mikael.

— Da, răspunde Per-Henrik. Salo. Erau nedespărțiți încă din copilărie, deși tata nu era chiar încântat de relația lor. Copilul de țigan de pe munte, așa îi spunea el. Dar nu era nimic grav în neregulă cu Henry. Cel puțin nu atunci. Probabil că totul s-ar fi rezolvat excelent dacă nu s-ar fi dovedit că era însărcinată. S-au făcut teste de paternitate și câștigătorul a fost Niedermann. Atunci a început adevăratul iad.

54

Svala își strecoară mâna prin gardul care înconjoară țarcul câinilor și îi cheamă. Câinele de vânătoare laika păstrează distanța, însă șpiții de Norrbotten sunt foarte fericiți că li se acordă atenție. Cu ochii pe laika, fata deschide poarta și se așază pe o găleată de hrană răsturnată. Șpiții se înghesuie în jurul ei, încercând să-i atragă atenția. Svala îi scarpină și ei îi mulțumesc lingând-o. Cu coada ochiului, vede câinele laika apropiindu-se.

Laura încremenește când o vede pe fată în țarcul câinilor. Ar fi trebuit s-o avertizeze cineva, dar cine s-ar fi gândit că o să intre acolo? Cățeaua bătrână ar fi trebuit eutanasiată cu mult timp în urmă. Acum nici nu îndrăznește să strige la fată să iasă cât mai repede. O mișcare bruscă ar putea s-o determine pe cățea să atace.

La doar doi metri distanță, Svala întinde mâna.

— Ești speriată, spune ea. Dar o să ai curaj să-mi lingi mâna. Stăpânul tău nu pare un tip de treabă. Înțeleg dacă vrei să-l muști. Mama-Märta tot vorbește despre tine. Când se întoarce, te luăm acasă.

Spre surprinderea Laurei, cățeaua se așază lângă fată. Își pune capul în poala ei și se lasă mângâiată.

Unna gehtsul várrista, várrista, várrista, várrista.

Unna gehtsul várrista, ietján váldáv duv.

— Nu știu decât „Melcișorule", zice Svala.

Laura se apropie cu pași înceți, iar cățeaua mârâie.

— Vă urăște, spune Svala.

— Probabil, răspunde Laura. Și Märta la fel. Trebuia să-și ia câinele cu ea.

— N-ar fi avut o viață bună la noi. Lui Plastic-Peder îi e frică de câini. L-ai cunoscut pe tatăl meu adevărat?

— Mă rog, nu l-am chiar „cunoscut".

— Cum era?

— S-a întors să te ia. Voia să crești la familia lui, în Germania. Tu abia te născuseși. Frații mei au reușit să-l alunge, dar el n-a cedat. Era... cum să spun... înspăimântător. Apoi a venit vara. Era în toiul alegerii renilor[28] și marcării puilor născuți peste vară. Märta, continuă Laura, ezitând puțin, dispăruse și te lăsase cu noi. A scris un bilet și l-a pus pe masa din bucătărie. *Aveți grijă de fată.*

— Cine a avut grijă de mine? întreabă Svala.

— Eu, răspunde Laura. Stăteai într-un coș din ăla de cărat în spate. Se făcuse târziu, toți se duseseră pe la casele lor. Tata nu mi-a spus niciodată că primise un telefon de la Niedermann cu câteva zile înainte. Când ne-am întors a doua zi, renii zăceau lați pe jos. Unii fuseseră împușcați, alții înjunghiați. Câțiva erau încă în viață, dar cu răni

---

28 Înainte de primul îngheț, în fiecare toamnă, crescătorii mână renii de pe platourile înalte din Laponia și îi coboară în vale. Turmele sunt adunate într-un loc împrejmuit cu gard și fiecare crescător și-i selectează pe ai săi. Tot atunci sunt marcați și renii născuți peste vară, pe timpul pășunatului în libertate.

grave. Parcă ar fi trecut o haită de lupi peste pășune. A fost îngrozitor. Am pierdut aproape toată turma.

— Dar Mama-Märta trebuie să se fi întors.

— Da, când a murit tatăl tău. Însă în locul lui, îl avea pe Peder Sandberg cu ea. Susținea că el vă salvase, pe ea și pe tine. Acum venise să te ia acasă. Și tata, și unchii tăi au încercat s-o oprească. Peder Sandberg era deja cunoscut ca un cal breaz pe-atunci, dar ea pretindea că îi e datoare din cauza lui Niedermann.

— Plastic-Peder l-a ucis pe tatăl meu?

— Nu, din ce zicea Märta. S-a aruncat singur cu capul înainte, asta a fost tot ce ne-a spus. Tu țipai până te înroșeai la față. „Li, li“, așa țipai, „nu, nu“, când încerca Märta să te ia în brațe.

— Vorbeam în sami? întreabă Svala cu surprindere în glas.

— Sigur că da. Și chiar foarte bine. Aveai doar câteva luni când ai rostit primul cuvânt.

— Care a fost acela?

— *Eadni*. „Mamă.“

— Ciudat, remarcă Svala. Mama-Märta nu era cu mine atunci.

Laura nu răspunde, dar are ochii umezi când i se adresează din nou fetei.

— Ultimele cuvinte ale lui Elias către Märta au fost dure. *Dacă pleci acum, nu ești binevenită înapoi. Nici tu, nici fata.*

— Ne-ați dat afară.

— Îmi dau seama că e greu de înțeles, dar Märta și-a atras singură nenorocirea asupra ei. Nu ne puteam permite să pierdem mai mult decât pierduserăm deja.

— Și eu?

— Tu am sperat mereu că o să te întorci, răspunde Laura, încercând să mângâie reticent brațul Svalei.

Câinele laika pleacă și se îndreaptă agale spre bolul cu apă. Ceilalți câini sunt întinși ici-colo pe jos. Peste fluviu se rostogolesc nori de ploaie, iar o acvilă de munte țipă după resturile rămase de la tranșatul cărnii.

— Atunci înțeleg de ce mă simt atât de puțin plăcută aici, spune Svala ridicându-se. Cred că ar trebui să mergem acasă.

55

— Hei, salut, Blomkvist, mă bucur că ai reușit să vii. Vrei o cafea?

Apasă butonul unui telefon cu circuit intern și în scurt timp are fiecare în mână câte o cană.

— Deci se întâmplă lucruri în sat, începe Jan Stenberg. Ați auzit ceva nou despre băiat?

— Din păcate nu, răspunde Mikael. Se pare că poliția n-a găsit nicio pistă. Ne întrebăm și noi cât de dificil poate fi.

— Pădurea e adâncă, iar lumea e mare, dar, sigur, depinde din ce motiv l-au luat.

— Așa e. Care e programul?

— Poți să faci ce vrei. Redacția e toată înflăcărată de entuziasm!

Unul dintre înflăcărații de entuziasm citește *Travronden*[29] cum citesc mormonii Biblia și nici măcar nu ridică privirea când se prezintă Mikael.

---

29 Cel mai vechi și mai mare ziar suedez, cu profil de echitație și sporturi hipice.

— Așadar lucrez la publicația *Millennium* de la începutul anilor 2000, începe el, iar drept răspuns, cineva ridică mâna.

— N-a fost închisă?

— Revista, da, dar în locul ei există un podcast.

— Da, știu, continuă cel care a ridicat mâna. Dar nu știam că lucrezi și tu acolo.

Mikael își drege glasul.

— Așa e, mi-am luat liber o perioadă. Vedem ce o mai fi la anul. Dar voi? Cine se ocupă de săpat?

— Nu tu, Anna? Nu ție îți plăcea grădinăritul, parcă? întreabă vocea de după *Travronden*, făcându-i pe ceilalți să izbucnească în râs.

— Nu avem așa ceva, răspunde Anna. Ne ajutăm unii pe alții cum putem.

— Și cum merge, după părerea voastră?

— Săptămâna trecută am avut o chestie legată de finanțarea Gasskas IK. A fost bine.

— Finanțele sau articolul?

— Ambele.

— Și altceva? întreabă Mikael. Cum vi se pare că a mers relatarea răpirii?

Pare ireal să vorbească despre Lukas. Ca și cum ar fi un oarecare.

— Inițial am avut doi reporteri, dar acum am rămas doar eu.

— Și cum te numești?

— Janne Bolin.

— Încântat de cunoștință, Janne. Și care e strategia ta acum, fiindcă presupun că încă urmărești activitatea poliției?

— Da, cum naiba să nu! Ne-am făcut veacul în fața casei lui Salo, cu puștii de la *Expressen*, dar ne-a șutat. Și fiica ta la fel. Pernilla sau cum o cheamă.

Sau cum o cheamă.

— Cred că vor să fie lăsați în pace. Nu mai există și alte piste?

— Nu, răspunde Bolin. Poliția ține conferințe de presă cu cele mai arătoase domnișoare polițist, dar n-a apărut nimic nou despre care să nu fi scris deja Flashback.

— Și din ce scrie Flashback, ce-ați putea filtra voi, care știți bine locurile, și să transformați în ceva palpabil?

— În mare parte, despre oameni care au dispărut și despre poliția căreia nu pare să-i pese, răspunde Anna. Cel puțin nu când e vorba despre dispariții legate de droguri. Gasskas e mai nou Järvafältet[30] de Norrland. Rețelele criminale își văd de treabă la fel de bine și aici, și acolo, cu diferența că aici e mai puțin spectaculos. Aici nu sunt focuri de armă. Copiii dispar pur și simplu în gaură de șarpe. Din când în când apare câte un cap într-o mlaștină, dar cei mai mulți nu sunt găsiți niciodată.

— Din punct de vedere pur jurnalistic, voi ce părere aveți?

— Că Flashback e nașpa, răspunde Bolin.

— Nu există fum fără foc, intervine Anna.

— Exact. Dacă aș fi în locul vostru și *voi în al meu*, aș urmări cu atenție câteva dintre postările lor.

Dimineața se scurge. La 12 fix, toată lumea pleacă în pauza de prânz. Mikael rămâne în fața calculatorului de împrumut pe care îl folosesc stagiarii și răsfoiește arhiva. Întâi îl caută pe Henry Salo și obține peste 3 000 de rezultate. Ca să reducă numărul, pune „minus" în fața lui Salo și pe Henry între paranteze. În continuare, câteva sute de rezultate. Majoritatea

---

30 Järvafältet este situat la nord-vest de Stockholm și cuprinde mai multe suburbii și comune, dar și o rezervație naturală. Cunoscut în ultimii ani pentru răfuieli dintre diferite bande criminale.

de la începutul anilor 2000, referitoare la unul dintre starurile de la Gasskas IK, canadianul Paul Henry.

Schimbă metoda, merge înapoi și caută în schimb după an.

La 12:55 găsește ce caută. 3 iulie 1991. Titlu: UN BĂIAT ȘI-A PIERDUT DEGETELE ÎNTR-UN TĂIETOR DE LEMNE. Subtitlu: *Minori luați în custodie din cauza suspiciunii de neglijență.*

Bark. Numele lui Henry înainte de adopție. Joar Bark. Fratele lui.

Își notează numele și oprește căutarea când ziariștii încep să se întoarcă, unul câte unul.

— OK, zice el. Despre ce evenimente, în afară de răpire, ați scris cel mai mult în ultima lună?

— Fata refugiată care a dispărut a avut două titluri, răspunde Janne Bolin. În rest, s-a vorbit mult despre hala comercială și despre închiderea uneia dintre secțiile de la maternitate. Și despre hochei, bineînțeles. Echipa Gasskas e mișto. A doua din serie. Dacă o ține tot așa, avem o șansă la Liga întâi.

— Și planurile miniere, desigur, adaugă Anna, dar acolo am folosit de fapt niște materiale TT, la fel ca atunci când e vorba de energia eoliană. Nu prea avem ce scrie până nu se apucă de construit.

— Cum adică? întreabă Mikael.

— După ce va fi gata, vom scrie despre inaugurare, dar acum cred că e vorba doar de o lucrare de planificare a proiectării.

— Și oamenii care stau în apropiere de zona șantierului? Protestele ecologiste și proprietarii de terenuri care se opun, ei nu vă interesează? Sau proiectul minier al lui Mimer și toată agitația din jurul lui?

— Nu prea, zice Anna. Oamenii par destul de sătui de Greta Thunberg și gașca ei.

— Și cine e de vină? întreabă Mikael.

— Ea, răspunde Janne. Aici, în nord, nimeni nu-i suportă cicăleala. Oamenii trebuie să meargă cu mașinile personale. Numai un adolescent cu părinți bogați poate să clocească tâmpenia că toată lumea ar trebui să conducă mașini electrice.

Mikael se adună pentru câteva secunde. E mai rău decât credea.

— OK, zice el. Dacă eu vin acum și susțin că e vina presei, nu a politicienilor, că oamenii nu mai vorbesc despre schimbările climatice, voi ce spuneți?

— Cum adică? întreabă Anna.

— Că sunteți ca o turmă de oi, răspunde el, fluturând ultimul număr al ziarului. Care pasc pe același petic de pământ, până trec, în turmă organizată, la următorul. În momentul de față, crima și pedeapsa sunt la ordinea zilei, nu-i așa?

— E important, se apără Janne. Săptămâna trecută am avut un reportaj despre o spargere la o cabană. Oamenii sunt speriați.

— Chiar și în Gasskas?

Trag cu coada ochiului unii la ceilalți.

— Poate nu aici, recunoaște Anna.

— Ba da, ce naiba, zice Janne. Au venit o mulțime de imigranți aici și dracu' știe câte mai inventează, doar ca să scape de muncă.

— Ești rasist? întreabă Mikael, luând taurul de coarne.

— Poți să-i spui cum vrei, dar n-aș vrea ca Gasskas să ajungă vreun nenorocit de Rinkeby.

— Aha. Atunci poate ar trebui să vorbim despre Svavelsjö MC.

— Ei bine, intervine Anna, vara trecută au strâns 140 000 de coroane pentru fondul de luptă împotriva cancerului la copii. Știu că arată mai dubios, dar cine face așa ceva? Nu infractorii, în orice caz.

— Și dacă e doar o fațadă?

Dar atunci se face ora 15 și îi ademenește nevoia de cafea și patiserie.

— Care e parola de la arhivă? întreabă Mikael înainte de a pleca. O să văd dacă pot găsi niște articole bune pentru voi.

— „hejagasskas", doar cu minuscule, îi răspunde Anna.

După pauză, Mikael vine cu un exemplu despre prețurile la electricitate și articole recurente despre oameni care trebuie să stea în frig toată iarna.

— E al naibii de rău, spune Janne Bolin. Pensionarii care au muncit toată viața nu-și permit să plătească factura la electricitate. Ce fel de țară e asta?

— Da, răspunde Mikael, e adevărat, dar de ce nu mergeți la fondul problemei și nu vă întrebați de ce s-au dublat prețurile la electricitate, deși locuiți în acea parte a țării care produce cea mai mare parte a energiei electrice?

— Tăiați Suedia de la Dalälven[31] în jos, îi răspunde Bolin. Și lăsați resursele să rămână aici. Asta e propunerea mea.

— Cu adevărat unică. Mă mir că nu te-ai făcut politician.

Când Janne Bolin pleacă la dentist, aerul e mai ușor de respirat. Deși ziua de „săpături" a început lent, Mikael

---

31 Cel mai lung fluviu care traversează partea centrală a Suediei; izvorăște din provincia vestică Dalarna și se varsă în Golful Botnic.

câștigă totuși de partea lui doi dintre reporterii mai tineri, care poate că nu-l privesc cu acea sclipire în ochi pe care o ai când întâlnești un star, pentru că n-au auzit niciodată de *Millennium*, dar măcar se uită la el cu interes. Înainte de sfârșitul zilei, au întocmit un plan pentru o investigație de bază, în care sunt incluși atât Salo și Ordinul Colțul de Tigru, cu cuvinte-cheie marcate cu roșu, dar și corupția, unele încălcări ale legii concurenței, decizii nedemocratice și, în final, KGB, Compania Comunală de Gaze.

— Nu uitați, spune el, trăgându-și geaca de piele peste sacou. Așa cum întrebăm, așa ni se răspunde. Nu vă mulțumiți cu răspunsuri simple, doar ca să ziceți că v-ați făcut treaba. Cereți mai mult timp, dacă e nevoie să avansați. Puneți întrebările incomode. Chiar și o negare e un răspuns. O ezitare e o deschidere, iar o minciună e o perdea de fum care ascunde altceva. Data viitoare vom vorbi despre importanța surselor credibile și poate chiar demne de încredere. Pa-pa!

56

Coboară treptele câte două odată, traversează piața și intră în Statt, se oprește la bar și face semn că vrea o bere care îi ameliorează durerea din umăr și îi calmează pulsul. Are nevoie.

— Mikael Blomkvist, ce dracu', nu ne-am mai văzut de o veșnicie.

Se întoarce. De fapt, îi trecuse prin minte. Ar fi fost ciudat să nu dea unul de altul. Și uite-l aici. Nas în nas cu Hans Faste. Puțin mai gras decât data trecută și mai în vârstă, dar cu aceeași privire goală și același zâmbet strâmb care pare că a rămas înțepenit, ca o paralizie, pe jumătate de chip. Un adevărat antitahicardic.

— Mi s-a părut că te-am văzut acum câteva zile, îi răspunde Mikael. Cum se face că ai nimerit aici, în nord? Stockholm era prea trist?

— Hehe, nu. Am primit un post de conducere în poliție. Aveau nevoie de un ofițer de poliție cu experiență, să-i țină de mână.

— Și te-au găsit pe tine?

— Am contactele mele. Eh, contacte. Nevasta e de aici, din oraș.

— Atunci ai intrat direct în focuri. Aveți vreo veste despre răpire?

— Nimic ce să dezvălui unei „cârtițe".

— Nu întreb ca jurnalist. Băiatul e nepotul meu.

— Oh, la naiba, ți-am văzut numele în ziar, dar n-am făcut legătura. Deci tu ești cel care a fost împușcat? Hai noroc!

— Doar o zgârietură. Nu e ciudat că n-ați arestat pe nimeni? întreabă Mikael. Colegii tăi probabil se întreabă dacă ești potrivit să fii șef, de vreme ce nu găsiți nici cel mai mic indiciu.

— O exprimare cam nepoliticoasă, comentează Faste. Depunem o muncă autentică de poliție, care va duce la o arestare.

— Îmi pare rău, spune Mikael, încercând o tactică diferită. Dar sunt puțin supărat de ce s-a întâmplat.

Și chiar e adevărat, mai mult decât adevărat. Îl are pe Lukas în minte zi și noapte, ca și frustrarea legată de toate pistele care se înfundă în fața barului Raimos.

— Înțeleg, răspunde Faste, părând sincer trist. Noi l-am pierdut anul trecut pe cel mai mic dintre nepoți din cauza cancerului. A fost greu, foarte greu, așa că înțeleg ce simți.

Mikael ridică din sprâncene în sinea lui. Dracul când a îmbătrânit, atunci s-a călugărit... și din astea.

— Și fix peste o lună, eu am făcut pietre la vezica biliară, zice Faste. Încă o lovitură. După toate prin câte trecusem.

— Viața poate fi dură.

— Crudă, zise măgarul supărat pe încărcătură.

Mikael inhibase amintirea râsului lui Faste. E ca un chicot de fetișcană care nu se mai termină.

— Dar niciun indiciu? întreabă Mikael.

— Doar aiureli de nebuni, răspunde Faste, ștergându-și lacrimile de râs.

— Mai vrei încă una?

— Mulțumesc, mulțumesc, spune el, lingându-și spuma de pe buza de sus.

— Și ce spun nebunii? întreabă Mikael, sperând că lui Faste nu i se pare amuzant.

— O clarvăzătoare care a citit în stele. Unul care pretinde că a văzut grupul Wagner mărșăluind spre Björkberget. Un drogat care zice că a dispărut o ceată de tineri fără ca poliția să se intereseze de ei. Și așa mai departe.

— Clarvăzătoarea ce a văzut în stele?

— Stele. Foarte util, dar acum cred că ar trebui s-o iau ușor spre casă. Mă așteaptă Carola cu masa.

— Numai bine, zice Mikael, îndreptându-se spre recepție. O cameră single pentru două nopți, vă rog.

Ora 4:05. În fiecare noapte, mereu la aceeași oră din zori, se trezește cu un gând care își scoate capul și vrea să se facă auzit.

Stele. O dubă albă. Scormonește în memorie. Își croiește drum prin gustul de sânge și sunetul împușcăturilor. O ușă laterală se închide și mașina se îndepărtează. Stele. O stea.

Se ridică. Umple fierbătorul de apă, amestecă puțin cafeaua instant în paharul pentru periuța de dinți și se întoarce în pat. Se conectează la *Gaskassen*, cu o taxă dubioasă de 259 de coroane pe lună, și se uită pe știri.

PARIAȚI CU REGELE HIPISMULUI — ȚINEȚI-I SPATELE LUI BOSSE LUNDQVIST

55 DE URȘI ÎMPUȘCAȚI ÎN DISTRICT

POLIȚIA NU SPUNE NIMIC DESPRE RĂPIREA COPILULUI

Lui Mikael i se confirmă ceea ce știa deja. Poliția nu are niciun indiciu concret despre răpitorii lui Lukas.

În momentul de față, ne aflăm într-o etapă sensibilă a anchetei, spune Hans Faste, șeful Serviciului de Investigare a Infracțiunilor Grave. Am primit de la public o mulțime de ponturi pe care momentan le analizăm. Apreciem că o parte dintre ele sunt de interes. Avem mari speranțe că îl vom găsi pe băiat în următoarele câteva zile. Din păcate, din motive tehnice care țin de investigație, nu putem dezvălui mai multe informații deocamdată.

Spre deosebire de Lisbeth Salander, care se trezește și ea devreme, el nu face nici flotări, nici abdomene. Face duș, se îmbracă, își mai face o ceașcă de cafea și caută numărul ei.

— Te-ai trezit?

— Acum da.

— Vrei să vii cu mine la Storforsen? Trebuie să încep cu începutul.

— Unde ești?

— La Statt.

Zilele treceau. Încetul cu încetul, asamblau puzzle-ul Vanger. Iar nopțile... Nu. Asta a fost cu mult timp în urmă.

Bravo, Lisbeth, faci progrese!

— În fața intrării, la 9, spune ea și închide.

57

Lisbeth sare peste micul-dejun de la hotel. Un moment matinal de răsfăț alături de Blomkvist, în fața unor chifle sfărâmicioase, nu i se pare atrăgător. În schimb, profită de ocazie pentru a se energiza și a se gândi. Ezită înainte să-i trimită un SMS Jessicăi. *Ne vedem mai târziu, diseară?* Răspunsul vine imediat. *Cu mare drag, dacă scap de la serviciu.*

La 8:45, Rangerul e în fața hotelului.

Câteva minute mai târziu, Mikael urcă în mașină. Ștergătoarele curăță de pe parbriz o ploaie amestecată cu zăpadă, care se așază pe șosea în fâșii alunecoase.

— Sper că ai cauciucuri de iarnă, spune el.

— Condu tu, dacă ai de gând să te plângi, ripostează Lisbeth. Sper că ți-ai luat carnetul de când nu ne-am văzut.

— Super. Și nu mă plâng, doar întrebam.

— Spune-mi, îl îndeamnă ea. Aberai ceva despre stele. Steaua câinelui, Carul Mare și așa mai departe.

Sunt în față la Raimos și privesc apa impunătoare a cascadei. Dar în mintea lui Mikael, totul stă pe loc.

— Cam până aici am ajuns înainte să fiu împușcat, spune el, arătând spre ieșirea de pe șosea. Probabil că parcaseră în spatele tonetei cu înghețată. Tu cum ai fi gândit? Ai răpit un copil și nu vrei să riști să te întâlnești cu alte mașini.

Lisbeth deschide o hartă de pe telefonul mobil și face zoom pe regiune.

— Nord-vest, în mare parte doar păduri și drumuri forestiere.

Pornesc pe șoseaua care merge în susul fluviului. Trec de accesele secundare cu cutii poștale și tomberoane de gunoi care par să ducă la locuințe, după care o iau la stânga pe un drum de tractoare abia vizibil.

— Măcar cineva a condus pe aici, remarcă Lisbeth.

— Ar putea fi vânători sau orice altceva.

După doar câteva sute de metri, se opresc în dreptul unei bariere.

— Închis, zice Mikael.

— Închis este doar pentru amatori.

Lisbeth desface husa Leatherman și alege lama potrivită din cuțitul multifuncțional.

— Clic! exclamă ea, bagă lacătul în haină și ridică bariera.

— Pare ceva militar, remarcă Mikael.

Trec de o clădire cu spărturi vizibile în acoperiș și o magazie de tablă verde. Drumul devine din ce în ce mai rău, sfârșind brusc pe țărmul fluviului.

— Hai să facem o plimbare, propune Lisbeth.

Recunoscătoare pentru cizmele de iarnă de la Santaland, merge lipăind spre pădure și zâmbește în sinea ei. Mikael se strecoară în urma ei în pantofi cu talpă joasă, care se udă repede. *Băiat de Stockholm, fără simțul traiului în natură.*

Merg pe o potecă puțin vizibilă, care este totuși suficient de folosită ca să nu fie năpădită de buruieni și care urcă abrupt. Mikael gâfâie în urma ei.

— Cum stai cu condiția fizică, Blomkvist?

— Mda, tu mergi acolo.

Când ajung în vârf, li se deschide o priveliște largă. Cât vezi cu ochii, o tablă de șah cu pădure și iar pădure, punctată de petice golașe, dar fără clădiri. Nici fum sau alte semne de viață.

— Frumos, dar pustiu, observă Mikael. Tu îți dai seama cum or fi trăind oamenii aici, în nord?

— Măcar sunt scutiți să vadă alți oameni, răspunde Lisbeth, studiind din nou harta.

— E și frig ca dracu'.

Își reprimă impulsul de a veni mai aproape de ea. Și poate impulsul de a o cuprinde pe după mijloc. De a inspira adânc parfumul ei ciudat și de a o săruta. De a-i prinde între dinți inelul din buză și...

Termină! Folosești femeile pentru validare, de aceea nu te îndrăgostești niciodată pe bune.

Erika Berger, de unde naiba ai apărut?

Dar ea are dreptate. Vrea să fie văzut de Lisbeth. Să vadă bărbatul, pe el, cel adevărat.

— E posibil să fi mers mai departe pe apă, zice Lisbeth. Sau poate că au luat-o cu duba pe un cu totul alt drum.

— Probabil, poate că doar ne pierdem timpul.

— Am verificat cel mai mare proiect al lui Salo din acest moment, parcul eolian, și companiile care sunt în cursă pentru construcție. Finlandezii de la Fortum sunt aproape ridicol de transparenți. Olandezii sunt ceva mai discreți, dar destul de vizibili atunci când scormonești un pic. Cea de-a treia însă, The Branco Group, e interesantă.

— Aha! În ce sens?

— Compania asta nu prea există. L-am pus pe Plague să sape, dar până acum n-a găsit mai mult decât poți găsi la o căutare pe Google. Adică, poze impersonale din birouri, oameni care își strâng mâinile și așa mai departe.

— Pari entuziasmată.

Lisbeth Salander. Om nebun, minunat și ciudat. Cum dracu' am putut să te pierd?

— Îmi plac problemele noi. Le țin departe pe cele vechi.

— Municipalitatea trebuie să fi primit o declarație financiară, spune Mikael. În cazul ăsta, ar trebui să fie documente publice. O să fac o vizită în după-amiaza asta.

— Mă cam îndoiesc. Companiile mari sigur cer confidențialitate când transmit cifre. În schimb, am găsit o grămadă despre Salo. Se pare că are datorii la jocuri de noroc, unele destul de mari. Zilele trecute însă, se pare că rugăciunile i-au fost ascultate. I-au intrat în cont 600 000. Din păcate, nu putem da de urma expeditorului.

— Nu ți-e niciodată teamă că o să ajungi la închisoare când îți bagi nasul în viața privată a oamenilor?

— Ar trebui să vezi ce-am aflat despre tine, răspunde ea, lovindu-l în umăr.

— Au, ce dracu', Salander!

— *Sorry*.

Pe drumul de întoarcere spre barieră se opresc în dreptul clădirilor. Un panou crăpat pe trei sferturi avertizează persoanele neautorizate să nu încalce proprietatea. Zona este împrejmuită și, încă o dată, briceagul multifuncțional se dovedește util.

Casa e mai mult decât abandonată: prin ușă se încolăcește un copac, iar tapetul e desprins de pe pereți.

— Ciudat că au lăsat mobila aici, remarcă Lisbeth și deschide un dulap. Până și vesela.

— Dar nici urmă de Lukas.

Mâna băiatului în mâna lui. Părul creț care îi gâdilă fața. *Lasă-l dracului pe Henry. Nu-i vina lui că a dispărut Lukas. Poate foarte bine să fie și vina ta.*

Izbucnirea de furie a Pernillei rămâne ca o pătură de lână umedă peste întreaga lui existență. Vrea să se întâlnească la jumătatea drumului și să ignore posibila vinovăție a lui Salo, dar nu poate. Afacerile lui Salo sunt o conexiune firească. Mikael trebuie să meargă mai departe, chiar dacă riscă relația deja fragilă tată–fiică. E un tată pe jumătate bun, dar dacă nu poate fi nici măcar Mikael Blomkvist, atunci e nimeni.

Lisbeth împinge ușa de la magazia de tablă. Îi trebuie câteva clipe să se adapteze și să vadă în întuneric.

— Duba, îi atrage atenția Mikael, aprinzând lanterna telefonului mobil. Cum dracu' a ratat poliția așa ceva?

— Deși au un șef atât de competent...

Își trage puloverul în jos peste mână și deschide ușa din față a mașinii. Cu excepția unui pachet de gumă de mestecat între scaune, e goală.

Ușa glisantă e blocată, dar reușesc s-o deschidă împreună. Nici acolo nu e nimic. Mikael luminează scaunele și podeaua.

— Stai! Luminează din nou între scaune!

Lisbeth pipăie zona luminată și scoate o bucată de metal.

— O ancoră, spune Mikael.

O să te apere de cele mai multe lucruri.

Dar nu de toate.

— Nu aveai tu un colier din ăla de marinar? întreabă Lisbeth.

— Ba da. I l-am dat lui Lukas vara asta.

Mikael simte nevoia să iasă de acolo. Să ia puțin aer. Să respire. Să se gândească.

Lisbeth face câteva fotografii, după care trage ușa magaziei și pune la loc zăvorul.

Mikael e deja în mașină.

— O să-l găsim, spune Lisbeth.

El răspunde ceva fonfăit și își sprijină capul de geamul mașinii.

— A stat la mine în vară. La început n-am vrut, mi s-a părut greu să am grijă de copilul altcuiva.

— Copilul Pernillei, nepotul tău, nu al altcuiva.

— Da, și când s-a întors să-l ia, băiatul n-a vrut să plece cu ea.

— Ciudat copil, comentează ea, scoțând un șervețel Sibylla.

— Știu, spune el, suflându-și nasul. Îmi pare rău, de obicei nu plâng. Nici tu, nu-i așa?

Când ai plâns ultima oară?

Nu-mi amintesc.

Ia să vedem, când a murit, oare cum îl chema pe omul tău bun? Holger Palmgren?

Nu.

Mama ta?

Nu.

Plânsul te poate elibera.

Sigur, Inge Ågren.

— Cu puțin noroc, polițiștii ar putea găsi niște amprente. Caută DXC711 pe Google.

— Florăria Sirius din Luleå.

— Uite-ți steaua.

58

La cererea lui, îngrijitorul a primit o livrare cu un pachet nou cu ziare, o cutie de O'boy, lapte proaspăt și un kilogram de bomboane vărsate.

— N-am avut niciodată de-a face cu copii, îi spune el livratorului. Ce faci cu un copil?

— Nu știu. Răsfățul de vineri, poate.

Îngrijitorul îi taie băiatului colierul din jurul gleznelor, ca să-l lase să se ridice în fund. Pregătește micul-dejun și își toarnă niște cafea.

Băiatul bea O'boy și își taie o bucățică de cârnat. Îngrijitorul profită de ocazie pentru a face câteva lucrări de întreținere. Aduce pistolul Glock și scoate magazia. Scoate arcul încărcătorului și cuiul percutor și inspectează cu atenție piesele. Le șterge cu o cârpă și le montează la loc.

Focul trosnește în sobă, iar atmosfera confortabilă cuprinde toată cabana. E vineri și e plăcut.

— Azi mergem într-o excursie. Dacă încerci să fugi, te omor pe loc.

Băiatul soarbe ultima înghițitură de O'Boy. O muscă ricoșează din fereastră. Pe îngrijitor îl mănâncă eczema de pe cot de parcă ar fi înțepătură de țânțar. A citit undeva despre un unguent cu venin de șarpe, și cine știe? Poate dau peste vreo viperă, pe lângă vreun iepure sau o vulpe.

Se îndreaptă amândoi spre primul cuib de vultur. Băiatul merge primul. Îngrijitorul nu-i știe numele. L-a spus de câteva ori, dar nu și-l mai amintește. Nu vrea să-și amintească. Băiatul se descurcă frumos. Se înțeleg bine.

Îi pune mâna pe umăr.

— Așteaptă, șoptește el, arătând în sus, spre coroanele pinilor.

Pe ramurile rășchirate sunt împletite nuiele și crenguțe, iar cuibul se leagănă în bătaia vântului. Din copaci picură zăpadă topită.

— Locuiește cineva acolo? întreabă Lukas, tot în șoaptă.

— Nu, acum nu. Femela începe să depună ouă în martie. Fiecare ou are o perioadă de incubație de 38 de zile până să iasă puii. Dacă nu i-aș fi ajutat cu hrana, jumătate dintre pui ar fi murit.

— De ce vorbim în șoaptă?

— Pentru că nu vrem să-i speriem. Sunt pe-aproape. Vino să vezi!

Mai înaintează puțin. Băiatul nu are haine potrivite. Ca să nu înghețe, poartă peste hainele lui bune geaca Helly Hansen a îngrijitorului, legat cu o sfoară în jurul taliei. Picioarele i se poticnesc în adidașii îngrijitorului, capitonați cu puf dintr-o pernă.

Îngrijitorul îi face semn să se oprească și golește găleata în luminiș.

Lukas ar putea fugi. Există un drum pe undeva. Îl privește pe omul care se îndreaptă spre hrănitoare, dar rămâne pe loc, în timp ce vântul aduce duhoarea de carne spre el. Ochii i se încețoșează și i se întoarce stomacul pe dos. Strânge din dinți și așteaptă următorul semnal.

— Vino încoace, îl cheamă îngrijitorul, strecurându-se sub un copac.

Băiatul îl urmează.

— Așază-te pe geaca mea.

Îngrijitorul o întinde, ca să se așeze amândoi.

Lukas își strânge picioarele pe lângă el ca să se încălzească.

Brațul îngrijitorului e ridicat deasupra lor. Primul vultur aterizează chiar pe bucățile de carne. Brațul aterizează pe Lukas, care se lipește de subsuoara îngrijitorului.

— Ți-e frig? întreabă îngrijitorul, frecându-i brațul.

— Puțin.

Mai întâi un vultur, apoi doi. Un al treilea se luptă pentru un loc în ierarhie.

— Nu-i așa că sunt frumoși? îi șoptește îngrijitorul, înmânându-i binoclul.

— Ba da, îi răspunde Lukas în șoaptă. Mi-ar plăcea să-i desenez. Nu poți să le faci o poză?

Îngrijitorul își scoate telefonul mobil, pe care-l întoarce și-l răsucește.

— Îți arăt eu. Uite, apeși aici.

Spectacolul se încheie la fel de repede cum a început când au venit vulturii. Păsările se ridică în înaltul cerului, iar ei pleacă acasă.

Îngrijitorul face din nou focul în sobă. Rupe ambalajul de pe rola de folie alimentară și-i întinde cartonul lui Lukas. Îi dă și un ciot de creion, apoi scoate punga cu bomboane, o desface și o așază pe masă.

— Care îți plac cel mai mult?

— Cele acre, răspunde Lukas. Mama mea e drăguță. N-ar fi trebuit să se mărite. Ne era bine cum eram, așa, doar noi doi.

Îngrijitorul toarnă o înghițitură de whisky în cană.

— Henry e mai bun decât crezi, spune el, făcându-l pe băiat să ridice privirea.

— Henry. Îl cunoști?

Momentul. Tovărășia. Încrederea neașteptată.

— Henry e fratele meu mai mare, răspunde el și regretă imediat.

Acum nu mai există cale de întoarcere. Și din moment ce nu există cuvinte care să poată fi luate înapoi, poate la fel de bine să și continue.

— Poți să consideri că e un basm, spune îngrijitorul.

Băiatul desenează, iar el povestește. Își mai toarnă o dușcă de whisky și își adună cuvintele. Nu le-a spus niciodată cu voce tare. Și totuși, i-au răsunat întotdeauna în minte, ca un disc fără sfârșit.

— Fratele meu era cel mai puternic dintre noi doi. Dintre toți. Eu eram doar piele și os. Cam ca tine. Mic, slab și neajutorat. Tatăl nostru era un diavol, iar mama era un fluture. *Fugi, Joar, fugi în pădure.* Și am fugit. Abia după câteva ore mi-am făcut curaj să mă întorc. Henry stătea pe prispă, iar diavolul era plecat. Dar mama noastră... mama noastră... Dă-o încolo pe mama. Asta a fost de mult. E timpul să te bagi în pat.

Băiatul își coboară privirea spre picioare.

— Ba da, spune îngrijitorul. Trebuie.

Îi prinde colierul în jurul gleznelor.

Băiatul se întoarce și își pune perna pe cap.

Într-o baracă din pădure construită în 1880, pereții din bârne au absorbit multe lacrimi.

În dimineața următoare, peisajul este alb. Peste noapte s-au așternut 20 de centimetri. Deși ninge în continuare, printre copaci strălucește soarele anemic de iarnă. Îngrijitorul iese cu cana de cafea. Urinează la un copac și lasă gândurile de peste noapte să-l prindă încet-încet din urmă.

Băiatul doarme. A adormit. El și-a turnat ultimele picături de whisky și a răsfoit numerele din ultima săptămână ale ziarului. A citit foarte atent necrologurile și și-a imaginat o nouă viață.

El o duce bine. Mai bine decât majoritatea. Totuși, e timpul să ia noi decizii.

Nimeni nu știe cine e el. Nici Henry, nici altcineva din sat. Nimeni, în afară de băiat.

Intră și îl trezește.

Taie colierul și îl conduce la ușă.

Vede el picioarele goale care calcă în zăpadă?

Nu.

Vede că din cauza frigului i s-a făcut pielea de găină?

Nu.

Aude el vocea care imploră?

Nu.

Vede el vulturul de mare plonjând spre băiat și înfigându-și ghearele în umerii lui?

Da.

Și aude țipătul. Ciocul ciugulind din ceafa băiatului și țipătul.

O viață pentru altă viață.

Este tras un glonț.

O pasăre cade la pământ.

Un băiat sângerează.

Îngrijitorul îl ridică și îl duce în cabană.

Nu știe dacă este în viață.

Dar tot ce plănuia să facă înainte de venirea vulturului de mare s-a dus.

Încălzește apă.

Îi spală rănile și le bandajează cu bucăți dintr-un tricou sfâșiat.

Ține punga cu bomboane lângă nasul băiatului și se roagă pentru viața lui.

— Doamne, spune el, nu sunt un criminal. Lasă-l măcar pe băiat să trăiască.

59

Uneori, ai avantaje dacă ești atent la orele de afaceri curente și studii sociale.

— Scuze, i se adresează ea recepționerei. Facem un proiect de grup la școală. Aș dori să solicit documente referitoare la deciziile politice privind parcul eolian. Dacă am înțeles bine, informațiile sunt publice.

— Bineînțeles, răspunde fata din spatele geamului. Nu ești singura care a venit azi să le solicite. Adineauri a venit și un jurnalist din Stockholm. Ce-o fi așa interesant la groapa asta de gunoi, nu știu. Eu, una, o să mă mut de-aici imediat ce-o să pot. E doar o slujbă suplimentară. Vrei și corespondență prin e-mail sau îți ajung documentele de la Consiliul local?

— Orice, spune Svala. Profesorul nostru crede că ar trebui să ne implicăm în probleme civice, toată clasa. Am nevoie de o notă mai mare.

— Presupun că-l ai profesor pe Evert Nilsson, comentează fata cu un zâmbet ambiguu.

— Ai ghicit! Nu e chiar cel mai generos profesor când vine vorba de note.

— Nu, dar e bun.

Așa și e, un profesor bun pentru cei slabi și plictisiți. Doar să poată el să aibă rolul principal. Svala a obosit să se tot certe cu el. Finalul e de obicei același: el îi spune să tacă.

După ce Svala a așteptat o jumătate de oră nesfârșită citind *Svensk Damtidning*, fata se întoarce cu o sacoșă de hârtie care pare să conțină material de citit pentru o bună vreme de acum încolo.

— Distracție plăcută! Și transmite-i salutări lui Evert!

Svala se îndreaptă spre bibliotecă. După o oarecare ezitare, îi trimite un mesaj lui Lisbeth. *Proiect de grup la bibliotecă. Ajung târziu acasă.*

De fapt, ar trebui să-i spună mătușii ei totul, de la început până la sfârșit. Cu cât va ști mai multe, cu atât mai greu îi va fi să facă ceea ce trebuie să facă. Lista nu e lungă, ba chiar dimpotrivă: 1. Găsește-o pe Mama-Märta. 2. Înfundă-l pe Plastic-Peder.

Îi ia toată după-amiaza să parcurgă documentele. *O fac pentru tine, Marianne.* Planurile de a dezafecta teren pentru unul dintre cele mai mari parcuri eoliene din lume sunt în lucru de ani întregi. Pune deoparte informațiile care ar putea fi de interes, cum ar fi listele cu proteste și recursuri împotriva diferitelor decizii.

Practic, nu municipalitatea, ci KGB deține probabil cele mai bune informații, dar nu poate ajunge la ele. KGB intră sub incidența Legii privind societățile comerciale. În afară de obișnuitele rapoarte anuale și rapoartele de activitate, detaliile legate de companii nu sunt accesibile pentru public. Din tot ceea ce se spune și se scrie, nu înțelege decât un e-mail din 25 octombrie.

De la Henry Salo către The Branco Group și răspunsul acestora. *Timpul trece.*

Nu contează. Nu trebuie să înțeleagă totul. Cele mai importante lucruri le știe: Marianne Lekatt are legea de partea ei.

O căsuță poștală sau un seif de bagaje. Se îndreaptă spre gară.

— Trebuie să-mi iau corespondența din căsuța poștală, dar am uitat numărul, spune Svala, întinzând cheia cuiva care pare a fi angajat acolo.

— Asta nu-i cheie de căsuță poștală. Cel puțin nu în Gasskas.

— Mulțumesc oricum, răspunde ea și coboară în sala de așteptare.

Autobuzul feroviar spre Boden pleacă în scurt timp. Un altul sosește dinspre Luleå. În aglomerație, nimeni nu se gândește la fata care trece pe la toate seifurile pentru bagaje încercând o cheie.

Nimeni, în afară de o persoană. Mikael Blomkvist. Gândurile lui se îndreaptă din nou spre Lisbeth. Chiar ar vrea să o cunoască. Nu doar ca pe un soi de ajutor de urgență care apare când are nevoie de ajutorul ei.

— Bună, o salută el. Pari să cauți pe cineva. Pot să te ajut?

— Nu. Dar mulțumesc oricum.

— Se pare că umblăm cu același fel de sacoșă. Da, iartă-mă că mă amestec.

— Ai de gând să scrii despre parcul eolian?

— Da. Dar tu?

— Un proiect școlar. Un eseu.

— Ai un titlu pentru el?

Svala are mai multe.

— „Procese decizionale nedemocratice la vânzarea drepturilor de exploatare a parcurilor eoliene." „Pene la pălărie pentru un șef de administrație locală lacom." Sau ce părere ai despre ăsta: „Crimă și șantaj, prețul pentru construcția parcului eolian"?

Mikael Blomkvist scoate un fluierat.

— Nu-i rău deloc, spune el. Trebuie să schimb unghiul de abordare. Dacă vrei un suc sau altceva, putem să ne așezăm la cafenea.

— Nu, mulțumesc, mă grăbesc să ajung acasă, dar am găsit ce-mi trebuie. Îți dau notițele mele, spune ea, scormonind în sacoșă.

Când el cotește după Seven-Eleven, ea mai are de verificat ultimul rând. Nu cu cine știe ce speranță. Majoritatea seifurilor nu sunt ocupate, toate au cheile în ele, mai puțin cele două de la mijloc. Simte imediat că se potrivește cheia. Se uită în jur înainte să deschidă ușa. Niciun jurnalist, nici altcineva care să-i acorde atenție.

O cutie de carton ca de școală. O împinge puțin să-i estimeze greutatea. Nu e grea. Capacul e lipit cu scotch argintiu. Trage lângă ea sacoșa și pune cutia înăuntru. Apoi iese din clădirea gării și se îndreaptă spre centru. La Nygatan se răzgândește și pornește în sens opus.

Chiar în spatele ei, un jurnalist pornește pe urmele ei, dar e prea obosită și înfometată să mai fie vigilentă.

E încălțată cu sneakers și o dor picioarele din cauza umezelii și a frigului. Trebuia să se fi încălțat cu cizmele de iarnă. Dar să uzezi cizmele înainte să ningă e ca și cum ai conduce vara cu anvelope de iarnă. Vechi proverb din Gasskas, probabil inventat de Mama-Märta sau de vreo altă mamă singură, cu apetit pentru bărbați parazitari și vin alb.

Stomacul vrea să se gândească la mâncare, așa că Svala se gândește la cuvinte, ca să-și scoată din cap aroma de pizza care iese pe ușa de la Buongiorno.

Pădure. Pământ. Pădure. Pământ.

Pământul mă ține jos.

Copacii mă trag în sus.

Între ele e doar aer.

Pădure. Pământ. Pădure. Pământ.

Pot respira.

S-a îndreptat mecanic spre Tjädervägen în loc de Statt. Buongiorno poate fi un loc de evitat. Își trage gluga pe față și arată ca orice adolescentă căreia îi este frig, dar aparent nu pentru toată lumea.

— Stai!

Ar recunoaște vocea și dacă ar sta la piatra ei de mormânt și i-ar vorbi. Plastic-Peder.

Merge mai departe. Mai repede acum.

— Ce dracu', puștoaico, am zis să stai!

Cu burtă și cu plămânii afumați de atâtea țigări, el nu e chiar un sprinter, dar nici ea, cu pantofii care alunecă și o sacoșă grea cu toarte care-i taie palma.

Când e suficient de aproape încât poate auzi emfizemul șuierându-i în ceafă, se întoarce.

— Ce vrei?

— Doar să vorbim.

— Nu, răspunde ea și pornește din nou. N-avem ce să vorbim.

Sau e o prostie? Poate îl ia gura pe dinainte și spune ceva despre Mama-Märta.

— Despre ce vrei să vorbim?

— A trecut ceva timp de când nu ne-am mai văzut, am vrut doar să văd ce mai faci.

Când realitatea depășește ficțiunea.

— V-ați mutat, nu? întreabă el.

— Îmi pare rău că am uitat să-ți trimitem adresa când ne-am mutat, răspunde ea și pleacă.

Peder o trage de braț atât de tare, încât Svala scapă sacoșa și trebuie să se oprească.

— Maică-ta a furat ceva de-al meu. Poate că știi la ce mă refer.

— Nu știu să citesc gânduri.

— Hard-diskul. Hard-diskul meu.

Știe ceva despre vreun hard-disk? Nu. Apucă mai bine sacoșa.

Sandberg mai încearcă o dată:

— Maică-ta îmi datorează bani. Dacă nu-mi spui unde e, te pun să muncești pentru ei.

Și face un cerc cu mâna stângă, apoi bagă și scoate degetul arătător prin el.

Svala își întoarce capul.

— Faci pe prostul sau cum? îl întreabă ea, simțind cum strânsoarea din jurul brațul devine și mai fermă. Deja ți-ai pus pe mine hălcile de carne de porc cu anabolizante.

Confuzia lui e sinceră: habar n-are despre ce vorbește fata.

— Jörgen și Buddha, îl lămurește ea, explicându-i pedagogic, pe etape, ce au obligat-o să facă și cum supravegheau apartamentul.

Sandberg îi dă drumul. Și mare noroc că face așa. Mikael Blomkvist stă sub copertina pizzeriei Buongiorno și urmărește desfășurarea evenimentelor. Când bărbatul începe să o tragă de braț, lasă sacoșa jos și se pregătește să traverseze în fugă. Dar când îi dă drumul și imediat după aceea se întoarce la pizzerie, Mikael se strecoară înăuntru și comandă o bere la bar. Cu spatele spre masa la care cineva cu același farmec carismatic răspândește bună dispoziție râgâind zgomotos după fiecare înghițitură de bere, poate auzi ce vorbesc.

— Puștoaica nu știe, îi spune Peder Sandberg celuilalt.

— Te-ai înmuiat, îi răspunde însoțitorul lui. Ar fi trebuit să-i faci un pic mai mult rău. Așa le faci pe fete să vorbească.

— Nu și pe asta, mormăie Sandberg. Nu simte nimic. Poți să-i răsucești brațul și nu mișcă un mușchi. Crede-mă, am încercat. Apropo, a pomenit de tine.

— Îmi închipui. Fetele mă pomenesc de obicei.

Așa de rapid că Jörgen nu apucă nici să clipească, Peder Sandberg îl apucă de păr și îl bagă cu nasul în pizza, de se amestecă sângele cu sosul de roșii. La masa de-alături, o familie cu copii își ia gecile și fuge în stradă.

— Mergem să facem o mică plimbare cu mașina, îl anunță Sandberg pe celălalt, împingându-l înaintea lui spre un BMW cu vopsea mată și geamuri fumurii, parcat în față.

Prin geam, Mikael vede cum Sandberg îl împinge pe bărbatul însângerat pe bancheta din spate și se urcă lângă el. Mikael face o fotografie și prinde jumătate din numărul de înmatriculare.

Îi cunoști? îi scrie el lui Lisbeth.

Unul dintre ei e tatăl vitreg al Svalei. E și ea acolo?

În drum spre casă, cred.

60

Când Jörgen, sau Daniel Persson, nume pe care nu-l știe decât maică-sa, își dă seama că se îndreaptă spre Vaukaliden, începe să implore. Întâi imploră, apoi plânge.

— Dar ține-ți odată fleanca, se răstește Sandberg, înăbușindu-și impulsul de a-l lovi cu capul de scaunul din față, dar n-o face, și-ar murdări mașina. Nu pățești nimic dacă faci ce-ți spun. Virează spre Max, îl luăm și pe rus, adaugă el, dându-i un pumn în umăr șoferului.

Șoferul n-are nume; el doar conduce. Da, asta dacă n-o întrebi pe Svala. Atunci o să afli că îl cheamă H și că are drept caracteristici perciuni Elvis și pantaloni cu turul lăsat. Și rusul are o literă: J. Tăcut, roșcat, ochelari de soare iarna. Sub E există un singur cuvânt: *Gras*.

— Așaaaaaa deci, începe Sandberg după ce urcă și rusul, iar mașina se oprește în cel mai înalt punct din Vaukaliden. Se pare că ați făcut o cursă pe cont propriu.

— Cum adică, o cursă pe cont propriu? întreabă Jörgen, și mai primește și un cot în coaste. Deci n-am vrut. Ne-am prostit un pic, am crezut că puștoaica poate aranja seiful lui Salo. Maică-sa datora bani, tu ai zis. Am vrut să ne luăm partea noastră, atâta tot.

— Deci de-aia v-ați dat voi la familia mea. Doar așa, la nimereală. Fără să mă întrebați. Și în plus, la un copil.

— Seiful era gol. Am fi împărțit cu tine, desigur.

— Și unde-i Buddha? întreabă Sandberg, apăsând un cuțit la gâtul lui Jörgen.

— A dispărut în pădure. A fugit după fată și a dispărut. Am așteptat o vreme. Când am văzut că nu se mai întoarce, am plecat. N-am vrut să risc să fiu descoperit.

— Fleanca, geniu împuțit! Ce dracu' zici acolo, Salo n-a avut niciodată bani!

— Tu ai spus, se smiorcăie Jörgen. Că are un seif, așa că ne-am gândit...

— Ajunge, intervine rusul și-l trage pe Jörgen din mașină.

Spre deosebire de Sandberg, el n-a umblat niciodată cu cuțite. Are încredere deplină în propriul corp și în *zastan*. Pentru că nu contează cum îi zic ei, el nu e rus, e bosniac.

Se îndreaptă spre stânca numită în popor „prăpastia finlandezului", după un finlandez bețiv care și-a pierdut echilibrul și a căzut aici cândva, prin anii 1950.

La poalele prăpastiei, curge fluviul. În acest moment e atât de negru, încât nici nu se zărește. Un corp în cădere va ricoșa de pereții stâncii și se va prăbuși în apă.

— Am spus exact cum e, jur, Peder, la naiba, nu vreau să mor, înțelege că doar ne-am prostit! Ascultă, și eu am o fată, știu că a fost greșit, îmi pare rău. Pe bune, promit. Iartă-mă!

— Taci dracu', strigă Peder Sandberg, apăsând mai tare vârful cuțitului pe gâtul lui.

Lama e intrată deja un pic în gâtul porcului, încă doi centimetri și îi poate lua sângele ca unui animal sacrificat.

Rusul se entuziasmează atât de tare, încât trage din greșeală un foc de armă.

— Am vrut doar să ne distrăm puțin, șoptește Jörgen, împingându-l pe Peder până la limita răbdării sale deloc flexibile.

Fără să ezite, fără să țină cont de faptul că îl cunoaște pe Jörgen Persson din clasa întâi și că este nașul fiicei sale, îi scoate cuțitul din gât și îl împinge peste marginea hăului.

Depozitele de carne de porc îl protejează de primul impact cu muntele străvechi. Astfel, trupul său coboară prin aerul aspru de toamnă, pe deplin conștient, după care capul lovește în următorul obstacol și-l trimite direct în următoarea încarnare ca iepure.

Un bărbat care-și plimbă câinii se gândește că e un moment ciudat pentru vânătoare.

O femeie din clădirea de servicii la domiciliu întreabă dacă au venit rușii.

Și, într-un fel, au venit.

Dacă ar fi fost acolo, Svala ar fi scos caietul din maimuța de pluș și-ar mai fi scris un rând.

E: *Decedat.*

61

Ezi sau noapte? Märta Hirak nu știe. Și nici de cât timp se află aici. Au mutat-o, asta știe sigur. Pernele și mirosul de lumânări parfumate au dispărut. Aerul este greu și umed. Ca și cum s-ar afla într-o pivniță.

Întunericul din spatele scotch-ului argintiu e total. Din când în când i se eliberează gura. Un bol cu supă sau o farfurie cu paste. E clar că nu vor să moară. Chiar dacă ea simte că într-acolo se îndreaptă. Gândurile îi fug înapoi în timp. Nu mai suportă să rămână în prezent. Și limbajul se întoarce în timp. În cuvintele vechi există siguranță.

Renii se învârt pe terenul îngrădit. Merg unii după alții, în cerc, tot în cerc. Întotdeauna în sens invers acelor de ceasornic.

Întregul sat sami s-a adunat pentru separarea renilor. Bărbați, femei, copii. E nevoie de toată lumea și totul merge repede. Înainte de venirea toamnei, puii de ren trebuie marcați, unii reni sunt tratați de streche, alții sunt selectați pentru sacrificare. Munca de peste vară s-a terminat, după marcare animalele vor fi mânate spre răsărit, unde se vor înfrupta pentru iarna adevărată.

E primul an în care Märta are lasoul ei, dar exersează încă de când era copil. Acum are 14 ani, își vede exact renul în mulțime și calculează distanța. Anvergura brațelor ei, *salla*[32], este de 1,40 metri. *Salla* e esențială pentru distanța la care poate arunca.

Începe cu grijă, cu un pui de ren. Ratează la prima aruncare, nimerește la a doua. Acum începe lupta. Vițelul se luptă pentru libertate, Marta se luptă să-l mâne în țarc.

După mulți reni prinși, se așază lângă foc alături de ceilalți. Brațele o dor de la efort. Știe că lasoul este unealta bărbaților și e nepotrivit să primească această onoare. Stă tăcută, dar în ea există o voce care obiectează zgomotos. Vreau să particip și eu, spune vocea. Nu sunt mai nepricepută decât frații mei. Am renii mei marcați. Lăsați-mă să am grijă de turma mea.

— Nu-i destul de greu să ne păstrăm tradițiile și fără femei îndărătnice, ca feministele din Stockholm? întreabă Elias.

E cu patru ani mai mare și are deja autoritate. Femeile au treburile lor, bărbații pe ale lor. Lasoul e unealta bărbatului, punct.

Mai târziu, când focul aproape s-a stins și cei mai mulți au plecat, tatăl ei se întoarce spre ea și îi șoptește:

— Ai făcut o treabă bună azi.

Tată. Ce s-a întâmplat?

Märta alungă amintirile vechi. Ce altceva sunt ele, dacă nu amintiri vechi?

— Alo, cu tine vorbesc! se răstește Varg.

---

32 Una dintre unitățile de măsură folosită de poporul sami. *Salla* înseamnă aproximativ 1,80 m și se folosește ca unitate de măsură atât pentru firele de țesut și împletit, cât și pentru lasou.

Când îi smulge banda adezivă de pe gură, se ia și un strat de piele. Femeia încearcă să facă o grimasă, să formeze cuvinte.

— Scuze, răspunde Märta, nu te-am auzit.

— Hai să stăm puțin de vorbă, doar noi doi, spune el, ridicând-o în picioare.

Măcar de-ar putea să vadă!

— N-ai nevoie de ochi ca să vorbești, adaugă el, dându-i un șut s-o împingă în față.

Varg, așa îl cheamă? Lupul pândește renii. Aleargă după puiul de ren, la fel ca jderul, linxul și ursul[33]. Vor fi împușcați. Cu asta se consolează.

E așezată pe un scaun.

Mâinile pe masă.

Sunetul. De tocat. Atât de familiar și totuși...

— Ups!

Scoate un țipăt când cuțitul îi trece prin deget. Își trage mâinile și primește în schimb o lovitură în ceafă.

Degetele la vedere. O voce nouă. O femeie. Zgomotul începe să se audă din nou. Cu fiecare lovitură, anxietatea crește. *Nu mâinile.*

— Ups! Ah, iar am greșit.

Își forțează mâinile să rămână pe masă. Toc, toc, toc.

Se deschide o ușă. Pentru că nu vede, sunetele sunt amplificate. Roți, o rulare pe roți, un cărucior poate, nu, un scaun cu rotile.

— Preiau eu. Și adu-mi dracu' și mie ceva cu care să mă șterg. Nu vreau să-mi murdăresc cămașa cu resturi de carne. Bună, Märta! adaugă vocea, mai calmă acum.

Reușește să scoată din ea un „bună".

---

33 Numele celorlalți colaboratori ai lui Branco: Järv (jder), Lo (linx) și Björn (urs).

— Se pare că ai ceva ce nu-ți aparține.
— Cum ar fi?
— Un hard-disk.

Stă întinsă pe brațul lui. Soarele se pregătește să apună. Camera arde ca un foc. Foc era corpul lui, și al ei. El îi răsucește părul pe un deget. Îi dă drumul și o ia de la capăt. Afară, lumea merge mai departe. Aici, nu există lume. Nici ea, nici Henry. Doar un răgaz de câteva ore. Se ridică, se îmbracă. Scoate ceva din buzunar. O cheie.
— Pot să-ți cer o favoare?
— Orice.

Märta își dă seama că n-are rost să mintă. Peder-Idiotul, bineînțeles. Și-a văzut șansa de a se răzbuna. Ce previzibil!
— A dispărut, spune ea, și primește lovitura așteptată în ceafă.
Începe să-i cunoască.
— L-am aruncat în râu. Oricum, nu știe nimeni parola.
Încă o lovitură, mai tare acum.
— Poate vrei puțin ceai, spune el.
Märta nu răspunde. Vizualizează o peliculă care îi acoperă fața. Și iată, vine. O stropește. Cu siguranță că el savurează. Ea se smiorcăie să-i facă pe plac. Durerea îi place lui.
— Trebuie să fie greu să n-ai picioare. Ești handicapat sau maică-ta a tras linii de cocaină peste vreo fază de dezvoltare?
E un joc de noroc. Dacă o lasă inconștientă imediat, nu mai poate răspunde, iar ei n-o să afle niciodată.
Un calcul greșit, pentru că el izbucnește în râs.
— Ce tare-i asta!
Ceilalți râd docil. Râsul femeii e răgușit. Îl va ține minte.

— Întotdeauna avem de ales, spune scaunul cu rotile. În cazul tău, două variante. Unu: spui unde e hard-diskul. Doi: îți omorâm fata. Svala, parcă.

Ea mai are o variantă: să nu vorbească. În momentul de față, pare o strategie bună.

E zi sau noapte? Nu știe. Este în viață? Nu știe. Henry o mângâie pe spate.

Întotdeauna vom fi noi doi.

62

— Acum locuim aici, punct, spune Lisbeth, luând o Coca-Cola din minibar și punând jurnalul Märtei pe noptieră. O să mai citesc când mă întorc.

— Mă simt ca o prizonieră aici, răspunde Svala. Nici măcar nu putem găti.

— Poți să vii și să pleci când vrei, dar ai grijă la bărbații cu păr lung și vestă de piele. Și ce e în neregulă cu room-service-ul?

— Aș avea chef să mă relaxez în fața televizorului. Nu poți să rămâi acasă, să te uiți la un film cu mine?

— Ba da, doar că întâi o să ies puțin. Nu stau mult. Pe canalul 4 e *Apocalypse Now*. L-ai văzut?

— Nu. Te întâlnești iar cu polițista?

— Ține de cultura generală. Ne vedem mai târziu.

Rangerul toarce ca o pisică prin oraș. Așteptarea toarce ca un tigru. Parchează în fața sediului poliției. După zece minute, Jessica sună și se scuză.

— Doi colegi sunt bolnavi, a fost o zi foarte grea. Faste a hotărât să rezolvăm noi problema răpirii, fără implicarea

NOA[34]. E din ce în ce mai rău. L-a pus pe băiatul care e în practică la noi să facă lucruri pentru care n-are niciun fel de experiență, doar ca să crească el în ochii cuiva. Nu ajungem nicăieri, explică ea, coborând vocea.

— Mi-ar face plăcere să ajut. Strânge-ți lucrurile, te aștept jos.

— Îmi pare rău, Lisbeth, dar n-am cum. Unii au lucrat în ture triple și au nevoie de somn.

— Și noi o să lucrăm. Doar o ultimă tură mică de lucru. N-o să regreți.

— Legată de ce?

— Îți zic când ne vedem.

— OK, boss, zice Jessica, întinzându-i lui Lisbeth un pahar de carton cu cafea. Unde mergem? Nu mă supăr dacă spui „acasă, să dormim".

— În curând. Mai întâi, mergem la o petrecere dată de Svavelsjö. Au ziua porților deschise.

— Svavelsjö, ai înnebunit?

— Tu, care mi-ai citit autobiografia pe net, ar trebui să știi că am o relație specială cu ei.

— Partea asta cred că am ratat-o. Suntem cu ochii pe ei, mergem acolo nonstop. Până acum am văzut doar o grămadă de *wannabes* care spală motociclete, dar să mergem acolo neînarmate, în haine civile, pare o idee foarte proastă.

— Ia-ți pistolul atunci, dacă te simți mai în siguranță. Aștept.

— Ofițer de poliție în misiune secretă cu Lisbeth Salander. Mi-aș pierde slujba instant dacă s-ar afla.

— Ei, haide! Mergem doar la o petrecere.

34 Direcția Națională Operativă a Poliției din Suedia.

— Fără arme, în cazul ăsta. Privat. Neînarmată. O idioată care face o vizită de documentare la scursuri.

— O să stăm la bar și o să arătăm bine. OK?

— Te plac, spune Jessica. Poate mai mult decât atât. Cred că sunt puțin îndrăgostită de tine.

Părul. Gura. Picioarele de Barbie.

— Dar bănuiesc că nu vrei să mergi fără un motiv anume la o petrecere cu tema „Drojdia societății".

— Au o legătură cu Salo, cel puțin indirect.

— Pe ce te bazezi?

— Pe afacerile lui Salo. Până și poliția trebuie să fi făcut legătura asta când a fost vorba de răpire, nu?

— Sigur că da, numai că n-am găsit nimic care să-l lege de Svavelsjö. E un idiot încrezut, dar sunt destui la fel, fără să fie infractori.

— Salo nu trebuie să fie infractor pentru a crea probleme. Vrea să salveze afacerea cu parcul eolian. Svavelsjö acceptă orice job. Apropo, cum merge treaba cu fantasticul tău fost soț Henke?

— E la psihiatrie. A sunat și a amenințat că se sinucide, așa că am trimis o mașină. Nu știam că e atât de rău. E gelos, OK, dar să vrea să moară?

— Toată lumea își dorește asta din când în când. Și uneori poți primi ajutor în sensul ăsta.

— El e în Sunderbyn, nu în Elveția.

— Ai văzut filmulețele de pe TikTok? întreabă Lisbeth.

— Le-a șters, răspunde ea. Nu e o...

— Persoană rea, completează Lisbeth. Poate că nu, doar un idiot gelos care consideră că tu ar trebui să rămâi singură pentru tot restul vieții, ca să nu se simtă el nasol. Dacă asta nu e răutate, atunci nu știu ce mai e.

— Mă dau bătută, zice Jessica și cască. Putem și să mergem la culcare mai devreme.

— Doar încă o tură de lucru. Apoi mergem la tine acasă.

— Sau la tine. Tu unde stai acum?

— La hotel, cu fata.

— Fata, da...

Lisbeth intră pe poartă și parchează cât mai aproape de ușă, lângă mașini *hillbilly*, ATV-uri și motociclete.

— Nici a ta nu e un fitecine, remarcă Jessica, mângâind Rangerul pe capotă.

— Încercăm și noi să ne integrăm.

Și asta și fac. Cel puțin la început. Cu geacă de piele, Levi's negri și botine, nu sunt îmbrăcate festiv, ca gagicile care dansează în diferite grade ale definiției „sexy în ținute de piele". Dar cel puțin sunt neutre.

Traversează ringul de dans, pe lângă veste de piele și alte scursuri, ale căror nume și date de naștere Jessica le-ar putea turui pe dinafară.

— Așa e când ești polițist într-un oraș mic. Îi cunoști pe cei care fac probleme. Și acum, ce ai de gând? întreabă ea, devenind Jessica-Polițista. N-ai niciun plan concret, nu-i așa?

Are? Nu, nu are. Ba da, are.

— M-am săturat să le văd râturile urâte în fața hotelului. O vor pe Svala. Ar trebui s-o găsim pe Märta. Nu e aici, am verificat deja locul, dar poate îl ia pe vreun pierde-vară gura pe dinainte, ca să se dea mare.

Jessica începe să regrete că a fost de acord să o însoțească. Nu e detectiv particular, e o polițistă obișnuită, care speră să aibă un viitor după pensionarea sau moartea subită și prematură a lui Hans Faste. Spre deosebire de Lisbeth, nu caută nici senzații tari. Își dorește doar o viață normală și o șansă de a fi o mamă bună. O place pe Lisbeth, e atrasă de ea ca un gândac de făină de cămară, dar Lisbeth, ca părinte vitreg pentru copiii ei? Greu de imaginat.

— Și apropo de Faste, adaugă Lisbeth, există indicii legate de Lukas despre care poliția nu știe.

— Băiatul răpit. În cazul ăsta, vreau să știu ce.

— Bineînțeles. Dacă mă ajuți, te ajut și eu. Hai să ne luăm ceva de băut.

— Conduci tu.

— Da, promite Lisbeth și cumpără două beri. Și nu mai arăta așa al dracu' de polițistă. Suntem la petrecere.

Trebuie să fie din cauza oboselii. Probabil că a socotit cu curul. Peder Sandberg.

— Putem pleca? întreabă Jessica, dar deja e prea târziu.

— Jessica Harnesk. Nu mă așteptam să dau de tine aici. Ai schimbat echipa?

Râde zgomotos de propriul comentariu și îi îndepărtează o șuviță de păr de pe față.

— Termină! îl apostrofează ea. Dacă nu vrei să intri în cușca maimuțelor chiar acum, cel mai bine e să dai cu spatele.

— Ups, ups! Mi s-a făcut frică.

— Cine-i panarama asta? întreabă Lisbeth.

— Peder Sandberg, răspunde Jessica.

— Fostul ei, precizează el, ridicând o sticlă de bere spre Jessica.

— N-am fost niciodată împreună.

— Ba cum? Am fost. O mică sălbatică în pat, nimeni n-ar fi crezut că o să ajungi polițistă.

Haide, să mergem la fluviu. M-am săturat de toți oamenii. Dacă ți-e frig, poftim, ia geaca mea.

— Am citit o chestie zilele trecute, zice Lisbeth. Un pic pueril și imatur scris, dar ți se potrivea foarte bine. De fapt, cred că era chiar despre tine. Da, da, așa scria, Plastic-Peder Sandberg, tu trebuie să fii.

— Aha! răspunde el, încrucișându-și brațele. Jigodia aia mică e autoarea, din câte înțeleg. Nemernica aia nici măcar n-ar mai fi în viață dacă nu eram eu.

— Exact, ai făcut și tu vreo două lucruri bune, nu zic nu, chiar dacă asta a fost acum o veșnicie. Dar, în orice caz, jigodia aia mică, cum îi spui tu, se pricepe foarte bine la desenat hărți. Înțelegi ce ți s-ar putea întâmpla dacă ar afla poliția. Ups, adaugă Lisbeth, punându-și mâna la gură, poliția e deja aici.

Vino, vestiarul e deschis, intrăm acolo.

Ar trebui să mă duc acasă, mă așteaptă mama.

Maică-ta își desface picioarele în Svartluten. Nici tu nu ești mai brează.

Aceleași mâini, aceiași ochi. Un alt timp, o altă misiune.

— În locul tău, aș avea grijă, o avertizează Peder Sandberg. E destulă lume aici care ar fi fericită să pună jos o polițistă.

— Casc, îl anunță Jessica. Mai bine întoarce-te la băiețeii tăi, să te dai mare la ei.

— Eu zic că azi, adaugă Lisbeth, punându-și degetul arătător pe umărul lui.

Sandberg își întoarce privirea spre ea și apoi totul se derulează rapid. Își înfige mâna între picioarele lui Lisbeth și o împinge înapoi.

O ia prin surprindere. Cu tot ce știe despre Sandberg și despre clonele genetice dinaintea lui, ar fi trebuit să fie pregătită. Capul i se lovește de tejgheaua de bar improvizată din cauciucuri de mașină și tablă ondulată. Apoi o prinde cu mâna de gât. *Ridică brațul deasupra mâinilor lui și lovește-l cu cotul în tâmplă.* Dar fără aer, o cuprinde panica. Vedere ca printr-un tunel. Sentimentul că vrea pur și simplu să renunțe. În doar câteva clipe, vine pierderea cunoștinței, chiar dacă moartea mai așteaptă câteva minute.

Ești un bushi, Lisbeth, un războinic. Dacă ți-ai pierdut katana, folosește-ți sabia.

În momentul în care Jessica reușește să slăbească puțin strânsoarea pe gâtul lui Lisbeth, aceasta își întinde arătătorul și mijlociul într-un V rigid și îi înfige agresorului un *nihon-nukite* perfect în ochi.

Din nou, vechiul reflex autonom de nădejde cu care este dotat corpul pentru a-și proteja părțile vitale. Când bărbatul își trage mâinile să-și apere ochii, Lisbeth aplică un *ura-zuki* de jos în sus. Sandberg nu-și poate controla reacția și se îndoaie de mijloc.

Odată scos temporar din acțiune, Lisbeth își poate permite să se distreze puțin. Îi aplică un *shuto-uchi* viguros cu latul palmei în pliurile de grăsime de pe ceafă, iar el se prăbușește într-un morman de durere năucită.

— Krav Maga, zice polițista.

— Karate. Nu e nevoie de prea multe. Poți să scoți din funcțiune un nemernic, atâta timp cât lovești unde trebuie.

Știu că vrei. Nu complica lucrurile. Așa. Bine. Oh. Curva dracu', ce frumos e, nu?

— Fascinant, deși poate că mai are nevoie de o ultimă notificare, spune Jessica, lovindu-l pe Sandberg cu piciorul în fund și aruncându-l direct pe ringul de dans.

În loc să-l lase să-și lingă rănile umilit, îi mai trage un șut și încă unul și încă unul. În jurul lor se adună un grup de petrecăreți care răcnesc:

— Ucide, ucide, ucide!

În cele din urmă, Lisbeth este cea care o trage pe Jessica de lângă corpul plângăcios al lui Sandberg.

— Nu-l omorî, doar sperie-l. Și iată-l și pe marele lider, spune Lisbeth, făcându-i cu mâna lui Sonny. Dar cred că e momentul să plecăm, până apucă să i se așeze celulele cerebrale în secvența corectă de memorie. Să sperăm că mesajul a ajuns la destinație.

Trăiește acum, privește înainte, amintește-ți trecutul.

Exact, Sonny Nieminen. Nu uita ce-a fost. Anii de închisoare. Mărirea și decăderea clubului. Și mai presus de toate: n-o uita pe Lisbeth Salander.

Îl vede cum își încleștează pumnii.

Ea. Din nou. Nu e posibil.

— Bagă viteză, o îndeamnă Jessica și privește încordată drept în față, la drum, până când Lisbeth oprește în fața casei ei.

Oprește motorul și lasă liniștea să-și facă efectul.

Ceva s-a întâmplat. Ce anume?

Lisbeth o trage pe Jessica aproape de ea și inspiră parfumul părului ei încâlcit. Își trece mâna peste umerii ei.

Ai trecut prin lucruri pe care nu le poți gestiona singură. Dacă le poți exprima în cuvinte, înseamnă că ai parcurs o bună bucată din drum.

Mulțumesc, Inge Ågren, dar nu, unii oameni înțeleg doar limbajul violenței.

— Spune-mi, o îndeamnă ea.

Jessica se îndreaptă pe scaun și-și trage mânecile puloverului peste mâini. Geamurile mașinii s-au aburit de la respirația lor.

— M-a violat, *that's it*. Asta a fost cu mult timp în urmă. Când am terminat clasa a noua. După aia s-a lăudat la oricine suporta să-l asculte, adică probabil la toată lumea din Gasskas.

— Și tu?

— Am făcut ce fac de obicei fetele, am tăcut și m-am simțit mizerabil. M-am simțit al naibii de bine să mă răzbun. Aproape prea bine. Dacă nu erai tu, l-aș fi omorât în șuturi.

— Poți oricând să te angajezi la mine dacă ești dată afară. Ești și mai bine plătită.

Jessica dă din cap, deschide portiera mașinii și lasă să intre răcoarea nopții.

— Apropo, chestia aia pe care i-ai spus-o lui Sandberg, despre scrisoare și hartă, despre ce era vorba?

— Nimic, am mințit. Vrei să vin cu tine înăuntru?

— Nu, vorbim altă dată.

Părul, gura și picioarele de Barbie descuie ușa și apoi intră în casă, fără să întoarcă privirea.

Cred că sunt îndrăgostită de tine.

Și eu de tine.

Înainte să se întoarcă la hotel, caută coordonatele locului unde au găsit duba răpitorilor și trimite un SMS. Adaugă o inimioară, o șterge și trimite mesajul.

63

Stau pe patul dublu și citesc cu voce tare din jurnalul Märtei Hirak, care conține scurte înregistrări sporadice începând din 2010.

— Unde ai găsit jurnalul?

— Cheia, răspunde Svala și citește mai departe. Aproape toată viața mea. Și a mamei. Nu știu cum a rezistat.

Dar cum a rezistat mama lui Lisbeth? De ce nu a cerut ajutor, nu și-a luat copiii cu ea și nu s-a mutat?

— I-a fost frică, spune Lisbeth. Oamenii fac tot felul de lucruri din cauza fricii. Îi face să ia decizii iraționale pentru a supraviețui.

— Chiar dacă este în detrimentul copiilor lor?

Să se mute, să se ascundă, sperând că societatea o va proteja. Oricum le-ar fi găsit.

— Chiar și atunci.

Unele paragrafe se referă la violența lui Peder Sandberg asupra fetei, iar Lisbeth încearcă să rămână calmă. Poate că n-ar fi trebuit s-o împiedice pe Jessica să-l omoare în șuturi.

— Crezi că Plastic-Peder l-a ucis pe tatăl meu adevărat? întreabă Svala.

Întrebarea e firească. Dar răspunsul... Oricât de mult a vrut să-i povestească Svalei, adevărul nu vrea să iasă din ea.

Nu-i poate povesti despre moartea lui Niedermann fără să povestească și restul. Fata are destui idioți în jurul ei. Cu cât știe mai puțin, cu atât mai bine pentru ea.

— Nu știu. A fost cu mult timp în urmă, dar nu cred că e nevoie să-ți fie dor de el. A fost un infractor periculos. Peder Sandberg e mic copil în comparație cu el.

— Aoleu, câte știi, așa, brusc!

— A lucrat pentru Zalachenko. Mulți voiau să-i facă felul.

— Ce făcea pentru bunicul?

— S-ar putea zice că a fost garda lui de corp. Dar ce fel de om e Märta? întreabă Lisbeth ca să mute discuția pe teren mai sigur.

— Ca tine, într-un fel. Mică și înfiptă, doar că mai amuzantă.

— Mulțumesc!

— Tu nu râzi niciodată. Mama râde aproape tot timpul. Măcar de l-ar fi ales pe Henry Salo.

— Și el e dus cu pluta, însă în alt fel.

— Dar o iubește în continuare pe Mama-Märta.

— De unde știi tu?

— El a zis. Am fost la el la birou.

— De ce?

Fata ezită înainte de a răspunde.

— Știi cine e Marianne Lekatt?

— Femeia care nu vrea turbine eoliene pe terenul ei?

— Exact. Eram întâmplător acolo, în baie. A venit și a amenințat-o.

— Cum adică a amenințat-o?

— Mai întâi, a țipat că el și familia lui o să aibă probleme dacă ea nu cedează terenul pentru parcul eolian. Și când ea i-a zis că așa îi trebuie, a împins-o și bătrâna a căzut și s-a lovit cu capul de sobă.

— Tu ce căutai la Lekatt?

— Suntem prietene.

— Și pe Salo de ce l-ai amenințat?

— Am vrut să-mi spună ce e cu cheia.

— Știa?

— Nu, și l-am crezut.

— Pot să văd filmul?

— L-am șters. Așa a fost înțelegerea.

Mă rog. Un fișier șters poate fi recuperat oricând.

— Mă cam îndoiesc că jurnalul ar putea fi folosit ca dovadă împotriva lui Sandberg, deși mama ta crede cu siguranță că așa este. Chiar nu mai era nimic altceva în seif? Svala?

Fata se întinde după maimuță.

— Ai un cuțit?

— Tu ce crezi? întreabă Lisbeth, desfăcând etuiul Leatherman de la centură.

— Iisuse! Serios? Clar nu știi despre Legea cuțitelor din 1988.

Nici tu n-ar trebui să știi.

Svala taie cusăturile și își bagă mâna înăuntru.

— Dacă spui cuiva despre maimuță, nu mai vorbesc niciodată cu tine.

— Un hard-disk, spune Lisbeth, inspectându-l din toate unghiurile. Știi ce conține?

— L-am dus la magazinul de gaming.

— *Shit*! Și?

— Conține un cont de criptomonede. Dar fără parolă, nu poți intra. Am încercat tot ce mi-a trecut prin cap. Probabil doar Mama-Märta o știe. Trebuie să aștept până se întoarce acasă, spune ea și se închide în baie.

Barul hotelului în zece minute?
OK.

64

— Așadar, asta e tot ce știm, spune Lisbeth la o bere cu Mikael Blomkvist.

— Așteaptă, trebuie să notez.

— Nu e nasol să fii senil la o vârstă atât de tânără? Eu nu trebuie să iau niciodată notițe.

— *Rub it in!*

— Tânăr tânăr tânăr. Senil senil senil.

— De unde începem?

— Răpirea lui Lukas. El e ținta?

— Secundară, în orice caz.

— Atunci ar trebui să fie prin apropiere. Pare inutil de riscant să-l căutăm departe.

Nu-ți fie teamă. Te găsim noi.

— Am notat.

— Și în jurul lui Salo, iubita ta fiică Pernilla, de exemplu, ce știi despre ea?

— Prea puține, recunoaște el.

— Mă gândeam eu. Cred că mai bine vorbesc eu cu ea. Mă place.

— Pe tine te place toată lumea, nu-i așa?

— Da, da, Salo deci, spune ea și e tentată să vorbească despre filmulețul cu Lekatt.

— Un cerc extins de cunoștințe. Va trebui să începem din mijloc. De la inimă, cum spune chiar el.

— Municipalitatea.

— Da, în special afacerile locale curente. Multe sunt ascunse în KGB. Ei o țin una și bună cu incidența Legii societăților comerciale și că nu trebuie să dezvăluie detalii publicului în afara rapoartelor anuale standard. Corespondența lor, de exemplu, nu e oficială.

— Punem pariu? întreabă Lisbeth.

— Am notat.

— Instinctul tău ce spune?

— Salo. Și Branco, compania-fantomă.

E momentul potrivit să îi spună despre Lekatt. Repetă cuvânt cu cuvânt ce a spus Svala despre Salo, că ar putea fi amenințat de undeva.

— *Makes sense*, comentează Mikael. Apropo, am primit un teanc de notițe de la Svala. Ar trebui să lucreze la *Gaskassen*. Că tot veni vorba despre simțul detaliilor. Pare interesată mai ales de Lekatt, dar găsise și un e-mail de la Branco. Se pare că ei comunică printr-un device alternativ. Probabil că e-mailul a fost scos la imprimantă și a ajuns în arhivă din greșeală.

— Ce scria acolo? întreabă Lisbeth.

— Timpul trece.

Se comportă ciudat. Pune întrebări ciudate despre oamenii cu care am contact la serviciu.

Pare că îi e frică.

Nu contează, vrei să vezi piscina din spate?

— Atunci ne întoarcem la Branco, conchide Lisbeth. Dar nu înțeleg cum un petic de pământ poate fi atât de important încât să fii dispus să răpești un copil pentru a-l obține.

— În sine, proprietatea e mare. Peste 500 de hectare.

— Chiar și așa. Branco trebuie să aibă ceva special.

— Eu sunt un soi de îndrumător spiritual la *Gaskassen*. Le-am dat temă să ia la puricat administrația locală.

— Sigur. Dar dacă nici Hacker Republic nu găsește nimic, nici gazetărașii locali nu prea au cum.

— Așa e, dar le putem pasa lor lucrurile ușoare, ca să ne concentrăm noi pe imaginea de ansamblu. Încearcă să afli ceva de la poliție. Am văzut că ai o legătură bună acolo.

— Ce vrei să spui?

— TikTok.

— Te înjosești tu cu o aplicație pentru copii? Ce dracu'?

— Se pare că și tu.

— Ce fac în viața mea privată nu e treaba ta.

— Deloc, dar oricum ai un contact la poliție. Folosește-l.

— Atunci tu poți să-l folosești pe Faste. Sunteți cam la același nivel, ripostează Lisbeth, ridicându-se în picioare.

— Stai puțin, așază-te la loc! Scuză-mă dacă am mers prea departe. Trebuie să terminăm strategia.

— Deja o am în cap. O să-i fac o scurtă vizită lui Salo; ar trebui să pună lucrurile în mișcare.

— Am notat.

— *Dickhead*.

— Notat și asta.

65

Lisbeth urcă puțin în cameră, ca să verifice dacă îi e foame copilului. Ea, una, ar vrea o... pizza poate... dar nu e nimeni în cameră. Svala a lăsat un bilet.

Învăț cu o prietenă care stă în afara orașului. Poate dorm acolo. Te anunț dacă rămân la ea.

Dubios, dar e bine dacă așa e. Lisbeth n-a auzit-o niciodată vorbind despre vreo prietenă. Dimpotrivă, când o întreabă, Svala se rățoiește la ea.

Scoate laptopul. Nimic nou de la Plague, dar o grămadă pe intranetul de la Milton. Citește raportul Ministerului Afacerilor Sociale privind încălcarea securității datelor și aproape că izbucnește în râs.

Uite, Svala, râd!

Dick și Pick înscenează un raid ca să verifice credulitatea personalului. Intră agale cu câte o geantă de service în mână și zic că trebuie să repare niște calculatoare care nu merg bine. Sigur, sunt legitimați, dar nimeni nu-i întreabă cine i-a trimis. Pot să ia tot ce vor de-acolo.

Trec sistematic prin cel puțin zece calculatoare, plantează *spyware* și alte mici surprize plăcute. Când termină, pleacă de-acolo cu informațiile confidențiale ale departamentului în buzunar. Dar pentru că sunt *the good guys*, adună personalul și explică tot ce-au făcut. Bineînțeles, toată lumea e îngrozită. Însă după numai două zile, doi *bad guys* intră în minister fără probleme și spun că sunt de la Milton Security. Și ei sunt legitimați, fac aproape aceleași lucruri și pleacă spunând politicos „la revedere". Trei ore mai târziu, de Deus primește prima scrisoare de amenințare.

Lisbeth încearcă să se concentreze asupra muncii, dar renunță. Gândurile i se tot întorc la Salo și Branco.

Bună, Dragan, ai auzit de o firmă care se cheamă Branco și se ocupă printre altele de *security*? Mă gândeam că poate măcar ai auzit de ei. Ajut administrația locală din Gasskas cu niște chestii.

Bună Lisbeth, îmi sună cumva cunoscut și are de fapt legătură cu ceasurile. După cum știi, am o slăbiciune pentru Rolex. Imigrant tipic, știu, dar trebuie să-ți cheltuiești banii pe ceva. Acum câțiva ani, a fost vândut la o licitație din New York un Daytona foarte special care-i aparținuse lui Paul Newman. Mă aflam din întâmplare acolo, la fel și omul care l-a câștigat. M-am dus la el după aceea pentru a-l felicita, m-am prezentat, bineînțeles, și el la fel. S-a dovedit că era un suedez, Marcus Branco. Un tip de treabă. În scaun cu rotile din cauza Neurosedynului. Am băut un ceai și am vorbit puțin despre securitatea informatică. Nu cred că a menționat cu ce se ocupă. E doar o bănuială, îți dai seama, dar ținând cont de prețul ceasului, în jur de 15 milioane de dolari, trebuie să fi fost un fel de om important. Mult noroc și cu Branco, și cu fata. Salutări. Dragan A.

Pe Lisbeth o bate gândul să spargă chiar ea telefonul Svalei, însă decide să-i încredințeze această sarcină lui Plague. Puștoaica ar înnebuni dacă ar afla. Probabil că ar țipa ceva despre încălcarea intimității sau, mai rău, ar fi mută câteva zile drept pedeapsă.

Trebuie să fac rost de un film șters. 073–435 88 91. Prioritate mare.

Dacă tot are numărul în față, o sună pe Svala. Nu răspunde.

Îmi pare rău că vă deranjez de la studiu. Voiam doar să te anunț că avem pizza la cină. Ce bun, nu?

Dorm aici. Pizza mâine.

Adică unde „aici"? se pregătește să scrie, dar se răzgândește. Are încredere în fată, nu despre asta e vorba. Nu e genul care să bea rachiu, să fumeze pe ascuns și să umble cu băieți mai mari. Dimpotrivă, pare să aibă întotdeauna un motiv serios pentru ceea ce face.

Chiar atunci, își dă seama că maimuța care păzea stâlpul patului a dispărut. Verifică baia și celălalt dormitor. Nici urmă de maimuță sau de jurnal.

Ți-a fost frică să nu-ți fur maimuța? Un emoji cu față veselă.

Mă ajută cineva s-o repar. Emoji cu o față și mai veselă.

Umerii lui Lisbeth se destind. Totul e în ordine. Se conectează la Plague. Niciun răspuns.

O sună pe Jessica pentru a treia oară. Nici ea nu răspunde.

Vrei să ne vedem?

Lucrez.

La naiba! E supărată. Lisbeth încearcă să-și dea seama de ce. Ceva ce a spus, ceva ce a făcut. Un alt mesaj vine numaidecât.

Serviciul e prioritar. Ne vedem altă dată.

Își aruncă telefonul pe pat și face un duș. Nu că ar fi necesar, s-a mai spălat și acum trei sau patru zile, ci mai mult ca să treacă timpul.

Plague către Wasp: momentul filmului.

Sunetul nu e cel mai bun. Lisbeth își scoate căștile Sennheiser ca să elimine pârâiturile. Exact așa cum și-a dat seama fata, sunt indicii că există o amenințare la adresa lui Salo și a familiei sale. Dar mai e și altceva ce nu înțelege la început. Derulează filmul și ascultă iar și iar.

66

— Bună ziua, sunt Lisbeth Salander, de la Milton Security.

— Aha, cu ce te pot ajuta? întreabă Salo și o invită să ia loc.

Stă înaintea unui birou mare și se legănă cu scaunul. În spatele lui se întind rafturi întregi cu dosare, iar teancurile cu hârtii sunt perfect ordonate. Costumul însă e șifonat, iar încăperea e îmbibată de un miros stătut de transpirație și beție.

— Sunt expertă în securitate informatică. Chiar acum ajut poliția din Gasskas cu informații despre răpirea fiului vostru, Lukas. Am câteva întrebări.

— *Shoot*. Vrei o cafea?

— Nu, mulțumesc. Ancheta a scos la iveală faptul că există o amenințare la adresa familiei tale. Sau poate în primul rând împotriva ta.

— Nu știu nimic despre asta.

— Legată de construcția parcului eolian.

— E un proiect mare. Sunt multe în joc. Bineînțeles că există întotdeauna diferențe de opinie, ciudat ar fi să fie altfel, dar vreo amenințare? Nu. Am spus deja poliției tot ce știu. De mai multe ori. Dispariția băiatului e un mister și pentru mine.

— Dar tu ce părere ai?

Da, ce părere are? O studiază pe femeia ciudată din fața lui. Imposibil de ghicit vârsta ei. Slabă și prăpădită. Îmbrăcată ca o adolescentă, cu părul vopsit negru și un inel în nas. Undeva între 14 și 44 de ani. Pare ireală.

66.301252, 20.387050.
19:00. Vino singur.

— Ai vreun act de identitate? o întreabă.

Lisbeth îi întinde legitimația de la Milton.

— Aha, tu ești. Am auzit că faceți pe detectivii cu hackerii.

Salo își toarnă într-un pahar apă dintr-o carafă și aruncă înăuntru două tablete de Treo. Durerea de cap, oboseala, toate s-au parcat ca un virus în corpul său. Acasă, Pernilla stă și plânge fără oprire. La birou, colegii aleargă de colo-colo ca o pradă nervoasă, crezând că și copiii lor sunt în pericol, ceea ce s-ar putea să fie adevărat. „Mergeți la poliție", este sfatul său. „Poliția există pentru a ne proteja."

Salo e un om de acțiune. Cel care pune lucrurile în mișcare. Care rezolvă probleme. Dar în acest moment, nu vrea decât s-o vadă plecată pe creatura asta din biroul lui, ca să se poată încuia pe dinăuntru și să se întoarcă la canapeaua vizitatorilor și la sticlă. Din păcate, ziua nu s-a terminat încă. *Vino singur.*

— Mai e ceva? spune el. Am o grămadă de lucru.

Lisbeth scoate telefonul mobil. Nu-i trebuie decât câteva secunde ca să înțeleagă ce-i arată. Jigodia aia de copil! Să nu poți avea încredere nici măcar într-un copil!

— Ai fost la Marianne Lekatt.

— Da. Ca să vorbim.

— Ciudat mod de a purta o discuție. Mie mi se pare mai degrabă o amenințare, spune ea, dând volumul mai tare.

— Încetează! Faci să pară mai rău decât e.

— Înțeleg, și chiar nu-mi pasă dacă le sucești mâna proprietarilor de terenuri ca să-i faci să vândă pentru proiectul parcului eolian.

— Să cedeze dreptul de folosință, o corectează Salo. Ei nu vând, ci cedează dreptul și câștigă câteva sute de mii pe an. Fără să fie nevoiți să ridice un deget.

— Mulțumesc pentru informație, dar chestia interesantă e cu totul alta, continuă Lisbeth, ținând telefonul mai aproape de el.

Sunt pe urmele mele. Trebuie să renunți la pământ. Fă-o de dragul meu.

— Deci, spune ea și închide fișierul, ori îmi spui toată povestea, ori poliția va avea o seară de film.

Salo se ridică și face câteva ture prin cameră, apoi se oprește la fereastră. Nivelul fluviului a crescut, ceea ce-l face să se simtă în siguranță. Cât de ușor ar fi! Să urce până la Storforsen. Să facă pasul în jos de pe stâncă și să devină una cu apa învolburată.

— E vorba despre fiul tău, continuă ea. Nu vrei să fie găsit?

Dacă vrea? Vrea mai presus de orice! O vrea pe Pernilla înapoi, în locul epavei de acasă. Vrea să scape de acuzațiile că totul e din vina lui. Ce mod infernal de a începe o căsnicie!

— Bineînțeles că vreau. Dar trebuie să fac lucrurile în felul meu.

— Ai de gând să te înțelegi cu răpitorii.

— Așa cum spuneam, nu știu cine sunt răpitorii. Fă ce vrei cu filmul.

— Doar o ultimă întrebare și pe urmă plec. De ce ar face Lekatt asta *de dragul tău*?

Salo se întoarce, își trece mâna prin păr și este cuprins de privirea lipsită de sentimente a creaturii.

— Pentru că e mama mea.

67

Salo verifică cel puțin a treia oară coordonatele și iese cu mașina din parcare. Cu excepția câtorva camioane cu cherestea care se îndreaptă spre Karlsborg sau Piteå, șoseaua e pustie. Trece pe lângă Kallaksjön și o ia la stânga spre Kåbdalis.

S-a uitat pe hartă. Nu e un loc necunoscut. Mai merge pe acolo. Pune carabina în portbagaj și împușcă vreun cocoș-de-munte care a ajuns în drum să ciugulească pietricele.

Mașina e parcată în capătul zonei unde întorc camioanele cu lemne. O dubă neagră. Salo oprește alături și coboară geamul.

— Ați vrut să ne întâlnim. Am venit. Ce vreți?

— Ieși din mașină.

O voce pe care n-o știe. Își simte gura lipicioasă și îi tremură picioarele. Salo nu e scund, dar bărbatul e cu cel puțin un cap mai înalt. Haine negre și fața acoperită. E absurd. Cineva gen Wagner în orășelul lui mic și sigur. Unde oamenii lasă cheia în ușă și nu trebuie niciodată să stea cu frică seara. Cum naiba s-a ajuns la așa ceva?

— Se pare că n-ai luat situația în serios, spune bărbatul.

— Am făcut ce-am putut. Unde e băiatul?

— Ce băiat?

Salo gâfâie și-și simte pulsul bătând în gât. Vocea i se curmă. Lukas.

— Întrebarea e ce vom face cu tine. Din moment ce n-ai reușit să-i convingi pe proprietarii de terenuri, nu ne mai ești de niciun folos, spune el și îl apucă pe Salo de ceafă. Dar noi suntem băieți destul de mișto, așa că ne-am gândit să te lăsăm să mai faci o mică alegere.

Îl trage pe Salo spre ușile din spate. Din dubă a mai ieșit cineva. Aceeași îmbrăcăminte neagră. Doar ochii oferă mai multe indicii. *Mută-l.* O femeie. Îi îndreaptă o lanternă de buzunar spre față și deschide larg ușile.

Orbit de lumină, nu-și dă seama ce vede la început. O cușcă? Un câine?

— *Voilà*, zice bărbatul. Spune-i „bună" unei cunoștințe.

Salo se întoarce și vomită.

— Vai, ce mod nepoliticos să saluți o veche iubire, comentează bărbatul, împingându-l pe Salo înapoi spre cușcă.

Trupul nu se mișcă. Fața e o masă însângerată, de parcă tot capul i-ar fi fost scufundat în apă clocotită. Totuși, vede cine este. Începe să plângă cu suspine și încearcă să-și împingă mâna prin grilajul cuștii ca să ajungă la mâna ei.

Nu Märta, nu Märta lui.

— După cum vezi, Romeo, am fost destul de amabili s-o lăsăm în viață. Nu prea multă viață, e drept. După cum poate îți amintești, chiar tu ai spus că putem face ce vrem cu ea, și noi am făcut, adaugă el chicotind. Înțelegem de ce o placi atât de mult.

Sâmbătă. Tata vine acasă. Henry și Joar stau de pază. Se ascund în garaj și așteaptă mașina. Tata iese din mașină. Henry ridică ciocanul.

Cu un răcnet, o împinge pe femeie și reușește să-i tragă un pumn bărbatului. Încă unul și încă unul. Nu știe unde aterizează pumnii lui. Femeia are un râs cristalin, ca de fată tânără. Apoi, totul se întunecă.

Mult mai târziu, nu știe cât timp a trecut, deschide portiera mașinii și vomită. Duba nu mai e acolo. Temperatura sub 0 grade a transformat aburul în gheață. Râcâie geamul și lasă lacrimile să curgă.

În loc să se întoarcă la Gasskas, merge mai departe spre Storforsen. Întoarce înainte de hotel și conduce până la cascadă. Sare peste punți. Alunecă peste stânci până când ajunge la punctul de la margine. Se cațără pe balustrada de protecție și se uită în jos, la apa învolburată.

Doamne! Am mai vorbit înainte. Vrei să trăiesc și să mă ocup de mizerie, dar nu pot. Ai auzit? Nu mai pot. O să mă ia și pe mine. Mai întâi pe Lukas, apoi pe Märta.

Cum am ajuns ce sunt acum? Am vrut doar puțină apreciere, nu înțelegi? Tot ce fac e pentru binele ținutului, al familiei, al echipei de vânătoare, dar nimeni nu vede asta. Mi-a ajuns, Doamne.

Îi sună telefonul.

Doamne sfinte, sună-mă altă dată. Își pierde firul ideilor. Scoate mobilul. Pernilla.

— Unde ești? întreabă ea.

— La cascadă.

— Ce faci acolo?

— Am de gând să sar.

— Henry. Pleacă de acolo! Îndepărtează-te de cascadă! Acum!

— Nu, spune el, e prea târziu. Prea târziu pentru orice. Îmi pare rău, Pernilla. Nu e vina ta.

— Mai întâi Lukas, și apoi tu. Tu realizezi cât de al dracu' de egoist e din partea ta?

— Da, dar acum asta e.

— Nu. N-ai voie!

Era furioasă. Și-a vărsat furia asupra lui Mikael. Dar proastă nu e, chiar dacă toată lumea crede că ea e fata bună. Cea de încredere. Cea care sare în ajutorul celorlalți.

Faptul că și Henry crede la fel e tragic, dar în situația asta e un avantaj. Lui i se pare firesc să aibă secrete față de ea, dar ea caută în biroul lui. Copiază documente. Caută în buzunare cărți de vizită și numere de telefon. Îi verifică e-mailul privat când adoarme pe canapea și uită să se deconecteze.

Dacă el moare, Lukas nu se mai întoarce.

Pernilla aleargă la mașină, pornește în trombă și se îndreaptă spre Storforsen. Cel puțin o jumătate de oră de mers cu mașina. Ninge abundent. Poate durează mai mult.

Vorbește în continuare. Spune orice. Nu contează. Din când în când, îi răspunde și el.

— Mai ești acolo? Henry?

— Da.

— Mai ții minte cum ne-am cunoscut?

— Da.

— Spune-mi, cum ne-am cunoscut?

— Erai în turneu cu un cor. Eu eram în public.

— Continuă! Mai departe! Ce s-a întâmplat după aceea?

De-acum țipă, pentru că bubuitul cascadei o înconjoară din toate părțile. Din cauza zăpezii, drumul spre cascadă e dificil, dar trebuie să ajungă la timp acolo.

— Erai foarte frumoasă. Și bună.

— Eram pe naiba. Nu sunt bună. Sunt un om normal. Nu sări, țipă ea prin vuietul apei.

Se cațără peste gard și încearcă să nu se uite în jos.

— Sunt în spatele tău.
— Nu, răspunde el. Nu înțelegi.
— Poate că nu, dar dacă sari tu, sar și eu.
— Tu îl ai pe Lukas. E în viață.
— De unde știi?
— A zis cineva. Când m-am jucat de-a Dumnezeu și am schimbat o viață cu alta.
— Cineva! Cine dracu' e?
El renunță. Se pare că nu i-a venit vremea azi.
— Dă-te înapoi! strigă la ea. Vin și eu.
Henry se târăște peste gard. Vrea să o țină în brațe, să fie ținut în brațe. Corpurile tremură din cauza umezelii și a frigului. Fără adrenalină, stâncile sunt alunecoase, iar seara impenetrabilă, neagră. Vrea să-i povestească totul. Să-i împărtășească frica. Să fie ocrotit.
Se încălzesc în mașina Pernillei. Își țin mâinile în dreptul gurilor de aerisire. Încet, carapacea crește la loc pe corpul lui Salo, iar imaginile dispar.
— V-am auzit. Ai sunat-o.
— Pe cine? întreabă el.
— Märta Hirak. Am văzut numărul și ți-am citit SMS-urile.
Cadavrul. Sângele. Cușca.
— Märta a fost o greșeală. Un pas strâmb făcut o singură dată. A apărut într-o zi cu o cheie. Am băut câteva pahare și s-a întâmplat...
— Oprește-te! Ajunge.
O să-ți arăt eu ție, nenorocitule, fii sigur de asta.
L-a mai lăsat durerea de cap. Să spună adevărul îi aduce liniște sufletească. Pentru prima oară după luni de zile, simte un fel de calm.
— O să-l aducem pe Lukas înapoi, promite el, punându-și mâna peste a ei.

Ea își trage mâna și apucă maneta schimbătorului de viteză.

— Dormi acasă în noaptea asta?

— Așa vrei? întreabă el și iese din mașină.

Abia apucă să închidă ușa, că ea a și demarat.

68

Svala coboară din autobuz în Harads și se îndreaptă spre complexul de căsuțe în copac al Brittei.

— Bună, spune ea. Tata a rezervat The Seventh Room. Peder Sandberg. Vine și el puțin mai târziu.

— Bun-venit, răspunde recepționerul, verificând rezervarea. E în regulă. Două nopți. Vrei să așteptăm cu plata până la sosirea lui?

Svala ezită. Este tentant, dar stupid. Nu poate risca să înceapă să-și bage nasul personalul hotelului.

— Nu, mi-a dat mie banii, spune ea și pune 23 000 de coroane pe tejghea.

Data trecută a venit pe drumul din spate, prin pădure. S-a amestecat într-un grup de turiști și a mers din căsuță în căsuță, învățând totul despre arhitectură, iluminat și, cel mai important, despre înălțimea căsuțelor din copaci.

23 000 de coroane reprezintă aproape jumătate din capitalul depus și economisit în maimuță. The Seventh Room e cea mai mare dintre căsuțe, construită în formă de U și amplasată la zece metri înălțime, printre pini. Între părțile cu dormitoare, ieșite în afară, se întinde o plasă

groasă, ca o terasă suspendată. Svala deschide ușa balconului, se echilibrează pe plasă, se întinde pe burtă și contemplă lumea de jos. Are destul timp la dispoziție. Se va întuneca.

Cu jumătate de oră înainte de întâlnirea cu Plastic-Peder, o ia pe cărare spre recepție și returnează una dintre chei.

— Eu plec din cameră acum, spune ea, dar tata rămâne până mâine. Am reușit să fac rost de un bilet la meci. Mă duce cu mașina la Gasskas și se cazează după aceea.

Peder Sandberg e discret. Ceea ce nu înseamnă că mintea lui a încetat să mai producă gânduri diabolice. Dimpotrivă. Are fantezii despre răzbunare. Nu poate uita umilința. El în patru labe. Șuturile pizdei polițiste în el. La primul șut în fund nu suportă să se gândească. Karate Kid îi dă instant o senzație de greață. Dar cel mai rău lucru sunt ceilalți. Cei de la Svavelsjö, care stau în ring și râd de el. Nu doar atunci. Acum, după aceea, și pentru totdeauna.

După două zile, nu-l mai dor testiculele, dar ceva nu e în regulă cu coastele. Probabil că sunt rupte. Nici nu se pune problema să tușească. De râs, oricum nu-i niciun risc. Scoate pistolul, îl prinde cu ambele mâini și vede cu ochii minții cum ploaia de gloanțe spulberă corpurile. Brațe, picioare și trunchiuri. Ultimele gloanțe împrăștie materia cerebrală peste tot pe perete. Deja se simte mai bine.

E atât de preocupat de răzbunare, încât aproape că a uitat că are o misiune.

De fapt, tu meriți doar să cureți toalete, dar îți mai dau o șansă. Prinde fata, nu mai știu cum o cheamă. Svala. Exact. Ia-i hard-diskul cu forța și scapă de ea.

Adică să-i fac felul, zice el, ca să se asigure că a înțeles instrucțiunile.

Exact, răspunde Sonny. Sau fă ce vrei tu, doar să dispară. Începem cu asta. După faza cu puștoaica, o să primești o misiune mai importantă, dar despre asta, mai târziu.

Ar prefera să facă felul unor pizde polițiste. Nu că i-ar păsa de puștoaica aia nenorocită, dar puțină decență are în el.

Am informații despre maică-ta, ai timp să ne vedem?

17 la Buongiorno? scrie ea.

OK.

Idiotul.

La ora 15, ea trece deja pe la pizzerie.

— Svala, nu te-am mai văzut de un car de ani, ce mai faci, ți-e foame?

— Nu, mulțumesc, tocmai am mâncat. Poți să-i dai asta lui Peder? întreabă ea, întinzând un bilet scris de mână unei mâini pline de făină.

— Sigur, răspunde băiatul și întreabă de Mama-Märta.

— Mda, răspunde Svala și pleacă în grabă.

De obicei nu e așa. Se pricepe să înghită tot felul de lucruri. Poate că are legătură cu locul. Parcă o vede stând acolo și râzând. Se vede pe ea împreună cu Mama-Märta.

Totul e din vina ei. Vina există pentru a fi îndreptată.

Peder Sandberg nu e prost. Din punctul lui de vedere, e al naibii de inteligent. Trage puțin mai departe pe un drum forestier, în spatele hotelului Brittei, încuie, pune cheia mașinii pe roata din față ca să nu o scape din greșeală pe undeva și se îndreaptă spre căsuțele din copaci.

Hotelul este renumit în toată lumea. Nu doar datorită lui Justin Bieber și altor nulități care vor să se joace de-a puiul de pasăre. E locul în care spioni dați în urmărire națională au scăpat de serviciile secrete. Genul acesta de lucruri le reține Peder Sandberg. Într-o zi, și el va fi celebru. Se află pe drumul cel bun.

Pizda polițistă. Calmează-te. Îi vine vremea și ei. Întâlnire cu Branco săptămâna viitoare. Evident, fără știrea lui Sonny, dar nimeni n-a murit dintr-un joc dublu. *Avem nevoie de o persoană ca tine.* Bineînțeles, cine n-ar avea nevoie?

The Seventh Room într-un capăt. Ca să fie sigur, a căutat pe Google. Copil bătut în cap. Nici că se putea mai bine. Singuri într-o cameră de hotel. Nu că ar avea de gând s-o împuște acolo. ASTA ar fi o prostie. Dar în întunericul de afară, nimeni nu-i va vedea plecând.

Svala se uită la ceas: 19:55. Pornește aparatul de cafea și răstoarnă un pachet de biscuiți Singoalla într-un bol. O ultimă verificare.

Bună, Amineh, am citit despre tine. Aveai 13 ani când ai fugit de la familia ta și ai devenit luptător Peshmerga. Și eu am 13 ani. Eu nu fug de familia mea, ei fug de mine. În seara asta, o să mă întâlnesc cu tatăl meu vitreg. El este misoginismul întruchipat și reprimarea drepturilor omului, toate la un loc. Sper să pot fi la fel de curajoasă ca tine.

Bună, Svala, mulțumesc pentru mesaj. M-am întristat când l-am citit. Niciun copil de 13 ani nu ar trebui să se lupte ca tine. În ochii legii, ești un copil. Totuși, te înțeleg și știu că în unele situații nu ai de ales. Ai grijă de tine. Amineh.

Are Peder Sandberg de ales?

Bineînțeles. Oricât de frenetic ar încerca să fie cel mai rău, ar putea fi cel mai bun. Omul are întotdeauna de ales. Alegerile distructive sunt cel mai la îndemână, pentru că nu necesită consens. Războinicul din noi, sau vânătorul, dacă vrem să mutăm obiectul înspre faună, este o funcție moștenită genetic, pe când dragostea necondiționată, altruismul și umanitatea generală sunt câștigate și, prin urmare, necesită mai multă energie.

Atunci cum poate avea loc o schimbare fundamentală în societate? Trebuie să începem cu liderii politici corupți care pledează pentru globalism, multiculturalism și imigrație în masă. Sub ei, în sistemele politice, în aparatul de stat și în partidele politice, aceștia au, de asemenea, multe slugi care trebuie eliminate. Da, dragi prieteni, eliminate. Nimeni nu se apropie de adevărata problemă. Cum va supraviețui Pământul?

Bună, Marcus, ți-am văzut conferința TED. O sursă incredibilă de inspirație. Ai vreo organizație la care aș putea adera? Sau, gen, filme pe care le poți recomanda?

Peder, ține ochii deschiși! Suntem mulți cei care gândim ca tine.
Suntem pe cale să ne organizăm, să ne infiltrăm în societate în general.
Timpul nostru va veni în curând. Marcus.

Să urce pe o scară e un dezavantaj, dar trebuie să urce. Sus, la un copil care se bucură să-și vadă tatăl vitreg. El n-are nimic de pierdut. De fapt, trebuie să recunoască, se bucură s-o revadă pe mucoasa aia prostănacă. Nu e zdravănă la cap, dar de fapt cine e? Să spună cine ce vrea despre Svala, dar dacă e așa cum pretinde Märta, se vor întâlni la jumătatea drumului. Fără luptă și complicații. Moartea nu trebuie să fie complicată.

Nu-i așa, Marcus?!
Exact Peder, unii indivizi nu sunt făcuți să trăiască.

O bătaie la ușă. Clanța coboară. Pulsul crește. E clar că urmărește ceva.

— A trecut ceva timp, spune el, uitându-se în jur. Nu-i rău locul în care te-ai mutat. Ai jefuit vreun pensionar?

— Am făcut economii, răspunde ea. Vrei cafea?

— Sigur, zice el, dezlipind biscuitul dublu și lingând întâi gemul. Așchia nu sare departe de trunchi, remarcă el, zâmbind atât de larg încât i se văd spațiile libere dintre dinți. Se vede că maică-ta te-a învățat una-alta.

— Exact, încuviințează ea și deschide jurnalul. Aș vrea să-ți citesc ceva cu voce tare.

— Sigur. Sper că nu din Biblie.

Biblia Mamei-Märta.

4 martie 2016. S-a iscat un conflict cu un dealer din Kalix. Peder vrea să merg cu el. Când îl întreb de ce, îmi răspunde: „Ca să învăț ceva nou". Ajungem la un apartament. E seară. Deschide un băiat, poate cinci–șase ani. Peder se așază în bucătărie ca să vorbească cu tatăl, cu dealerul. Eu și băiețelul ne uităm la emisiuni pentru copii. Izbucnește o ceartă. Băiețelul e îngrijorat. Îl închid în dormitor ca să nu audă. Începe să plângă.

— Ce căcat mai e și ăsta?

— Ai răbdare, răspunde Svala și citește mai departe.

Peder îl leagă pe dealer de un scaun din bucătărie și începe de sus. Îi taie lobul de la o ureche. Apoi pe celălalt. El țipă, imploră milă, promite să plătească și tot așa. Chiar și băiatul țipă. Eu îi cer lui Peder să se oprească. Bine, spune el și scoate o armă. O îndreaptă spre mine, îmi întinde cuțitul și îmi spune că pot alege dacă tai eu mai departe sau mă împușcă. Aleg să fiu împușcată, dar el nu poate accepta. Plecăm din apartament. Mai târziu, în cursul serii, o atacă pe Svala. Ne petrecem noaptea la Urgențe.

Fata închide jurnalul.

— Sunt 200 de pagini, îl anunță ea, copiate la bibliotecă și păstrate într-un loc sigur.

— Ce vrei?

— Tu ce crezi că vreau?

— Bani, bineînțeles. Cât?

— Nu vreau banii tăi scârboși, vreau să știu unde e mama. Dacă nu-mi spui, jurnalul ajunge la poliție. Mai ales dacă mă omori. Atunci n-o să mai ai cale de întoarcere.

Svala a văzut deja că e înarmat. Nimic neobișnuit în sine. Trebuie doar să aibă grijă să fie cu un pas înainte. Peder nu e vreun strateg. Furia e cea care îi ghidează acțiunile. În plus, e laș și urăște înălțimile. Nici măcar nu îndrăznește să iasă pe balcon.

— Un jurnal nu dovedește nimic. Mizeriile alea putea să le scrie oricine.

— Mai am și alte dovezi.

Și e adevărat. Maimuța conține multe secrete. Nu trebuie decât să tragă cartea potrivită la momentul potrivit.

Sandberg râde și îndreaptă arma spre ea.

— Mergem la o plimbărică, tu și cu mine. Mai întâi luăm hard-diskul și apoi jocul se va termina în ceea ce te privește.

— Atunci o să trebuiască să mă prinzi întâi.

Svala face câțiva pași rapizi afară, pe plasă.

A exersat. Știe cum să compenseze mișcările plasei. Știe că el va ezita la ușă. Își ia telefonul și îndreaptă camera spre el. *Spune* cheese, *Plastic-Scârbă-Peder*. Blițul îl surprinde într-o postură perfectă cu arma, cu privirea aia de nebun și toate cele. Trimis.

— Ar fi o prostie să mă împuști aici, îl avertizează ea. O să audă lumea. În căsuța de-alături sunt cazați niște turiști francezi. Dacă reușești să mă prinzi, promit să vin de bunăvoie.

Solul se unduiește sub el când face greșeala să se uite în jos. O urăște. Urăște toată situația asta blestemată. Și-a arătat slăbiciunea și e pedepsit imediat. A băut cafea și a ascultat basme, în loc s-o prindă de la bun început. Ar putea s-o împuște aici și acum, însă riscă să rateze din cauza întunericului și a plasei care se leagănă. Nu e tocmai lunetist. Preferă să împuște oameni de la mică distanță. Amortizorul l-a lăsat acasă, pe pat. Împușcătura va fi auzită peste tot, în tot nenorocitul de Harads. Face câțiva pași spre ea și constată că plasa e mai rigidă decât crezuse el. Haha, poate credea că el n-o să aibă curaj.

Ea se mișcă într-un semicerc. Rămâne aproape de corpul casei, cu fața spre ușa opusă, care duce spre a doua aripă a formei de U. Plastic-Peder va încerca să o împuște. Oricum ia în calcul asta. Și dacă nu? Singurul ei plan de rezervă este poza pe care tocmai i-a trimis-o lui Lisbeth, dar drumul până acolo e șerpuit, iar Gasskas e la cel puțin o jumătate de oră distanță. Se oprește, iar el e aproape acum. E pregătită.

Câștigă timp. Fă-ți inamicul să-și piardă echilibrul.

— Dacă-mi spui unde e mama, îți dau și jurnalul și copiile.

De parcă el ar ști pe unde își face veacul curva aia. Știe că punea ceva la cale. Mulțumită lui, planul nu a mers până la capăt.

— Cred că a vrut să fie cu băieții mari, zice el, și se pare că nu i-a ieșit.

— Și cine sunt ei? Tăntălăii MC?

Dacă nu l-ar fi durut coastele ca naiba, ar fi râs.

— Nu mă mai bate la cap, zice el. Știi că o să te prind. Hai să intrăm în cameră, să ne întoarcem în oraș și să rezolvăm chestia. N-am nimic cu tine, pentru mine e doar o slujbă. O să fie rapid și n-o să doară.

— Dacă tot ai venit să mă împuști, de ce nu ești băiat bun să-mi povestești? Oricum, n-o să am cum să torn cuiva.

Ce ticăloasă încăpățânată! La fel ca maică-sa.

— Crezi sau nu, nu le știu numele.

— Și nici unde sunt?

— Undeva unde n-ar căuta nimeni. Ar fi trebuit să rămână cu mine.

Peder face un pas înapoi și încă unul.

La dracu'. Gândește-te. Exploatează-i slăbiciunea. Fă-l să se înfurie.

— Mama a fost cuplată cu Henry Salo, spune ea.

— *Old news.*

— Adică, tot timpul cât erați împreună. Te-a lucrat pe la spate. S-a culcat cu Salo de câte ori a putut.

Bun. Acum face din nou un pas înainte.

— Eu am știut tot timpul. Chiar aveam obiceiul să glumim pe seama ta. Cât de prost ești să nu vezi că are inelul lui Salo pe deget. Märta & Henry. Pentru totdeauna. Toată lumea știe că sunt împreună. Toată lumea, în afară de tine, se pare.

Înaintează sprijinindu-se de perete, la fel ca ea. Respirația gâfâită la câțiva metri de ea. La naiba, trebuie să-l facă să ajungă la mijloc.

Peder ridică arma. Furie versus rațiune. Acum nu mai există cale de întoarcere.

Svala aleargă spre ușă. Exact așa cum s-a așteptat, el o ia drept pe mijlocul plasei ca să-i taie calea. Dar chiar când ea e pe cale să parcurgă ultimii metri până la ușă și siguranță, se dezechilibrează și alunecă.

Bărbatul o apucă de păr și o trage în sus. Simte țeava pistolului în ceafă. Când încearcă s-o îmbrâncească pe ușă înăuntru, ea îi trage un cot în coaste. Durerea îl fulgeră și simte cum îi fierbe creierul. O apucă de un braț și i-l lipește de spate, ca în jocurile copilăriei.

Doare?

Nu!

Dar acum?

Nu!

Și acum?

Bang. Ligamentul pocnește ca o împușcătură în noapte, când brațul iese din încheietură. Se opresc amândoi o clipă.

Mae-geri. Un șut frontal, prima mișcare pe care o învață un începător, și, din poziția corectă, una dintre cele mai eficiente. Cel puțin dacă e executată corect. Ridică genunchiul, întinde piciorul, concentrează-ți puterea pe suprafața de impact și lasă șoldul să facă treaba, printr-o mișcare puternică înainte.

Încă o dată. Mai bine acolo. Camera de hotel este dojo-*ul lor. Pernele sunt pălmarele.*

Ești un talent înnăscut, spune Lisbeth când îi leagă un cordon de halat de baie în jurul taliei și face o plecăciune.

Svala Hirak, păpușa de cârpe cu un singur braț, exploatează forța centrifugă, se pregătește pentru un *mae-geri* și-l plasează într-o parte a corpului cu nume ca de hotel grecesc de la mare: plex solar. Ultima călătorie spre soare a lui Plastic-Peder se desfășoară într-un arc larg, peste balustrada de sticlă care înconjoară plasa.

Un corp de 100 de kilograme care cade zece metri nu țipă. Pur și simplu aterizează cuminte pe o piatră și își rupe gâtul.

No fear. *Ești o războinică. Nu gândi. Fă doar ce trebuie să faci.*

Brațul nu doare. Boala Vittangi are avantajele sale. Artropatiile și atrofia sunt simptome ulterioare. În schimb, brațul e inutilizabil. În plus, e stângul.

Își bagă jurnalul în rucsac, șterge cardul de acces cu Yes și o cârpă de vase și face același lucru cu mânerul cafetierei. Stinge lumina și închide ușa. Rămâne nemișcată o vreme și ascultă. E liniște în pădure. Coboară cu pași repezi pe scara șerpuită.

O mare parte din cei 13 ani de viață s-a gândit la diferite modalități de a scăpa de Plastic-Peder. Iar acum, trupul lui zace acolo. Neutralizat și ieșit pentru totdeauna din viața ei. Nu e bucurie. Nu e tristețe. E un vid.

Ar fi trebuit să se mulțumească cu jurnalul. Cum să te găsesc acum, Mama-Märta?

Dacă nimeni nu se duce la baza căsuței, cadavrul va fi găsit cel mai devreme mâine. Dar dacă se găsește vreun turist încăpățânat să vină tocmai aici? Svala încearcă să-l ridice de un picior, dar își dă seama că e prea greu pentru a-l muta, cu un singur braț funcțional. Pistolul îi iese de sub burtă. Îi scoate încărcătorul și le pune pe ambele în rucsac. Își scoate cardul camerei din buzunarul de la spate, îi apasă cu el de câteva ori degetele flecăite și i-l strecoară în buzunarul gecii.

Sunetul unei crengi care se rupe. Svala se oprește și își ține respirația. Un alt sunet. Pași. La dracu'. Dacă e descoperită acum, a dat-o în bară. Pașii se mișcă. Se îndepărtează. Se întorc. Svala se întinde pe jos și înaintează târându-se în direcția opusă. Doar să ajungă la marginea pădurii, și e în siguranță.

O șoaptă. Numele ei.

— Svala. Ești acolo?

Lisbeth. Se ridică și o trage pe mătușa ei în întunericul de sub casa din copac.

— Ai grijă să nu te împiedici de grămada de rahat, o avertizează ea.

— Pare mort, zice Lisbeth, iar Svala dă din cap. Ești sigură?

Ea încuviințează din nou.

Luptătorii Peshmerga se strecoară în întunericul protector al pădurii.

După o scurtă vizită la camera de gardă și după ce brațul îi este tras temporar la loc, Svala ajunge la timp pentru repriza a treia. 3 — 1 pentru Gasskas, care joacă cu Björklöven.

La 22:40 se bagă în pat cu maimuța. Folosindu-și telefonul mobil drept riglă, desenează o nouă coloană sub litera D.

D de la „decedat".

69

Salo urcă în birou. Se întinde pe fotoliul Chesterfield și încearcă să-și adune gândurile.

Ar trebui să se gândească la Branco și să fie cu un pas înainte. Așa face de obicei. Cu toate astea, la fată se gândește. La ea și la Märta. La cât de diferită ar fi putut fi viața.

Cel mai mult se gândește la Marianne Lekatt. E numai vina fetei.

E un om bun.

Când taică-su e plecat la lucru, maică-sa dansează pe masă. Plină de viață, râzând, având grijă de fiii ei. Culeg ciuperci și fructe de pădure. Se ajută între ei cu animalele, ca o luptă unită împotriva sărăciei care le stă mereu în prag.

De ce a uitat ce a fost bun? Pentru că așa, trădarea e mai ușoară.

Și ea a fost o victimă.

Dar i-a abandonat. A intrat în lumea ei, iar pe băieți i-a lăsat afară.

Un om care nu poate ierta devine încrâncenat.

Mucoasa aia care crede că le știe pe toate! Se ridică în picioare, își trage cizmele și pornește pe cărarea spre munte pentru prima oară de când s-a mutat aici.

Uitase cum poate fi pădurea.

Pădurea e un loc în care vânează, un câmp de luptă esențial, cu o vegetație mai mult sau mai puțin dificilă. Dintr-odată, devine conștient de alte lucruri. Un pin solitar care a prins rădăcini în crăpăturile muntelui, cu brațele noduroase întinse spre lumină. Un furnicar în formă de con de zahăr, rododendronul de mlaștină care e încă verde și miroase puternic când e atins.

Bucată cu bucată, pădurea i se deschide în față, îi vorbește. Spune că supraviețuiește orice i s-ar întâmpla, doar să fie lăsată. Pădurea dăruiește celor care văd.

Gândurile la tot răul care îi înconjoară existența se șterg. Pe unele porțiuni, cărarea dispare. Pas cu pas, sunt alungate și alte gânduri; nu au loc sub cizmele care alunecă.

În loc să o ia pe drumul cel mai ușor, adică să înconjoare muntele, continuă până în cel mai înalt punct și se așază acolo unde a stat întotdeauna împreună cu Joar. Ca niște vulturi care supraveghează ferma și oamenii care locuiau acolo. Câțiva pași furioși prin curte erau tot ce le trebuia ca să știe dacă pot merge acasă sau nu.

Pe muntele acesta vrea Branco să construiască. Sus de tot, unde vântul e cel mai puternic. Pe muntele lui și al lui Joar.

Umezeala îi pătrunde prin țesătura pantalonilor, iar el coboară spre casă, pe poteca mai abruptă, dar mai scurtă. S-a lăsat întunericul, iar temperatura a scăzut sub 0 grade. Nicio lumină la ferestre. Nici urmă de fum din coșul casei.

Când și-a adunat curajul de-a o aborda ca pe un om, acel om nu mai e. La naiba.

Urcă treptele de la intrare și încearcă ușa. Deschisă. Cuvântul „alo" i-a rămas ca reflex din copilărie. Dacă primește răspuns la „alo", e în regulă să intre.

Nu răspunde nimeni. Se descalță de cizme și își agață geaca într-un cârlig. Aprinde veioza de pe hol și întredeschide ușa de la bucătărie.

Primul lucru pe care îl vede sunt picioarele. Arată de parcă ar fi încurcate într-un scaun cu spătar din bețe.

— Mamă, zice el.

Un cuvânt uitat.

O mamă pe care n-o mai poate ajuta niciun prim-ajutor e întinsă pe un covor de bucătărie, țesut din cârpe, din copilăria lui. Roșul s-a întins peste albastru.

Se așază lângă ea. Îi întoarce fața spre el, ce a mai rămas după împușcătura care i-a nimerit fruntea și care, speră el, a ucis-o instantaneu pe Marianne Lekatt.

Salo se grăbește spre chiuvetă. Se sprijină de debara și încearcă să-și dea seama ce să facă. Să sune la poliție ar fi cel mai firesc lucru. N-are nimic de-a face cu moartea ei. Cu toate astea, stă și numai nevinovat nu se simte. Nu contează cine a făcut-o. El a mizat pe maică-sa, iar acum e moartă. El e de vină.

70

Un loc unde n-ar căuta nimeni...

Lisbeth se uită la fată, care doarme în continuare. Au stat până târziu și până la urmă a reușit să scoată de la ea toată povestea. *Un loc unde n-ar căuta nimeni.* Planul de șantaj și plasa ruptă de la hotel.

Lisbeth se îndoiește puțin de această parte a poveștii. Pare ciudat ca un hotel de lux să aibă atâtea lacune de securitate, dar nu contează. Uneori e mai ușor să trăiești cu o jumătate de adevăr. Plecarea lui Peder Sandberg de pe lumea asta nu e nicio pierdere.

Un loc unde n-ar căuta nimeni...

Cuvintele o rod pe Lisbeth tot drumul până la bibliotecă.

Mikael Blomkvist nu e singur, iar Lisbeth recunoaște genul de la distanță. O polițistă. Par să mișune prin tot orașul. Și are dreptate. Birna Guðmundurdottir îi întinde mâna.

— Poliția la datorie, zice ea. Mikael mi-a spus că încercați să identificați persoanele care se află în spatele răpirii.

— Printre altele, răspunde Lisbeth.

— N-am reținut cum te cheamă, continuă polițista.

— Nici nu ți-am spus.

N-are ea timp de cunoștințele lui Mikael Blomkvist. Își ia o cafea de la automat și întreabă o bibliotecară cum ajunge la sala cu hărți.

— Așteaptă, Lisbeth! o strigă Mikael. Putem să ne mai uităm o dată pe materiale? Aș vrea să adaug câteva chestii.

— Cunoști vreun Marcus Branco? o întreabă Lisbeth pe femeie.

— Nu. Știm că una dintre companiile care prospectează pentru parcul eolian se numește Branco. Dar vreun Marcus? Nu.

— De ce întrebi? intervine Mikael.

— Am primit un pont prost de la Armanski.

— Nicio altă noutate?

În fine, nimic de discutat de față cu o domnișoară polițist.

— Sunt în sala hărților. Vino și tu după ce termini cu ea.

Începe de la zero, cu o hartă standard a proprietăților din zonă, la scara 1:10 000. Case, drumuri, lacuri și așa mai departe. Peste tot în jurul comunei există o mulțime de drumeaguri care duc la case individuale, cel mai adesea amplasate pe malul vreunui lac. Cercetarea fizică a fiecărei case în parte este imposibilă. Îi trebuie alt punct de pornire.

În loc să ia o hartă la altă scară, cere cu împrumut un pix și o hârtie.

Unde n-ar căuta nimeni?

Tuneluri de canalizare
Case abandonate
Mine închise

În podul sediului administrației locale
În subsolul Poliției

Și apoi se oprește. Până la urmă, e iarnă. Taie totul, cu excepția ultimelor două variante. Apoi le taie și pe acestea, dar scrie din nou „case abandonate".

O casă abandonată nu trebuie să fie neapărat o reședință, fără încălzire.

Depozit
Garaj
Clădiri industriale

Roade creionul și încearcă să gândească constructiv. Comuna e cea mai mică din regiune, din punct de vedere al suprafeței. Dar suficient de mare ca oamenii să nu fie găsiți niciodată dacă dispar. Cel puțin nu cei morți. De exemplu, cei șapte care sunt consemnați în jurnalul Märtei. Pe urma lor voia să-l pună pe Blomkvist. Aude râsul femeii până aici. N-o fi știind că la bibliotecă trebuie să păstrezi liniștea?

Lisbeth verifică atât *Expressen*, cât și *Gaskassen*. În Harads n-a fost găsit niciun cadavru. Încă. Isteață copila, să plătească pentru două nopți. Oricine l-a tocmit pe Sandberg s-o ucidă pe Svala va fi și mai motivat când o să fie găsit cadavrul. Copila e în pericol. Întrebarea e dacă e suficient să le dea hard-diskul. Lisbeth a copiat deja fișierul în laptopul ei. Fără parolă, hard-diskul nu-i decât fier vechi. Ceea ce, dacă raționamentul lui Lisbeth e corect, ar trebui să însemne că indiferent cine o are pe Märta n-a reușit să scoată parola de la ea. Întrebarea e dacă mai e în viață.

Și cu asta, ingeniozitatea ei s-a epuizat. Mototolește hârtia și caută apatică printre alte hărți. Nu știe ce caută. *Nu*. Întrebarea e ce *nu* e etichetat pe hărți.

— Scuze, i se adresează ea unui bărbat mai în vârstă aflat la câteva scaune mai încolo. Există hărți care descriu totul, de la populație până la diferențele de altitudine din provincie, case, fabrici, spitale și așa mai departe. Există ceva care *nu* este indicat niciodată pe hărți?

— Bună întrebare, răspunde el. Lasă-mă să mă gândesc un pic.

Lisbeth trage cu coada ochiului la Mikael, care stă aplecat peste telefonul mobil. Profită de ocazie să mai dea o căutare în Harads. Încă nicio veste, deși e aproape ora 1.

Norocos cel ce poate să plece acasă! Să bage cheia în broască și să se izoleze de lume. Să se strecoare la o fereastră și să privească traficul care trece pe podul ecluzei într-un flux nesfârșit, în timp ce grăsimea de la pizza îi curge pe bărbie.

— Hmm, spune bărbatul. Ai vrut să știi despre hărți. Nu mă pot gândi decât la baze militare, buncăre și altele asemenea. Nici măcar clădirile militare dezafectate nu sunt indicate pe hărți, din câte știu eu.

— Există așa ceva în Gasskas?

— Ținând cont că suntem aproape și de Boden, și de Älvsbyn, ar trebui să existe câte una pe ici, pe colo.

— Dar nimic anume?

— Am o amintire veche din copilărie. O cunoștință a părinților mei care a cumpărat o casă în pădure și a primit un buncăr la pachet, dar nu-mi amintesc unde e.

Lisbeth întinde din nou harta cu proprietățile.

— Încearcă, îl îndeamnă ea. Dacă a fost o fermă, cu siguranță a existat un drum până acolo.

— Nu neapărat. Unele sate, mai ales cele cu puțini locuitori, n-au avut drumuri până la sfârșitul anilor 1950. Existau cărări, desigur, și drumuri de țară pentru cai și căruțe.

Își trece degetul peste hartă. Mormăie ceva pentru el și turuie nume de locuri.

— Aș zice că undeva în zona asta, spune el, practic făcând un cerc în jurul întregii comune.

Răbdarea se epuizează. În curând, va mai fi trecut o zi fără niciun progres.

— Bine. Dă-ți cu presupusul. Nu trebuie să fie corect, doar să spui ceva.

— Poftim, zice el, lăsând în mijlocul pustietății o amprentă de deget înnegrit de tutun.

După ce bărbatul a plecat și bibliotecara se uită în altă parte, Lisbeth împăturește harta și o bagă în geacă.

— Eu m-am cărat, îl anunță pe Mikael, care a trecut de la telefon la laptop.

— Știai că Marianne Lekatt e mama biologică a lui Salo?

— Da, mi-a spus.

— Înseamnă că ai citit și tu știrile?

— Nu, ce?

— A fost găsită omorâtă în bătaie pe jos, în bucătărie.

— Cine a găsit-o?

Dintr-odată, ziua a căpătat din nou sens.

— Henry Salo.

71

Mesajul vine în cursul nopții. El îl vede dimineața.

Curăță obiectul.

Băiatul doarme. A dormit aproape tot timpul în ultimele 24 de ore. Îngrijitorul se uită la el. Îi dă puțină apă, dar nimic de mâncare.

Rănile făcute de vultur nu se vindecă. Și de ce s-ar vindeca? Ciocul i-a spart capul. Vulturul l-a prins în gheare, încercând să-l ducă de-acolo. Un vultur de mare poate lua în zbor un pui de ren. În lumea prădătorilor, poate că băiatul nu e menit să supraviețuiască.

În loc să-și facă o cafea, așa cum e rutina de zi cu zi, iese din casă. Zăpada a decis să se așeze. Luna a trecut la noiembrie. A mai rămas un sfert de butoi de carne. Ultima masă copioasă.

Aerul este rarefiat. Un cocoș-de-munte speriat pleacă în zbor. Trebuie să ia o decizie.

Țipetele vulturului de mare sunt un mister pentru îngrijitor. Conform cărților de ornitologie, specia e relativ liniștită, cu excepția sezonului de reproducere, când scoate sunete stridente, ca o ghionoaie-neagră.

Vulturii îngrijitorului țipă când zăresc bucățile de carne pe care li le împrăștie el în hrănitoare. O cantitate neobișnuit de mare, țipă ei, va fi suficientă pentru toți!

Unu, doi, trei. Vulturii au coborât. Dar în loc să rămână în ascunzătoare, ca de obicei, se întoarce la cabană și face curățenie.

Face curățenie să-și acopere urmele. Face curățenie și lasă lacrimile să curgă. Face curățenie știind că mai mult de jumătate din populația de vulturi va muri dacă nu e hrănită. Face curățenie și se gândește la cei doi ani petrecuți în cabana de bârne. La trupurile care au venit și au plecat sub forma unor pui de vultur ieșiți din găoace și care, după aproximativ zece săptămâni, au dat pentru prima oară, timizi, din aripi.

Cu excepția băiatului.

Chiar și pentru oameni ca îngrijitorul trebuie să existe o excepție.

Decizia e luată. Băiatul are nevoie de îngrijire de specialitate. Lukas.

Există o singură persoană căreia i se poate adresa. Henry Bark. Sau Henry Salo, așa cum îl cheamă mai nou.

Vocea. *Fratele mai mare.* Felul în care a avut mereu probleme în a distinge între s și f de când dinții din față... *Să arzi în iad, hoașcă nenorocită.*

— Am ceva ce-ți dorești, spune o voce.

— Cu cine vorbesc? Alo?

— Joar, răspunde în cele din urmă vocea. Propune un loc.

— Cum adică ai ceva ce-mi doresc? întreabă Salo.

— O să vezi. Propune un loc.

Salo pune jos telefonul mobil. Ar putea foarte bine să fie o capcană. Cântărește argumentele pro și contra. O viață fără Joar sau o șansă de a redeveni întreg.

— De unde știu eu că ești Joar?

— Ai o arsură între omoplați.

Ceea ce ar putea ști oricine. Henry Salo nu se rușinează de corpul său.

— Pe calul nostru îl chema Pontus, iar cățelul peste care a trecut ăla bătrânu' cu tractorul se numea Finn.

— E o cabană între Vaikijaur și Kvikkjokk. Îți trimit coordonatele.

— Pornesc acum.

— Ne vedem acolo.

— Vino singur, altfel vei regreta. Frate, frate, dar...

Încă de când a venit la cabană, îngrijitorul a știut că va exista un sfârșit. La fel cum pentru el a existat un sfârșit și în Afghanistan. În Siria. *În Mali.*

Băiatul e încărcat. Cabana arde. Ce rămâne? Oase, cranii, ADN. Cine știe?

Un îngrijitor vine și pleacă. Păstrează o vreme curățenia în comunitate și se mută în locuri mai murdare.

Băiatul e înghesuit într-o ladă de lemn. Unii i-ar spune sicriu. Îngrijitorul trage singur lada pe cei câțiva kilometri până la ATV. Vehiculul e acoperit de zăpadă. Ar fi fost de preferat o mașină, chiar și un snowmobil, dar cel puțin are o remorcă și cauciucuri cu lanțuri de zăpadă. Blana de ren pe care avea de gând să stea el o pune peste băiat, după care pune capacul deasupra. Leagă remorca, ancorează bine cutia și pornește la drum.

După vreo 20 de kilometri, se oprește la un refugiu. La jumătatea drumului, se oprește din nou și face plinul de combustibil.

Dezleagă chingile și întredeschide capacul. Băiatul doarme, pentru că doar doarme, nu-i așa? Are chipul neclintit. *Alo! Trezește-te! N-am vrut să-ți fac rău. Am respectat doar un ordin.* Băiatul se mișcă puțin. Deschide ochii și îi închide la loc. Fulgii de zăpadă i se topesc pe față. Îngrijitorul îi șterge obrajii, închide capacul și își continuă drumul.

Seara se transformă în noapte și focurile ard slab. Oamenii stau aproape unii de alții, iar el îi vede cu binoclul pe fiecare în parte. Ar fi trebuit să fie și rebeli printre ei. Femei, copii și bătrâni, asta vede. Dar niciun bărbat.

Să fie ceva în neregulă? Operațiunea trebuie executată conform planului.

O tobă singuratică ține ritmul. Tonurile unei kora *îi duc spre sat. Focul automat este impersonal. Se răspândește. Nimeni nu știe cine trage în cine. La scurt timp după aceea, se retrag. Dorm câteva ore. Se întorc în dimineața următoare. El împunge un cadavru cu tocul puștii. Femeia cade pe o parte. Sub ea, ochii se deschid larg. Privirea tânără a unei fete. Ochii nu se tem.*

Împușcă-mă, spun ei. Împușcă-mă acum.

Stay dead, *spune Joar.* Stay dead.

72

În viața lui Henry Salo e haos. La fel ca vremea. SMHI[35] emite un avertisment de furtună. Există riscul să se înzăpezească din nou drumul spre Kvikkjokk. Conduce cât de repede poate. În Jokkmokk drumul e deja troienit, dar nu are de ales. Măcar nu conduce o mașină electrică. Aproape 110 kilometri până la destinație. Jumătate de rezervor. O sună pe Pernilla pentru a treia oară.

Abonatul nu poate fi apelat momentan, lăsați... Aruncă telefonul pe scaun și pornește radioul.

Recent, compania minieră britanică Mimer a primit aprobarea guvernului pentru continuarea planurilor de deschidere a unei mine de exploatare la suprafață, chiar la vest de mina dezafectată din Gasskas.

Decizia a fost luată în ciuda unor ample proteste ale localnicilor și ale mișcării ecologiste. Chiar și UNESCO și-a prezentat acum punctul de vedere cu privire la această problemă, susținând că mina încalcă drepturile populației indigene Sami. Decizia este unică în felul ei, deoarece Consiliul administrativ local a respins cererea companiei Mimer.

---

35 Institutul Național de Metrologie și Hidrologie din Suedia.

Statul montan și guvernul aleg astfel să anuleze decizia anterioară. Sven-Åke Nordlund, cum justificați acest lucru, în calitate de ministru al Economiei?

— Atât Suedia, cât și restul lumii au nevoie de noi mine sigure, dacă vrem să putem continua să garantăm pe viitor accesul la metalele rare necesare, printre altele, pentru fabricarea bateriilor pentru mașinile electrice. Tranziția către o industrie ecologică este unul dintre cele mai importante lucruri care se întâmplă în societatea actuală. Guvernul consideră că minele reprezintă un avantaj pentru Suedia. Mimer a fost de acord cu condiții unice în felul lor și garantează că nu va fi afectată creșterea renilor.

Imediat după ce a fost luată decizia, activista de mediu Greta Thunberg a scris pe Twitter că hotărârea guvernului este o rușine pentru Suedia, un abuz cu motivații rasiste...

Și aici închide radioul.

Ai naibii laponi și păcălici ecologiști! Oriunde dracu' întoarce capul, dă de ei. Ei nu realizează că nu vrea decât binele comunei?

Telefonul sună din nou. Același număr. Vocea. *Frățiorul.* Joasă. Întunecată.

— Virez la Vaikijaur chiar acum.

Furtuna vâjâie în telefon.

— Cât mai am de mers?

— 40 de kilometri până la Björknäs. Acolo faci la dreapta spre Nautijaur.

Apoi se întrerupe.

Joar avea nouă ani când au fost despărțiți. Acum are 39. Întrebarea e ce s-a întâmplat.

Se forțează să se gândească la prezent și reapare Branco. Termenul-limită a expirat. Märta a fost doar începutul, apoi Lukas, și acum? Probabil că Pernilla și, în cele din urmă, el însuși. O sună. Vrea să-i audă vocea, chiar dacă îl urăște în acest moment. În cel mai rău caz, poate fi ultima oară. Gândul nu-i dă pace. 30 de ani fără contact cu Joar. Ar putea fi oricine.

— Ai dat-o în bară și acum trebuie să rezolvi lucrurile. Nu mai pot sta aici, spune ea.

— Unde te duci?

— Mă duc cu Olofsson la...

Fără să asculte unde se duc, anticipează deja evenimentele. Detalii, cuvinte, salutări, indicii. Cum dracu' a putut fi atât de orb?

— Tu și Olofsson?

— Să te ia dracu', zice Pernilla și suspină. Nu-l vreau decât pe Lukas înapoi.

La naiba, gata cu plânsul. Nu mai suportă.

— Un pic cam bătrân pentru tine, nu crezi?

— Idiotul naibii, spune ea și închide.

Pe ultimii zece kilometri, mașina abia se târăște prin nămeți. Alternează faza lungă cu cea scurtă, iar ștergătoarele de parbriz se luptă cu zăpada apoasă. Din când în când trebuie să se oprească și să dea jos bucățile de gheață. Porțiunea de drum rămasă până la cabană o poate da uitării. Urmele lăsate de ATV sunt deja acoperite de zăpadă. Ultimii metri îi parcurge la pas printre nămeți de un metru. De la fereastra cabanei răzbate o lumină slabă.

73

Undeva, în mijlocul pustietății, într-un ținut aproape fără drumuri, cu păduri, lacuri, pâraie și munți, un bărbat în scaun cu rotile stă și se simte satisfăcut. A realizat multe pe parcursul zilei. A învățat păpușa câteva finețuri noi. A băut ceai cu Märta Hirak. Acum se uită din nou la ceas. Se uită la el mult mai des decât necesită programul lui. Poate că asta se întâmplă când ai brațe, dar nu ai picioare. Sau întrucât ceasul are proveniența sa specială. Nici măcar nu e dreptaci, dar plasarea ceasului la încheietura dreaptă i se pare greșită. Paul Newman nu ar fi făcut niciodată așa ceva.

Ceilalți i se vor alătura curând. Mai zăbovește câteva clipe și se bucură de liniște. Desface două sticle de șampanie, aranjează farfuriile cu tartine și își pregătește un discurs.

În seara asta va fi petrecere în Cuibul Vulturului. A 25-a aniversare, într-adevăr. Și-ar dori să poată sărbători și alte lucruri, dar cu siguranță va veni și vremea aceea. Anumiți factori deranjanți au fost deja înlăturați. Alții își așteaptă rândul.

S-au îmbrăcat elegant. Puțin solemn, dau toți din cap către Marcus, după care se așază la masa semicirculară din marmură, acoperită pentru această ocazie cu o față de masă.

— Am avut o viziune încă de când eram copii, începe Branco, făcând o pauză retorică. Am vrut să facem bani. Și am vrut să vedem lumea. Împreună, am trecut prin foc și război. Unii dintre voi, la propriu. Acesta este prețul pentru ceea ce vedem astăzi. Încă îmi amintesc acea seară magică din Nicosia. Terasa de pe acoperiș, mâncarea, vinul și aerul blând al nopții. Acolo am definit cine vrem să fim și cum să ne atingem obiectivele. Ajunseserăm la o răscruce de drumuri; venise momentul să lăsăm trecutul în urmă și să privim spre viitor. De atunci, companiile Branco au avut succes. Imobiliare, minerit, securitate și divertisment: o combinație solidă. Cu toate astea, nu ne-am culcat niciodată pe o ureche, ne-am străduit mereu să mergem tot înainte. M-ați întrebat ce căutăm în nord, când activitățile noastre sunt răspândite în întreaga lume, iar eu am spus că *ne întoarcem la rădăcinile noastre*.

Varg, Järv, Björn, Ulf și Lo. În afară de Lo, se cunosc între ei de când aveau zece ani. Fac afaceri de când au învățat să numere procente. Au economisit, au investit, au evoluat. Sunt diferiți și, în același timp, asemănători. Varg e războinic în inimă și suflet. Järv e liniștit și poate cel mai inteligent dintre ei. Björn e pasionatul de tehnologie. Ulf are un fetiș pentru arme, și apoi Lo. Zăbovește cu privirea asupra ei. Femeie mai credincioasă n-o să întâlnească niciodată. Aproape că e păcat că nu va servi niciodată un bărbat. În afară de el, desigur. Sau să nască, dacă tot veni vorba.

Cancer, e primul lucru pe care-l spune ea, ca răspuns la motivul pentru care alege o altă viață. O viață cu ei. „Mama mea, mătușa mea, sora mea. Apoi mi-am operat tot. 24 de ani și inutilă ca femeie, cel puțin în sens reproductiv. Dar eu nu văd lucrurile așa. În mine nu ticăie niciun ceas biologic. Viața mea nu-i controlată de hormoni. Am o libertate care le lipsește altor femei."

Bineînțeles, Lo nu e singura sterilă de acolo. Ca un act comun de solidaritate, s-au sterilizat cu toții. Copiii și familia pur și simplu nu se încadrează în stilul lor de viață.

— Ca de obicei, m-am gândit să încep seara cu o prelegere, zice Marcus. O prelegere despre viitor, s-ar putea spune.

Varg își drege glasul.

— Scuze, dar putem să luăm un sandvici? Mi-e cam foame.

Dacă Branco nu l-ar fi cunoscut pe Varg, s-ar fi înfuriat. Poate că Varg nu are toate țiglele pe casă, dar compensează la capitolul încăpățânare. Și la loialitate, bineînțeles. În plus, are o latură care le lipsește celorlalți: e empatic. De aceea e și singurul dintre cavaleri căruia Branco îi face confidențe despre o cu totul altă problemă. Cea a sfârșitului lumii.

Ca toți oamenii de seamă, Branco simte nevoia să-și concretizeze ideile în scris. Dar fără cititori, fără public. De aceea se întâlnesc uneori între patru ochi. Marcus citește cu voce tare, iar Varg, cu creierul său leneș, chestionează fiecare literă până când mesajul este cât se poate de clar. Odată ce a înțeles, nu mai există cale de întoarcere. E de partea lui Marcus. Chiar dacă îl numește când Hitler, când ecologist.

— Practic, atât Partidul Verde, cât și Greta Thunberg au dreptate, spune Branco. Omul aproape că a distrus complet Pământul, care este însăși baza vieții. Dacă vrem ca Pământul să nu fie distrus, nu există scurtături.

Amenințarea climatică nu este o invenție a oamenilor de știință și a fetelor care doresc să atragă atenția, ci o realitate. Omul și nevoia omului de căldură, hrană, mijloace de transport și confort reprezintă cea mai mare amenințare la adresa Pământului și, în mod paradoxal, la adresa omului. Poate că sună brutal, însă ca să supraviețuiască Pământul, o mare parte a umanității trebuie să moară. Toate acestea, transpuse în „proză blândă de politician", ar suna cam așa.

Își scoate îndrăgitul flipchart și indicatorul.

1. Generațiile fertile care sunt acum în viață sunt ultimele. Oamenii trebuie să înceteze să se mai reproducă până când Pământul își va recăpăta echilibrul.
2. Companiile care promovează emisiile de combustibili fosili și depășesc limitele de emisii trebuie să fie penalizate financiar și interzise.
3. Trebuie interzis accesul publicului larg la orice vehicul care contribuie la emisiile de combustibili fosili peste limita 0.
4. Să se poată utiliza numai energie neutră din punct de vedere climatic.
5. Dacă este nevoie de violență pentru a face lumea să realizeze gravitatea situației, ar trebui să se recurgă la violență.

— Intrăm în politică? întreabă Järv cu surprindere în glas. Credeam că îi urăști pe politicieni.

— Exact, și chiar îi urăsc, însă după cum știți și voi, azi bat alte vânturi. Oamenii s-au săturat de marasm. Acolo cred eu că există o deschidere.

Mai sunt și alte puncte pe lista lui Marcus. Pedeapsa cu moartea, spre exemplu. În schimb, nu are planuri să devină un alt Kim Jong-Un. Accentul nu este pus pe el însuși. El e un ins din umbră, cum a fost întotdeauna. Faptul că nu are picioare n-are nicio legătură. Lipsa unor extremități fizice l-a făcut mai puternic din punct de vedere mental. E un lider înnăscut. Liderii buni n-au nevoie de admirație; ei au nevoie de supunere.

În lumea lui Hitler ai fi fost unul dintre primii care ar fi fost gazat. Un ciudat fără picioare. Un infirm fără valoare. Un Untermensch.

— Dar, auziți, nu suntem aici doar pentru a vorbi despre divertisment, ci și pentru a mânca și a bea! Așa că în cinstea restului vieții noastre, spune Branco, ridicându-și paharul. O să fie fantastic!

Ulf îl înlocuiește pe Björn. Cineva trebuie să păzească și casa. De pe monitoarele din sala de conferințe nu au vedere decât la exteriorul clădirii, în cazul în care vine cineva, ceea ce nu s-a întâmplat niciodată.

Din sala de control de la mezaninul clădirii poți să comuți imaginea de la o cameră la alta. Buncărul, casa, în afară de apartamentul privat al lui Marcus, sala de recepție, celulele și terenul împrejmuit, care are câteva mii de hectare.

Dar în loc să urmeze procedura, el dă o tură jos în celule. S-a săturat de curva Hirak. Dependenții de droguri au ceva stătut. În plus, începe să pară mai mult moartă decât vie. Nu înțelege de ce insistă Marcus să o păstreze.

— Mă amuză, spune el. Și nu a plâns nici măcar o dată.

Păpușa, pe de altă parte, e atrăgătoare ca o prăjitură cu cremă mocca, e ca un fruct exotic interzis, cu chipul inocent de copil și pielea fermă.

De obicei, oprește imaginea când e întinsă pe pătuțul ei de scânduri singuratic și plânge. Îi evocă tandrețe, o dorință de a o îmbrățișa cu adevărat. Să-i mângâie pielea neagră și netedă și să-i șoptească la ureche cuvinte liniștitoare. Uneori coboară la celule doar să stea de vorbă cu ea. Profită de pretextul că schimbă așternuturile pentru a trage de timp.

— Ești trează? șoptește el prin clapa ușii.

Ea nu se mișcă. Un pic mai tare acum.

— Ești trează?

În sfârșit. Aștepta.

Se întoarce și se uită la el.

— Ce vrei?

— Pot să intru? întreabă el, asigurându-se că nu s-a rătăcit nimeni altcineva până în părțile mai întunecate ale buncărului.

Tastează codul și deschide ușa.

— Ți-e frig?

Se așază lângă ea.

Stai liniștit, îți dau doar o șansă.

— Tu ai fost întotdeauna drăguț cu mine, spune ea. Nu cum sunt ceilalți.

— Nu e nimic în neregulă cu ei, la modul serios. Își fac doar treaba.

— Femeia e cea mai rea.

— E o dură, zice Ulf.

— Dar nu și tu, spune Sophia și se sprijină de el.

În primele câteva zile, e prea speriată să poată gândi. Monstrul, nu știe cum altcumva să-i spună, se bucură de inferioritatea ei, dar numai până la un punct. Vrea foc și căldură, iar ea îi face jocul. Se supune la cel mai mic semn cu mâna. Îi face pe plac. Își bagă degetele pe gât imediat ce-l vede plecând.

Ești singura care a supraviețuit. Un martor. Și de-asta ai responsabilitatea să nu mori.

Știe că, mai devreme sau mai târziu, monstrul se va plictisi de ea. Când unul dintre ceilalți, cel care stă acum pe patul ei, începe să dea târcoale celulei, vede o oportunitate.

— Cum te cheamă? întreabă ea.

— Numele meu înseamnă lup.

Așa că ea îi spune Lupus. Lupus îi aduce mâncare. Sophia se joacă de-a sindromul Stockholm. Din fericire, el nu îndrăznește să meargă până la capăt. Monstrul poate fi cu siguranță un monstru în multe feluri. În ultimul gâfâit al excitării, uită să ia tava cu mâncare.

Acum, Lupus s-a tras mai aproape de ea. Îi cuprinde spatele cu brațul. Îi ia mâna și i-o mută între picioarele lui. Ea îl mângâie peste pantaloni, îi descheie șlițul, îi cere să îi dea jos ca să ajungă mai bine, bâjbâie cu cealaltă mână pe sub saltea, îi trage penisul tare în sus, spre burtă, el se strâmbă de plăcere. Mai trage de câteva ori, iar el închide ochii. În ultima mișcare, intensă, chiar înainte ca el să ejaculeze, fata apucă furculița și i-o bagă în scrot, o scoate și o înfige din nou și din nou. În gât, în ochi și, în cele din urmă, în inimă, dacă o fi având inimă. Dar nu e de ajuns. Un Canis Lupus poate avea mai multe vieți. Îi apasă perna peste față. Îi privește picioarele cum se zvârcolesc pentru ultima oară. Îi scoate cuțitul din teaca de la centură. Observă că tăișul e ascuțit, după care se strecoară afară pe ușa celulei, pe care el a lăsat-o întredeschisă din motive practice, ca să poată pleca repede de acolo.

Nu i-a trecut vreodată prin minte că fata ar putea încerca să fugă de prezența lui iubitoare.

74

Lângă cabană e parcat un vehicul de teren cu remorcă basculantă, iar Salo observă urme vagi de pantofi și ceva târât pe scări.

Nu e genul care să folosească arme. Deși vânătoarea ocupă weekendurile din calendarul de toamnă, abia dacă știe numele puștii. Și cu atât mai puțin s-ar gândi să achiziționeze un pistol. Ceea ce acum regretă.

Viața e plină de paradoxuri. De pildă, să vrei să mori într-o clipă și să vrei să trăiești în următoarea. Mai presus de toate, vrea să-și controleze propria dispariție. Nu să dispară ca un puști drogat în Brancoland și, de fapt, nici în propria cabană sportivă.

Îl izbește căldura din cabană. Focul trosnește, lumina blândă a lămpilor cu kerosen luminează masa din bucătărie, iar la masă stă un bărbat care seamănă mult cu el. Cu excepția faptului că nu și-a pieptănat părul pe spate ca Prințul Daniel.

Îngrijitorul se ridică în picioare. Își trosnește mâinile ca și cum nu ar ști ce să facă cu ele, iar Salo se liniștește. Se descheie la șubă, își pune căciula în cuierul de pălării, străbate podeaua bucătăriei din cinci pași și îl ia în brațe pe fratele său.

Fugi, Joar, fugi.

Nu mai am de gând să fug. Trebuie să-l omorâm.

Mașina tatălui lor se apropie de curte, iar ei așteaptă în garaj. Joar ridică ciocanul. Scoate un strigăt de luptă și... se împiedică în propriul șiret.

Cât timp a trecut de atunci? Nu știe. În cele din urmă, Joar e cel care se desprinde cu o smucitură din brațele lui Henry. Se lasă din nou pe scaun, iar Henry se așază în fața lui.

— Povestește-mi, îl îndeamnă Henry.

Iar Joar îi povestește.

— Povestește-mi, îl îndeamnă Joar.

Iar Henry îi povestește.

Doi frați. Două vieți.

— Ziceai la telefon că ai ceva ce îmi doresc, spune Henry.

— Depinde, răspunde Joar, arătând din cap spre cameră.

A dat la o parte capacul sicriului. A despăturit blana de ren. Băiatul nu mai mișcă în timp ce Joar îi perie părul de pe frunte.

— Dar Doamne Dumnezeule! Lukas! Cum dracu'? Tu ai fost tot timpul? Trebuie să fi știut cine e.

— Nu de la început. Sunt doar un îngrijitor, răspunde Joar.

— Ciudată mai e compania de curățenie pentru care lucrezi.

— E în viață. Dar poate nu pentru mult timp. Vulturul l-a văzut ca pe o pradă.

— Vulturul. Ce naiba ai făcut?

— Nu eu, vulturul de mare. Poți lua băiatul cu tine, dar cu o singură condiție. Două. Björkberget. Orice ar cere

Branco, e „nu". Ai înțeles? Nu va primi muntele nostru. Mama are dreptul să facă ce vrea.

— Deci nu știi.

— Ce să știu?

— A murit. Tu moștenești totul.

Amintirile fulgeră prin încăpere. 30 de ani înseamnă mult timp. Sau, uneori, nimic.

— Branco își va impune voința, spune Henry. Lukas e doar începutul. Tu ești moștenitorul, dar, dacă nu ești de acord cu planurile lor, vei ajunge și tu pe listă.

Eu am lista mea.

Lukas se foiește, geme și deschide ochii. Îi întinde mâna lui Joar și îi cere apă. Într-un căuș se topește niște zăpadă proaspătă. Băiatul bea și adoarme din nou.

Pernilla nu l-ar ierta niciodată.

— Mai vorbim mai târziu, spune Henry. Trebuie să-l duc la spital.

Și ce dracu' o să spun acolo, că l-am găsit într-un sicriu?

Joar îl apucă de braț.

— Încă ceva. Nu m-ai întâlnit niciodată. Când voi pleca de aici, va fi ultima dată când ne vom vedea.

— Atunci trebuie să te ocupi de Branco. Măcar atât să poți face.

Joar se uită la fratele său cu aceiași ochi triști de copil, ca atunci.

— Branco nu există. N-ai înțeles asta?

Un frate conduce spre necunoscut. Altul, spre spitalul Sunderbyn. În cuptorul Tulikivi arde un sicriu. Un băiat delirează febril. Mama lui plânge în hohote în brațele cuiva.

Henry, ție nu ți-e frică niciodată?

Nu, la ce folos?

Data viitoare îl omorâm.

Așa vom face. Hai, dormi acum.

75

Deși după-amiaza se îndreaptă spre seară, Lisbeth decide să ia mașina și să pornească în recunoaștere prin zona de nord-est a comunei Gasskas.

— Vreau să vin și eu, zice Svala. Totuși, mama mea e cea dispărută.

— Tu ai teste la școală. Și nu uita să-ți pregătești echipamentul de sport.

Zâmbește la propriul comentariu. Să te joci de-a părintele poate fi amuzant. Și, ca orice mamă care-și cocoloșește copilul, îi lasă 200 de coroane, să-și comande mâncare.

Dă drumul la radioul local și zâmbește din nou. Nu, nu zâmbește, ci râde în hohote.

Un bărbat în vârstă de 30 de ani a fost găsit mort astăzi la Tree Hotel din Harads. Potrivit lui Hans Faste, șeful Unității pentru infracțiuni grave, ancheta tratează decesul drept accident. Se crede că bărbatul ar fi căzut de la o înălțime de aproximativ zece metri printr-un gard de protecție și că a murit din cauza rănilor suferite.

Lucrurile devin mai puțin amuzante când Svala îi trimite un mesaj.

M-a sunat iubita ta. Mi-a pus o mulțime de întrebări despre Plastic-Peder.

Și la scurt timp după aceea, aceeași așa-zisă iubită o sună și pe Lisbeth. A trecut ceva timp de când nu mai știu nimic una de alta. Lisbeth a obosit să tot întrebe, pentru că primește mereu același răspuns: „*Sorry*, am de lucru".

— Tocmai am vorbit cu Svala. Bănuiesc că ai auzit că a murit Peder Sandberg.

— *Bless his filthy soul.*

— Și tu, bineînțeles, nu știi nimic?

— Doar că a fost rupt în bătaie de o femeie roșcată cu picioare de Barbie.

— Termină.

Seara cu petrecerea de la Svavelsjö a rămas un motiv de disconfort. Nu pentru că Sandberg a mâncat bătaie, ci mai mult din cauza amintirilor pe care voia cu atâta ardoare să i le readucă la viață. Violul, rușinea de după, sarcina, avortul. Durerea pentru fata de 15 ani care a trebuit să se descurce singură. *Maică-ta stă cu picioarele desfăcute în Svartluten.* Ar fi vrut să-l omoare în bătaie. Să dea cu piciorul în rânjetul care a bântuit-o toată viața. În cuvintele care nu au fost uitate, așa cum unele cuvinte nu sunt uitate niciodată.

— Svala e implicată? Potrivit hotelului, o adolescentă s-a cazat în aceeași căsuță și a plătit cu bani gheață.

— Svala era la hochei. Am luat-o de la Gasskarinken după aceea. Și apropo, nu crezi că Sandberg avea destui dușmani printre ai lui?

— Absolut, dar am găsit ceva în buzunarul lui. Un jurnal pe care se pare că l-a scris Märta Hirak.

Inteligent copil. În curând n-o să mai am ce să te învăț.

— Chiar e păcat că sunt implicați și alții în acest caz. La propriu.

— Nu-i așa? Tu ce planuri ai? Ai chef să ne vedem?

Lisbeth desfășurase harta de la bibliotecă pe genunchi și studia amprenta de deget maronie care pare să se afle în mijlocul unei mlaștini. E un risc, dar de undeva trebuie să înceapă.

— *Sorry*, răspunde Jessica. Am de lucru.

Părul mătăsos, picioarele de Barbie.

— Dar putem vorbi mai târziu.

În fața ei, singurătatea se întinde ca un teren pustiu. Pădure amestecată cu mlaștini și lacuri, dar fără clădiri și aproape fără drumuri. Nu știe ce caută și nici de unde să înceapă. Tot ce are ca bază de plecare e o amintire din copilărie a unui bătrân.

Agenția națională de construcții cu caracter militar ar trebui să știe, spune Mikael Blomkvist. Dacă au vândut proprietatea cândva în anii 1950, trebuie să fie în registrele lor. Verific și te anunț.

Până acum n-a primit niciun răspuns de la el.

Cine e polițista cu care își face de cap Blomkvist?

Te referi la Birna? Blondă, veselă, frumoasă?

Adică tot ceea ce nu e ea.

Oprește într-un refugiu de pe drum și verifică din nou harta. Poate că moșul ține minte complet greșit.

Așteptând-o pe Birna — Lisbeth nu bate câmpii deloc —, Mikael Blomkvist se așază într-un colț al pizzeriei Buongiorno și bea o bere. Când Birna îi trimite un SMS că întârzie o jumătate de oră, scoate din nou coordonatele trimise de IB. Cele care trimit la casa lui Henry Salo și a Pernillei. Cu câteva luni înainte să se mute ei. Formează numărul lui Lisbeth.

— Salut, ce faci?

Ce enervant cum vor toți să știe ce face ea!

— În recunoaștere un pic. Începe să se întunece.

— Harta aia pe care ți-a arătat-o tipul. Poți să-i faci o poză?

— Sigur că pot. De ce?

— Dau eu un semn mai târziu, tu doar trimite-o, OK?

— Tu ce faci? întreabă ea, dar chiar atunci el îi spune că trebuie să închidă.

— Vorbim mai târziu, nu uita s-o trimiți.

Câteva secunde mai târziu, primește o hartă pe care se văd dungile unde a fost împăturită, cu o pată de tutun undeva, în mijlocul pustietății.

Mikael mărește zona pe Google Maps. O cercetează amănunțit și începe să creadă că are dreptate. O sună pe Lisbeth, care îi respinge apelul. O sună din nou, dar exact atunci sosește Birna.

Buclele aurii proaspăt spălate îi saltă pe spate.

Zâmbetul ei e ca un gheizer care clocotește. Arată al naibii de bine.

Totuși, nu se poate abține să se gândească la Lisbeth. La opusul ei. Cea mai elementară persoană pe care a întâlnit-o vreodată. Dacă Birna e izvorul, Lisbeth e vulcanul. Fierbinte ca lava. Dură ca muntele secular.

— Scuză-mă, spune el, trebuie doar să dau un telefon mai întâi.

76

Sophia Konaré încearcă să se orienteze. Se oprește în fața celulei celeilalte femei, dar își dă seama că nu va reuși să deschidă ușa din exterior. S-au întâlnit, dar nu au vorbit niciodată. Sophia, în drum spre monstru. Cealaltă, la întoarcerea de la el.

Lumina, ziua. Dormitorul invalidului are un fel de fereastră. Dar pentru a ajunge acolo, trebuie să treacă pe lângă toate celelalte zone. Spațiu de birouri sau ce-o fi. Oameni care se mișcă de colo-colo, dau telefoane, stau la calculatoare, aparent lucrează ca oricine altcineva.

Celulele sunt ferite, asta știe. De obicei vin după ea spre seară și uneori stă toată noaptea. Rămâne trează lângă trupul adormit al monstrului, și nu-l consideră așa pentru că nu are picioare. În Mali sunt o grămadă de oameni mutilați. E monstru pentru că ea știe ce se învârte în creierul lui bolnav. El e omul de știință. Ea e șoarecele de laborator.

După ce și-a dat frâu liber poftelor sexuale și este temporar satisfăcut, vrea să vorbească. Să discute. Se răsucește pe brațul ei și lasă cuvintele să umple întunericul cu un întuneric și mai mare. Multe despre timp, despre timpul care va veni în curând și despre nevoia lumii de a se uni sub un lider comun.

— Vezi tu, păpușă, cu toții creștem crezând că suntem mici rotițe într-o mașinărie uriașă. Că toți avem un soi de însemnătate, indiferent cine suntem sau cum arătăm. Acest lucru nu este adevărat. Cu medicamentele, tehnologia, medicina, ingineria genetică și așa mai departe, privăm natura de procesul ei de selecție naturală. Pe Pământ, există loc doar pentru un număr limitat de indivizi. Întrebarea e cine ajunge să trăiască și cine nu.

Poate că exact asta a făcut ea. A ajutat Pământul să extirpe acea parte a umanității care nu contribuie cu nimic.

Într-una dintre celule zace un om mort. La fel de mort cum va fi și ea, dacă va fi descoperită înainte să iasă de aici. *Familia mea,* așa vorbește invalidul despre ceilalți. *Nu-i așa, păpușo, nu ești de acord că familia e cea mai importantă?*

Se oprește. Aude voci care vorbesc animat între ele. Par să fie mai mulți oameni adunați la un loc. Pas cu pas, se îndreaptă spre sunet. Îi zărește. Se apleacă puțin și numără. Șase minus unu.

Geamul de sticlă care separă coridorul unde este ea de camera în care sunt ei ajunge aproape până la podea și trebuie să treacă pe lângă el. De preferință, fără să fie văzută. Dincolo de geamul de sticlă se află o scară și un lift. Cu puțin noroc, aceasta duce spre libertate. Dacă are ghinion, coboară din nou în iad.

Varg se ridică și se îndreaptă spre ușa de sticlă. E rândul lui să-l înlocuiască pe Ulf. Aruncă o privire la ecranele care arată ce se întâmplă afară și observă că o turmă de reni dă peste cap din nou senzorii. O să trebuiască să rezolve problema cu tehnologia. Cei doi ani fără incidente de securitate i-au făcut să fie relaxați. Va aduce problema în discuție la ședința de dimineață. Apasă pe clanță, apoi se întoarce și aruncă o privire afectuoasă către ceilalți. Bulele de șampanie îl fac să se simtă fericit. Nu au fost niciodată ei împotriva restului lumii. Mai degrabă invers.

Sophia se retrage în cel mai întunecat colț al coridorului. Momentul de care ar fi avut nevoie a trecut. Alternativa este să coboare în tuneluri, însă fie și numai ideea o paralizează. Și apoi, ce se va întâmpla? Fără haine de exterior sau pantofi? O cămașă de noapte scurtă, de fată, cu ursuleți de pluș pe ea, asta e tot ce are pentru a face față frigului iernii. Așa o vrea el, monstrul. Ca pe o masă inocentă de carne, într-o cămașă de noapte cu ursuleți de pluș.

1. În a doua zi, el i-a făcut un *tur de vizitator* prin subteran. Era deja dezorientată după a treia cotitură. Peste tot alte uși, scări, săli, scări, tuneluri.

Nu va găsi niciodată ieșirea. Trebuie să riște. Când ușa liftului se închide, aleargă cât de repede poate, trecând pe lângă ușa de sticlă ca o linie în colțul ochiului lui Lo. Trage de ușa de incendiu și continuă să urce scările de piatră până când ajunge la următoarea ușă.

Creierul ei spune că e la dreapta. Cu toate astea, o ia la stânga.

Lisbeth Salander este pe punctul de a se întoarce la Gasskas, când vede ceva strălucitor la câțiva metri mai jos, pe un drum pentru tractoare abandonat. Coboară geamul, scoate binoclul din torpedou, se concentrează asupra părții inferioare a pinului și deplasează luneta în sus, de-a lungul trunchiului. O cameră de luat vederi. La naiba, sigur e o cameră. Poziționată cu un risc minim de detectare. Dacă nu s-ar fi uitat după o veveriță care țâșnise printre crengi, nu ar fi observat-o niciodată. Dacă există una, probabil că sunt mai multe.

Varg observă că Ulf nu stă la panoul de control. Ce trișor, să dea fuga la toaletă taman când e rândul lui să stea de pază! Dar, din nou, oricine poate avea o urgență. Peste opt secunde, când imaginile în timp real din celule și din alte zone vor fi fost actualizate, va declanșa alarma, care blochează automat și toate căile de ieșire.

Alerg. A început un nou trimestru la școală și alerg ca să nu întârzii. Amina nu aleargă la fel de repede. Se împiedică, o trag în sus, îi spun să se grăbească, dar cade din nou.

Alerg. Ultima oară când am văzut pământul, era curat. Acum zăpada îmi ajunge până la glezne. Cămașa de noapte îmi flutură în jurul coapselor. Mă împiedic, mă ridic din nou, îmi spun să mă grăbesc, cad din nou. Ca o fiară sălbatică, mă îndrept spre adăpostul pădurii. Creierul îmi spune să mă întind și să dorm. Eu continui să alerg.

Lisbeth încearcă să gândească strategic. Dacă există camere de luat vederi de-a lungul drumului pentru tractoare, atunci încă nu a văzut-o nimeni. Dar dacă există și una care supraveghează parcarea, a dat-o în bară. Nu vrea să riște. Bagă mașina în viteză și parcurge cei doi kilometri până la următoarea.

Aici nu există niciun drum pentru tractoare sau potecă pe care să o urmeze. În plus, e aproape întuneric. Doar luna și zăpada luminează seara. Să plece sau să se întoarcă ziua? Face ceea ce face orice alt om din Norrland; pune cheia pe roata din față, aprinde lanterna frontală, sare peste șanț, taie un gard de protecție pentru animale sălbatice sau ce-o fi fost, și intră printre copaci.

Doi kilometri prin pădure, în zăpadă. Transpirația îi curge pe spate; își potolește setea cu zăpadă. Conform hărții, va ajunge în curând la o mlaștină și speră să fie înghețată. Din când în când se oprește și trage cu urechea.

Varg mărește din nou imaginea din celula păpușii. Prima dată, totul arată ca de obicei. A doua oară vede mâna. Apasă pe intercomul dintre sala de conferințe și camera de control și transmite un avertisment general, activând sistemul automat de blocare a căilor de acces. Acum e nevoie de amprente digitale pentru a ieși. *De ce dracu' nu e asta procedura standard?*

— Păpușa lipsește. Suspiciune că există un intrus. Ulf probabil mort. Înarmați-vă și împrăștiați-vă. Eu mă ocup de exterior.

Sunt amenințați și totuși nu se poate abține să se simtă entuziasmat. Viața în buncăr e monotonă și destul de plictisitoare. El e soldat. Un soi de *universal soldier*, a cărui viață schimbătoare în epicentrul zonelor de război a fost redusă acum la rutina de birou.

Nici măcar Märta nu scapă de agitația asta. Cineva smulge ușa celulei, trage pătura de pe ea și iese la fel de repede din celulă. Corpul ei este prea slăbit ca să se învelească la loc, dar gândurile ei sunt limpezi ca apa pârâului de la Njakaure.

Javrelor. Acum v-a sunat și vouă ceasul, cum se întâmplă întotdeauna. Nu așa ziceai tu, schilodule? Că va suna curând ceasul. Uite-ți Apocalipsa. Now!

Aproape că a rămas fără puteri, iar frigul își croiește calea prin conștiința ei, încetinindu-i pașii și întrerupându-i gândurile. Sophia nu mai știe încotro se îndreaptă. La început, a auzit doar trosnetele copacilor și vântul. Un alt sunet devine acum mai clar. Pași. Un gâfâit. O sonerie de telefon mobil și o voce. *Antilopele gnu se deplasează în turmă. Faptul că sunt multe le protejează de atacuri. Un animal singuratic devine rapid pradă.*

Varg o ia pe urmele ei. O va găsi. Desculță și fără haine. Nici măcar un animal vânat nu poate fugi la nesfârșit. Dintr-odată, urmele se despart, sau mai degrabă se încrucișează. Nu e singură. Se lasă în genunchi să vadă mai bine. O urmă de pantofi, alta, de picioare desculțe.

Nu există vânătoare fără vânători. Lisbeth merge pe urme o vreme, apoi se retrage în spatele unui copac și așteaptă.

— Mătușă, trebuie să-ți spun ceva.

Fata se așază pe pat, cu maimuța lângă ea.

— Știi când am intrat în casa lui Salo?

— Da?

— Am mințit. Mașina nu plecase când am ieșit. F m-a fugărit prin pădure. A tras în mine. Era ceva de viață și de moarte: eu sau el.

— Nu-ți face griji, corbul se va ocupa de el.

Lisbeth Corbul Salander.

N-a găsit absolut niciun cadavru, dar găsește arma crimei, creanga cu sânge uscat. O duce la mașină, cu gândul s-o arunce în altă parte. Dar apoi sună nenorocitul ăla enervant de M și creanga rămâne în portbagaj. Totul are un sens.

Vede umbra care înaintează pe urmele Sophiei.

Un pic mai departe, un pic mai departe, acum! Lovitura în ceafă îl aruncă cu fața în jos, în zăpadă. *Imaginează-ți că există cineva care te-a născut și poate te-a și alăptat cândva.*

Nu apucă să reacționeze. Deși lovitura trebuie să fi fost puternică, el reușește să se rostogolească și să o doboare pe Lisbeth cu picioarele. Acum ea are nasul în zăpadă, iar el e în picioare. Creanga nu o are la îndemână.

— Sus, zice el, îndreptând arma spre ea.

Ea se ridică în genunchi și ridică brațele în semn de „nu trage".

E un copil sau poate un pitic?

— Cine ești?

— Am ieșit la o plimbare, răspunde ea.

— Sigur, zice el, râzând. Și puțin mai încolo, păpușa e lată pe jos și moare de frig din cauza ta. Bună treabă!

Păpușa. O să plătiți voi pentru păpușă.

— Pot să mă ridic?

Nu e momentul să aibă tupeu. Trebuie să găsească o nouă ocazie. Și încă al dracu' de rapid.

— Exact ce aveam de gând să sugerez. O să mai mergem o bucată de drum, tu și cu mine. Că tot îți plac plimbările.

Merg înapoi pe urmele lui. Ea merge prima. O ofensivă rapidă, când el se așteaptă mai puțin, ar putea îndrepta situația. Trebuie să-l aducă mai aproape de ea. Încetinește ritmul, în lumina lunii care-i urmează printre coroanele copacilor.

— *Shit!*

Calcă strâmb și își pierde echilibrul.

— Ce dracu'! înjură el și o ridică, apucând-o de braț.

Un gentleman, mulțumesc, ce să zic, Branco nu are doar maimuțe dresate.

Face o piruetă și reușește să-i smulgă arma din mână cu un *shuto-uke*. El reacționează exact așa cum a vrut ea, încercând să-i blocheze brațele.

Gândește-te ce-ți trebuie, Lisbeth. E în regulă cu karate, dar în lupta corp la corp, Krav Maga e excepțional.

Cu viteza unei nevăstuici, se eliberează din strânsoare și ajunge brusc în spatele lui.

Cu o strângere corectă, un braț în jurul părții din față a gâtului și celălalt cu pumnul pe ceafă, îi întrerupi alimentarea cu oxigen.

Mulțumesc pentru pont, Jessica, dar n-am nicio scară la mine.

Fără să se gândească prea bine la ceea ce face, aplică un *migi-ashi fumikomi* pe articulația genunchiului și un *yoko-empi* drept în tâmplă.

Articulația se rupe cu un pocnet frumos. Dacă nu mai are vreo armă în chiloți, e scos din uz, ca să zicem așa. Lisbeth ridică revolverul și fuge înapoi, pe urmele pașilor Sophiei.

Zăpada are ceva milostiv. Se încălzește, ca iazul din pădure unde se scaldă vara. Ea, care mereu a visat la mare, înoată goală într-un iaz. Fatma e acolo, la fel și Amina, mama, frățiorul ei. Și tata? Tu te-ai ascuns de data aceea. Ai venit să mă salvezi acum?

Lisbeth o ridică pe fată pe umeri. O poartă ca pe un animal măcelărit prin pădure. Singura lor șansă. Dacă există *un* dușman, atunci există mai mulți. *Mașina. Doar să nu fi descoperit mașina.* Trebuie s-o lase jos de mai multe ori și să o prindă mai bine. La început, fata mai icnește. Până la urmă, nu mai scoate niciun sunet. Luna strălucește pe acoperișul mașinii. Lisbeth intră cu greu, cu fata în spate, prin gard. Niciun Branco nu e treaz.[36]

---

36 Parafrazare a versului „Doar spiridușul este treaz", din poemul *Tomten* de Viktor Rydberg.

77

Gândurile lui Henry Salo sunt de nepătruns, dar primul impuls e firesc. O sună pe Pernilla. *Abonatul nu poate...* Simte gelozia zvârcolindu-se în el. *Olofsson, rahat bătrân și bolnav la cap.*

Pe bancheta din spate se află fiul ei, încă înfășurat în blana de ren. Salo nu știe nici dacă are un cadavru în mașină, nici unde merge. Cel mai apropiat spital e cel din Gällivare. Dar când iese pe E45, vede că drumul spre nord încă nu a fost deszăpezit. Plugul a făcut cale întoarsă la Vaikijaur și a luat-o înapoi spre Jokkmokk. În acea direcție sunt vizibile doar urme slabe de ATV. Nu îndrăznește să riște, trebuie să-l ducă la Sunderbyn, la sud de Boden.

Sau nu? Întrebarea e ce se va întâmpla când Branco va afla că băiatul a fost eliberat. Pe cine va ataca atunci? Pe Märta, bineînțeles... El a mai dat deja o dată viața ei la schimb pentru Lukas. A venit momentul să facă schimbul în sens invers? Salo nu e cinic, ci practic. Atâta vreme cât Branco nu știe că băiatul a fost găsit, situația rămâne neschimbată.

Toată lumea îl caută pe băiat. Gazetărașul, creatura cu care e înhăitat, poliția, presa... Mikael nu poate fi mituit, din câte a înțeles Salo. Dar poate că poliția se va face utilă măcar o dată.

— Poliția din Gasskas, Birna Guðmundurdottir la telefon.

— Sunt Henry Salo.

— Henry, s-a întâmplat ceva?

Așa cum au convenit, se întâlnesc la spital. Băiatul e în viață, dar mama lui e tot de negăsit.

— Să-ți închizi telefonul când copilul tău e dispărut! Cine face așa ceva? se întreabă Salo.

— Îi scriu pe Messenger. Vrei o cafea? Hai, povestește-mi, spune Birna.

Pune jos paharele de cafea și scoate un blocnotes și un creion.

— Cum l-ai găsit?

— Am primit un telefon. De la cineva, nu știu cine era. Când am ajuns la cabană, băiatul era în pat. Era chiar și focul făcut. Dar nimeni altcineva în afară de Lukas. Iar zăpada acoperise toate urmele.

— De ce n-ai chemat imediat ambulanța și poliția?

E pregătit. Trebuie să-i dea ceva dacă vrea s-o facă să înțeleagă gravitatea situației.

— Există o amenințare la adresa întregii noastre familii. Dacă se află că băiatul a fost găsit, Pernilla e probabil următoarea țintă.

Ceea ce de fapt chiar merită.

— Sau chiar tu, adaugă Birna. Cu alte cuvinte — știi cine se află în spatele răpirii lui Lukas.

Femeia se străduiește să-și păstreze vocea calmă. *Știe. A știut de la bun început. A tăcut să-și salveze pielea. Gunoi împuțit!*

Sprijinit în coate, cu capul lăsat între picioare, chiar arată deplorabil. Faptul că a recunoscut că și Märta Hirak e la aceiași oameni nu îmbunătățește situația.

— Deci Lukas a fost răpit din cauza proiectului cu parcul eolian? Și apoi și Märta Hirak, și tu n-ai spus poliției ce știai?

— Poate înțelegi că m-au amenințat cu alte lucruri dacă mă duc la poliție. Am crezut că pot să rezolv totul singur, cu proprietarii de terenuri și cu politicienii.

— Ce-i cu proprietarii de terenuri?

— Dacă ar fi fost de acord să cedeze dreptul de folosință a terenului, nu s-ar fi întâmplat nimic din toate astea.

Ceea ce, din păcate, tot s-ar fi întâmplat, micuțule Salo. Parcul eolian e doar începutul. Avem nevoie de un colaborator credincios și pe mai departe.

— Ceea ce te face principalul suspect în uciderea lui Marianne Lekatt.

— Pe mine? sare Henry, îndreptându-se pe scaun. Nu, asta-i nebunie curată. Eu doar am găsit-o. Era mama mea biologică.

— Suficiente argumente, cu alte cuvinte. Îți dai seama că trebuie să vii la secție. Am sunat după întăriri. Cât așteptăm, te poți gândi cum să explici și viramentul de 600 000 de coroane în contul tău bancar.

Dar mai întâi sosește Pernilla cu Olofsson după ea, iar Salo își încleștează pumnii. Pernilla nici măcar nu se uită la el, în timp ce Olofsson turuie niște scuze și o urmează în salonul lui Lukas.

— Soția mea, îi spune Salo Birnei.

— Greu găsești ceva mai bun decât atât. Ar trebui să intri și să vorbești cu ea.

Salo intră, iar Olofsson iese.

— Cum dracu' s-a ajuns la așa ceva? întreabă el. Tocmai cu el trebuia să te cuplezi?

— Habar n-ai ce vorbești. Taci din gură! se răstește Pernilla, concentrându-se cu totul asupra copilului.

Capul lui buclat pe pernă. În siguranță, ca un copil nevinovat.

— Mulțumesc, Henry, că l-ai găsit pe Lukas, spune Salo.

Pernilla se întoarce, se ridică și se îndreaptă spre el. Își drege glasul și îl scuipă în față.

— Ai schimbat o viață pentru alta, asta ai spus? Ca și cum ai fi un zeu nenorocit.

Brusc, puștiul se ridică în pat.

— Hei, mama, unde e bunicul?

78

În mod destul de suspect, lângă automobil nu așteaptă nicio mașinărie de ucis. Lisbeth o înghesuie pe fată pe scaunul din față și abia după ce merge câțiva kilometri îndrăznește să oprească din nou. O încalță pe fată cu cizmele ei și o înfășoară într-o geacă de puf și o pătură. După ce căldura e dată la maximum și bea câteva înghițituri de cola stătută, fata își revine suficient încât să poată șopti. Cu vorbe chinuite — Lisbeth se străduiește din răsputeri să n-o grăbească —, descrie un loc ciudat.

— Stai puțin, o întrerupe Lisbeth și îl sună pe Mikael Blomkvist.

Nu răspunde. Lisbeth ezită și o conectează pe Svala la handsfree-ul mașinii. Nimeni nu-și poate ține gura așa cum o face ea.

— Bună, ai ceva pe care să scrii?

— Unde ești?

— Îți zic mai târziu.

— E ca un labirint fără ferestre, povestește Sophia. În afară de dormitorul monstrului, care are ferestre mici în tavan.

— În ce fel e monstru?

— E malefic. Iar corpul... e ca un animal ciudat. N-are picioare, doar labele picioarelor care stau direct pe trunchi.

Ea suspină și lasă lacrimile să curgă câteva momente, după care continuă.

— Dar... între picioare...

Apoi începe iar să plângă.

— Te-a forțat să faci sex cu el? întreabă Lisbeth, iar fata dă din cap afirmativ. Liniștește-te. Mai bea niște cola. Când ești pregătită, aș vrea să aflu mai multe despre clădire. Subterană, ai spus. *Un buncăr*?

— Cu celule și coridoare care leagă diferite încăperi, cred.

— Câte persoane sunt acolo?

— Cu monstrul, șase... cinci.

— Cine era al șaselea?

— Salvarea mea de acolo.

— Cine crezi că sunt ei?

— *Stay dead, stay dead.*

Capul fetei vrea să cadă într-o parte. Să doarmă.

— Încă o întrebare și atât, insistă Lisbeth. Ai pomenit de celule — ai mai văzut pe cineva acolo?

— O femeie, răspunde Sophia, cu voce sfârșită. Nu știu dacă mai trăiește.

— Vom face tot posibilul s-o găsim. Dar, pentru a ne asigura că nimic nu merge prost, e important să rămânem la aceeași poveste. OK?

— OK.

Fata își dă jos cu reticență geaca și cizmele. Sare afară în parcarea sudică de la Sunderbyn și se îndreaptă cu pași greoi spre intrare.

79

„SMHI avertizează astăzi că în majoritatea zonelor din interiorul Laponiei se va menține vremea nefavorabilă. Furtuna care a ajuns ieri în zona lanțului muntos se deplasează în prezent spre est. Din cauza vântului puternic și a ninsorilor abundente, populația este îndemnată să nu iasă pe drumuri în mod inutil.

Dar înainte de a încheia emisiunea din această dimineață, să ascultăm din nou declarația lui Hans Faste de la Unitatea pentru infracțiuni grave din Gasskas referitor la fata de 18 ani din Mali care a dispărut din centrul de refugiați din Fridhem la jumătatea lunii octombrie și care a fost găsită acum.

— Șirul evenimentelor este următorul. Tânăra e observată de un automobilist care merge pe drumul dintre Murjek și Kirtik. E desculță și nu are haine de exterior.

Poliția a efectuat mai multe căutări de când a fost anunțată dispariția, dar până în prezent totul indică faptul că fata a plecat de bunăvoie. Potrivit unor surse, ea și-ar fi petrecut timpul cu un bărbat de aceeași vârstă din

Gällivare. Poliția dorește să ia legătura cu șoferul necunoscut care a găsit-o pe fată și a dus-o cu mașina la spital."

Lisbeth închide radioul. Bun. Acum poliția poate începe căutările pe partea greșită a hotarului comunal, sau deloc. Mai devreme sau mai târziu, vor găsi ceva bun, dar acum nu poate risca să dea poliția buzna la Branco și să distrugă posibilitatea de a o scoate pe Märta Hirak în viață. Îi trimite un mesaj Jessicăi Harnesk. *Supravegheaz-o pe Sophia. Revin.*

Răspunsul vine imediat: *Asta e problema poliției. Unde ești? Povestește-mi ce s-a întâmplat!*

Nu doar Lisbeth ascultă declarația de la radio a lui Hans Faste. O aude și Marcus Branco.

Cavalerii s-au adunat pentru un minut de reculegere. Din fericire, Varg are craniul gros și va supraviețui. Dar cu un genunchi distrus, este mai mult o problemă decât un ajutor.

Pentru Ulf, în schimb, țin un moment de reculegere cu un ceai de Fujian în față și analizează evenimentele serii.

Conform imaginilor camerei de luat vederi de afară, există o singură discrepanță, probabil din cauza renilor. Știu pe unde a luat-o păpușa prin pădure, dar nu și identitatea complicelui.

— Nu poate fi o coincidență, comentează Järv, uitându-se în jur. Oare l-a convins pe Ulf să implice pe cineva din afară?

— Ulf, spune Marcus. De ce tocmai el?

— Era obsedat de ea, îndrăgostit.

— Îndrăgostit. Ce jenant!

Întâmplarea, Branco. Tu știi mai bine decât oricine la ce poate duce întâmplarea. Tu nu te-ai născut în 1961, ca majoritatea suedezilor care au rămas cu sechele după administrarea de Neurosedyn. Nu, tu te-ai născut în 1987, dintr-o mamă braziliană care suferea de o boală imunodeficitară de origine necunoscută.

Din 1965, Brazilia reintroduce Neurosedynul, dar sub denumirea de Talidomid, pentru proprietățile sale antiangiogene și imunomodulatoare. Mama ta cumpără medicamentul de pe piața neagră. Rămâne însărcinată și te naște. O ciudățenie fără picioare, cu brațe nefiresc de lungi și cu o dimensiune a sexului care, în raport cu restul corpului, e aproape comparabilă cu cea a unui cal. Nu e de mirare că păpușa te numește monstru.

— Situație de urgență, anunță Marcus. Cunoașteți procedura.

— Ce facem cu târfa? întreabă Lo.

— Mai trăiește?

— Da, dar stați, nu coborâți acum la ea! strigă Järv. Trebuie să vedeți asta mai întâi.

Băiatul răpit a fost găsit

Băiatul răpit de persoane înarmate la o nuntă care avea loc la barul Raimos din Storforsen a fost găsit în viață într-o cabană din apropiere de Kvikkjokk.

Potrivit unor surse neconfirmate, băiețelul a fost găsit de tatăl acestuia, Henry Salo, șeful administrației locale din Gasskas. Poliția din Gasskas a ales să păstreze tăcerea asupra incidentului, din considerație față de familie. Cu toate acestea, Gaskassen *este singurul ziar care a reușit să obțină o declarație din partea lui Hans Faste, șeful Unității pentru infracțiuni grave.*

— Au avut loc ample operațiuni de căutare, care au dus acum la un rezultat pozitiv. Totuși, nu pot intra în detalii specifice, pot doar să-mi laud colegii extraordinari.

— *Ați ales să nu cooperați cu NOA, ci să rezolvați cazul cu resurse proprii. E aceasta o dovadă că și o unitate de poliție mică poate realiza lucruri mărețe?*

— *Într-o mare măsură, spune Hans Faste. Cunoștințele noastre despre zonă, combinate cu experiența, au fost cruciale.*

— Contactați-l pe livrator, le cere Branco. Asigurați-vă că îl găsește pe îngrijitor.

Intonația monotonă a vocii transmite ordine. Legate de Salo, legate de soția lui Salo. Apoi se îndreaptă cu scaunul cu rotile spre lift, coboară și o ia spre celule. Sau „hotelul", cum numesc ei zona de cazare. Tastează codul, intră și închide ușa în urma lui. N-are de gând să repete greșeala lui Ulf.

Pătura a alunecat, iar el o ridică și o pune pe spătarul scaunului cu rotile.

Mai e oare în viață? Își scoate instrumentul ajutător: un braț prelungit cu o gheară, nu foarte diferită de unealta folosită de măturătorii stradali pentru a aduna gunoiul. Îi apucă mâna și o ridică.

— Trist, comentează el. Rana de la gură pare să se fi extins. Cred că în curând va trebui să te considerăm inaptă pentru viață. Dar ar trebui să știi un lucru, Märta, conform criteriilor de selecție pe care le folosesc pentru a clasifica lumea atunci când îți țin micile mele discursuri, tu ai fi avut mari șanse de supraviețuire. Ești săracă, n-ai mașină, nu-ți permiți să mănânci carne și așa mai departe. Cu alte cuvinte, ai un impact minim asupra resurselor. Și, apropo, îți mulțumesc, Märta, că ai fost o bună ascultătoare.

Întinde pătura peste ea și o bate ușor pe un picior, ca un ultim rămas-bun.

80

Totul s-a petrecut în câteva săptămâni de toamnă târzie în Gasskas. E ca un basm. Un mit povestit de atâtea ori, încât improbabilul devine realitate. Ca poveștile de vânătoare spuse în jurul unui foc sau laudele unui pescar despre capturile lui.

Unele persoane au roluri principale: Henry Salo, Marcus Branco și Mikael Blomkvist, de exemplu. Alții, cum ar fi Sonny Nieminen, Jessica Harnesk și Peder Sandberg îndeplinesc o funcție, fără să ocupe prea mult spațiu. Ei sunt doar oameni, dar toți au povestea lor; cea care îi face să fie ceea ce sunt.

Viața comună a lui Lisbeth Salander și a Svalei Hirak s-a derulat 13 ani fără să știe una de existența celeilalte. De-a lungul unui traseu marcat, s-au îndreptat încet spre răscrucea unde li se intersectau drumurile. Întrebarea este dacă se va sfârși aici. Sau intersecția este doar începutul?

La început, bărbații erau cei care se machiau. Războinici care se camuflau sau se pictau cu sânge, pământ și cenușă pentru a-și exprima identitatea tribală.

Într-o cameră de la ultimul etaj din Stadshotellet, cunoscut popular ca Statt, o fată de 13 ani se pregătește pentru bătălia finală. Deschide laptopul și caută pe Google *Lisbeth Salander + machiaj + tutorial*. Începe cu fața. O acoperă cu pudră albă și continuă cu ochii. Întinde fardul negru pe pleoape. Trasează linii pronunțate cu creionul de contur atât dedesubt, cât și deasupra. La final, își vopsește buzele în negru. Cu părul drept, un blond-argintiu deschis iremediabil, nu poate face mare lucru. Și nici nu poate schimba faptul că nu are niciun piercing. Își leagă o eșarfă neagră în jurul frunții și se privește în oglindă. Nu este ea. Nu este Lisbeth. Este și una, și cealaltă.

Câteva etaje mai jos, Lisbeth stă la o masă de bar, studiind niște schițe.

OK, nu în totalitate fără meritul lui Mikael Blomkvist. El a găsit proprietatea pe care Agenția națională de construcții cu caracter militar i-a vândut-o în 1951 lui Anders Johansson. 2 000 de hectare de pădure, în principal pin și brad, dar asta a fost tot. Abia când a intrat mai adânc în spațiul secret al armatei a găsit buncărul.

E grabă mare, dar ca să intri în buncărul despre care crede că e al lui Branco e nevoie de planificare. Dacă informațiile Sophiei sunt corecte, acesta este înconjurat de patru acoliți cu pregătire militară, care, pe lângă că au arme, probabil că sunt și într-o formă fizică foarte bună. Mai puțin unul, care e foarte posibil să se deplaseze mai greu după întâlnirea din pădure.

E o construcție curioasă. Ridicată în etape, începând cu 1910, pe un versant abrupt în față și plat în spate. Fortăreața perfectă pentru un om de afaceri discret și operațiunile sale obscure, oricare ar fi acelea. Hacker Republic nu a reușit deocamdată să găsească o cale de a intra în rețeaua de la Branco. Totuși, trebuie să recunoască meritele companiei: e un exemplu de manual de securitate a datelor.

Conform schițelor, există două intrări. Probabil încă una adăugată ulterior, care duce la zona de locuit mai modernă și despre care Sophia spune că se deschide cu amprentă digitală.

Salvează hărțile ca imagini pe telefonul mobil, își termină Coca-Cola și urcă cu liftul până la etajul șapte.

Preț de o secundă, dar nu mai mult. *Camilla. În persoană.* Apoi revine la realitate, iar Svala e doar o adolescentă care s-a jucat un pic mai mult cu cutia de machiaj.

— Nu. Nu vii cu mine.

— Ba da, vin. E treaba mea s-o aduc pe Mama-Märta acasă. În plus, ai nevoie de șofer.

— Credeam că am încheiat subiectul ăsta, răspunde Lisbeth și parcă ar fi un dobitoc autoritar.

— De ieri s-au așezat 30 de centimetri de zăpadă. O să avem nevoie de un snowmobil.

— *Eu* o să am nevoie de un snowmobil, nu noi.

— Deci vrei să zici că te-ai gândit să faci pe turista prin Kåbdalis și s-o iei pe arterele principale?

— Nu, dar conform instrucțiunilor de șofat, trebuie doar să accelerezi.

— Scuze, am uitat că ești din Stockholm. OK, multă baftă cu zăpada, spune Svala, dându-și jos puloverul cu petice din piele la coate și îndreptându-se spre baie.

— Stai. Ce e chestia aia?

— Dragonii sunt mișto, dar tigrii sunt și mai mișto.

Lisbeth își amintește brusc de ce nu și-a dorit niciodată copii.

— Cine face tatuaj unui copil fără acordul părinților?

— Probabil că nimeni, dar ai scris o adeverință foarte frumoasă.

81

— Mă mai ții minte? Eu am cumpărat Rangerul.

— Cum aș putea să uit?

— Știu că nu vrei s-o vinzi pe doamna ta, dar am nevoie să închiriez snowmobilul.

— Nu, răspunde bărbatul. Niciodată. În weekendul ăsta o să mai ningă și o să fie zăpada afânată.

Ce blestemată e cicăleala asta cu zăpada afânată!

— Înțeleg că ți se pare nasol, dar plătesc bine. 5 000 pentru 24 de ore. OK?

— 5 000! râde el. E un pic cam mult. 3 000 sunt suficiente. Dar numai pentru 24 de ore.

— Niciun minut în plus, numai că trebuie să-l duci tu până acolo. Rangerul nu are cârlig de tractare.

— Da, a fost al maică-mii, spune bărbatul cu melancolie.

Lisbeth caută ceva reconfortant pentru a destinde atmosfera.

— Dar culoarea chiar e frumoasă.

— Dacă nu mi-ai fi zis că lucrezi în IT, aș fi zis că ești psiholog, comentează Svala. Oricum, un Summit e cool. M-am săturat de Bearcatul vechi al lui Plastic-Peder. Un snowmobil jegos, de moș.

— Nu vorbi urât!
În sfârșit are ocazia să riposteze.

Cu cât se apropie mai mult de punctul de întâlnire, cu atât mai multă liniște se face. Mikael Blomkvist a trimis mai multe mesaje, la fel și Jessica Harnesk. Spiritul e același: nu faceți nimic nechibzuit. Lăsați poliția să-și vadă de treabă.

Se întreabă ce știe Harnesk. Oare să fi spus Sophia ceva? S-ar mira. Blomkvist? Posibil. El are stilul lui de a se amesteca în lucruri care nu-l privesc, deși Lisbeth recunoaște că, privind în urmă, a fost util uneori.

Ultimul lucru pe care îl face este să ia legătura cu Plague. Doar ca o măsură de precauție.

— Poate că nu e momentul potrivit, îi răspunde el, dar am găsit o deschidere minimă pe Branco. Se pare că a fost implicat într-un scandal ecologic în jurul unei mine din Patagonia acum câtiva ani.

— Trimite-i informațiile lui Blomkvist, scrie Lisbeth. Aceeași adresă ca înainte.

Probabil și aceleași date de logare.

Omul cu Rangerul și snowmobilul vine și apoi pleacă. Sunt parcate la aproape zece kilometri de buncăr.

În Cuibul Vulturului au loc ședințe de criză pe bandă rulantă. Pentru prima dată, Branco nu e sigur cum să joace în continuare. Lucrurile încep să se întoarcă împotriva lor într-un mod la care nu se așteptau, iar el nu reușește să rezolve ecuația. Nu mai e vorba de Salo și de parcul eolian, ci de o amenințare externă la adresa întregului concern Branco. Au detectat încercări avansate de infiltrare în sistemele informatice. Din fericire, au fost zădărnicite. Și chiar dacă nimeni nu-i spune nimic direct, simte că toți consideră că e vina lui. *Păpușile. Ar fi trebuit să lase păpușile în pace. Mai ales pe ultima.*

Ceea ce duce la următorul punct: evadarea păpușii.

Legat de evadarea în sine, nu prea mai au ce să facă. Acolo a fost vorba de capriciile factorului uman și de o Sophia Konaré disperată (și, în ochii lui Marcus Branco, nerecunoscătoare). Dar ce a fost pe urmă... Întoarcerea jalnică a lui Varg, târându-se ca o oaie.

Simte că se apropie de miezul problemei: persoana din pădure. Un mic monstru scund, priceput la karate și ieșit la „plimbare". Cine naiba e tipa? Și nu doar atât, cine a trimis-o?

— Toate informațiile sunt securizate și șterse, îl anunță Järv din camera de control. Însă mai există o problemă profundă: curva. Te rog, spune că ne lași să scăpăm de ea acum.

82

— *Bassai dai*, spune Lisbeth, uitându-se la Svala.

— *Breaking into the castle.*

A mai văzut privirea asta și înainte. Nu a vrut să se gândească prea mult la ea. Privirea aceea e tot ce vrea Lisbeth să uite. Zala, Niedermann, Camilla. Ochii de un albastru-deschis ciudat, aproape alb. Mereu gata de violență, iar Svala nu face excepție. Liniile ferme ale creionului dermatograf sporesc răceala din priviri, dar și întunericul în care Lisbeth simte că trăiește fata. Așa cum fac toți. Altfel nu s-ar fi aflat niciodată în această încurcătură.

— Calea destinului nu o poți schimba niciodată, poți doar să alegi de ce parte mergi, spune Svala.

Lisbeth coboară parasolarul și înclină oglinda mai bine. Își bagă mâna în buzunar și scoate puțin sânge, pământ și cenușă și pictează sufletul războinicului.

— Acum arăți ca Noomi Rapace, remarcă Svala.

— Cine e asta?

— Nu contează, răspunde fata și refuză politicos o cutie de Coca-Cola.

— Permite-mi să-ți dau un sfat. Dacă tot trebuie să lupți.

Fata dă din cap.

— Ai o singură șansă. Te-am învățat că un karateka nu lovește niciodată primul. E adevărat. Karate e în principal apărare. Dar în luptă...

Brațele fetei sunt subțiri ca un sfert de kilogram de spaghete. E un talent înnăscut, cu centură albă la halatul de baie.

— Nu uita că adversarul e cel mai slab în momentul în care atacă.

Sen no Sen.

— Tu ești o războinică, Svala. Nu un soldat. O războinică. Un *bushi*. Dar azi ești șofer, adaugă ea ca să fie bine înțeleasă. Rămâi în pădure până ies de acolo. Ai înțeles?

Svala își sprijină fruntea de cea a lui Lisbeth.

— Ești un om bun. Ciudat, dar bun. Dar dacă tot stăm aici și nu știm dacă vom supraviețui, ce-ar fi să-mi răspunzi la câteva întrebări?

— Sigur.

— Cum a murit bunicul meu?

— A fost împușcat.

— De tine?

— Nu, de poliție.

— Și Camilla?

— Sinucidere.

Ultima întrebare plutește în aer.

— Trebuie să plecăm acum, spune Lisbeth.

— L-ai ucis?

— Într-un fel.

Într-un fel.

83

Când noaptea s-a așternut din nou peste Gasskas și îi protejează pe cei care vânează în întuneric, pornesc și ele la drum.

Planul e să intre dinspre nord-vest. Ninsoarea viscolită limitează vizibilitatea, lucru valabil pentru ambele tabere. Vântul acoperă sunetul motorului. Se vor putea apropia relativ mult fără să fie auzite.

Lisbeth bănuiește că există și un alt drum de acces, care nu e marcat pe hartă. Cel pe care îl folosește Branco pentru a intra și a ieși de pe proprietate. Ar trebui să-l evite, dacă nu cumva Plague a reușit să scoată din funcțiune camerele de supraveghere.

Snowmobilul își croiește drum printre copaci, cotind și izbindu-se din când în când. Exact cum spunea Svala, nu e un joc pentru începători. Se ridică într-un genunchi pe scaun ca să vadă mai bine. Îi mută centrul de greutate când e nevoie și, cu îndemânarea unui șofer experimentat, reușește să nu lase tălpigii să se afunde în zăpadă. Kilometru cu kilometru, se dovedește că harta memorată din mintea lui Lisbeth nu e perfectă, însă e tot ce au. Când ar trebui să le mai fi rămas doar câteva sute de metri, Svala oprește motorul. Lisbeth își verifică telefonul mobil; n-are acoperire, poate suna doar la numărul pentru urgențe. Trebuie să țipe ca să se facă auzită în furtună.

— Avem rachete de zăpadă în rucsac, strigă Svala.

Lisbeth își fixează cureaua în jurul cizmelor și se dă jos de pe snowmobil.

Svala își scoate mănușa, își bagă mâna în geacă, scoate arma recuperată din pădure și i-o întinde lui Lisbeth.

— Știi cum să faci? întreabă ea.

Copila asta nu încetează s-o uimească.

— Poate ar trebui s-o păstrezi pentru tine.

— Nu e nevoie, am pistolul meu. Al lui Plastic-Peder. E timpul să se facă util.

Ești acolo, Mama-Märta? Nu te mai simt.

Se uită una la cealaltă — *thumbs-up*. Pas cu pas, Lisbeth dispare printre copaci, spre buncăr. Svala numără până la 100, apoi întoarce snowmobilul și conduce într-un cerc larg pentru a se apropia din partea opusă.

Iartă-mă, mătușă Lisbeth, dar e vorba despre Mama-Märta a mea. N-am de gând să stau aici și să aștept ca un copil ascultător.

Nici nu luasem în calcul așa ceva.

Primul obstacol e intrarea. Studiind fotografiile de la Agenția națională de construcții cu caracter militar ale obiectivelor mai cunoscute din jurul așa-numitei „ecluze de nord", fortăreața Boden, ajunge la concluzia că un cleşte puternic ar putea fi suficient, dar că ar fi de preferat dinamita.

Conform hărții, clădirea principală în sine se află la aproape un kilometru distanță de intrarea spre care se îndreaptă Lisbeth. În jurul ridicăturii de pământ, rafalele de vânt au spulberat zăpada de pe roca cenușie. Își dă jos rachetele de zăpadă, le leagă de rucsac și pornește spre ținta ei.

Nu prea se observă vreo coborâre spre vreun buncăr. Ușa arată mai degrabă ca o trapă. Din fericire, are doar un lacăt rudimentar. Îl încearcă întâi cu o unealtă din trusa Leatherman, dar lacătul are un cod și nu poate fi manevrat mecanic. Cel puțin nu sub presiunea timpului. Cleștele luptă și în cele din urmă reușește să treacă prin metal.

Ți l-aș fi rezolvat eu. Știi că mă pricep la cifre.

Nu te apropia!

Ce se află într-un buncăr construit acum mai bine de 100 de ani? Încăperi inundate? Resturile unei stații de telegraf, paturi supraetajate, provizii medicale? Coridoare cu tavanul prăbușit? Nu există nicio informație despre funcția pe care a avut-o acest buncăr. La fel ca alte clădiri militare, nici acesta nu există oficial. Nici măcar în arhivele Agenției. Are doar un nume. H9.

Îndreaptă lanterna frontală în jos și încearcă să-și facă o idee despre ce o așteaptă. Își pune picioarele jos, închide trapa în urma ei și este cuprinsă imediat de un sentiment de anxietate. Sunetele de afară, furtuna care vuiește, crengile care se rup, toate dispar brusc. Înăuntru nu pătrunde niciun sunet, la fel cum nici afară nu răzbește niciun sunet de aici.

Calm. Respiră. Calm. A memorat harta. Luminează pereții, atât cât ajunge lanterna. Camera e goală, cu excepția unei lopeți ruginite cu mânerul rupt și a unui cazan vechi într-un colț. Urmărește cu privirea țevile aflate de-a lungul tavanului. Apa pare să fi ajuns până destul de sus. Își dă jos mănușa și simte cu degetele umezeala proaspătă. Mirosul de mucegai e puternic.

Treci printr-un coridor. Risc de ușă de incendiu blocată.

Lumina în față, întunericul în spate. Pas cu pas. Se oprește. Ascultă. Deschide ușa către coridor și merge mai departe. Într-o parte, un perete de cărămidă e prăbușit. Când se clatină și se sprijină cu mâna, cad mai multe pietre. Impulsul de a se întoarce, de a fugi înapoi, de a se târî până la civilizație și de a se îndrepta spre casă este aproape copleșitor.

Vino-ți în fire, ai devenit slabă.

Trei încăperi în stâncă în șir.

Dimensiunea estimată: 100 de metri pe 200.

Stare necunoscută.

Ușa de incendiu se deschide greu, dar cedează. Acum se află în încăperea din mijloc. Lanterna frontală clipește, se stinge și revine la viață. Temperatura ar trebui să fie în jur de 5 grade. Ca într-o mină sau într-o pivniță. Pentru o clipă, curiozitatea învinge frica. Umiditatea pătrunde chiar și aici, pe suprafața naturală a pereților din roca de bază excavată. Spațiul e de mărimea unui hangar de avioane. Ajunsă aproape de cealaltă parte, se oprește și ascultă din nou. Întunericul are propriul sunet de bătăi de inimă, respirație și puls.

Secțiune centrală complicată, cu diferite niveluri, scări și încăperi legate prin multiple coridoare. Alege o parte și ține-te de ea.

Doar că ușa care ar trebui să ducă acolo e zidită.

La naiba, acum trebuie să se întoarcă, să găsească una dintre camerele subterane laterale și să caute o altă ușă. Lanterna frontală clipește din nou. Fără lumină, totul s-a terminat.

O stinge ca să economisească bateria. Atunci aude voci, care par să vină de sus. Printr-o gură de aerisire sau printr-un difuzor. Nu că ar putea auzi ce spun, dar totuși sunt voci. Trebuie să fie aproape acum.

An-tan-te. Hangarul din dreapta sau de la stânga. La stânga. Pe mijloc e o ușă. Aici au locuit oameni. Soldați. Ofițeri. Săptămâni, luni, fără să vadă lumina zilei, ca și cei care au construit totul. An de an în praf, umezeală, pietre care cad și iad.

Tu ești privilegiată, Lisbeth. Mergi mai departe.

Ușa următoare se deschide ușor, ca și cum ar fi fost proaspăt unsă. Un pic prea ușor. De sus pătrunde lumină, care dezvăluie haosul de posibilități. Și pe urmă? Prioritatea e să o găsească pe Märta Hirak. Pas cu pas. Încet, fără să scoată un sunet, se îndreaptă spre voci și lumină, când, deodată, lumina se stinge și vocile încetează.

Aprinde lanterna frontală. Moartă. O scoate și o scutură, în încercarea de a o readuce la viață. Tot moartă. În loc să folosească lanterna telefonului mobil, încearcă să-și aducă aminte cum arăta scara. Și aceasta pare să se fi prăbușit la un moment dat. Ce să creadă, după ce a urcat zece trepte? Își croiește drum bâjbâind. Îi intră un cui în mână. Așa nu merge. Își scoate telefonul mobil. Dintre cele cinci contacte ale ei, trei i-au scris mesaje. Se pare că, la un moment dat, conexiunea a funcționat, dar cu siguranță acum nu are semnal. Nicio antenă de telefonie n-are cum să trimită semnal în mormânt. Lasă lanterna telefonului mobil să mături rapid scările, se hotărăște asupra unei strategii și continuă să bâjbâie până ajunge la ultima treaptă.

Dincolo de ușă se află mici încăperi de diferite dimensiuni. După spusele Sophiei, acestea sunt conectate la partea rezidențială printr-un lift.

Dacă de cealaltă parte se află cineva, s-a terminat. Întredeschide ușa. Nimeni.

Încă o secundă de lumină de la telefonul mobil, și are timp să-și dea seama că sunt probabil celulele. Uși moderne, cu vizor. Folosindu-se de mâini, trece de la o ușă la alta.

Se uită prin vizor. Celulele sunt scăldate de lumină albă. Goală. Următoarea. Tot goală. În cea de-a treia, zace un corp de bărbat făcut covrig, cu o pernă pe cap. *Salvarea ta, Sophia.* În cea de-a patra, și ultima, o femeie e întinsă sub o pătură. Märta Hirak. Lisbeth nu se poate decide dacă doarme sau... Se oprește. Aude din nou vocile. Acum mai clar. *Raportează. Distruge. Nume de cod Tingvalla.* Și apoi, câteva cuvinte a căror semnificație o înțelege la un nivel mai profund. *Packet sniffing. SQL. Zero click exploit. Spoofing. Buffer overflow.*

Se îndreaptă spre voci. Dacă tot se duce acolo, măcar să audă ce își spun.

— Totul e pregătit. Plecare: ora 21.

— Dar ce dracu', ia uite cu ce ne-am ales. Un șoarece?

— Mie mi se pare că seamănă mai degrabă a Halloween. *Trick or treat*?

— Au, să mă ia dracu'!

Svala.

Fără nicio ezitare, scoate pistolul din geacă și aruncă o privire prin ușă ca să se orienteze. Când se întorc spre ea niște ochi, deschide ușa cu piciorul și îndreaptă pistolul spre ei.

Două persoane. O femeie și un bărbat. Nu i-a mai văzut pe niciunul dintre ei până acum.

— Dați-i drumul fetei, le cere ea, iar Svala vine cu spatele spre ea. Haide, îi șuieră ea Svalei, ieși pe ușă.

Femeia rămâne pasivă deocamdată, dar bărbatul se apropie încet de Lisbeth.

— Cum dorești, spune ea, și trage un foc care trece pe lângă bărbat. Următorul o să fie în plin.

— OK, OK, răspunde el și ridică mâinile.

— Ieșiți din cameră! Număr până la trei. Unu, doi...

Și brusc se dezlănțuie iadul. Din senin, apare o a treia persoană. La început, crede că e Branco, pentru că bărbatul e în scaun cu rotile. Cu cea mai mare viteză pe care o prinde un scaun Hawking, se îndreaptă spre ea, trăgând cu pistolul cu sălbăticie, fără să nimerească însă mare lucru.

Calm și concentrare. Ține-ți respirația, țintește, apasă.

Bărbatul țipă când glonțul îl nimerește în umăr, pierde controlul asupra scaunului cu rotile, se izbește de perete și pornește cu celălalt tip spre lift. Rămâne doar femeia. *Neînarmată, ce milă îmi e de tine, bitch.*

Lisbeth merge cu spatele până ajunge la ușa pe care a intrat.

— Să nu vii după mine!

— Niciun pericol. Oricum o să muriți acolo jos ca niște șobolani, răspunde femeia, după care se întoarce și dispare după însoțitorii ei.

Atunci simte Lisbeth mirosul de fum. În momentul în care închide ușa către coridorul cu celule, sala de conferințe explodează.

Fumul se strecoară deja pe sub ușă. Trebuie să iasă din buncăr acum, imediat. Prima celulă e deschisă, iar Svala o ține pe mama ei în brațe și îi mângâie părul.

— Trăiește? întreabă Lisbeth, iar Svala dă din cap afirmativ.

— Trebuie s-o lăsăm aici, altfel murim amândouă.

— N-o las aici, răspunde Svala și tușește.

Fumul devine tot mai gros. Lisbeth o apucă de geacă și o ridică de pe pat. Chiar atunci cade și curentul.

— Luminează cu mobilul, țipă Lisbeth și o rostogolește pe Märta Hirak în pătură.

— E descărcat!

Pentru a doua oară în aceeași zi, Lisbeth ridică o femeie pe umăr pentru a o salva de Branco. Pentru a o salva pe femeie, pe Svala, pe sine însăși.

— Ține-te de geaca mea.

Instrucțiunile lui Lisbeth sunt scurte și clare.

— Scoate-mi mobilul din buzunarul exterior al rucsacului și luminează.

Lumina abia răzbate prin fum în timp ce se îndreaptă spre ușa următoare. Märta Hirak se lovește cu capul de cadrul ușii. Fumul le urmează, ca o coadă.

— Scara e prăbușită pe mijloc. Rămâi pe stânga.

Sau era dreapta? Și pe urmă, pe urmă se hotărăște pentru dreapta. Își amintește corect. Încă vreo câțiva metri și pot închide ușa de incendiu în urma lor. O altă explozie bubuie deasupra lor. Trebuie să iasă.

— Ține-o puțin pe mama ta.

Fata o ridică pe umăr și pornește prin subteran. Brațe subțiri cât un sfert de kilogram de spaghete și picioare ca ale unui pui de ren. Două sute de metri cu lumină aproape inexistentă. *Trupe secrete ale forțelor de elită, fugiți și ascundeți-vă.*

La ușa din mijloc, înainte de a trebui să treacă de coridorul prăbușit, fac din nou schimb de locuri.

— Nu mai avem mult până la ieșire.

Fata respiră greu, se împiedică la fel ca Lisbeth înainte, se sprijină cu mâna de zid și iar cad pietre. Mai întâi câteva, apoi alte câteva și încă câteva. Instinctiv, Lisbeth o împinge pe fată în fața ei, se aruncă peste dărâmături și trec pe partea cealaltă. Câteva secunde mai târziu, întregul zid se prăbușește ca un castel de cărți de joc.

— A fost cât pe ce, remarcă Svala și luminează spre locul care aproape că le-a omorât.

În dreptul deschizăturii pe unde a și intrat, Lisbeth o așază jos pe Märta. Își scutură brațele ca să le dezmorțească și împinge trapa cu umărul. Nu se întâmplă nimic. Își ia avânt și împinge cât de tare poate. Nici măcar un milimetru.

Hainele ei sunt îmbibate cu miros de fum. Nu știe, poate că focul se îndreaptă spre ele. Cineva a blocat trapa. Cineva râde afară, *femeia*, punându-și buzele pe încuietoare și țipând suficient de tare ca s-o audă bine.

— Ardeți, șobolanii dracu', în curând o să ardeți în iad!

— Nu fără voi, țipă Svala. Vă găsim noi. Oriunde v-ați duce, vă găsim noi. Nu uitați asta... jeguri nenorocite, continuă ea cu voce stinsă.

Lisbeth se prăbușește pe podeaua de piatră. Se sprijină de peretele mucegăit și încearcă să gândească. Ar putea să încerce să tragă cu arma pentru a ieși. Probabil că ar fi complet inutil. Barele transversale sunt făcute din fier, iar riscul de ricoșeu e mai mare decât șansele de succes.

Se întoarce spre Svala.

— Cum dracu' ai intrat aici? În celulă, înțeleg, era închisă cu un cod, dar ușa din față? Sophia a spus că e cu recunoaștere de amprente digitale.

Svala tușește, tușește și nu se mai oprește. Lisbeth o lovește ușor pe spate.

— Nu mă ajută, spune ea șuierat, am astm. Mi-am uitat spray-ul la hotel.

Răsuflând greu, își dă jos rucsacul și scormonește printre lucrurile ei. Singurele lucruri pe care le-a avut vreodată și care sunt doar ale ei. Laptopul și maimuța.

— Deschide maimuța, îi spune lui Lisbeth și o cuprinde cu brațul pe mamei ei.

Lisbeth scoate un cuțit și varsă conținutul jucăriei de pluș în poală. Ultimul lucru care se rostogolește afară e o grenadă.

— Serios, Svala? Unde ai găsit-o?

— Mi-a dat-o Mama-Märta acum mulți ani.

Se uită la mama ei și îi trage pătura peste umeri.

— Tot vreau să știu cum a murit tata.

— OK, zice Lisbeth ceva mai tare. Tatăl tău, fratele meu vitreg, a fost un infractor periculos. Când a furat bani de la Svavelsjö, a depășit o limită. În același timp, a început să mă caute. Vezi tu, Svala, voia să mă omoare. Așa că i-am întins o capcană. A intrat în ea, dar puteam la fel de bine să mor eu acolo. Ca să termin cu toate astea, l-am sunat pe Sonny Nieminen. Echipa lui l-a ucis pe tatăl tău, nu eu.

— Puteai să fi spus de la început.

— Ce-i asta? întreabă Lisbeth, luând în mână un pachet de țigări. Nu e bine să fumezi dacă ai astm.

Lisbeth scutură pachetul. Dar în loc de țigări, cade un deget. Lisbeth sare în sus, scârbită. Pielea este cenușie, aproape albă. Cu excepția inciziei în sine, pe unde iese la iveală osul.

— Degetul lui Ulf, așa am intrat. L-am luat de la Sophia. Poate că nu știai, dar noi două ne cunoaștem. Și ea e pasionată de citit, la fel ca mine. Am luat autobuzul până la Sunderbyn. Cine poate rezista unui copil inocent de 13 ani? Nici măcar polițista ta.

Poate că e timpul s-o suni acum.

Lisbeth bagă totul la loc, mai puțin grenada și degetul.

— Știi cum funcționează o grenadă? întreabă Lisbeth.

Svala scutură din cap.

— Va trebui să căutăm pe Google, spune ea și citește cu voce tare. Grenada de mână, abrevierea militară *hgr*, este o grenadă care se lansează spre țintă prin aruncare cu mâna. Grenadele de mână pot fi proiectate pentru mai multe tipuri de utilizări, dar în mod tradițional sunt proiectate să aibă capacitate explozivă pentru utilizare ofensivă pe rază scurtă. Alte tipuri de grenade au efect fumigen și asigură acoperire cu fum temporară sau continuă.

— De fum suntem deja sătule.

— Când se folosește o grenadă de mână convențională în formă de ou, se prinde grenada și se ține bine pârghia de siguranță, care este compusă de obicei dintr-o scăriță numită furcă. Apoi se scoate inelul cu șplintul de siguranță, care este compus de obicei dintr-un cui de siguranță cu un mâner cu buclă care se scoate, cu pârghia de siguranță blocată în continuare cu mâna.

— OK, zice Lisbeth, eu sunt lansatorul de grenade.

O ridică pe Märta și o cară undeva unde crede că va fi în siguranță.

— Trebuie să nimerească aproape de țintă, altfel nu va funcționa, o avertizează Svala.

— O să fac tot ce pot, tu stai lângă Märta.

Pârghia de siguranță, șplintul de siguranță, trei secunde, aruncă, aleargă și… își acoperă amândouă urechile cu mâinile. Svala le acoperă și pe ale ei, și pe ale Märtei. Sunetul exploziei în camera goală săpată în munte, unda de șoc și schijele care se izbesc de pereți se unduiesc ca un *mae-geri* bine dirijat prin corpurile lor.

Fum și fulgi de zăpadă ușori plutesc prin aer. Luna luminează muntele albastru. Un elicopter se ridică spre cer. Un cuib de vultur arde până când nu mai rămâne decât roca de bază. O fetiță își poartă mama afară, se așază în zăpadă și îi dă părul de pe față. O Mama-Märta își deschide ochii și își dă ultima suflare.

Lisbeth Salander o ia în brațe pe Svala. Stau așa până se aude sunetul sirenelor de la șosea.

84

— Aha, spune Mikael Blomkvist, ținând în mână ultimul număr din *Gaskassen*, poate că nu v-ați fi așteptat la asta când ne-am întâlnit prima oară. Nici eu, ca să fiu sincer.

Termosul cu cafea trece din mână în mână prin redacție. Jan Stenberg înghite laudele ca zahărul perlat de pe melcul cu scorțișoară.

— Doar am zis că *Gaskassen* e cel puțin la fel de bun ca presa națională când e vorba de găsit știri interesante, și iată că avem dovada.

Portretele de pe prima pagină ale persoanelor identificate după ADN-ul găsit în resturile de oase din hrănitoarea pentru vulturi de mare a îngrijitorului amintesc, din punct de vedere al formei, de o galerie de criminali. Cei mai mulți dintre ei își meritau locul la groapa de gunoi, ar susține îngrijitorul, dar acum nimeni nu știe cine este el sau ce rol a jucat. Prin urmare, nu despre el e vorba în articol.

Cu toate astea, îngrijitorul a citit și el ziarul. Răsfoiește paginile până găsește numele. Băiatul. Lukas. E în viață.

Se simte bine. *Nu, n-a fost atât de rău și n-a avut de ce să-i fie frică. Au mâncat bomboane și au privit vulturii de mare.* Bineînțeles că asta au făcut. Singura populație de vulturi de mare din țară. A fost suficient să sune la Protecția Naturii și cabana a fost găsită. Cabana, dar nu și îngrijitorul. Descrierea băiatului ar putea indica orice vânător de vârstă mijlocie. Cineva de vârsta lui Henry. Căciulă verde. Pulover portocaliu.

N-ar trebui, dar nu se poate abține. Se duce cu mașina până la lacul Njakaure, ridică bariera și parchează ATV-ul puțin ferit, în pădure. Își trage pușca peste umăr, își leagă schiurile Tegsnäs și schiază ultimii kilometri.

E o zi frumoasă, cu câteva grade sub 0 și zăpadă care scânteiază ca în fotografii. Își deschide rucsacul, scoate o pungă de plastic, golește conținutul pe jos și se furișează sub bradul său obișnuit.

De obicei, durează cam un minut. După un sfert de oră, se dă bătut. Ceva nu e în regulă. Niciun vultur de mare cât vezi cu ochii.

Carnea poate să rămână acolo. Măcar să se bucure vulpea sau corbul. Își întoarce schiurile și se îndreaptă în direcția cuibului. Chiar și de la distanță poate vedea că e ceva în neregulă. Pinii străvechi, care purtau cu mândrie cuibul în coroanele lor, sunt scoși din pământ cu rădăcini cu tot. Tot ce a rămas din cuib sunt bucăți rupte din ramurile împletite.

În afară de Lukas, personajul principal al reportajului, există și câteva comentarii din partea lui Henry Salo. Derularea dramatică a evenimentelor de la cabana din Kvikkjokk, furtuna de zăpadă și drumul cu mașina până la Sunderbyn.

Mikael Blomkvist se oprește la fotografia aflată cel mai în stânga, a lui Malin Bengtsson, fiica lui IB. Ar fi putut face multe cu materialul, dacă ar fi avut mai mult timp la dispoziție. Coordonatele din telefonul ei mobil, de exemplu, care, cu două cifre inversate, au dus la Branco și nu la Henry Salo. Trebuie să dea dovadă de sânge rece și să aștepte. Simte că vor fi mai multe ocazii de a face cunoștință cu Branco. *Nu vei putea rezista acestei povești, Erika Berger.*

— Și restul? Mita, energia eoliană, suspiciunea de șantaj și așa mai departe? Nu credeți că cititorii *Gaskassen* sunt interesați de afacerile șefului administrației locale? întreabă Mikael Blomkvist într-o conversație privată cu Stenberg.

— N-a fost condamnat pentru nimic, răspunde Stenberg. Aproape că s-ar putea crede că vrei să-i faci o înscenare propriului ginere. Henry e puțin cam neconvențional, dar nu putem scrie pe bază de speculații.

— Sigur. Cum ar fi?

Își trage geaca de piele peste sacou și se uită la ceas. Trenul înapoi spre Stockholm pleacă peste două ore. Mai întâi se va întâlni cu Lisbeth Salander pentru un ultim pahar la Statt.

— Azi e miercuri, îi spune el lui Stenberg. Salută-i pe băieții din lojă. Poate ne vom vedea cândva.

— Cum stăm? întreabă Mikael.

Îi întinde lui Lisbeth o cola și ia și el o înghițitură de bere.

— Ce vrei să spui?

— N-am terminat cu Branco, nu-i așa? Am citit mesajul lui Plague.

— Tocmai ce am terminat cu el, răspunde Lisbeth. Încă îmi țiuie urechile.

— Putem să trecem totul în revistă pentru ultima oară?

— Nu. N-am energie. Cum a mers cu islandeza, apropo?

— Păi, a mers bine, ca de obicei. Azi mă întorc acasă. Poate că o să ne vedem într-o bună zi la Stockholm. Dar tu?

— Polițiștii nu sunt pentru mine. Partea greșită a drumului, ca să zic așa.

— Însemnând?

— Doar ceva ce a spus odată un copil. Nu poți schimba drumul pe care te afli, doar partea.

Conversația curge mai încet decât gunoaiele pe Gange. Dacă a existat o fereastră deschisă, acum este cu siguranță închisă.

— Și... fata... cum rămâne cu ea?

Se duc pentru ultima oară la familia Hirak. Pe bancheta din spate se află maimuța și rucsacul cu cele câteva lucruri ale Svalei. Ea le ține în brațe strâns pe Mama-Märta și bunica.

Laura e în țarcul câinilor, iar Per-Henrik tocmai apare din pădure pe un snowmobil. Elias probabil că își vede de treburile lui pe undeva.

Lisbeth oprește Rangerul.

— Sper că nu te-ai răzgândit, zice ea.

— În legătură cu Stockholm? Nu știu, dar trebuie să încep de undeva. O să vin în vacanța de Paște.

— Atunci vei avea ocazia să mănânci pizza bună ca naiba. Și nu uita de karate, Svala-san.

— Nu, dacă nu mai vorbești urât.

Laura închide cușca câinelui și se îndreaptă spre mașină, Per-Henrik vine alunecând prin curtea înghețată, iar Elias apare pe o sanie-trotinetă.

— Păi, eu o să plec, spune Lisbeth.

— Nu încă. Trebuie să vii la înmormântare.

Înaintează cu greu cu toții, cu cizmele pline de zăpadă, până în cel mai înalt punct de pe Björkberget.

Priveliștea se întinde în fața lor, fără început sau sfârșit. Ici și colo, fumul se ridică din coșurile caselor.

— Biata Marianne Lekatt, zice Svala și lasă cenușa bunicii sale să zboare spre casa ei.

— Măcar face cineva focul în casă, spune Elias. Poate că avem noi vecini.

Svala a păstrat urna mamei sale. O ține în brațe mult timp înainte de a deșuruba capacul și de a lăsa vântul să împrăștie cenușa după bunul său plac.

— Zboară liber, *Eadni,* spune ea. *Eadni-Märta* mea.

85

Bună Lisbeth, sper că ești bine. Am vrut doar să-ți urez Crăciun fericit. Mikael.

Mulțumesc, ne vedem cândva.

Cu mare drag, ce faci mâine?

Nu-ți forța norocul.

Viața e scurtă, Loch Ness ora 19.

OK, dickhead.

*

Pentru că da, e scurtă. Viața e un dar rar. Mai ales când darul vine direct de la Moș Crăciun din Rovaniemi. Svala predă avizul. Ia coletul, intră în pizzeria Buongiorno, comandă o Vegetariana cu extramozzarella și o cola.

Încet-încet, trage șnurul cu motive de Crăciun. Răzuiește scotch-ul, desprinde hârtia și ține cartea ca pe o comoară între mâini.

Svala H.
AAMULLA TULI YÖ[37]

La naiba, acum trebuie să învăț și finlandeză.

---

[37] În traducere — *Noaptea a venit dimineața.*

STIEG LARSSON
fata care s-a jucat cu focul
millennium 2
TREI

STIEG LARSSON
bărbați care urăsc femeile
millennium 1
TREI

STIEG LARSSON
castelul din nori s-a sfărâmat
millennium 3
TREI

DAVID LAGERCRANTZ
Continuarea seriei Millennium de Stieg Larsson
dinte pentru dinte
millennium 5
TREI

DAVID LAGERCRANTZ
Continuarea seriei Millennium de Stieg Larsson
prizonieră în pânza de păianjen
millennium 4
TREI

DAVID LAGERCRANTZ
fata care trebuia să moară
millennium 6
TREI

Seria

Millennium,

vândută în 100 milioane de exemplare

la nivel internațional

Tipar: ARTPRINT
E-mail: office@artprint.ro
Tel.: 021 336 36 33